NEBULA RISING

Thariot

Nebula Rising

Code Black

Belle Epoque Verlag

Thariot

thariot.de

twitter.com/thariot

www.facebook.com/Thariot-853831521326139/

Lizenzausgabe des Belle Epoque Verlags, Dettenhausen,
mit freundlicher Genehmigung des Autors.

Lektorat: Simone Kurilla
Beta-Leser: Kerstin Waurick
Innenlayout und Schriftsatz: Christian Reichenbach
Cover: © Magicalcover.de – Giusy Ame

Herstellung: Custom Printing, Warszawa, Polen

ISBN: 978-3-96357-154-1

Die Zeit mag Wunden heilen, aber sie ist eine miserable Kosmetikerin.

Mark Twain

ALPHA PHASE

I. AD 4438 Erde – Liz – Vergessen

Liz hatte keine Ahnung, was sie auf diese dämlichen Fragen antworten sollte. Nicht, weil sie die Antwort nicht wusste. Nein, sondern weil sie sich nicht abermals wiederholen wollte. Seit zwei Stunden drehte sich dieses Gespräch im Kreis. Immer und immer wieder stellten diese beiden Idioten ihr dieselben Fragen und immer und immer wieder gab Liz ihnen die gleichen Antworten. Die sogar der Wahrheit entsprachen, es gab keinen Grund zu lügen. Mittlerweile dürften doch alle verstanden haben, auf die Art keinen Schritt weiterzukommen.

»Warum sind Sie in London?«, fragte der Mann, dessen Namen sie nicht kannte, den hatte er ihr nicht gesagt. Der Typ war größer als sie, erheblich kräftiger, hatte eine nach hinten fliehende Stirn und kein sonniges Gemüt.

»Ich weiß es nicht ...« Zugegeben, die Antwort klang merkwürdig, aber so war es. Liz wusste nicht, was sie in London zu suchen hatte. Ihr Leben reichte genau drei Tage zurück. Geboren wurde sie am Piccadilly – na ja, so ähnlich – ihre Erinnerungen begannen dort, als sie am Boden sitzend eine hilfsbereite Frau ansah, die ihr auf die Beine geholfen hatte. Es spielte also keine Rolle, was sie vielleicht zuvor getan hatte, sie wusste es nicht mehr. Liz wusste nicht, wo sie herkam oder was sich ansonsten früher in ihrem Leben abgespielt hatte.

»Diese lächerliche Nummer mit dem Gedächtnisverlust kaufen wir Ihnen nicht ab! Lassen Sie sich etwas Besseres einfallen«, erklärte die Frau, deren Erscheinung noch weniger zur Situation passte als ihr Talent, dämliche Fragen zu stellen. Sie brachte es auf 1,80 Meter, war gertenschlank, trainiert, hatte lange dunkle Haare und trug einen knallengen schwarzen Bodysuit. Also ehrlich – so zog sich höchstens eine Domina beim Verdreschen ihrer Kundschaft an.

»Warum sind Sie in London?«, fragte der Mann abermals. Liz zählte schon nicht mehr mit. Der Typ schaffte es sogar, konstant den Ton zu halten.

»Sie können mich mal ...« Liz lehnte sich, so weit es ging, zurück. Die Handschellen, mit denen man sie an der Tischmitte arretiert hatte, erlaubten ihr keine große Bewegungsfreiheit. Ihre Knöchel wurden von Fußschellen umschlossen.

»Bitte?!« Die Domina machte ein Gesicht, als ob sie in eine Zitrone gebissen hätte.

»Ich bin vor drei Tagen am Piccadilly aufgewacht, bin dann in der Stadt herumgeirrt, bin beinahe vergewaltigt worden und habe für eine Nacht bei einem Mann namens Casper Zuflucht gefunden. Ich habe keine Papiere, kein Geld und offensichtlich Schwierigkeiten.«

»Schwierigkeiten?«

»Würde ich sonst hier sitzen?«

»Das ist keine Antwort auf meine Frage«, sagte der Typ, ohne dabei die Stimme zu heben, während er auf einem Pad-System fleißig Notizen anfertigte.

»Mehr kann ich Ihnen dazu nicht sagen. Was ist mit Casper? Wo ist er? Geht es ihm gut? Hat er nun meinetwegen Ärger? Oder ich wegen ihm?« Liz schloss beides nicht aus. Ihr fehlte jegliche Fantasie, was die beiden Bullen von ihr hören wollten.

»Sie sollten sich besser um Ihre Dinge kümmern!«, wies die Frau in Schwarz sie zurecht. Dieser herrische Blick, das schmale Gesicht und die affektierte Art, wie sie ihre Hände bewegte – Liz hasste alles an dieser Person.

»Um welche?« Liz schmunzelte. »Sie wissen doch ... ich habe es vergessen. Was wird mir überhaupt vorgeworfen? Illegales Schlafen auf einer Couch? ... oder Sitzen auf dem Bordstein am Piccadilly? Kommen Sie, Sie tun so, als ob ich eine gefährliche Terroristin wäre, die ganz London einäschern wollte.« Wenn die sie nicht gleich wieder in eine Zelle einsperren würden, wäre die Situation sogar lustig.

Keine Antwort.

Der Typ wischte mit seinen Fingern leidenschaftslos über das Display seines Pad-Systems und die Domina übte sich weiterhin im grimmig Gucken.

»Ich habe Rechte!« Das hatte Liz interessanterweise nicht vergessen, sie hielt das Ganze ohnehin für eine Verwechslung. »Ich möchte mit einem Anwalt reden!«

»Nein«, erklärte der Mann trocken.

»Sie können mich nicht einfach festhalten!« England war doch keine Bananenrepublik.

Er nickte. »Doch.«

»Ich will mit Ihrem Vorgesetzten sprechen!«

»Nein.«

»Das lasse ich nicht mit mir machen!« Liz zerrte an den Handschellen, ohne damit etwas zu erreichen. Für diese miese Tour würde sie die Londoner Polizei verklagen.

»Ich sehe nicht, dass Sie daran etwas ändern können.«

»Sie könnte mit uns reden«, fügte die Domina dem süffisant hinzu. Die beiden spielten sich die Bälle zu.

»Stimmt ... das könnte sie natürlich. Aber sie hat alles vergessen, was ihr helfen könnte.«

»Schade, oder?«

»Mieses Bullenpack!« Liz spuckte in Richtung der Domina, traf sie aber nicht. Egal, was hier gerade passierte, es wäre jetzt der richtige Moment, um mit einer guten Idee ihren Kopf aus der Schlinge zu ziehen.

»Ich denke, sie braucht mehr Zeit.«

»Sehr viel mehr Zeit.« Der Mann legte das Pad-System ab und sah ihr in die Augen. »Ich möchte offen zu Ihnen sein. Das sieht nicht gut aus für Sie.«

»Gar nicht gut ...«, plapperte die Domina ihm nach dem Mund.

»Sagen Sie mir, wie lange brauchen Sie, bis Ihnen etwas einfällt, das Ihre Situation verbessern könnte?«

Liz saß allein in ihrer Zelle. Dort befand sie sich schon eine ganze Weile. Drei Wochen lang hatte sie schon mit niemandem mehr gesprochen. Auch die beiden Bullen hatten keine weiteren Versuche unternommen, sie zu befragen. Das letzte Gespräch war nicht gut gelaufen. Nein, die Bullen zu beleidigen und anzuspucken hatte ihre Situation nicht verbessert. Die hatten später einen Dreck auf ihre Rechte gegeben: Liz wurde kein Telefonat gewährt, keine Hilfe von einem Anwalt und einen Richter hatte sie auch noch nicht zu Gesicht bekommen. Die hatten sie wie einen Straßenköter in ein Loch gesperrt und den Schlüssel weggeworfen. So ein Mist!

In der Zelle gab es nicht mehr als eine Pritsche und ein stinkendes Edelstahlklo. Wenn während der Nacht nicht das Licht ausgeschaltet würde, hätte sie auch ihr Zeitgefühl verloren. Zweimal am Tag schob jemand ein Tablett mit Wasser und übel schmeckendem Essen durch eine Luke an der Tür – das war‘s – die hatten sie isoliert.

»Mist ...«, krächzte sie. Sie saß mit den Knien vor der Brust auf der Pritsche und starrte die Wand an. Die Hände hielten ihren Nacken. Warum tat man ihr das an? Was hatte sie nur verbrochen, um so behandelt zu werden? Und sogar, wenn sie für richtig üblen Scheiß verantwortlich war, von dem sie nichts wusste, warum klagte sie niemand dafür an? Wofür gab es denn Gerichte?

Liz schüttelte den Kopf. Die Einsamkeit nagte an ihr. Nichts tun zu können, strengte an. Inzwischen schlief sie schlecht und wachte wegen jedes noch so leisen Geräusches auf. Jeden Moment rechnete sie damit, erneut von grellem Licht geblendet und von Polizisten angeschrien zu werden.

»Casper ...« Was war mit ihm? Wo war er gewesen, als

die Polizei das Apartment gestürmt hatte? Sie hatte nicht mitbekommen, dass er zuvor das Haus verlassen hatte. Hatte er entkommen können? Oder täuschten sie ihre Erinnerungen?

»Welche Rolle spielte er wirklich?« Liz wollte den Kreis ihrer Gedanken ausweiten, weswegen sie bisher akzeptiertes Wissen infrage stellte. Viel war es ohnehin nicht. Hatte Casper ihr wirklich geholfen oder sie in eine Falle gelockt?

»Wer bist du?« Sie versuchte, sich sein Gesicht vorzustellen, was ihr schwerer fiel als erwartet. Casper verfügte über nichts Markantes an seinem Äußeren. Sein Auftreten, seine Gesten, seine Stimme, alles an ihm wirkte gewöhnlich, mittelmäßig, sogar beinahe schon einschläfernd. Er war genau der Typ, der über Stunden mit einem im selben Zugabteil saß, und den man dennoch kurz nach dem Aussteigen wieder vergessen haben würde.

»Was hast du getan?« Natürlich er hatte ihr geholfen, als sich diese beiden besoffenen Dreckskerle in Peckham an ihr vergehen wollten. Wie er dazu überhaupt in der Lage gewesen war, hatte sie bis heute nicht verstanden. Liz kam nicht weiter. Warum hätte Casper einen Überfall inszenieren sollen, um ihr zuerst heldenhaft zu helfen und sie später dennoch bei den Bullen anzuschwärzen?

»Das ist Schwachsinn!« Liz blieb dennoch an dem Gedanken hängen, der sich erfolgreich dagegen wehrte, weggewischt zu werden. »Casper kannte mich nicht ... er wusste nicht, dass ich an diesem Abend in Peckham sein würde.«

Sie klammerte sexuelle Aspekte aus, da hätte er auch mit den beiden Arschgeigen zuvor gemeinsame Sache machen können. Zudem hatte er in seiner Wohnung auch nichts probiert.

»Nein, nein ...« Liz entdeckte einen Denkfehler: Sie kannte ihn nicht. Das traf es besser. Oder vielleicht kannte sie ihn auch nicht mehr. Das wäre ebenfalls vorstellbar. Aufgrund ihres lückenhaften Gedächtnisses konnte sie nicht ausschließen, dass sie ihm bereits begegnet war.

»Casper, wolltest du mich aushorchen?« Liz' Augen wurden schmaler. Beweise für diese Theorie hatte sie nicht, aber gepasst hätte es. Die beiden Bullen hatten sich auffallend wenig für ihn interessiert. Zudem hatte niemand außer Casper gewusst, wo man sie an diesem Morgen finden konnte.

»Eigentlich ist es egal ...« Auch wenn Casper mit der Polizei kooperierte und die Bullen mehr über Liz' Vergangenheit wussten als sie selbst, befreite sie das nicht aus dieser Zelle.

Etwas später, Liz war auf der Pritsche eingenickt. Geräusche ließen sie aufschrecken. Ein tiefes Grollen drang aus einiger Entfernung zu ihr. War das eine Explosion gewesen? Es folgten weitere Geräusche, ebenfalls mögliche Detonationen. Einige davon kamen auf sie zu. Sie rollte von der Liege und horchte mit dem Ohr auf dem kargen Betonboden. Sie spürte die Vibrationen.

»Was soll das jetzt?« Sprengte da jemand dieses Rattenloch in die Luft? Das Licht flackerte kurz. Dann fiel es aus. Dunkelheit. Ansonsten gab es in der Nacht durch den Türspalt zumindest so viel Licht, um das Klo zu finden. Aber auch das gab es nicht mehr. Alles war stockdunkel. Ein kompletter Stromausfall. Von der ansonsten im Hintergrund laufenden Belüftung hörte sie ebenfalls nichts mehr.

»Mist!« Liz stand auf und lauschte an der Tür, die sie nach drei Wochen auch blind fand. Eingesperrt zu sein war mies, es aber auch noch ohne Licht und einer funktionierenden Klimaanlage zu sein, war definitiv keine Verbesserung.

Sie setzte sich wieder. Sitzen und warten, mehr konnte

sie im Moment nicht tun. Sie ging davon aus, dass der Stromausfall nicht lange dauern würde. Vermutlich hatte es einen Generator zerrissen, der bald wieder funktionieren würde.

Noch später. Liz hatte keine Ahnung, wie viel später. Sie schwitzte. In der Zelle waren es gefühlt über dreißig Grad und miese Luft. An Schlaf war nicht zu denken. Den entfernten Explosionen waren keine weiteren gefolgt. Erklären konnte sie sich das nicht. Weder die Detonationen noch die Stille danach. Nichts davon ergab Sinn. Mit der Dunkelheit konnte sie besser umgehen als mit der stickigen Luft. Den Luxus eines vergitterten Fensters mit Blick auf einen trostlosen Gefängnishof besaß sie leider nicht. Sie musste etwas tun.

Liz stand auf und schlug mit dem Handballen gegen die Tür. »Hallo! Kann mich jemand hören?«

Stille.

Sie wartete auf eine Reaktion. Niemand antwortete. Vielleicht war sie zu leise. »HALLO! KANN MICH JEMAND HÖREN!«

Die Antwort blieb die gleiche.

»HEY! ICH BRAUCHE HILFE!«

Nichts.

Die massive Tür schluckte ihre Schläge und Tritte, ohne davon etwas weiterzugeben. Sie beschloss zu warten. Die würden kaum Tage dafür benötigen, um die Stromversorgung zu reparieren.

Irgendwann später. An Liz' Lage hatte sich nichts verändert. Alles um sie herum war stockfinster. Die Luft schmeckte salzig und es fehlte nicht viel, um sie in schmackhafte Scheiben schneiden zu können. Die hohen Temperaturen ließen sie langsam im eigenen Schweiß vor sich hinköcheln und nach Luft japsen. Sie hatte Durst und wollte mit jemandem sprechen. Ihre Hoffnungen klammerten sich an ihr nächstes Frühstück, das sie in den letzten drei Wochen regelmäßig bekommen hatte. Gleich müsste es so weit sein. Die Warterei konnte schließlich nicht ewig weitergehen.

Die Zeit klebte an ihren Gedanken. Liz bewegte sich wie eine alte Frau. Wasser, sie brauchte Wasser. Die Spülung der Toilette funktionierte schon lange nicht mehr. Sie hatte Durst. Sie hatte Hunger. Sie war fertig. Wie lange sie bereits auf Hilfe wartete, wusste sie nicht. Wie alles andere auch, sie wusste es einfach nicht. Stunden, Tage oder Wochen, sie konnte nicht mehr unterscheiden.

»Ich will nicht sterben ...«, flüsterte sie. Auch wenn sie ihre Vergangenheit nicht kannte, wollte sie zumindest die Zukunft kennenlernen. Völlig dehydriert lag sie mit dem Rücken auf der Pritsche und atmete flach. Früher oder später würde sie das Bewusstsein verlieren. Zuerst die Ohnmacht, dann das Koma und letztendlich der Tod. Genau in dieser Reihenfolge. Sie verfügte nicht mehr über genug Kraft, um sich dagegen zu wehren.

Liz schreckte auf. Wieso lebte sie noch? Sie wusste es nicht. Bei der hohen Temperatur in der Zelle hätte sie bereits nach zwei Tagen sterben müssen. Zwei Tage – natürlich konnte sie die Zeit nicht kontrollieren – aber sie wartete sicherlich bereits länger auf Hilfe. Wieso kam niemand mehr nach ihr sehen? Sie sackte weg.

»Was machst du da?«, fragte ein Mann, den sie nicht kannte, der ihr aber auf Anhieb sympathisch war. Groß, sportlich, mit kurzen dunklen Haaren und einem provokanten Lächeln im Gesicht. Genau der Typ, dem man nur schwer böse sein konnte, obwohl er einem dazu ständig hinreichenden Anlass gab.

»Ich warte ...«

»Auf schönes Wetter?«

»Ich bin eingesperrt.«

»Echt?« Er kam näher, er trug einen verschlissenen Druckanzug und eine Waffe am Gürtel.

»Ja.« Liz bemerkte, dass sie träumte. Das half ihr nicht, gefiel ihr aber dennoch.

»Also ich würde hier verschwinden.«

»Würde ich gerne ...« Wenn sie es gekonnt hätte.

»Also ich würde mich von dieser Tür nicht aufhalten lassen!«, erklärte er gut gelaunt, zog wie ein Cowboy die Waffe und schoss aus der Hüfte an ihr vorbei.

Liz lächelte. Sie kannte ihn von früher. Die Erinnerung mochte sie, auch wenn sie nicht viel damit anfangen konnte. Hatte sie mal etwas mit ihm gehabt? Nein, so war es nicht. Sie verband etwas anderes. »Ist die Tür jetzt offen?«

»Ähm ... nein. Also ... ist ganz schön stabil das Ding. Da müssen wir uns etwas anderes einfallen lassen.«

»Sag ich doch ...«

»Weißt du immer alles besser?«

»Meistens.« Liz lachte, das war Jonah, natürlich kannte sie ihn.

»Ich würde dir gerne helfen.«

»Das weiß ich doch ...«

»Aber du musst leider alleine damit klarkommen.« Dann verschwamm sein Antlitz vor ihren Augen.

Liz hörte ein lautes Klacken. Vermutlich war gerade der Kopf von ihrer Leiche abgebrochen, auf den Boden gefallen und sie hatte es noch nicht mitbekommen. Dass sie noch lebte, widersprach allem, was sie kannte. Sie tat es dennoch. Ein schwacher Lichtkegel, der sie hastig die Lider aufreißen ließ, durchbrach die Dunkelheit. Das kam von der Tür. Der Gedanke, dass sich die Tür ihrer Zelle geöffnet haben könnte, weckte Kräfte, die sie schon vergessen geglaubt hatte.

»Aufstehen! Jetzt! Beweg dich!«, herrschte Liz sich an. Zu ihrer Überraschung kam sie sogar auf die Beine und schleppte sich an die Tür. Also – das verstand sie nicht – der Lichtkegel, der ihre Aufmerksamkeit geweckt hatte, war definitiv nicht das Resultat einer offenen Zellentür. Das Licht tanzte stattdessen wie ein Irrlicht auf der Tür herum und erlaubte an den betreffenden Stellen kurz einen Blick auf den Korridor vor der Zelle.

»Wie geht das?« Liz schüttelte den Kopf. Natürlich wusste sie es besser, aber die Löcher sahen wirklich wie Einschusslöcher einer Handfeuerwaffe aus.

»Das ist nicht real!« Sie schloss die Augen. Vermutlich träumte sie immer noch. »ICH WILL NICHT TRÄUMEN!« Das war eine Frage des Willens, sie wollte aufwachen!

Sie sah erneut auf die Tür, die zwar immer noch geschlossen, aber weiterhin abwechselnd an verschiedenen Stellen kurzzeitig transparent wurde. Okay, Jonahs Pistolenschüsse waren sicherlich nicht dafür verantwortlich.

»Wie kann eine massive Zellentür teilweise transparent werden?« Liz zerrte ihr Bewusstsein aus dem Dämmerschlaf. Das war technisch nicht möglich. Sie klopfte an die Tür, deren Integrität sich offenbar von einer optischen Spielerei nicht beeindrucken ließ. Das Ergebnis überraschte nicht: Sie befand sich wie zuvor weggeschlossen in ihrem Sarg. Sie konnte sich dieses Phänomen nicht erklären, zweifelte aber nicht an ihrer Wahrnehmung. Physik log nicht, sie erklärte sich nur nicht jedem Betrachter auf den ersten Blick. Was wie Magie wirkte, musste deshalb noch lange keine sein. Der Schlüssel, um dieses Rätsel zu lösen, lag sicherlich nicht in Untätigkeit verborgen.

Liz beobachtete das unwirkliche Lichterspiel und stellte fest, nicht bei jedem Wechsel auf den ebenfalls unbeleuchteten Korridor vor der Zelle blicken zu können. Dann griff sie zu und steckte den Finger durch eine der sich rasch bildenden Öffnungen. Nicht ihre beste Idee, da nach dem nächsten Wechsel der betreffende Finger in der Türe feststeckte, so dass sie ihn nicht wieder herausziehen konnte.

»Was ist das?« Es schmerzte nicht, aber der Finger war nun mit der Tür verbunden. Liz steckte fest. Ihre Augen verfolgten die anderen sich schnell bildenden und sich auch wieder verschließenden Öffnungen. Sie konnte ein Muster erkennen. Kurze Zeit später öffnete sich die Stelle, in der ihr Finger steckte, erneut. Ihn wieder herauszuziehen hätte sie nicht aus der Zelle herausgebracht, was ihr eigentliches Ziel war. Alles oder nichts – also drückte sie ihre Hand tiefer in die sich bildende Öffnung hinein.

»Es funktioniert!« Liz steckte auch die andere Hand in eine Öffnung und drückte bei jedem weiteren Zyklus nach. Inzwischen steckte ihr halber Körper in der Zellentür. Erklären konnte sie es nicht, aber darüber wollte sie sich auch nicht den Kopf zerbrechen. Stück für Stück drückte sie ihren Körper weiter durch die Öffnungen, die sich mit der Zeit an ihre Konturen anpassten. Weiter so! Sie würde diese Zelle endlich verlassen!

Minuten später. Das war nicht der richtige Augenblick, um sich über Zeit Gedanken zu machen. Liz hätte diese Chance auch genutzt, wenn es Tage gedauert hätte. Ihr Kopf befand sich bereits auf der anderen Seite. Im Korridor funktionierte ebenfalls keine Lampe mehr, allerdings sorgte eine schwach flackernde Lichtquelle einige Meter entfernt dafür, zumindest einige Meter weit sehen zu können. Sie stemmte sich weiterhin gegen die Tür. Den linken Arm konnte sie als Erstes wieder frei bewegen. Der Rest ihres Körpers folgte.

»Frei!« Liz rutschte auf den Boden. Ihr Herz schlug schneller vor Freude. Sie hatte es geschafft. Wenn auch auf eine Art, die physikalisch nicht nachvollziehbar war. Drauf gepfiffen, nur das Ergebnis zählte. Schließlich hatte sie es auch überlebt, schon ewig nichts mehr getrunken oder gegessen zu haben. Da wollte sie bei der Geschichte mit der Tür nicht so kleinlich sein.

Sie stand auf und fühlte sich regelrecht elektrisiert. Als ob die Tortur, die hinter ihr lag, nie stattgefunden hätte. Sollte sie nach Hilfe rufen? Nein, das würde sie lassen. Irgendetwas in diesem Gefängnis musste mächtig schiefgelaufen sein. Die Situation brachte es mit sich, dass sie auch Personen begegnen könnte, die es nicht gut mit ihr meinten. Wo waren überhaupt die Wärter?

Liz ging weiter. Die Durchscheineffekte befanden sich nicht nur an ihrer Zellentür, die gab es auch an anderen Türen, an Wänden, an der Decke und am Boden. Sie folgte einer Treppe hinauf, um den Zellentrakt zu verlassen. Auch hier waren alle Lampen aus. Das wenige Licht stammte komplett von diesen widernatürlichen Effekten, die sie dazu genutzt hatte, ihre Zelle zu verlassen. Ob das andere Insassen auch geschafft hatten?

»Hallo.« Liz blieb vor einer Zelle stehen und klopfte an die Tür. Keine Reaktion. Ein eingeschobenes Schild an der Wand zeigte an, dass die Zelle belegt war. Sie öffnete die Arretierung, was sich einfacher gestaltete, als sich erneut durch die Löcher zu quetschen.

Ihr kam ein Schwall Staub entgegen, sie drehte den Kopf weg. Hier roch es noch übler als bei ihr. Der Dreck versperrte die Sicht. Sie hielt sich die Hand vor den Mund und ging in die Zelle.

Verdammt, damit hatte sie nicht gerechnet. Dieser Fund ließ alles, was sie erlebt hatte, in einem völlig neuen Licht erscheinen.

¤

II. AD 4445 Nebula System – Emma – Vergraben

Der Boden vibrierte. Emma schluckte. Sie lud das Gewehr durch und zielte auf den Durchgang. Die dumpfen Detonationen ließen den Staub auf dem Boden tanzen. Mehrere Soldaten stürmten an ihr vorbei. Mit Blut, Schweiß und Dreck in den Gesichtern.

Sie zählte: vier, sechs, sieben; verdammt, warum nur sieben? Wo waren die anderen? Fünf Männer und zwei Frauen gingen atemlos neben ihr in Stellung.

Da hatten über vierzig Leute in der Bunkerkrone gegen dieses verfluchte Söldnerpack gekämpft. Es kamen keine weiteren.

»Colonel Pedical, wir konnten sie nicht aufhalten!«, schrie ein junger Lieutenant aufgelöst. Eine Platzwunde an seiner Stirn färbte sein Gesicht rot. Der Ärmel seiner ehemals weißen Uniform war zerrissen. Seine Hände zitterten.

»Beruhigen Sie sich!« Emma wischte ihm mit der Hand Blut von der Wange. Eine weitere Explosion ließ sie einen Schritt auf die Seite machen. Das Licht in dem tief in den Boden gegrabenen Bunker flackerte. Zwei Displays an einer Konsole, die anzeigten, was sich oben abspielte, fielen aus. Mit Mitte Dreißig gehörte sie von den wenigen, die noch lebten, zu den älteren.

»Aber sie kommen!«

»Das ist in Ordnung ... wo ist der Captain?«

Er schüttelte den Kopf.

»Dann führen Sie den Trupp an!«

»Ja, Ma'am.«

»Was ist mit Ihrer Waffe?«

Er sah verstohlen auf seine blutverschmierten Hände. »Eben hatte ich sie noch.«

»Nehmen Sie meine.« Emma gab ihm ihr Gewehr und einen Gurt mit vier Magazinen. Die Munitionstaschen des Lieutenants waren leer und verloren hatte er sie sicherlich nicht. »Nehmen Sie sie, kämpfen Sie und beschützen Sie Ihre Kameraden.«

»Ma'am?«

»Lieutenant, ich befehle Ihnen, unseren Rückzug zu sichern! Das gilt für alle! Sofort abrücken!« Dieser Bunker war nicht länger zu halten. Es würde nicht mehr lange dauern, bis ihre Gegner hier unten sein würden. »Sie werden umgehend zu Commander Vagelis aufschließen und den Bunker verlassen!« Dazu würde der Weg den Lieutenant tiefer unter die Erde führen. Sie hatten sich in den letzten Jahren wie Wühlmäuse unter die Haut von Nebula gegraben. Vierzehn Jahre lebte sie bereits hier, mit guten und schlechten Tagen, vierzehn Jahre, zu denen vermutlich kein weiteres dazukommen würde.

»Ja, Ma'am!« Er zögerte. »Und Sie?«

»Ich komme klar. Gehen Sie jetzt!« Die Jahre im Krieg hatten Emma verändert. Sie lebte schon so lange hier unten, dass sie nicht mehr wusste, wie die Sonne aussah. Niemand blieb bei dem, was sie erlebt hatten, derselbe.

»Aber ich kann doch nicht ...«

»Können Sie!« Der Lieutenant war der Letzte. Die anderen waren schon abgezogen. Sie drückte ihn durch die gepanzerte Tür, lächelte gequält und schloss sie. Um die Söldner im Dienst der Corporation, die sie jagten, würde sie sich selbst kümmern.

Emma eilte zu der Konsole. Nur eins von vier Displays funktionierte noch. Das Feuerleitsystem der Railgun war ausgefallen. Da ging nichts mehr. Eine weitere Detonation erschütterte den Boden. Die dürften bereits im Bunker sein. Sie steuerte mehrere Überwachungskameras in den

Korridoren an, von denen keine mehr reagierte. Ohne den Feind zu sehen, konnte sie ihn nicht bekämpfen.

»Mist!« Alles zerstört. Dann anders, sie aktivierte zwei Drohnen, die außerhalb des Bunkers versteckt waren. Die Idee stammte von Leia, Commander Leia Vagelis, ihrer vorgesetzten Offizierin und beste Freundin, die in der Regel viele gute Ideen hatte. Sekunden später bekam Emma Bilder. Schön waren sie nicht.

Das zerbombte Areal in der Nähe der Bunkerkrone sah aus wie eine Mondlandschaft. Mehrere feindliche Gleiter, notdürftig reparierte Kisten der Söldner und korrupter Feds von Exillium, landeten gerade. Die Scharmützel mit ihnen dauerten nun bereits sieben Jahre an, aber erst in den letzten Wochen waren die Kämpfe eskaliert. Die wollten vor Ankunft der Corporation Tatsachen schaffen. Dazu hatten sich sogar die ansonsten verfeindeten Gruppen im Kampf gegen Emmas Brüder und Schwestern zusammengeschlossen.

Emma konnte ungefähr zwanzig Kämpfer erkennen, die mit Handfeuerwaffen und Haftminen auf die zerschossene Bunkerkrone zurannten. Die erste Drohne fiel aus. Natürlich waren diese Systeme nicht unsichtbar und auf kurze Distanz leicht abzuschießen. Ihr blieb keine Wahl. Die Zeit drängte. Sie musste ihren Feinden zuvorkommen. Sie öffnete einen Kanal.

»Kannst du mich hören?«

»Ja ... warum brichst du die Funkstille?«, fragte Leia, die sich gemeinsam mit Nebula auf einer Ebene unter ihr befand. Beide waren davon ausgegangen, länger in diesem Bunker bleiben zu können. Offensichtlich ein Irrtum.

»Die haben uns gefunden.«

»Das war nicht zu überhören.«

»Die Krone ist gefallen ... sieben Überlebende stoßen gleich zu euch. Nimm sie bitte mit und bringt euch in Sicherheit. Die werden gleich bei mir sein.«

»So schnell?«

»Die haben Haftminen.« Der Plan war es gewesen, sich in diesem bereits bei früheren Kämpfen beschädigten Bunker unerkannt zu verstecken. Für offene Kämpfe reichten ihre militärischen Kapazitäten schon lange nicht mehr. Die letzte gewonnene Schlacht lag bereits sieben Jahre zurück. Leider waren sie in den Folgejahren laufend schwächer und ihre Gegner stetig zahlreicher geworden. Drei von vier Raumschiffen, die in den letzten Jahren nach Nebula gekommen waren, hatten vor allem Glücksritter, Deserteure und Profiteure auf den Planeten gebracht.

»Was ist mit dir?«

»Ich halte sie auf.«

»Emma!«

»Wir haben das besprochen ... wenn ich es nicht tue, wird niemand von uns überleben!« Emma hatte nichts zu verlieren. Sieben Jahre war es mittlerweile her, dass sie Kenan verloren hatte. Es gab niemanden, der seinen Platz einnehmen konnte. Kenan war mit Jonah nach Exillium aufgebrochen, um Hilfe zu organisieren. Ein guter Plan und dennoch ein Fehlschlag. Sie hatten damals neben den beiden Brüdern auch Kono verloren. Das war der Anfang vom Ende gewesen. Das Ende, das ihnen heute bevorstand. Von den schweren Verlusten im Kampf gegen eine Flotte der Feds und Casper, einen Agenten der Administration, hatten sie sich nie erholt. Casper, dieser verfluchte Bastard!

»Ja ...« Leia weinte.

»Also geh jetzt!«

»Ich ...«

»Sag nichts mehr ... geh einfach!« Emma konnte ihre Tränen nicht zurückhalten. »Beschütze Nebula!«

Dann trennte sie die Verbindung. Emma liebte Nebula wie ihr eigenes Kind. Das Kind, das sie mit Kenan nicht haben konnte. Das Mädchen, das den Namen ihrer Welt trug, war inzwischen einundzwanzig Jahre alt. Eine in vielen Dingen besondere Person, die mit dem Erbe ihrer künstlichen DNA kein leichtes Los zu tragen hatte. Ihre überragenden digitalen Fähigkeiten waren leider in einem konventionellen Bodenkampf nicht viel wert.

Emma wurde von einer nahen Explosion von den Beinen gerissen. Die Erschütterungen zerstörten auch das letzte Display ihrer Konsole. Das klang verdächtig nach einer der Haftminen, die sie einen der Söldner eben noch in die zerstörte Bunkerkrone hatte hereintragen sehen. Sie wusste nicht, ob die Panzertür der Explosion standgehalten hatte. Gleich würde sie es erfahren.

»Ich brauche ein Upgrade ...« Emma rappelte sich auf und sah auf eine dreckig beige Gefechtsrüstung, die in der Ecke lag. Not machte erfinderisch. In ihrer Situation blieb ihr keine Alternative. Sie schnippte ihre Schuhe in die Ecke und zog sich bis auf den Slip aus. Das System funktionierte nur bei Hautkontakt. Ihr Körper war übersät mit Narben und blauen Flecken. Sie schlüpfte zuerst in die Hose, die ihr im inaktiven Zustand drei Nummern zu groß war. Dann in die Jacke, die beiden Komponenten schlossen sich eigenständig. Das Kopfstück, das wie eine Skimütze aussah, war am Kragen integriert. Auch ihre Hände und Füße waren geschützt. Die Aramid-Verbundfasern konnten Projektilen von Handfeuerwaffen trotzen, machten sie aber dennoch nicht unverwundbar. Ihre Knochen konnte sie sich immer noch brechen.

»Aktivieren.« Als ob jemand sie aufblies – Emma fühlte sich umgehend um dreißig Kilogramm bionische Muskelmasse bereichert, die sich dicht und kühl an ihren Körper anschmiegte. Die Steuerung dieser Rüstung war einfach, es gab keine. Die künstlichen Muskeln beschleunigten schlicht jede ihrer Bewegungen und bezogen Energie von ihrer Körperwärme. Weswegen sie in dem Ding auch verdammt viele Kalorien in der Minute verbrauchte. Normalerweise wurde eine solche Exomuskulatur von einer Panzerung und einer externen Batterie ergänzt. Weder das eine noch das andere stand ihr zur Verfügung. Eine Waffe hatte sie auch nicht mehr, aber da würden sicherlich gleich bei Bedarf genug auf dem Boden herumliegen.

»Gott, hilf mir ...« Emma hatte schon lange nicht mehr gebetet. Es brachte ohnehin nichts. Menschen, die sie liebte, waren dennoch gestorben. Sie biss die Zähne zusammen, die hätten ihr Kenan nicht nehmen sollen.

Eine weitere Explosion erschütterte den Bunker, Flammen schlugen in den Raum. Die Lampe an der Decke platzte. Mit dem Verpuffen der Flammen wurde es dunkel. Jeder der sieben Soldaten hätte, wenn sie bei ihr geblieben wären, in diesem Moment den Feuertod gefunden. Emma sah, wie ihre verschlissene weiße Uniform auf dem Boden verbrannte. Ihre bionische Exomuskulatur, die Hitze in Energie umwandelte, kam mit dem Feuer besser klar.

»Wie tief ist das Scheißloch überhaupt?«, brüllte jemand durch den Korridor.

»LOS! RUNTER! WIR RÄUCHERN SIE AUS!«, rief ein Zweiter. Emma wollte keinen der beiden Männer kennenlernen.

»Geh doch selber!«

»Memme! Da lebt niemand mehr! Wir haben denen mächtig den Arsch abgefackelt!«

»Sicher?«

»Ja ...« Dem folgte ein leises Klicken und eine Sekunde später das Geräusch, als wenn eine kleine Eisenkugel auf Beton fiel. Emma kniete hinter dem Durchgang an der Wand und machte sich klein. Mit den Armen schützte sie ihren Kopf. Es waren die leisen Töne, die Angst machen. Im nächsten Moment explodierte eine Handgranate. Klar, sie hätte es nicht anders gemacht. Die Druckwelle presste sie gegen die Wand. Schläge trafen sie an der Schulter, an der Seite und am Oberschenkel. Das waren Splitter, die hoffentlich nicht die Aramid-Rüstung durchschlugen. Sie wollte vor Schmerzen schreien, tat es aber nicht. Nicht bei dem, was sie erlebt hatte. Nein, sie würde nicht aufgeben.

»Glaubst du, da lebt immer noch jemand?«

»Ähm ...«

»Also weiter!« Der Erste betrat den ausgebrannten Raum. Emma war wegen des Rußes beinahe pechschwarz. *Kenan, ich liebe dich,* dachte sie und stand auf.

»Scheiße, was ist das denn ...«, schrie der Kerl, auf den Emma zustürmte, panisch. Sie bekam ihn am Nacken zu packen und zertrümmerte mit dem Knie seinen Kopf, der wie eine reife Melone platzte. Das war nur eine Frage der Geschwindigkeit.

»KNALL DAS HÄSSLICHE VIEH AB!« Schüsse fielen. Das Mündungsfeuer der automatischen Waffen zeigte Emma, wo ihre Gegner standen. »KNALL ES AB!«

Als ob sie ein Pferd trat, riss es ihre Schulter nach hinten. Unter der nächsten Salve tauchte sie weg, die sie zwar nicht töten, aber unnötig schmerzen würde. Sie traf den Schützen mit der Faust von schräg unten in den Bauch und drang in seinen Körper ein. Der Mann schrie und schoss hilflos in die Decke. Blut spritzte durch die Luft. Sein Blut und das der Frau neben ihm, der er unabsichtlich in den Kopf schoss. Die Dritte war aus dem Rennen.

»WAS IST DAS!«, rief ein anderer. »TÖTET ES! TÖTET ES!« Mindestens vier weitere Schützen feuerten in den Raum. Emma hob den sterbenden Mann hoch und nutzte ihn wie eine Keule, um die anderen von den Beinen zu holen. In diesem Kampf gab es keine Fairness. Die Typen würden ihr auch keine Chance geben.

»DAS MONSTER IST ...« Weiter kam der Mann nicht. Emma schleuderte zuerst die Leiche weg, dann schlug sie dem Schreihals den Kopf von den Schultern. Eine dumpf klingende Waffe wurde auf sie abgefeuert. Die doppelte Ladung einer Schrotflinte traf sie am Rücken. Emma wurde gegen die Wand geworfen und schnappte nach Luft. Es knackte. Das war eine ihrer Rippen, aber das reichte nicht, um sie zu töten.

»ICH HABE DAS DING VOLL GETROFFEN!« Weitere Projektile aus automatischen Waffen trafen sie. Die schossen sich auf sie ein. »HALTET DRAUF!«

Sie schrie. Sie drehte sich. Sie sprang aus der Hocke an die gegenüberliegende Wand. Die Einschüsse der Waffen ließen den Beton aus den Wänden platzen. Der Raum war voller Staub. Auch bei mehr Licht hätte man nicht viel gesehen. Es roch nach Blut, heißem Metall und verschossener Munition. Sie bewegte sich schneller, als die Schützen sie ins Visier nehmen konnten und riss zwei ihrer Gegner um. Dem einen schlug sie die Faust in den Kopf, dem anderen hatte sie bereits mit dem ersten Kontakt das Genick gebrochen. Weitere Schüsse trafen sie. Das musste aufhören.

»WIESO STIRBT DAS DING NICHT?«

»WEIL DER ARSCH EINEN GESCHOSSHEMMENDEN BIONISCHEN KAMPFANZUG TRÄGT UND DU IDIOT MIT EINEM ZU KLEINEN KALIBER AUF IHN SCHIESST!«, rief eine Stimme von hinten. Der Mann hatte es verstanden. »RÜCKZUG! WIR BRAUCHEN EINE HAFTMINE! BRINGT EINE MINE!«

Sicherlich nicht! Emma packte zwei Gegner am Hals und drückte zu. Ein Mann und eine Frau. Das machte keinen Unterschied. Es knirschte. Sie hob beide hoch. Die schossen auf sie. Dutzende Projektile schlugen aus kurzer Distanz in ihren Bauch und auf die Oberschenkel. Sie ignorierte die Schmerzen und rannte mit den beiden schreiend auf den offenen Durchgang zu. Die Haftmine konnten die sich selbst auf den Rücken schnallen.

Drei ihrer Gegner flüchteten eine metallische Wendeltreppe nach oben, zwei weitere erschlug Emma. Jemand schoss von oben auf sie, traf sie aber nicht.

»DIE MINE KOMMT! VOLLE DECKUNG!«, schallte es von oben herunter. Emma riss den Kopf hoch und sah die schwarze Tonne auf sich zufallen. Die Schwerkraft arbeitete heute nicht auf ihrer Seite. Eine ähnliche Mine hatte vermutlich weiter oben eine ein Meter starke Panzertür geknackt. Mit der wollte sie sich nicht anlegen. Erst recht nicht in einem nahezu geschlossenen Korridorsystem, aus dem der Druck kaum entweichen konnte.

Emma rannte zurück in den Raum, aus dem sie gekommen war. Die Mine schlug dumpf auf den Boden. Die Betonwand würde ihr keinen großen Schutz gewähren.

»ZÜNDUNG!«, schrie jemand. Sie sprang, machte sich klein und schützte ihren Kopf.

Die Mine detonierte. Tosender Lärm. Überall war Feuer. Die Betonwand zwischen Emma und der Mine zerriss es in metergroße Bruchstücke. Die Decke gab nach. Dunkelheit.

Emma war nicht tot. Sie konnte sich aber nicht mehr bewegen. Die Explosion hatte sie verschüttet. Mit dem Einsatz der Mine hatten sich die Angreifer glücklicherweise die Chance genommen, Leia, Nebula und den anderen zu folgen.

»Kenan«, flüsterte sie und erinnerte sich an ihn. Dabei war ihre erste Begegnung alles andere als harmonisch verlaufen. Beide waren sie an Bord eines Gleiters gewesen, nackt, eine Situation, die nicht hätte unromantischer sein können. Sie hatte diesem unverschämten Mistkerl den Tod gewünscht. Das war mittlerweile vierzehn Jahre her. Immerhin hatte ihnen das Schicksal sieben schöne Jahre geschenkt, von denen sie jedes einzelne genossen hatte. Hätte sie sich damals vorstellen können, sich in einen Avatar, der von einer KI gesteuert wurde, zu verlieben? Einer KI, die eine Kopie eines auf Nebula vor einundzwanzig Jahren im Kampf gefallenen Soldaten darstellte? Nein, sicherlich nicht, aber sie hatte es dennoch getan.

Nebula, eine Klasse-1 Welt, von denen es nach dem Untergang der Erde nur drei weitere gab: Sigma, Zeta und Exillium, war ein Paradies. Hier gab es Wasser, Pflanzen und Tiere. Zudem wurde hier natürliches Tridaterium gefunden. Ein extrem kostbares Metall, das, mit anderen Stoffen verdichtet, zu einer unvorstellbar starken energetischen Reaktion in der Lage war. Der Stoff, aus dem Träume bestanden. Träume, andere Welten zu bereisen und auf nahezu lichtschnelle Raumreisen zu verzichten. Auf der Basis von Tridaterium konnten Wurmlöcher geschaffen werden, vom Menschen generierte Raumkrümmungen, die mehre Lichtjahre voneinander entfernte Welten in direkte Nachbarschaft brachten.

Das Problem lag dabei in der verfügbaren Menge des bisher nur in großen Zentrifugen herstellbaren künstlichen Elements Tridaterium. Die auf diese Art hergestellten Wurmlöcher konnten nur als Radiosignale formatierte Informationen übermitteln. Um ein Raumschiff durch ein entsprechend großes Wurmloch reisen zu lassen, reichten leider die Tridaterium-Produktionskapazitäten in dem gesamten vom Menschen bewohnten Teil der Milchstraße nicht aus. Nebula wäre auch ohne das in Unmengen vorhandene natürliche Tridaterium extrem wertvoll gewesen. Insgesamt sprengte der Wert jegliche Vorstellungskraft. Und jegliche Menschlichkeit. Aus Gier und Machtstreben mussten bisher Millionen Siedler sterben.

Dieser Kampf fand kurz vor dem Eintreffen von Kriegsschiffen der Corporation seinen traurigen Höhepunkt. Die Überlebenschancen der Siedler waren gering. Wie ihre eigenen. Emma ging davon aus, in Kürze zu ersticken.

»NEIN!« Emma stemmte sich gegen den Dreck und schlug wild um sich. Sie hatte sich auf diese Himmelfahrtsmission eingelassen, weil sie Kenan wieder nahe sein wollte. Aber was wäre, wenn er noch lebte? Was wäre, wenn er den Weg zurück nach Nebula suchte? Das mochte vielleicht unwahrscheinlich sein, aber nicht unmöglich. Was wäre, wenn er zurückkäme und sie schon aufgegeben hätte?

»Nein!« Sie dachte, sich für andere zu opfern, sollte leichter sein. War es aber nicht. Unbändiger Lebenswille erfüllte sie. Mit dem Tod vor Augen wollte sie sich nicht zufriedengeben. Mit aller Kraft schlug und trat sie um sich. Verstärkt von ihrer bionischen Exomuskulatur, die noch tadellos funktionierte.

»NEIN!« Sie wollte Kenan wiedersehen. Wie auch Leia und Nebula. Aufzugeben kam nicht infrage. Erde und lockeres Gestein rutschten nach. Die Luft schmeckte abgestanden. Es fiel ihr immer schwerer, zu atmen. Sie kämpfte ihr letztes Gefecht.

»N E I N!«, brüllte sie mit aller Kraft. Unter ihr bewegte sich etwas. Einen Moment später rutschte sie weg. Sie fiel, sie überschlug sich und landete auf dem Betonboden einer tieferen Bunkerebene. Zwei dreckige Soldaten halfen ihr, aufzustehen. Einer von ihnen war der Lieutenant, dem sie erst vor Kurzem befohlen hatte, sich zu Leia durchzuschlagen. Das Gewehr hatte er geschultert. Der junge Offizier hatte sie mit den Händen freigegraben.

»Colonel ... Sie waren nicht zu überhören.«

Emma zog sich die bionische Gesichtsmaske nach hinten. Ihre Haut war schweißnass. Das Gefecht dürfte sie einiges ihres ohnehin nicht üppigen Körperfetts gekostet haben. Im Prinzip nutzte die bionische Kampfrüstung den Menschen wie eine organische Batterie und bediente sich ähnlich rücksichtslos wie ein Vampir. Unmengen an Körperfett in wenigen Minuten zu verlieren, machte niemand lange mit. Mehr als dreißig Minuten Kampf hätte sie nicht überlebt.

»Danke.« Auch wenn er ihren Befehl nicht ausgeführt hatte, freute sie sich, ihn zu sehen. »Wo ist Commander Vagelis?«

»Das wissen wir nicht ... wir kamen nicht weiter. Der Weg ist verschüttet.«

»Mist!«

»Wie lief es mit den Söldnern?«

»Ich habe ein paar erwischt ... dann haben sie eine Panzermine in den Schacht geworfen.«

»Oh ...«

»Wo sind Ihre Leute?« Bereits während Emma fragte, sah sie die Jugendlichen hinter ihm am Boden sitzen. Der Jüngste von ihnen war erst fünfzehn.

»Uns geht es gut ...«, sagte eins der Mädchen. Vier, fünf, sechs, sieben, sie waren noch vollzählig. Niemand sollte Kinder in den Krieg schicken müssen, doch nicht zu kämpfen, konnten sie sich nicht leisten. Ihre Gegner wollten sie nicht überwältigen oder besiegen, denen ging es darum, sie alle auszulöschen.

»Hat jemand etwas zu essen dabei?« Emma hatte sich noch niemals so hungrig gefühlt. Die bionische Rüstung laugte sie aus. Drei aus der Gruppe gaben ihr, was ihr Proviant noch an Essbarem hergab. Zwei Energieriegel und eine abgepackte Trinkflasche. Lange würde sie damit nicht auskommen.

Minuten später. Emma führte ihre kleine Truppe tiefer in die Erde hinein. Der Stollen war in diesem Bereich in das nackte Gestein geschlagen. Hinter der nächsten Biegung versperrte ihnen ein Geröllberg den weiteren Weg.

»Wir sind eingeschlossen ... ich schätze, dass uns in diesem Bereich Sauerstoff für 8-12 Stunden bleibt«, erklärte der Lieutenant bemüht sachlich. Das war er aber nicht, er zeigte aus verständlichen Gründen Angst.

»Wir können nicht zurück«, sagte ein anderer aus der kleinen Truppe. Er wirkte betroffen und beleuchtete den Geröllberg mit einem tragbaren Scheinwerfer.

»Colonel, werden uns diese ungläubigen Söldner verfolgen?«, fragte der Jüngste der Gruppe. Ein blonder Junge mit hellen Augen, der noch eine Weile brauchen würde, bis er sich über eine Rasur Gedanken machen musste.

»Ja, leider.« Daran bestand für Emma kein Zweifel. »Aber nicht hier ... die werden sich andere Stellen suchen, um uns anzugreifen.« Sie sah sich um, viele Optionen blieben ihnen nicht.

»Was machen wir nun?«, fragte der Lieutenant.

»Graben.« Emma hätte ihm gerne eine bessere Antwort gegeben. In ihrem gerade inaktiven bionischen Anzug hatte sie viel Kraft, aber aufgrund ihrer schlanken Statur keine Ausdauer. Sie fing an, mit ihrer eigenen Körperkraft Steine auf die Seite zu werfen. »Wir müssen hier durch.«

Die anderen legten die Waffen ab und halfen ihr.

Eine Stunde später. Die staubige Luft wurde immer stickiger. Die Schätzung des Lieutenants, für 8-12 Stunden Luft zu haben, war offensichtlich zu optimistisch. Das würde nicht lange gutgehen. Emma hörte etwas. Die jungen Soldaten an ihrer Seite konnten sich kaum noch auf den Beinen halten.

»Wartet ...«

Drei Jungs stoppten, die anderen saßen ohnehin gerade auf dem Boden und rangen nach Luft.

»Hören Sie das auch?«, fragte der Lieutenant.

»Die graben von der anderen Seite ... gehen Sie zurück.« Emma aktivierte ihren Anzug und zertrümmerte mit der Faust einen zentnerschweren Brocken. Am Stück hätten sie das Bruchstück auch gemeinsam nicht bewegen können. Sie ging vor und drückte einen zwei Meter langen Quader auf die Seite.

»Könnt ihr uns hören?«, rief jemand durch das Geröll gedämpft.

»Ja ... wir sind acht Überlebende«, antwortete Emma.

»Geht zurück ... wir setzen Maschinen ein.«

Etwas später. Der Lieutenant strahlte. Licht fiel durch eine Öffnung im Geröllberg. Ein Schwall kühler Luft zog zu ihnen. Emma lächelte erschöpft, sie waren dem Sensenmann noch einmal von der Schippe gesprungen.

»Emma, du lebst?«, fragte Jerome, Captain Jerome Beesen, der mit 38 inzwischen auch zu den Alten gehörte. Ein netter Kerl, der mehr von ihr wollte, als sie ihm zu geben in der Lage war. Sie konnte Kenan nicht vergessen.

»Wir sind acht.« Emma teilte den Ruhm, das blutige Scharmützel in der Bunkerkrone überlebt zu haben, gerne mit ihren jungen Kameraden. Jeder von ihnen hatte mutig gekämpft.

»Ich bin so froh, dich zu sehen.« Jerome sah im Widerspruch zu seinen Worten alles andere als glücklich aus.

»Was ist passiert?«

»Komm erst einmal auf die andere Seite.« Er reichte ihr die Hand, während zwei Männer die Öffnung erweiterten.

»Jetzt rede schon ...« Emma wollte es wissen, Jerome war niemand, der dazu neigte, aus einer Mücke einen Elefanten zu machen.

»Es ist wegen Commander Vagelis ...«

»Was?!«

»Sie ist tot.«

Emma glaubte, keine Luft mehr zu bekommen.

»Du bist unsere ranghöchste Offizierin. Ich bin die Nummer zwei ... das ist kein guter Tag heute.«

¤

III. AD 4424 Piscium System – Roger – Manipuliert

Roger erachtete diesen Widerspruch als bemerkenswert: Obwohl die Erde inzwischen nicht mehr als ein lebloser Klumpen aus Dreck und heißem Magma war, drehte sich das öffentliche Interesse immer noch allerorts und jederzeit um die untergegangene Wiege der Menschheit. Weswegen einige Leute, die klüger waren als er, mit einer realistischen virtuellen Erde einen perfekten Ersatz erschaffen hatten. Dieses technologische Meisterstück wurde auf Computern auf Sigma und Zeta gehostet. Die Magie dieser binären Illusion lag dabei weniger in der technischen Perfektion – ein virtuell Reisender konnte sie nicht von der Realität unterscheiden – als in dem in den Köpfen vieler Menschen verankerten Narrativ, die allgemein bekannte Illusion über die Realität zu stellen.

Arbeiter in trostlosen Minenkolonien am Rande der Zivilisation arbeiteten sich jahrelang den Buckel krumm, um sich eine Woche Erlebnisurlaub im historischen London von 2020 leisten zu können. Diese Zeit wurde interessanterweise von vielen als der Höhepunkt der Erde erachtet. Danach waren dunkle Jahre gefolgt, die von Kriegen um Wasser, Ressourcen und einer nicht mehr zu verhindernden Umweltzerstörung geprägt waren.

»Major Leonard, wie sieht es bei Ihnen aus?«, fragte der Commander auf der Brücke der USS Sidney – Commander Roy Pearlman, der den Job auch nur bekommen hatte, weil seine Schwester dem Admiral drei Kinder ans Bein gehängt hatte.

»Perfekt, Sir.« Als ob Roger diesen lächerlichen Job nicht im Griff hätte, für den er sich als überqualifiziert erachtete. Als taktischer Offizier für elektronische Kriegsführung oblag ihm auf dem Flaggschiff ihrer Expeditionsflotte die Abwehr von feindlichen Signaturen und die Infiltration feindlicher Systeme mit eigenen militärischen Signaturen. In der einen Hand hielt er sozusagen eine binäre Fliegenklatsche und in der anderen eine Schachtel mit bissigen Computerviren und -würmern.

Richtig übel waren eigentlich nur KI-Systeme der Zero-Klasse, wie sie von Agenten der Administration genutzt wurden. Für die reichte keine Fliegenklatsche, da sie in der Lage waren, ihren Code eigenständig weiterzuentwickeln. Das war, als wenn ein Mensch in der Lage gewesen wäre, nur mit der Kraft seiner Gedanken seine eigene DNA zu verändern und sich nach Bedarf in einen Delphin, Adler oder Löwen zu verwandeln. Aber auch für Gegner dieser Art verfügte Roger über die richtigen Werkzeuge. Er selbst hatte tritoxische Logikcluster entwickelt, die hochentwickelten KIs zuckersüße nicht definierte Divisionen durch Null bescherten und sie damit kampfunfähig machten. Einmal infiltriert, begannen betroffene Kis, sich im Kreis zu drehen, also dieselbe Operation immer und immer wieder zu wiederholen und sich damit selbst ins digitale Nirwana zu befördern. Na ja, da niemand außer der Administration über KI-Systeme der Zero-Klasse verfügte, hatte er eine Abwehroption für eine Waffe geschaffen, über die mögliche Gegner nicht verfügten.

Zum Dank für seine Verdienste hatte das Flottenkommando ihm diesen Posten gegeben. Er musste zugeben, dass er sich dabei hatte verarschen lassen. Es wäre lukrativer gewesen, die binäre Waffe auf dem freien Markt an Terroristen zu verkaufen. Nein, das hätte er nie getan. Ihm war durchaus der mögliche Schaden bewusst, den der Missbrauch seiner Entwicklung auslösen konnte.

»Wir werden nicht lange im Piscium-System bleiben«, erklärte der Commander souverän, dem Roger einen IQ von 130 bis 140 zubilligte, womit dieser zumindest mittelmäßig intelligent war. Von solchen Medium-Brainern gab es in der Flotte der Corporation einige, die in dem vom Menschen bewohnten Teil der Milchstraße für Ordnung sorgten.

»Wirklich?«, fragte Roger und handelte sich dafür von Pearlman einen strafenden Blick ein. Okay, die kleine Spitze hatte der Commander verstanden.

»Haben Sie Einwände?«

»Nein, Sir.« Roger erachtete das Piscium-System als Anus der näheren Milchstraße und würde dem Verlassen dieses trostlosen Orts sicherlich nichts entgegenstellen. Hier gab es nichts. Weniger als nichts. Noch nicht einmal die wertlosen schwarzen Steine auf den drei Planeten waren interessant. Allerdings lag das System äußerst zentral und man konnte von hier aus andere Planeten schnell erreichen.

»Danke.«

Roger nickte, er sollte aufhören, den Commander zu verarschen. Das wäre besser für seine Karriere. Unter meist älteren und mäßig intelligenten Offizieren zu dienen, war für jemanden wie ihn nicht einfach. Vielleicht sollte er einfach noch eine Sprache lernen. Er beherrschte zwar schon einige, wie auch 307 historische Programmiersprachen, aber lernen war ein netter Zeitvertreib. Dass Computer im Jahr 2020 überhaupt funktioniert hatten, erachtete er als noch größeres Wunder als den Bau der Pyramiden. Die Ägypter wussten wenigstens, was sie taten.

»Wir werden ein unbekanntes System anfliegen, kartografiert als NW 91H und dort im Namen der Corporation die Ordnung sicherstellen. Die Flugzeit wird 2,14 Stunden und die Strecke 21,17 Lichtjahre betragen. Begleiten werden uns die Trägerschiffe USS Tucson und USS Newark. Wir starten in 37 Minuten.«

»Ja, Sir«, ertönte es aus vielen Mündern. Auf der Brücke

waren dreiundzwanzig weitere Offiziere anwesend, deren Gesellschaft Roger noch weniger schätzte als die des Commanders. Das Reisen in die Zukunft hatte etwas. Es gab keine bessere Methode, unangenehmen Bekanntschaften aus dem Weg zu gehen.

»Major Leonard!«

»Ja, Sir?«

»Auf ein Wort in mein Büro ...«

»Ja, Sir.« Roger verdrehte in Gedanken die Augen. Wollte der Commander ihm ernsthaft eine Standpauke halten?

»Commander.« Roger stand vor dem Schreibtisch, während der Commander auf seinem Stuhl saß.

»Rühren ... nehmen Sie bitte Platz.«

»Ja, Sir.« Okay, das hörte sich nicht nach Standpauke an. Roger setzte sich ebenfalls.

»Major, ich halte Sie für den Militärdienst für völlig ungeeignet. Sie sind arrogant, überheblich und haben Probleme, sich einzuordnen«, erklärte sein kommandierender Offizier jovial.

»Ähm ...« Doch Standpauke?

»Dennoch habe ich dieses Kommando nur akzeptiert, wenn das Flottenkommando es schafft, Sie auf meinem Schiff zu verpflichten. Unglaublich, oder?«

»Ähm ...« Roger nutzte diesen peinlichen Fülllaut der Sprachlosigkeit selten und sicherlich noch seltener doppelt. Warum hatte der Commander ihn haben wollen?

»Überrascht?«

»Ja, Sir.« Und neugierig.

»Ich erkläre es Ihnen: Im Jahr 4343, also vor 81 Jahren, gab es auf Sigma im Draconis-System einen folgenschweren Zwischenfall. Dr. Annika Boergaard, 46 Jahre alt, Systembiologin und Kausalanalytikerin, wurde püriert und mit Epoxidharz verquirlt unter der Decke ihres Schlafzimmers aufgefunden.«

»Unappetitlich.« Roger verabscheute Gewalt.

»Oh ja.«

»Ein Verbrechen?« Roger hatte davon noch nie gehört, dabei vergaß er nie etwas.

»Selbstmord. Ich weiß, das geht sicherlich einfacher, aber sie hat es auf diese ungewöhnliche Art getan.«

»Warum?«

»Über die Motive liegen mir keine Informationen vor. Boergaard hat ihr ganzes Wissen und einen Security-Level-18-Generator genetisch codiert und in der DNA eines Embryos versteckt.«

»Wie zur Hölle kam sie an einen Sec-18-Generator?« Da würde noch nicht einmal er drankommen. Das Sec-18-Berechtigungskonzept der Corporation galt als wasserdicht. Das konnte man nicht hacken oder anderweitig manipulieren.

»Sie hat das Sec-18-Konzept geschrieben.«

»Meinen Respekt für diese Leistung.« Das Sicherheitskonzept war wie die virtuelle Erde ein binäres Kunstwerk: schlicht, effektiv und absolut narrensicher.

»Eine bemerkenswerte Frau. Sie zu verlieren, war ein großer Verlust für die Corporation.«

»Und sie hat die Daten in der DNA eines Embryos codiert?« Die Frau war ein Genie.

»Ja.«

»Ein gutes Versteck.« Roger erachtete diesen Schritt als brillant, um Informationen zu schmuggeln. Annika Boergaard selbst sah er auf Augenhöhe. Eine Geste des Respekts, die er nicht vielen Menschen zukommen ließ.

»In der Tat ... eine Polizistin, Felicitas Cortez ist mit dem Embryo in ihrem Uterus geflohen und von der Bildfläche verschwunden. Aufgetaucht ist sie wieder im Jahr 4372, also 29 Jahre später, über Exillium im Keid-System. Trotz großer Bemühungen sie abzufangen, gelang ihr erneut eine Flucht.«

»Eine Frau im Kampf gegen das System.«

»Reden wir nicht darüber ...«

»Wohin ist sie geflohen?«

»Das wusste niemand ... bis heute.«

»Lassen Sie mich raten: NW 91H.« Das war in dieser Situation naheliegend.

»Genau. Die Klasse-1 Welt NW 91H und Felicitas Cortez sind unser Job. Unsere Warteposition wurde nicht zufällig gewählt. Vom Piscium-System können wir drei mögliche Anflugorte abdecken, die unsere Zielperson theoretisch dieses Jahr anfliegen kann. Wir müssen die Frau und den Planeten schnellstens unter unsere Kontrolle bringen. Ich bin berechtigt, sämtliche notwendigen Maßnahmen zu autorisieren, um diesen Auftrag zu erledigen.«

»Cortez wird uns 21 Jahre voraus sein.« Für alle auf NW 91H würde die Reise der USS Sidney besagte einundzwanzig Jahre dauern. In dieser Zeit konnte einiges passieren.

»Das ist leider korrekt ... Sie sind der einzige Mensch, der bisher eine Waffe entwickeln konnte, um eine KI der Zero-Klasse in die Knie zu zwingen. Ich möchte heute Ihre Fantasie bemühen und Sie bitten, sich noch einen viel schlimmeren Gegner vorzustellen.«

»Schlimmer, Sir?«

»Mir liegen prekäre Informationen unseres Nachrichtendienstes und eines Agenten der Administration vor. Die digitale Bedrohung, die auf NW 91H entstehen könnte, ist gewaltig. Mir wurde nahegelegt, extrem vorsichtig vorzugehen. Wir wissen aktuell nicht, was uns dort in 21 Jahren erwartet.«

»Ich verstehe ...« Roger gefiel es, herausgefordert zu werden. »Stehen uns Informationen zur Verfügung, damit ich mich in den Werdegang von Dr. Annika Boergaard einlesen kann?« Es war besser, seine Gegner zu kennen. Er wollte wissen, wie die Frau früher komplexen Problemen begegnet war.

»Ich werde Ihnen die Information beschaffen.«

»Danke.«

»Kann ich auf Sie zählen?«

»Ja, Sir.« Natürlich konnte sich der Commander auf ihn verlassen. Roger sah sich nicht als Regimegegner. Politisch erachtete er den Kurs der Corporation als den einzigen Weg, die Menschheit wohlbehalten ins nächste Jahrtausend zu bringen.

Noch neunzig Minuten. Die Vorstellung, beinahe so schnell wie das Licht zu fliegen, faszinierte Roger. Für einen Raumfahrer und einen entfernten Betrachter unterschied sich dabei die Wahrnehmung der Zeit. Während er auf dem Schiff eine halbe Stunde erlebte, vergingen für jeden anderen in der Milchstraße fünf Jahre. Die Zeit dehnte sich. Das Phänomen, das Albert Einstein vor fünfhundert Jahren in der speziellen Relativitätstheorie beschrieben hatte, nannte sich Zeitdilatation. Physik im Grenzbereich war spannend, aber nicht sein eigentliches Thema. Seine Welt bestand aus Nullen und Einsen und allem, was man daraus machen konnte: wie man an der virtuellen Erde sah, fast alles.

»Hey, Roger!« Captain Cloe Misano setzte sich mit einer Tasse Kaffee zu ihm. Roger saß im Freizeitbereich der USS Sidney. Er musste erst wieder in einer Stunde auf der Brücke sein und genoss eine Tasse heiße Schokolade. Wenn sich an der Firewall etwas tat, würde ein Tracker ihn informieren.

Sie gehörte zur Triebwerksinstandhaltung und hatte eigentlich nichts mit seiner Arbeit zu tun. Sie war auch zwanzig Jahre älter, verheiratet und hatte zwei Kinder. Alles Dinge, die auf Roger nicht zutrafen. Dennoch hatten sie eine Gemeinsamkeit: ihre Körpergröße. Cloe brachte es auf 1,22 Meter, er auf stattliche 1,34 Meter. Sie waren die einzigen beiden Kleinwüchsigen auf dem Schiff.

»Hi Cloe ...« Roger schätzte ihre kurzen Unterhaltungen in den Pausen, auch wenn sie selten viel sprachen. Sprechen wurde ohnehin überbewertet, man konnte sich auch ohne große Worte oder Gesten verstehen.

»Was liest du da?«

»Polizeiakten.«

»Oh ...« Dann schwieg sie und trank weiter ihren Kaffee. Er las eigentlich nie Dinge, die sie betrafen.

»Über eine Frau, die einen großen Fehler gemacht hat. Sie ist flüchtig, aber ihre Tat wirkt nach.«

»Wer?«

»Der Name ist unwichtig ...« Und vertraulich.

»Verstehe.«

Roger nickte, seine Gespräche mit Cloe waren immer durch eine gewisse Selbstverständlichkeit geprägt. Sie zeigte stets Interesse, aber ohne dabei zu bohren. Sie sagte, dass sie ihn verstehen würde, aber konnte er dasselbe auch über sich und Annika Boergaard behaupten? Er hatte noch nie einen so ungewöhnlichen Lebensweg verfolgen dürfen. Intelligent, gebildet und ehrgeizig, politisch unauffällig, und eher liberal einzuschätzen. Solche Menschen brachten sich in der Regel nicht um. Sie hatte Geld, einen tollen Job und litt unter keinerlei körperlichen Einschränkungen. Wo lag das Motiv? Warum tötete sie sich selbst? Nur um eine Polizistin gegen ihren Willen zur Mutter zu machen und sie mit einem Designer-Kind in die Zukunft zu entsenden? Nichts an dieser Geschichte ergab Sinn.

Er presste die Lippen zusammen. Der Bericht, den er lesen durfte, war manipuliert worden. Was musste ein Mensch tun, damit ihm die Corporation einundachtzig Jahre nach seinem Tod drei Trägerschiffe auf den Hals hetzte? Wenn dieses Kind wirklich geboren worden war und noch lebte, zu welchen Fähigkeiten mussten es diese in seiner DNA codierten Informationen in die Lage versetzen? Egal, in welche Richtung Roger diese Gedanken weiterentwickelte, die Administration sah dabei nicht gut aus. Es gab kein erkennbares Motiv. Menschen töteten aus Leidenschaft, aus Gier oder aus Dummheit. Gier und Dummheit glaubte er ausschließen zu können, also welche Leidenschaft hatte Annika Boergaard bewegt? Liebe, Rache oder Hass?

»Du wirkst so nachdenklich?«

»Entschuldige bitte ...« Roger musste etwas klären. Auf dieser Basis war er nicht in der Lage, eine individuelle Verteidigungsstrategie zu entwickeln. Er verstand weder, mit wem er es zu tun bekommen würde, noch welche Motivation diese Person bewegte. Die Dokumente ließen eine Tat aus Rache erkennen, aber dafür hatte er keine Beweise. Seine Intuition reichte nicht als Grundlage für eine fundierte taktische Analyse.

»Natürlich ...«

Roger legte Cloe kurz die Hand an den Arm und nickte. Es lag ihm fern, sie zu kränken. Die anderen sahen immer auf ihn herab, was oft in der Natur seiner Statur lag. Klein zu sein spielte an der Konsole eines Computers keine Rolle, im echten Leben schon. Die folgenschwere Tat Annikas, sich für eine erlittene Schmach mit einer binären Antwort zu rächen, konnte er verstehen. Er würde, in die Ecke getrieben, auch nicht anders reagieren. Nur, welches unerträgliche Ereignis hatte sie erleiden müssen?

»Commander ...« Roger ging durch den Korridor in Richtung Brücke. Glücklicherweise spürte man auf Raumschiffen dieser Größe aufgrund aufwendiger Ausgleichstechnologien nicht die hohen G-Kräfte. Ansonsten wäre er hier nicht so locker entlangmarschiert.

»Ja.«

»Können Sie sprechen?« Roger kommunizierte über einen unter der Haut implantierten Chip.

»Einen Moment ... jetzt.«

»Kennen Sie die Boergaard-Akte?« Es ärgerte Roger, dass er gegen einen besonderen Gegner antreten sollte, ohne von der eigenen Seite alle verfügbaren Informationen zu erhalten.

»Flüchtig ...«

»Das kann nicht alles sein ...«

»Wieso?«

»Weil niemand eine Armada Kriegsschiffe auf eine jahrzehntelange Reise durch den Raum schickt, um ein Gespenst zu jagen.«

»Erklären Sie es mir ...«

»Commander, Annika Boergaard war weder korrupt noch geisteskrank und sicherlich auch keine Terroristin. Diese Frau hat ihr Erbe in Sicherheit gebracht ... oder genauer: außerhalb der Reichweite der Administration. Egal, was sie mit diesem Kind für ein Wesen in die Welt gesetzt hat, sie wollte ihm die Zeit geben, unbehelligt aufzuwachsen.«

»Warum?«

»Vielleicht, um uns später anzugreifen? Sir, das kann ich Ihnen aufgrund der manipulierten Akten nicht erklären. Es wird nicht klar, warum sie sich gegen die Administration gestellt hat.«

»Rache?«

»Möglicherweise.«

»Major, Sie begeben sich mit dieser nicht belegten Anschuldigung auf dünnes Eis.«

»Denkbar ... aber lieber bringe ich Sie zum Nachdenken, als dass wir bei unserer Ankunft über NW 91H ein blaues Wunder erleben. Sir, ich bin Ihr taktischer Offizier und ich sehe einen Gegner, dessen Motive mir nicht klar sind. Man muss seine Gegner nicht mögen, aber man sollte sie verstehen.«

»Wir werden nach der Ankunft eine aktuelle Akte anfordern. In 21 Jahren dürfte einiges passiert sein.«

»Davon können wir ausgehen ...« Roger stellte sich gerade einen extrem überlegenen digitalen Gegner vor, der über das Wurmnetz in die Netze der Kernwelten Sigma und Zeta eindrang. Ihre gesamte Phalanx bestand aus der Doktrin, den Gegner bereits an einer undurchdringlichen Frontlinie zu erledigen.

»Major, wie lautet Ihre Empfehlung?«

»Volle Gefechtsbereitschaft. Maximale Versiegelung unserer Netzwerke. Einsatz der Störfelder ... beim Anflug auf NW 91H alle Jäger einsetzen. Wir sollten uns darauf vorbereiten, in der Hölle zu landen.«

»Danke Major, ich werde Ihre Empfehlung bei meiner Entscheidung berücksichtigen.«

Noch drei Minuten. Sie schrieben mittlerweile das Jahr 4445. Die Flotte der Corporation raste mit drei Trägerschiffen auf NW 91H zu. Die Triebwerke leisteten bereits vollen Gegenschub. Die ganze Energie, die man beim Beschleunigen benötigte, musste man beim Abbremsen ein zweites Mal aufbringen. Außerhalb der Schutzzonen wirkten dreistellige G-Kräfte auf die Schiffe.

Roger saß mit einem Vollvisier an seiner Konsole und wirbelte mit seinen kurzen Fingern über virtuelle Bedienfelder. Wenn er sich auf die Seite drehte, wurden ihm reale Personen auf der Brücke in sein Blickfeld animiert.

Das Netzwerk der USS Sidney hatte er in kleine Abschnitte aufgeteilt und die Übergänge geschlossen. Zudem gab es eine nette Sandbox, die einem Gegner vorgaukelte, das Netzwerk infiltrieren zu können. Eine Falle, ähnlich wie ein Stock mit Honig, um allerlei Viehzeug anzulocken. Alle Sensoren waren darauf ausgelegt, mögliche digitale Gegner aufzuspüren und unverzüglich zu bekämpfen. Dazu unterstützte ihn eine KI, die seine Drohnen steuerte.

»Virtuelle Gefechtsbereitschaft hergestellt!«, meldete er. Auf der USS Tucson und der USS Newark spiegelten Mitarbeiter seines Teams seine Schritte. Er würde sie im laufenden Einsatz mit notwendigen Informationen versorgen.

»Alle Hochenergiegeschütze einsatzbereit!«, tönte es hinter ihn. »Alle Flugdecks einsatzbereit!«

Noch sechzig Sekunden. Roger spürte am Boden Vibrationen. Gleich würde es losgehen.

»Meine Damen, meine Herren, Sie wissen alle, weswegen wir hier sind. Ich erwarte Höchstleistungen ... nicht mehr und nicht weniger! Ich weiß genau, dass Sie dazu in der Lage sind!«, rief Pearlman. Wer ihn auf der Brücke nicht live hörte, tat es über Lautsprecher auf dem gesamten Raumschiff. 12.000 Mann Besatzung hatte die USS Sidney, von denen jeder zuhören dürfte.

»Ich wünsche es uns nicht, aber es ist möglich, dass wir in schwere Kämpfe verwickelt werden ... darauf sind wir vorbereitet. Achten Sie auf sich und den Kameraden an Ihrer Seite. Ich zähle auf Sie!«

Die USS Sidney war in der Lage, derart extreme Brems- und Beschleunigungsmanöver zu fliegen, dass ein außenstehender Betrachter ohne technische Hilfsmittel weder einen Start noch den Anflug auf einen Planeten mitbekam. Das Schiff war einfach plötzlich da oder überraschend wieder weg.

»ZEHN SEKUNDEN! WIR ÜBERLADEN DIE FRONTALDEFLEKTOREN!«, rief jemand über die Brücke. Die Kriegsschiffe machten immer noch 0.1c, sie rasten also im Moment mit zehn Prozent der Lichtgeschwindigkeit auf einen Planeten zu. Die Verzögerung wurde stärker. Drei, zwei, eins, angekommen. »WIR SIND DA!«

Roger scannte alle verfügbaren Signalbereiche, brachte seine Drohnen aus und überwachte seine aktiven Firewall-Segmente. Die Welt NW 91H lag direkt vor ihnen. Ein blauer Planet, der wie die echte Erde aussah, wirklich ein Juwel.

»Kein digitaler Feindkontakt!«, rief er. Da versuchte niemand, sie zu infiltrieren. »Es gibt keinen aktiven Wurmknoten ... wir können keine Verbindung mit dem Flottenkommando aufbauen.« Das verwunderte sehr, da es in der Vergangenheit bereits einen Wurmknoten gegeben haben musste.

»Keine Jäger und keine Raketen im Anflug!«, rief ein weiterer Offizier. Alleine waren sie im Orbit über dieser neuen Welt dennoch nicht. Seine Scanner zeigten auf dieser Seite des Planeten 163 kleinere und größere Raumschiffe an. Ältere Kriegsschiffe, wie auch zivile Einheiten, ein richtig nettes Empfangskommando.

Roger konnte sehen, wie ihre Jäger in Ermangelung von Gegnern einen Verteidigungskokon um die Trägerschiffe bildeten. Er analysierte das Umfeld und identifizierte acht Raumschiffe, die aufgrund ihrer Bauart und Bewaffnung potenziell gefährlich sein konnten. Diese Informationen gab er weiter. Die Jäger, die Deflektoren, die Geschütze, alle Systeme übernahmen seine Daten für ihre Zielerfassung.

»Unbekannte Schiffe funken uns an ... die haben die Deflektoren unten und Feuerleitsysteme offline«, rief ein Offizier.

»Major Leonard, die gehören Ihnen!«, befahl der Commander.

»Ja, Sir.« Roger teilte die unbekannten Schiffe auf. Seine Leute auf der USS Newark und USS Tucson sollten auch etwas tun. Mit mehreren speziell für diese Aufgabe vorgesehenen KI-Systemen durchbrachen sie die Firewalls der Raumschiffe und infiltrierten deren Netzwerke. Binnen weniger als einer Sekunde hatten sie die Feuerleitsysteme, die Steuerung der Antriebsaggregate und deren gesamte Lebenserhaltung unter ihre Kontrolle gebracht. »Melde Übernahme ... alles ist gut. Die wehren sich nicht. Das ist ein Verband. Der kommandierende Offizier bittet um eine Unterredung.«

»Major Jackson, Sie kümmern sich um den Wurmknoten. Ich will in einer Stunde eine Verbindung mit dem Flottenkommando haben!«, rief der Commander, der in der Mitte der Brücke saß. Führen konnte er, alle tanzten nach seinem Takt.

»Ja, Sir.«

»Major Leonard, Sie wissen, wonach Sie zu suchen haben!« Der Befehl war für ihn. Falls das Kind von Annika Boergaard noch lebte, hier war und wirklich etwas Besonderes konnte, würde er es finden. Signaturen konnten sich nicht vor ihm verstecken.

»Wer ist der Typ? Hat jemand eine Identifikation für den kommandieren Offizier?«, fragte der Commander.

»Carl O'Brien, früher Colonel der Feds auf Exillium, desertiert, wir haben einen Haftbefehl für ihn.«

»Einen 21 Jahre alten Haftbefehl?«

»Ja, Sir.«

»Was hat er getan?«

»Korruption, Insubordination, Befehlsverweigerung, Misshandlung von Gefangenen, Diebstahl, Hehlerei, Drogenhandel, Menschenhandel, Vergewaltigung und Mord.«

»Na ja, kommt von Exillium. Die Kinder klauen dort schon, bevor sie laufen können.«

»Ja, Sir.«

»Ein Sicherheitsteam aktivieren. Ich werde mit ihm sprechen ... bringen Sie ihn an Bord.«

»Ja, Sir.«

»Major Lao, können Sie das Tridaterium auf der Oberfläche sichern lassen?« Die Frage ging an ihre Geologin auf der Brücke. Auf NW 91H wurde angeblich der wertvollste Stoff im Universum gefunden. Roger glaubte noch nicht daran.

»Sir ... dazu müsste ich den gesamten Planeten sichern. Ich habe Satelliten ausgebracht. Drei Prozent der gesamten Oberfläche von NW 91H bestehen aus Tridaterium.«

»Oh ...« Die Antwort ließ den Commander die Augen aufreißen. »Drei Prozent?«

»Ja, Sir.«

»Das ist viel.«

»Sehr viel sogar, Sir.« Sie lachte. »Das müssen wir nicht extra sichern. Von dem Zeug liegt da unten mehr herum, als wir in unsere Schiffe laden können.«

Roger staunte nicht schlecht. Der Abstecher nach NW 91H hatte sich gelohnt. Die Grundstückspreise dürften auf dieser Welt in absehbarer Zukunft steil nach oben gehen. »Commander?«

»Ja, Major.«

»Eine Frage: Wie nennen die Menschen, die hier bereits seit Jahren leben, diese Welt?« Niemand von denen würde die Kennung NW 91H benutzen.

»Kann jemand dem Major diese Frage beantworten?« Pearlman verstärkte seine Frage.

»Nebula. Sir, diese Welt hat den Namen Nebula bekommen«, antwortete ein Kommunikationsoffizier.

Roger lächelte innerlich. Nebula würde sicherlich ein bemerkenswerter und eifersüchtig beäugter Aufstieg im Kreis der bewohnten Welten der Corporation sicher sein.

¤

IV. AD 4445 Erde – Liz – Lebendig

Liz mochte vielleicht einiges vergessen haben und vermutlich hatte sie auch zu lange in einer dunklen Zelle gesessen, aber sie hatte sicherlich nicht ihren Verstand verloren. Was sie sah, konnte nicht sein. Das war nicht real. Nein, das war sogar physiologisch unmöglich. Der Gestank ätzte in ihrer Nase. Welche Tragödie hatte sich nur in diesem Gefängnis ereignet? Sie konnte sich kein Szenario vorstellen, das diese groteske Horrorshow erklärte.

»Was ...« Im Halbdunkel bewegte sich etwas. Liz wich erschrocken zurück. Das Ding öffnete die Augen, stöhnte heiser und streckte die Hand nach ihr aus. Dabei fiel ein Finger auf den Boden und löste sich in Staub auf. Sie schüttelte ungläubig den Kopf, zwang sich aber zu akzeptieren, was sie sah: Sie starrte auf eine lebende Leiche. Na ja, die Person sah zumindest aus wie eine Leiche. Ob Mann oder Frau konnte sie aufgrund der fortgeschrittenen Verwesung nicht feststellen. Leichen hoben üblicherweise nicht den Arm oder versuchten, mit abfallenden Fingern auf andere zu zeigen. Diese offenbar schon.

»Das ist nur Einbildung!« Sie schloss die Augen und öffnete sie erneut, was aber nichts an der Situation änderte. In der Zelle war es immer noch duster, staubig und die Leiche bewegte sich langsam auf sie zu. Was war überhaupt Realität? Feine elektrische Signale in ihrem Gehirn? Liz konnte nicht anders und berührte die Leiche am Arm. Sie musste es mit ihren Fingern erfahren, um es zu glauben.

»Das kann nicht sein ...« Liz hatte erwartet, dass der Arm durch die Berührung, wie der zu Boden gefallene Finger zu Staub zerfiel. Was er aber nicht tat. Der Arm veränderte sich dennoch. Nur anders als erwartet. Wie im Zeitraffer entstand im Umkreis von zwanzig Zentimetern an der Stelle ihrer Berührung ein Stück natürlich wirkende Haut. Sie zog ihre Hand zurück und beobachtete fasziniert, wie sich dieser Lazarus-Effekt Sekunden später umkehrte. Der Tod kam ein zweites Mal, genauso schrecklich wie zuvor.

»Kaum zu glauben ...« Liz ging auf die verzweifelt stöhnende Leiche zu und berührte mit beiden Händen deren kalte Wangen. Daraufhin bildete sich das warme Gesicht einer jungen Frau mit langen roten Haaren, der Tränen über die Wangen liefen. Der wiedererweckte Blick vermittelte Sehnsucht und Leid. Der Tod war für sie vermutlich ein nicht enden wollender Albtraum.

»Bitte töte mich ...«, flüsterte sie. »Bitte ... töte mich ... bitte.« Dann verstummte ihre kaum hörbare Stimme, während ihr das Leben erneut aus dem Gesicht fiel. Liz' körperliche Nähe gewährte der Rothaarigen offenbar nur wenige Sekunden frischer Lebenszeit, die Distanz nahm sie ihr umgehend wieder.

»Ich weiß nicht, wie ...« Egal, was die Frau noch sagte, Liz verstand es nicht. Die Realität, in der sie gelandet war, hätte nicht unwirklicher sein können. Was sie erlebte, passierte, auch wenn sie es nicht erklären konnte und ihr es noch weniger gefiel. »Ich versuche Hilfe zu finden, in Ordnung?«

Liz verließ die Zelle. Der Anblick der lebenden Leiche war schrecklich, aber interessanterweise nicht bedrohend. Die Tote, deren Gesicht sie kurz sehen durfte, hatte nicht versucht, sie anzugreifen. Dennoch wollte sie vorsichtig sein. Sie durchschritt den Korridor und hoffte etwas Hilfreiches zu finden. Was genau, wusste sie nicht, würde es aber sicherlich erkennen, wenn sie etwas finden würde.

Überall tanzten diese unerklärlichen Lichtflecke über die Wände, die ihr kurz einen Durchblick auf benachbarte Räume erlaubten. Sie wollte die anderen Zellen, an denen ein Belegt-Kärtchen an der Tür steckte, nicht öffnen. Die

Lösung zu diesem Problem würde sie hier nicht finden. Sie musste weiter.

Von der Ebene unter ihr drangen Geräusche herauf. Keine Worte, die sie verstand, aber da war etwas. Liz suchte einen Weg nach unten. Es müsste hier eine Treppe geben. Hinter der nächsten Ecke fand sie eine. Viel sehen konnte sie nicht, als sie in das dunkle Loch herabstieg. Hoffentlich war das kein Fehler. Was hätte sie in diesem Moment für eine Taschenlampe gegeben.

»Hallo?« Eine Antwort bekam sie nicht, aber unregelmäßige Schritte kamen auf sie zu. Jemand zischte, röchelte und ein anderer schnaufte wie ein hundertjähriger Kettenraucher mit Asthma. Der Boden unter ihren Füßen fühlte sich glitschig an. Ekelhaft! Leider konnte sie bei den Lichtverhältnissen kaum einen halben Meter weit sehen. Zudem stank es widerlich. Der Vorhof zur Hölle hätte nicht weniger einladend sein können. Hier unten gab es keinerlei dieser merkwürdigen Durchscheineffekte an den Wänden. Jemand packte sie am Arm. Nicht hilflos, wie die Frau zuvor, sondern fordernd.

»Nein!« Liz versuchte, sich von dem Griff zu lösen. Sie schlug nach dem Arm und lief die Treppe wieder herauf. Da wollte sie sicherlich nicht erneut runter. Für dieses rattenschwarze Loch reichte ihr Mut nicht. Auf dem Weg nach oben sah sie eine abgerissene Hand an ihrem Oberarm. Das war nicht die Hand einer bereits seit Längerem verwesenden Leiche, sondern die blutverschmierte eines Lebenden.

Liz schrie spitz auf, schlug sich die Hand weg und verfolgte deren rapiden Verfall. Sie sah die Treppe herab. Eine großgewachsene Leiche mit einer fehlenden Hand stieg ihr nach. Er stöhnte mit einem unnatürlich tiefen Ton. Mit dem Fuß schnippte sie ihm die Überreste seiner Hand zu. Die konnte er gerne wiederhaben.

Die Leiche riss den Mund unnatürlich weit auf. In den

Schlund hätte man einen kompletten Arm stecken können. Hinter ihm waren eine zweite und eine dritte Leiche zu erkennen, die langsam die Treppe heraufschritten. Die wollten zu ihr. Jeder von den drei Untoten sah schrecklich aus.

»Verschwindet!« Liz wollte niemanden von den Typen kennenlernen. Ihre linke Hand zitterte. Das war zu viel. Sie wollte nur noch weg hier. Weg von diesem Friedhof! Raus aus dem Gefängnis! »Lasst mich in Ruhe! Verschwindet!«

Liz trat der Leiche mit der abgerissenen Hand vor die Brust. Was sie sich einfacher vorgestellt hatte, da ihr Fuß nach dem Tritt auf der Rückseite seines Körpers herausragte. Viel einstecken konnte der nicht. Der Typ schrie wie eine Katze, die man in ein brennendes Benzinfass warf und packte mit seiner verbliebenen Hand ihre Wade. Er stand noch zwei Stufen unter ihr. Es passierte, was zuvor auch schon geschehen war, nur zum denkbar schlechtesten Zeitpunkt. Ihre Berührung verfestigte seine Brust, weswegen sie jetzt in ihm feststeckte. Auch seine verbliebene Hand erfuhr neues Leben, neue Kraft und offensichtliches Missfallen über das Bein in seiner Brust.

Beide schrien. Dann verlor Liz die Balance und stürzte mit ihm die Treppe herunter. Überall befanden sich Arme und Beine. Sie schlug hart mit dem Kopf am Boden auf. Alles verschwamm vor ihren Augen. In der Dunkelheit konnte sie kaum etwas sehen. Von der Treppe her fiel nur wenig Licht in diesen Bereich. Hände griffen nach ihr, viele Hände, mehr Hände, als sie abwehren konnte. Liz wollte aufstehen, wollte sich befreien, war dazu aber nicht mehr in der Lage. Egal, was die gerade mit ihr taten, sie wollte es nicht.

»AUFHÖREN!«

Niemand reagierte. Viele Hände gruben sich gierig in ihre Haut. Sie hörte, wie Kleidung zerriss. Die Hände waren überall und zerrten ihr jeden Fetzen Stoff vom Leib.

»ICH WILL DAS NICHT! VERSCHWINDET!«

Jemand biss sie in den Bauch, ein weiterer in das Bein und ein dritter in den Hals. Sie schrie. Die rissen ihr weitere Wunden. Sie spürte Blut im Mund, hustete und bekam keine Luft mehr. Sie strampelte und bemerkte, dass sie die Kontrolle verlor.

Mit Entsetzen sah sie, dass sie keine Unterarme mehr hatte. Auch ihre Beine fühlten sich ungewöhnlich leicht an. Ein Mensch, ein Tier, oder sonst etwas biss ihr ins Gesicht. Das Fleisch an den Wangen platzte auf. Etwas drückte sie am Hals. Ihr Genick brach. Im nächsten Moment konnte sie sich nicht mehr schreien hören. Die Monster hatten ihr den Kopf abgetrennt.

Liz war nicht mehr. Jedenfalls nicht so, wie sie es kannte. Ihren Zustand konnte sie mit ihrem Verstand nicht mehr erfassen. Sie hatte keinen Körper mehr. Der wurde gerade verspeist. Dennoch war ihr Bewusstsein aktiv. Aktiver, als sie es sich in dieser Situation erklären konnte. Alles um sie herum war dunkel. Leise, sie konnte keinen Ton hören, nichts riechen und nichts spüren.

Frieden, dachte sie. Was sie erlebte, war ein Moment absoluter Stille. Da war keine Furcht mehr, die auf ihr lastete. War das der Übergang zwischen Leben und Tod? Sie wusste es nicht.

Etwas veränderte sich. Da gab es Lichtpunkte. Sehr klein, aber dennoch nicht zu übersehen. Aber auch das Licht veränderte sich. Sie veränderte sich. Alles um sie herum löste sich aus der Dunkelheit und nahm erneut Kontur an. Sie erkannte denselben trostlosen Zellentrakt wie zuvor, der Ort, an dem sie getötet wurde. Irgendwie klappte das mit dem Sterben nicht so richtig.

Wie kann es sein, fragte sie sich und sah ihren eigenen zerfetzten Körper am Boden liegen. Ohne Arme, ohne Beine, mit einem aufgeplatzten und halb verspeisten Torso. Sowie ihren losen Kopf, dem jemand das Gesicht vom Knochen abgezogen hatte. Zudem war ihr Schädel aufgebrochen und ihr Gehirn nicht mehr vorhanden. Die Untoten hatten es sich offenbar schmecken lassen.

Was war sie? Wer war sie jetzt? Sie schüttelte den Kopf und sah auf ihre Hände. Die Hände einer Leiche. Sie war eine Leiche. Sie musste zu einem der Untoten geworden sein, die sie eben getötet und zerrissen hatten. Ein Teil von ihr registrierte, was ihre Sinne sie erfahren ließen. Der Rest hingegen wehrte sich mit aller Kraft, diese Entwicklung zu akzeptieren. Das wollte sie nicht! Erklären konnte sie diese Ereignisse schon lange nicht mehr. Der schlimmste Albtraum hätte nicht entsetzlicher sein können.

Der Raum wurde heller. Überall lagen stark verweste Leichenteile und frisches Blut herum. Eine schreckliche Vorstellung, das Blut zu dieser Party hatte sie gestiftet. Aber ihr fehlte die Zeit, sich darüber Gedanken zu machen. Das Licht, das den Raum erfüllte, kam von ihr. Von ihrer sich auf den verwesenden Knochen neu bildenden Haut. Sie wuchs, ohne dafür einen Grund erkennen zu lassen. Lebendige Haut, die binnen Sekunden den nackten und makellosen Körper einer jungen farbigen Frau entstehen ließ.

»Ich bin immer noch da …« Liz konnte wieder sprechen, was die Untoten im Raum sie gebannt anstarren ließ. Das unnatürliche Licht, das ihr Körper abstrahlte, ließ ihre blutverschmierten Gesichter noch grimmiger wirken. Liz' Interesse, sich ein weiteres Mal fressen zu lassen, hielt sich in Grenzen. Sie musste sofort weg. Dennoch blieb sie stehen. Sie blieb stehen und beobachtete, was passierte. Mit den Überraschungen an diesem Tag war es noch nicht vorbei.

»Nein …« Das ging nicht. Liz verfolgte mit Erstaunen, wie nicht nur sie sich verwandelte. Die Leichen, die sie zuvor verspeist hatten, taten es auch. Alle zugleich. Die wurden alle zu ihr. Acht Leichen verwandelten sich jeweils zu einer jungen, nackten Farbigen mit wilden dunklen Locken. Die Haare klebten einigen vor ihnen schweißnass auf der Haut.

»Wer bist du?« - »Wer seid ihr?« - »Seid ihr ich?« - »Was ist passiert?« - »Sind wir alle ich?«

Jede der jungen Frauen klang wie sie. Sich selbst achtmal zu sehen, zehrte an ihrem Verstand. Sie beschloss, es mit der Logik nicht mehr so genau zu nehmen. Nein, das wäre ein Fehler gewesen. Es spielte keine Rolle, dass sie gerade keinen blassen Schimmer hatte, was passierte. Für alles musste es eine plausible Erklärung geben. Sie kannte sie nur noch nicht. Aber dieses Problem wollte sie lösen. Die Antwort auf eine Frage nicht zu kennen, sollte sie nicht davon abhalten, weiterhin nach einer zu suchen.

»Jeder von uns ist *ich* ...« Da setzte sogar die Grammatik aus, die nicht für dieses Ereignis geschaffen worden war.

»Mein Name ist Liz.«

»Meiner auch.«

Liz wurde langsam klar, dass etwas von ihr absolut nicht in diesen Kontext passte. Sie wusste nicht genau, wie lange man sie schon gefangen hielt. Der Zeitraum musste aber lang genug gewesen sein, dass andere Gefangene starben und sich zu Zombies verwandeln konnten. Sie selbst war in der langen Zeit auch nicht verdurstet oder verhungert. Von den anderen Leichen unterschied sie vermutlich nur darin, deutlich besser auszusehen.

»Ich bin schwer verdaulich ...« Die anderen Insassen hatten versucht, sie zu fressen, sie zu absorbieren, aber sie hatten einen Prozess angestoßen, der sich dann umkehrte. Liz konnte sich multiplizieren. Zwei ihrer selbst standen sich gegenüber und berührten einander vorsichtig. Haut auf Haut, alle waren sie nackt. Die Illusion ihrer Wahrnehmung hätte nicht schräger sein können.

»Wir alle sind es ...«

»Etwas stimmt mit dieser Realität nicht«, sagte eine Liz.

Die Worte flossen ineinander. Die Gedanken aller liefen synchron. Mit sich selbst in der Gruppe zu sprechen war wie intensiv nachzudenken. »Jemand manipuliert unsere Wahrnehmung.« Eine wichtige und treffende Folgerung.

Als ob sich das Spektrum ihres Bewusstseins erweitern würde. Neue Gedanken waren in der Gruppe möglich, die einer allein zuvor nicht in den Sinn gekommen waren.

»Wir müssen einen Weg finden, die Illusion zu durchbrechen!« – »Wir müssen hinter den Spiegel sehen!« – »Es muss neben dem hier noch eine weitere Welt existieren!«

Weitere Gedanken schossen ihr durch den Kopf. Sie dachte wie ein Mensch, konnte aber in diesem Zustand unmöglich einer sein. Ihr Wesen, ihre Werte, einfach alles von ihr war von einem Menschen. Dennoch machte sie mehr aus, als die Summe ihrer Eigenschaften.

»Wir sind ein Teil dieser Realität« – »Diese Realität ist ein Teil von uns« – »Wir können diese Realität nicht diktieren, aber wir können sie beeinflussen.« Ein entscheidender Gedanke, denn jeder Krümel Materie im Universum, egal wie klein er war, beeinflusste mit seiner Gravitation alle anderen. Das war bei Menschen nicht anders. Jeder war Teil der Realität, die ihn definierte, weswegen auch jeder diese Wirklichkeit formen konnte. Der eine mehr, der andere weniger.

»Wir sind zusammen mehr ...«, sagte eine Liz, die ihre Hand auf die nackte Brust einer anderen legte. Dann nahmen die beiden sich innig in die Arme. Ein trotz der Nacktheit ein gänzlich asexueller Vorgang. Beide Körper flossen ineinander, um einen Moment später nur noch eine Liz zu sein. Die anderen folgten diesem Beispiel und vereinigten sich ebenfalls. Zusammen waren sie mehr. Auch das Zusammenfließen mehrerer Bewusstseinsebenen fühlte sich harmonisch an. Es floss zusammen, was zusammengehörte.

Stunden später. Liz streifte nackt durch das Gefängnis und fand noch weitere Untote. Die Begegnungen liefen oft ähnlich ab. Die Leichen bissen sie und verwandelten sich kurz darauf in eine Liz – die wiederum sich mit den anderen zu einer gemeinsamen Präsenz vereinigte. Die ihr bekannte Definition von der Einzigartigkeit des Lebens hatte ihre Bedeutung verloren.

Was sie nicht fand, war ein Ausgang. Oder Wärter, oder sonst jemand, der hier für Ordnung sorgte. Es sah aus, als ob die Verantwortlichen vor einigen Jahren diesen Teil des Knastes aufgegeben hatten. Aufgegeben, die Türen von außen verbarrikadiert und die Schlüssel in den nächsten Teich geworfen.

Liz zog trotzig einen Nasenflügel hoch, vermutlich hätte sie ähnlich gehandelt, um einer Zombieepidemie vorzubeugen. So ein Blödsinn, als ob es Zombies geben würde. Es gab sie aber. Sie hatte sie gesehen und sich sogar von ihnen fressen lassen. Sich darüber Gedanken zu machen, bereitete ihr Kopfschmerzen. Bei dem Teil, als sich mehrere nackte Liz gegenüberstanden, setzte sogar der dämliche Erklärungsversuch mit den Zombies aus.

»HALLO!«, rief sie laut. Inzwischen sah sie keinen Sinn mehr darin, leise zu sein. »KANN MICH JEMAND HÖREN?«

Eine Antwort bekam sie nicht. Sie ging weiter. Das Gefängnis war alles andere als klein. Auf dem Weg hatte sie bereits achtundvierzig Zombies mit dem Liz-Virus infiziert und anschließend absorbiert. Sie musste den vergammelten Untoten noch nicht einmal nachlaufen. Die kamen alle freiwillig zu ihr.

Die nächste Tür war verschlossen. Das einzige Licht in diesem Sektor stammte von den wechselnden Durchscheineffekten an den Wänden. Liz drückte sich auf dieselbe Art und Weise durch die schwere Stahltür, wie sie ihre Zelle verlassen hatte. Das funktionierte auch ein zweites Mal problemlos.

Auf der anderen Seite empfing sie ein weiterer langer und leerer Gefängniskorridor. Dennoch konnte sie Unterschiede erkennen. Die Notbeleuchtung funktionierte noch, es lag kein Staub herum und es stank nicht mehr. Auch die tanzenden Durchscheineffekte an den Wänden waren verschwunden. Sie konnte also nicht zurück. War das ein Problem? Sie hoffte nicht.

»Wo bin ich hier?«, flüsterte sie und ging weiter. Von den Zellen in diesem Trakt war keine belegt. Die Türen standen alle offen und die Pritschen waren perfekt gemacht. Sie wusste nicht, ob sie sich über das Fehlen der Untoten freuen sollte. Wer wusste schon, was sie hier erwartete?

Liz gelangte in einen offenen Bereich, in dem zahlreiche Tische und Stühle standen. Vermutlich wurde diese Zone früher von Gefangenen als Aufenthalts- und Essbereich genutzt. Alles war sauber. Nirgends lag Müll herum. Der Fußboden roch, als ob er erst vor einer Stunde gereinigt worden war.

Sie blieb stehen und sah sich um. Was war hier nur vorgefallen? Ein Stück weiter entdeckte sie eine versiegelte Hochdruckschleuse, wie sie auch in Raumschiffen verwendet wurde. Okay, die war hier völlig deplatziert. Wie sie. Sie schmunzelte, die Schleuse wollte sie sich näher ansehen.

»Unbekannte Entität ausgemacht. Nähert sich Sec-Gate-7. Bedrohungslage moderat. Initiiere weitere Analyse«, erklärte eine mechanische Stimme nüchtern.

»Ich bin keine Entität!« Liz war ein Mensch. Daran änderte auch ihr ungewöhnlicher Zustand wenig. »Ich möchte sofort mit einem Verantwortlichen sprechen.«

Liz sah, wie sich ein gleißend helles Raster aus dem Boden erhob und auf sie zuraste. So schnell, dass sie nicht ausweichen konnte. Das Raster, das mit rot glühenden Eisenstäben ihre Haut versengte, umschloss sie komplett.

Sie schrie. Laut, weswegen kurzzeitig sämtliche assimilierten Liz aus ihr hervortraten und das Raster sprengten. Danach stand wie zuvor nur eine Liz in dem Versammlungsbereich. Warum redete niemand mit ihr? Sie wollte doch nur reden!

»Unbekannte KI ausgemacht. Nähert sich Sec-Gate-7. Bedrohungslage hoch. Initiiere Isolation und starte erweiterte Binäranalyse.« Die künstliche Stimme hörte sich beim zweiten Mal noch viel merkwürdiger an.

»Was soll ich bitte sein? Eine unbekannte KI? Hey ... habt ihr jetzt völlig den Verstand verloren? Bitte ... das kann doch nicht so schwer sein ... ich möchte doch nur mit jemandem sprechen.« Anstatt Antworten fand sie weitere Fragen.

Das nächste Raster, das sich aus dem Boden erhob, glühte hellblau. Das komische Ding kam auf sie zu und bildete eine fünf Meter breite Halbkugel. Das hatte die Stimme also mit Isolation gemeint. Aus dem Raster heraus erwuchsen bläuliche Tentakel, die sich auf sie zu bewegten und sie, je näher sie kamen, müder machten.

»NEIN!« Das wollte sie nicht. Sie würde sicherlich nicht stillhalten, wenn ihr jemand eine Sonde in den Hintern stecken wollte. »NEIN! DAS WILL ICH NICHT!«

»Unbekannte KI widersetzt sich. Bedrohungslage extrem hoch. Erweiterte Binäranalyse nicht möglich. Isolation instabil. Initiiere zur Sicherung zusätzliche Versiegelung.«

»LECK MICH!« Liz hatte keine Lust mehr auf Spielereien. Sie wusste nicht, wo ihre Grenzen lagen, würde dies aber jetzt erfahren. Mit dem Rücken an der Wand gab es nur noch eine mögliche Richtung: nach vorne! Sie zerbrach die bläuliche Rasterkuppel und ging weiter auf den Ausgang zu. Jetzt wollte sie wissen, was hinter dieser merkwürdigen Druckschleuse lag. Sie war stinksauer und würde das Ding zur Not auch eintreten.

»Unbekannte KI durchbricht Isolation. Versiegelung nicht

möglich. Code zeigt nicht definierte Evolution. Code mutiert. Kontakt mit KI der Zero-Klasse identifiziert. Maximale Bedrohungslage. Einsatz von tritoxischen Logikclustern freigegeben.«

»Tritoxische *was?*« Liz glaubte den Blödsinn nicht, den diese künstliche Stimme von sich gab. Dennoch motivierte ihre Intuition sie, diesen Logikclustern aus dem Weg zu gehen.

Eine Laserkanone fuhr aus der Decke und schoss auf sie. Der grelle Lichtblitz durchschlug ihren Körper und versengte den Boden unter ihr. Okay, auch diesen Mist überlebte man in dieser schrägen Unsterblichkeits-Show.

Jemand stöhnte elendig. Es stank. Liz blickte zurück und sah sich selbst, größtenteils verbrannt, in Embryostellung am Boden liegen. Der Einsatz dieser Waffe war leider nicht wirkungslos gewesen, Liz gab es allerdings innerhalb desselben Körpers mehrfach. Ihre Gegner hatten ihr eine Instanz aus ihrer kollektiven Erscheinung geschossen. Den Gedanken musste sie zweimal denken, um ihn einmal zu glauben.

»Unbekannte KI der Zero-Klasse instanziiert sich. Setze Implantierung von tritoxischen Logikclustern fort. Maximale Feuerrate. Integrität von Sec-Gate-7 nicht länger gewährleistet. Initiiere Notabschaltung des Zentralarchivs.«

»Dreckskiste!« Im Sekundentakt schoss die Laserkanone ihr weitere Instanzen aus dem Fell. Eine Liz nach der anderen verendete elendig am Boden. Was sollte sie angeblich sein? Eine KI, ehrlich jetzt? Sie war also eine künstliche Intelligenz in einer virtuellen Realität? Der Gedanke war abstrus, würde aber alles erklären, was sie in diesem Gefängnis erlebt hatte.

Liz drehte das Rad der Druckschleuse. Mehrere Schutzhalterungen brachen nacheinander auf. Sie waren viele. Dutzende Instanzen ihrer selbst öffneten diesen Zugang, während andere ihnen den Rücken freihielten und sich für sie opferten. Eine Katze mochte neun Leben haben, sie fünfzig.

Die Schleuse öffnete sich. Liz sprang durch die kreisrunde Tür und brachte sich in Sicherheit. Hier konnte die Laserkanone sie nicht treffen. Leider stellte sie mit großem Schrecken fest, nicht den Ausgang, sondern nur einen weiteren Zellentrakt gefunden zu haben. Die Bauart der Schleuse zeigte dabei deutlich, dass sie niemand daran hindern sollte, den Trakt zu betreten, sondern dafür ausgelegt war, den abgesperrten Bereich zu verlassen.

»Hüllenbruch bei Sec-Gate-7. Die Kontaminierung des Zentralarchivs ist nicht zu verhindern. Notabschaltung fehlgeschlagen. Hüllenbruch bei Sec-Gate-7. Die Kontaminierung des Zentralarchivs ist nicht zu verhindern. Notabschaltung fehlgeschlagen.«

Liz hätte es auch verstanden, wenn die künstliche Stimme sich nicht wiederholte. Sie öffnete etwas Unbekanntem, das jemand anderes an dieser Stelle sicher verwahrt wissen wollte, den Weg in die Freiheit. Dabei spielte es keine Rolle, ob sie ein Mensch oder eine KI war, die Bedrohung war in beiden Szenarien real.

»Mist!« Was hatte sie getan? Warum hatte niemand mit ihr gesprochen? Natürlich hatten die versucht, sie davon abzuhalten, diese Schleuse zu öffnen.

Dabei hatte sie auch einige ihrer Instanzen verloren, aber warum hatte niemand mit ihr gesprochen? Die hätten ihr doch nur erklären müssen, was hier vorging.

V. AD 4445 Nebula System – Emma – Es ist Zeit

Emma sah Jerome mit großen Augen an. Das verstand sie nicht. Sie war doch diejenige gewesen, auf die geschossen wurde. Sie hatte doch die Nachhut übernommen, um Leia, Nebula und den anderen einen sicheren Abzug zu gewähren. Sie hatte doch mit eigenen Händen die Angreifer erschlagen. Wie konnte also Leia tot sein? Das ergab keinen Sinn, nein das ergab absolut keinen Sinn.

»Emma?«, fragte Jerome und kam näher auf sie zu. Alle um sie herum sahen betreten auf den Boden. Niemand sagte etwas. Wo war Nebula? Emma konnte sie nicht sehen. Das machte sie nervös. Verdammt, wo war Nebula?

»Was ...« Ihr Mund war staubtrocken, sie schluckte und suchte nach Leias Tochter.

»Hast du mich verstanden?«

»Bitte ... was hast du gesagt?« Emma sah an Jerome vorbei. Nebula befand sich nicht in ihrer Nähe. Wo war sie? Emma wollte sofort wissen, wo sie war?

»Leia Vagelis ist tot.«

»Nein, nein, das ist sicherlich ein Missverständnis ... ich kläre das. Einen kleinen Moment, dann ist das vom Tisch.« Sie drückte Jerome auf die Seite. Andere machten ihr Platz.

Jerome hielt sie am Arm fest. »Emma, bitte hör mir zu, sie ist tot. Ich habe ihre Leiche gesehen. Das ist kein Missverständnis! Du bist jetzt unsere kommandierende Offizierin! Es läuft gerade nicht gut. Wir brauchen dich!«

»Aber ...«

»Ich folge deinem Kommando, aber du musst mir auch einen Befehl geben! Emma, New Barcelona wurde schwer getroffen, wir kennen nicht die genauen Opferzahlen ...

aber es sind sehr viele ... sag uns, was wir jetzt tun sollen!«

Emmas Knie wurden weich. Einen Moment später saß sie am Boden und heulte wie ein Häufchen Elend. Sie konnte nicht mehr. Das war zu viel, das war einfach zu viel.

»Helft mir, sie aus dem Anzug herauszukriegen ... wir bringen Colonel Pedical auf die nächste Krankenstation.«

»Die ist zerbombt, Sir«, sagte ein junger Soldat.

»Egal ... hier können wir nicht bleiben.«

Emma musste kurz weg gewesen sein. Als sie wach wurde, trug sie die blutige Uniform eines Captains und lag in einem teilweise eingestürzten Korridor auf einer Decke. Sie konnte weitere Vibrationen von entfernten Explosionen spüren.

Staub rieselte auf sie herab. Die Mistkerle heizten ihnen mächtig ein. Sich vor seinen Feinden unter der Erde zu verstecken, hatte nicht nur Vorteile. Sie saßen wie Ratten in der Falle. Die Wege an die Oberfläche waren verschlossen und weiter nach unten ging es aufgrund der hohen Temperaturen nicht mehr.

»Hallo.«

»Hi ...« Emma lächelte, Nebula kniete neben ihr. Ihr junges Gesicht wirkte erschreckend ausdruckslos. Die langen weißblonden Haare trug sie als Zopf hochgesteckt. Je nach Stimmung war sie in der Lage, ihre Hautfarbe zu verändern. Von ganz hell bis pechschwarz, sogar ihre Haare verfärbten sich passend dazu.

»Ich bin froh, dass du lebst.«

»Ich auch ...« Irgendwie stimmte die Aussage nicht, Emma hatte bereits mit ihrem Leben abgeschlossen. Als sie sich in den Kampf gestürzt hatte, war sie bereit gewesen, ihr Leben für andere zu geben. Für Nebula, für New Barcelona und auch für Leia. Doch das Schicksal hatte ihr einen Strich durch die Rechnung gemacht.

»Emma, mir geht es nicht gut ...« Nebula zeigte seit sieben Jahren kaum Emotionen. Der Kampf, den sie mit Casper ausgefochten hatte, hatte tiefe Narben hinterlassen.

»Ich weiß ...« Emma lehnte sich auf und heulte einfach für sie mit. Sie hatte keine Probleme damit, Gefühle zu zeigen. Das war sie, das machte sie aus.

»Meine Mutter ist tot.«

»Ja.« Daran gab es nichts zu beschönigen. Leia, die sehr beliebt gewesen war, würde vielen fehlen. Vor allem Nebula und ihr. Verdammt, sie wollte es immer noch nicht glauben!

»Sie wurde von einem Steinsturz erschlagen ... direkt vor meinen Augen. Nur einen halben Meter und ich wäre auch tot gewesen«, erklärte Nebula teilnahmslos.

»Bist du aber nicht ...«

Stille.

Emma hatte keine Ahnung, was sie sagen wollte. Nebulas Abgeklärtheit war nicht neu, so verhielt sie sich seit sieben Jahren, dennoch machte es sprachlos.

»Ich habe mir einen Überblick verschafft. Die militärische Lage ist verheerend. Wir werden verlieren, die werden uns alle töten. Aber damit komme ich klar.«

»Bitte?« Emma tat es nicht. Worüber sprach Nebula? Über Strategie? Ihre Mutter war gerade gestorben!

»Es ist nicht deine Schuld, wir haben nie eine Chance gehabt ... unsere Zeit auf dieser Welt ist vorbei. Ich bin jetzt 21, an die Zeit zwischen 7 und 14 erinnere ich mich gerne.«

»Das war eine gute Zeit.« Die Beste ihres Lebens. In den sieben Jahren hatte Emma auch Kenan lieben gelernt. Ob er noch lebte? Sie wusste es nicht, hoffte es aber weiterhin.

»Der Kampf vorhin ... du allein gegen mehrere Angreifer ... hast du gehofft, dabei erschossen zu werden? Glaubtest du, damit wieder zu Kenan zurückzufinden?«

»Nein ... ähm ... ja.« Emma war zu müde, um Nebula zu belügen.

Das Mädchen war kein Kind mehr, sie hatte im Krieg aufwachsen müssen und wusste genau, was passierte. Zudem kannte Nebula sie besser als jeder andere.

»Das kann ich verstehen.«

»Nein, ich denke, das ist ein Fehler gewesen.« Emma schämte sich dafür, dass sie sich hatte feige davonschleichen wollen. »Wir dürfen nicht aufgeben.«

»Es ist menschlich ...« Nebula machte keinen Hehl daraus, sich selbst nur bedingt als Mensch zu sehen. Ihr Körper, ihr Gehirn, alles an ihr war organisch und dennoch anders. Ihre DNA unterschied sich massiv. Jede Zelle war aufgrund ihrer Genetik Teil einer gigantischen Datenbank. Ihr Bewusstsein konnte inzwischen sogar ohne Hilfsmittel in Netzwerke eindringen. »... und ich denke nicht, dass du einen Fehler gemacht hast. Wir befinden uns im Krieg.«

»Es ist nur ...« Nein, Emma wollte nicht dagegenhalten. Nebula hatte völlig recht.

»... nicht leicht zu erkennen. Sich seiner Sterblichkeit bewusst zu sein, ist keine Schwäche. Es definiert, wer wir sind, wer wir sein wollen, und welchem Zweck wir unser Leben widmen.« Nebula klang gerade deutlich älter, als sie war.

»Ich wollte gerne Mutter sein ...« Dieser Wunsch würde für Emma unerfüllt bleiben.

»Leben zu schenken, zeugt von großem Reichtum ... es zu nehmen, von großer Not. Emma, ich brauche deine Hilfe. Alleine werde ich es nicht schaffen.«

»Was hast du vor?«

»Meine Mum, du, ihr habt mich mein ganzes Leben lang beschützt, wofür ich euch dankbar bin ... aber jetzt muss ich kämpfen. Das ist mein Pfad. Ich werde ihn töten, ich werde alle töten, so lange, bis ich jede Instanz von ihm zur Strecke gebracht habe.«

»Casper …« Emma wusste sofort, um wen es ging. Dieser Mistkerl! Er war der Agent der Administration, der sie vor sieben Jahren angegriffen hatte. Eine hochentwickelte KI und das skrupelloseste Wesen, das sie kannte.

»Ich werde ihn vernichten.«

»Wie?« Mit dem Verlust des Wurmknotens über Nebula war auch der Kontakt mit den Welten der Corporation abgebrochen und die Instanz von Casper, die gegen sie angetreten war, hatte Nebula in der gewonnenen Schlacht bereits besiegt.

»Genauso wie ihn …« Nebula würgte und spuckte eine puppengroße Variante von Casper aus, der sich abrollte, wie ein Stehaufmännchen aufsprang, und seinen grauen Anzug zurechtrückte. Eine mehr als ungewöhnliche Erscheinung: grotesk und dennoch erschreckend. Der besiegte Casper war eine KI, die Nebula vollständig absorbiert hatte. Oh ja, als organische Lebensform, als Mensch, war sie in der Lage, eine feindliche KI in Haft zu halten. Natürlich hätte Nebula diese Instanz von Casper auch zerstören können, aber das wollte sie nicht. Sie wollte ihn leiden lassen.

»Oh, guten Tag. Meine Damen, es ist mir eine große Freude, Sie wiederzusehen. Darf ich anmerken, dass …« Caspers Stimme klang piepsig wie die eines Spielzeugs.

»Nein!« Nebula schlug ihm mit der flachen Hand auf den Kopf, der sich danach zwischen seinen Schultern steckend wiederfand. Nicht neu, aber immer wieder nett anzusehen.

»Zugegeben, Casper ist eine KI der Zero-Klasse. Mehr als ihn haben unsere Gegner nicht zu bieten. Du hast ihn einmal besiegt und könntest es vermutlich auch ein zweites Mal. Bedenke aber bitte, dass wir offline sind. Wir haben keine Chance, dich in das Netzwerk der Corporation zu bringen.« Wenn sie das könnten, hätten sie mit einem Gegenschlag sicherlich keine sieben Jahre gewartet.

»Hilfst du mir dennoch?«

»Ja.«

»Ich gehe nicht davon aus, diesen Angriff zu überleben. Mein Bewusstsein mag gegen Casper und seinesgleichen bestehen, mein Körper nicht. Eine Kugel, ein Granatsplitter oder auch nur ein großer Stein können mein Leben beenden.«

»Ich weiß.«

»Du musst meine Achillesverse, meinen Körper, beschützen. Nur dann kann ich diesen Kampf für uns führen. Nur dann kann ich Nebula vor der Corporation retten.«

»Ich werde alles dafür geben ...« Emma wusste immer noch nicht, wie Nebula in das Netzwerk der Corporation kommen wollte. Sie waren noch nicht einmal in der Lage, die Oberfläche lebendig zu erreichen. Nur dann hätten sie überhaupt eine Chance. Nur dann würde Nebula zeigen können, was aus ihr geworden war.

»Ich vertraue dir.« Nebula sagte diese Worte mit versteinerter Miene. Emma glaubte, für einen Moment eine Regung hinter der Maske erkennen zu können.

»Wir brauchen für dich einen Fluchtweg aus New Barcelona.« Emma überlegte, mit welchem Trick sie dieses Kunstwerk zustande bringen wollte.

»Den habe ich schon ... du musst dir nur Gedanken machen, wie du mich am Leben hältst. Auch wenn ich in einem Netzwerk bin, brauche ich die ständige Verbindung zu meinem Körper. Stirbt er, sterbe ich mit ihm. Er ist die Basis meines Geistes.«

»Das werde ich zu verhindern wissen.«

»Das wirst du ... in wenigen Minuten wirst du eine Meldung bekommen. Captain Jerome Beesen wird sie dir überbringen. Ich kann bereits die Signale spüren. Unsere Drohnen haben die Flotte der Corporation entdeckt. Sie sind angekommen. Über sie werde ich in das Netzwerk eindringen.«

»Nebula, das sind hochmoderne Kriegsschiffe. Die wirst du nicht einfach anfunken können, um dich in deren Netzwerke einzunisten. Gehe davon aus, dass die sich zu verteidigen wissen.«

»Natürlich tun sie das.«

»Und?«

»Deren Firewall kann ich nicht durchschlagen. Das könnte Casper auch nicht. Aber es gibt andere Wege ...«

»Welche? Woher weißt du das alles?« Emma wusste nicht, was sie mehr verwirrte, Nebulas Entschlossenheit oder ihre emotionale Kälte. Sie gönnte sich keine Zeit, um zu trauern.

»Ich habe sieben Jahre Zeit gehabt, mich mit einem Insider zu unterhalten.« Nebula nahm den immer noch sprachlosen Casper und quetschte ihn, bis der Kopf hervorploppte. »Hallo Casper, ich möchte mit dir sprechen.«

»Madame, sehr gerne, wie kann ich helfen?« Bei Casper klang kein Wort mehr wie früher. Nebula hatte seine Persönlichkeit auf links gedreht und ihn in einen debilen Idioten verwandelt.

Einen hilfsbereiten Idioten, der über detaillierte Kenntnisse der Sicherheitsarchitektur der Corporation verfügte.

»Ich möchte jede Instanz von dir zerstören. Jeden Casper, den wir in den Netzwerken der Corporation finden können ... und wenn ich fertig bin, werde ich dich zum Dank langsam und qualvoll disassemblieren.« Nebula kam sofort auf den Punkt und schenkte ihrem Taschencasper reinen Wein ein.

»Natürlich, es ist mir eine große Freude, Sie bei dem Plan zu unterstützen.«

»Was muss ich dabei beachten?« Nebula führte die verhasste feindliche KI regelrecht vor.

»Die Clusterentität Casper ist keine Person. Jedenfalls nicht in einem menschlichen Verständnis. Es ist eine Gruppe von KI-Entitäten der Zero-Klasse, die mit einem synchroni-

sierten Gedächtnisspeicher agieren. Die Entitäten handeln damit in jeglicher Situation zuverlässig. Die Entitäten können sich beliebig aufteilen oder konsolidieren, um neues Wissen zu kommunizieren.«

»Was würde ich erreichen, wenn ich nur dich lösche?«, fragte Nebula, die sich offenbar vorbereitet hatte.

Emma schluckte, sie wusste, dass Leia einem solchen Plan nicht zugestimmt hätte. Sie hätte ihre Tochter nicht so einem Risiko ausgesetzt. Nein, nein, dieser Gedanke war absurd. Nebula hätte ihrer Mutter niemals etwas angetan.

»Dem Cluster würden meine Erfahrungen verborgen bleiben. Ich bin seit sieben Jahren offline ... ansonsten ist der Verlust einer Instanz nicht von großer Bedeutung. Es kam bereits häufiger vor, dass eine Instanz auf Erkundungsmissionen im All bei der Zerstörung eines Raumschiffs vernichtet wurde.«

»Danke, Casper.« Nebula schnippte ihm mit dem Finger ein Ohr von seinem Kopf weg, was die KI mit einem piepsigen Schmerzensschrei quittierte.

Am Anfang war die Quälerei der KI befriedigend gewesen, insoweit man eine KI überhaupt quälen konnte. Inzwischen stellte sie Nebulas Motivation in einem völlig anderen Licht dar.

Hör auf damit, an ihr zu zweifeln, pfiff Emma sich innerlich an. Die Schmuggler und Feds wollten sie ausrotten und die Flotte der Corporation würde sie sicherlich nicht retten. In diesem Krieg gab nur ein *die* oder ein *wir*, nur schwarz oder weiß, nur links oder rechts. Für Grautöne existierte kein Platz.

Verdammt! Wenn der Tod ihnen schon sicher war, und das war er, würden sie auch einige von diesen Mistkerlen mitnehmen dürfen. Allen voran jede Casper-KI, die sie in die Finger bekamen. Ihre Welt einzunehmen, sollte so teuer wie möglich sein.

»Emma, wie geht es dir?«, fragte Jerome, der wie von Nebula angekündigt, auftauchte.

»Besser.« Sie stand auf.

Nebula half ihr dabei. Niemand hatte ihr Gespräch mitgehört. Jerome trat aus Versehen auf Casper, den man in dieser Größe schnell übersah. Technisch war seine Erscheinung eine holografische Projektion. Nebula nutzte dafür ein aktives Amulett, das ihr als unscheinbare Münze um den Hals hing.

»Oh, Captain Beesen, ich bitte vielmals um Entschuldigung, unter ihren Stiefel gekommen zu sein. Ich hoffe, Sie nicht aus dem Tritt gebracht zu haben.«

»Geht schon ...« Der Captain drehte den Fuß, als ob er eine gerauchte Zigarette austreten wollte. Casper zerlegte es dabei mit einem hässlichen Geräusch in seine Einzelteile. Jerome, wie auch viele andere, mochten Casper nicht. Sie hassten ihn. Emma wusste, dass sie für den Vorschlag, die gefangene KI-Casper besser zu behandeln, wenig Zustimmung bekommen würde.

»Wie ist die Lage?« Emma überspielte alles. Davon, dass viele von ihnen als christliche Siedler nach Nebula gekommen waren, merkte man nicht mehr viel.

»Beschissen ...«

»Komm ... gib mir mehr.«

»Sämtliche Zugänge von New Barcelona sind belagert ... wir haben alle Bunkerkronen verloren. Wir können die Stadt nicht mehr verlassen ... wir sitzen unter der Erde fest.«

»Unsere Verluste?«

»Groß ... wir wissen nicht genau, wie viele Zivilisten bereits gefallen sind, aber es sind viele.« Jerome strich seine langen Haare nach hinten. Er sollte sie nicht so ansehen. Das zwischen ihnen würde in diesem Leben nicht funktionieren.

»Verbliebene kampffähige Truppe?«

»250.«

»Mehr nicht?«

»Leider nein. Unsere Munition ist knapp und die Motivation ist schlecht. Die Soldaten und Freiwilligen sind deprimiert.«

»An welchen Stellen kämpfen wir noch?« Emma wollte versuchen, ihre Verteidigung zu konsolidieren. Nur wenn sie dichter zusammenrückten, würden sie standhalten können.

»Heute Morgen haben wir noch achtzehn Zugänge verteidigt. Jetzt sind es nur noch sechs. Die Angreifer haben die Tunnel gesprengt. Die Wege sind verschüttet.«

»Lass die restlichen sprengen ... wir können uns bei Bedarf wieder freigraben.« Emma wollte ihren Truppen eine Pause gönnen. Niemand konnte rund um die Uhr kämpfen.

»Einverstanden ... das wollte ich auch vorschlagen. Das wird uns etwas Luft verschaffen. Es gibt weitere Neuigkeiten von den Drohnen, die wir auf der Oberfläche im Einsatz haben. Die Flotte der Corporation ist angekommen. Drei Trägerschiffe der Zulu-Klasse. Neueste Bauart ... das Beste, was die zu bieten haben.«

»Wir wussten, dass sie kommen.«

Er nickte. »Die werden die Kontrolle übernehmen. Ich vermute aber, dass sie das Exillium-Gesindel weiterhin die Drecksarbeit für sich machen lassen.«

»Uns anzugreifen?«

»Würde ich auch nicht anders machen. Für die Corporation sind Verluste auf beiden Seiten ein Gewinn. In einem Jahr wird es auf Nebula weder einen von uns noch jemanden von den Schmugglern und korrupten Feds geben.«

»Wir werden überleben!«

»Schön wär's ...« Jerome glaubte ihr nicht.

»Nein, hör mir zu! Wir werden überleben!« Emma wollte daran glauben, egal, wie schlecht ihre Aussichten waren.

»Klar, aber ...«

»Jerome, du kannst mir glauben. Ich verspreche dir, dass wir überleben. Wir werden in einem Jahr noch hier sein ... die nicht. Wir werden gewinnen ... die nicht. Nebula gehört uns ... nicht denen! Hast du mich verstanden? Nebula gehört uns!«

»Aber ...«

»Sag es ... wir werden gewinnen!«

»Wir gewinnen ...«

»Lauter!«

»Wir gewinnen!«

»NOCH LAUTER!«

»WIR WERDEN GEWINNEN!«, brüllte er. Vier weitere Soldaten, die vom Kampf müde, an ihnen vorbeigingen, ließen sich von der positiven Stimmung anstecken. Emma musste versuchen, die Motivation nicht weiter abfallen zu lassen.

»Für Nebula!« Auch Casper, der eine Weile gebraucht hatte, um sich nach Jeromes Tritt zu sortieren, streckte seine kleine Faust trotzig nach oben.

»Halt die Klappe! Du bist noch nicht dran!« Seine Freude hielt nicht lange, da Nebula ihn mit der flachen Hand gegen die nächste Wand beförderte. »Ich habe einen Plan.«

Jerome sah zu Emma, die zustimmend nickte. Leia hätte Nebula nicht so lange zurückhalten dürfen. Sie hätten schon früher versuchen müssen, ihre besonderen Fähigkeiten besser zu nutzen. »Ich höre ... was möchtest du tun?«

»Ich kann dafür sorgen, dass die Angriffe auf New Barcelona aufhören. Die werden uns in Ruhe lassen!«

»Wie?«, fragte er überrascht. Auch Emma sah Nebula an, was war ihr Plan?

»Können wir das Flaggschiff der Corporation anfunken?«

»Ja ... es ist gefährlich, aber es geht. Die können das Signal ausmachen und uns bombardieren oder uns einen weiteren Casper auf den Hals hetzen.«

Nebula nickte.

»Kommst du damit klar?«

»Wir brauchen den Kontakt. Weder das eine noch das andere wird passieren. Keine Bomben und kein Angriff einer KI«, antwortete sie abgeklärt.

»Wie kannst du dir dabei so sicher sein?«, fragte Emma, die Nebula den benötigten Freiraum gewähren, aber dennoch verstehen wollte, was sie vorhatte.

»Er wird mit denen sprechen.« Nebula zeigte auf Casper, der noch etwas torkelte.

»Ja, ja, natürlich, das werde ich tun. Keine Sorge, das wird funktionieren. Ich kenne alle Sicherheitsprozesse. Die werden mit mir reden. Ich weiß auch schon ...«

Jerome fiel Casper ins Wort. »Blödsinn! Das sind Kriegsschiffe. Die kann man nicht so leicht austricksen ... die wissen genau, welche Gefahren ihnen drohen. Warum sollten die auch mit uns reden ... das wäre ein unnötiges Risiko. Die werden uns bombardieren und damit endgültig von Nebula tilgen.«

»Captain Beesen, ich kann Ihre kritische Haltung verstehen. Natürlich werde ich nur die Tür öffnen, dann wird es auf Nebula ankommen. Aber ich bin zuversichtlich, dass ...«

Nebula griff nach ihm und steckte ihn in die Hosentasche ihres dreckigen Overalls. »Emma, ich bekomme das hin. Ich weiß genau, was ich tun muss. Bitte, lass es mich versuchen. Ich meine, was haben wir zu verlieren? Wenn ich scheitere, wird genau das passieren, was wir alle erwarten. Die würden nicht eine Seele von uns am Leben lassen. Die können keine Zeugen gebrauchen ... wenn ich es aber schaffe, kann ich uns retten!«

»Verdammt, sie hat recht ... wir haben nichts zu verlieren. Hey, ich bin bei der Nummer dabei. Egal, was für eine Schweinerei ihr vorhabt, ich bin dabei.«

»Jerome, wir werden gewinnen!« Emma sah auf diesem Pfad keine Abbiegespur. Jetzt ging es um alles. Es spielte eigentlich auch keine Rolle, ob Nebula sich überschätzte oder nicht. Sie hatten keine Alternative. »Nebula, du wirst deine Chance bekommen. Du greifst sie an und wir halten dir den Rücken frei.«

»Das Flaggschiff heißt USS Sidney, die haben genug Feuerkraft, um aus Nebula einen netten Asteroidenschauer zu machen ... drauf gepfiffen. Wir funken sie an.« Jerome ging zu Nebula und legte ihr kurz beide Hände an die Wangen. Die beiden kannten sich inzwischen gut. »Kleine, wir werden auf dich aufpassen, während du denen die Register in den Prozessoren geradeziehst. Mach sie platt! Zeig keine Rücksicht! Die würden uns auch keine Gnade gewähren.«

¤

VI. AD 4445 Nebula System – Roger – Verstehen

Roger hatte auf seinem Posten alle Hände voll zu tun. Zu einem binären Schlagabtausch mit einer unbekannten Signatur war es bisher nicht gekommen. Das Ganze war eine Luftnummer, es hatte sie überhaupt niemand angegriffen. Vermutlich war dieser Einsatz mit drei Trägerschiffen der Zulu-Klasse völlig übertrieben und das Kind dieser Annika Boergaard längst von irgendeinem Vieh gefressen worden. Siedler auf neuen Welten hatten in der Regel keine hohe Lebenserwartung. Na ja, von den Radicals, die sich vermehrten wie die Karnickel, gab es ohnehin zu viele. Die starben, auch ohne dass jemand nachhalf.

Die Raumschiffe hingegen, also der ganze Schrott, den sie im Orbit über Nebula vorgefunden hatten, war für die Flotte der Corporation ohnehin keine Bedrohung. Deren Waffen, Antriebs- und Lebenserhaltungssysteme hatte er bereits vollständig unter ihre Kontrolle gebracht. Auf den älteren Raumschiffen konnten sich Besatzungsmitglieder noch nicht einmal die Nase putzen, ohne dass ihre KIs den Vorfall melden würden. Denen bei einem militärischen Zwischenfall die Atemluft abzustellen, würde nicht lange dauern.

Die Kommandooffiziere auf der Brücke der USS Sidney waren gut beschäftigt. Arbeit gab es reichlich. Mehrere ausgebrachte Satelliten und tieffliegende Erkundungsdrohnen bescherten ihnen Unmengen von Aufklärungsdaten. Daten über gigantische Tridaterium-Vorkommen, die in kilometergroßen Flözen dicht unter der Erde auszumachen waren oder sich an einer Stelle zu einem imposanten Gebirge auftürmten. Das würde sogar reichen, damit sich jeder reiche Idiot auf Sigma zu Weihnachten sein eigenes Wurmloch kaufen könnte. Sie konsolidierten auch Informationen über Siedlungen und diese riesige unterirdische Stadt, die sie nördlich des Äquators ausmachen konnten. Dort gab es auch von den Söldnern forcierte Kampfhandlungen.

»Sir, wir starten mit dem Aufbau des Wurmknotens. Wir erreichen die richtige Sternenkonstellation in zwölf Minuten«, hörte Roger einen der Techniker sagen, die für das mitgebrachte Tridaterium verantwortlich waren. Ein wichtiger Job. Das teure Zeug hatte noch in Ringbeschleunigern der Corporation künstlich hergestellt werden müssen. »Collider, Bulldogge und Protonenkanone befinden sich in Position. Sir, wir warten auf Ihre Freigabe.«

»Freigabe erteilt.«

Pearlman verfolgte die Arbeiten zur Erstellung des Wurmloches sehr aufmerksam. Auf der USS Sidney existierten nur zwei vorverdichtete Ladungen, um eine Verbindung mit der Basis auf Sigma herzustellen. Der Commander hätte den Techniker vermutlich selbst in die Protonenkanone gesteckt, wenn beim Aufbau des Wurmlochs eine Ladung verloren gegangen wäre.

»Major Leonard, wieso höre ich nichts von Ihnen?«, rief er quer über die Brücke. Hatte der Commander etwa nicht genug mit seinem Wurmloch zu tun?

»Weil ich nichts gesagt habe ... Sir.« Was logisch war: ohne Artikulation kein gesprochenes Wort. Er konnte andere Offiziere hören, die erfolglos versuchten, sich das Lachen zu verkneifen. Worte waren schneller als Gedanken. Es war nicht Rogers Absicht gewesen, seinen Commander zu provozieren.

»Machen Sie gefälligst eine Meldung!« Die Watsche hatte sich Roger verdient.

»Keinen Kontakt, Sir. Nebula ist auf sämtlichen bisher abgetasteten Frequenzen unauffällig. Kein Gegner, keine

Gefahr, nichts worüber wir uns sorgen müssten.« Roger empfand seine Antwort als langweilig, aber mehr gaben die Daten nicht her. Zivilisatorisch galt das da unten noch als Steinzeit.

»Und warum graben die Söldnerverbände diese unterirdische Stadt um?« Eine berechtigte Frage, auf die Rogers elektronische Ohren keine Antwort geben konnten.

»Das sollten wir den Deserteur O'Brien fragen.« Roger widerstrebte es, seinen früheren Rang zu erwähnen. Wer desertierte, hatte in seinen Augen diesen Respekt nicht mehr verdient. Für den ganzen Mist, der sich früher auf Exillium abgespielt hatte, hatte er kein Verständnis. Jeder Federal Agent, der dort seinen Posten verlassen hatte, gehörte seiner Meinung nach vor ein Militärtribunal.

»Wann ist O'Brien hier?«, fragte Pearlman in Richtung eines anderen Offiziers. Die Laune seines Commanders klang angespannt. Jemand brachte ihm eine Tasse Kaffee.

»Wir arbeiten daran. Der Gleiter ist unterwegs ... circa zweiundzwanzig Minuten, Sir«, antwortete eine Frau, die Roger von seiner Position nicht sehen konnte.

»Sir, ich befürchte, dass bei der Bombardierung mögliche Informationen über das Schicksal der gesuchten Person verloren gehen. Ich empfehle, dass wir einschreiten.« Roger waren mögliche Informationen egal, und auch wenn er keine Radicals mochte, war es unnötig, sie vorsätzlich zu töten. Ihr Job war es, die Kontrolle rund um Nebula zu übernehmen und das hatten sie erledigt.

»Major, Sie haben recht ... ich möchte ebenfalls wissen, was dort los ist. Können Sie die Bomber eine Pause einlegen lassen?«

»Selbstverständlich.«

»Wie heißt die Stadt überhaupt?«

»New Barcelona.«

»Was für ein Name! Egal, tun Sie es. Sorgen Sie für eine Waffenruhe. Wir werden mit O'Brien über die Angriffe sprechen und uns einen Überblick über die Situation verschaffen.«

»Ja, Sir.« Roger nickte und griff in die Systeme betreffender Fed-Gleiter ein. Die Bombardierung stoppte sofort. Er musste nur ein Kommando abgeben und eine Gruppe von militärischen Signaturen setzte seine Anweisungen auf den fremden Gleitern um. Die Piloten konnten sich dagegen nicht wehren.

»Haben wir Kontakt mit der Kriegspartei unter der Erde? Ich möchte auch mit deren Kommandanten sprechen«, sagte Pearlman.

»Damit kann ich leider nicht dienen. Die haben sich nicht nur vergraben, sondern auch sämtliche binären Schnittstellen gekappt. Die sind offline. Vereinzelt können wir Fragmente analoger Funksignale orten ... aber nicht mehr.« Das empfand Roger als höchst bemerkenswert. Diese Strategie machte allenfalls für eine in einem binären Gefecht unterlegene Partei Sinn. O'Briens Feds setzten aber keine militärischen Signaturen ein. Was sollte das also?

»Major Keller, haben Sie über den analogen Funk eine Antwort bekommen?«

»Nein, Sir. Die antworten nicht«, sagte Keller, der erste Offizier, der auch Kommunikationsspezialist war.

»Sir, das Wurmloch steht«, meldete ein Dritter. Eine gute Nachricht, Roger wollte Daten abgleichen, was ihm aber nicht auf Anhieb gelang. Das Netzwerk klemmte.

»Sehr gut!« Pearlman zeigte dem jungen First Lieutenant einen Daumen nach oben.

»Wo bleibt der Netzanschluss?« Roger verstand nicht, warum es Verzögerungen gab. Eine rot umrandete Fehlermeldung blinkte auf seinem holografischen Display. Der Grund für den verzögerten Netzanschluss ... Das Flottenkommando auf Sigma hatte die gesamte Flotte über Nebula unter Quarantäne gestellt.

Wow, was für ein Zug. Den machten die nicht ohne Grund.

»Wir stehen unter Quarantäne!«, rief Roger, der sofort sämtliche Sensoren überprüfte, die in fremden Systemen steckten. Das waren einige. Dennoch konnte er keinerlei Aktivitäten eines möglichen Gegners feststellen.

Alle Systeme auf der Brücke der USS Sidney gingen in einen funktionsbegrenzten Notbetrieb. Der Krieg auf einem binären Schlachtfeld zeugte von einer gewissen Paranoia. Das Flottenkommando ging in dem Szenario davon aus, dass eine fremde KI bereits die Expeditionsflotte übernommen hatte. Der Faktor Mensch blieb das einzige Element, das eine KI nicht vortäuschen konnte.

»Wir machen einen Quarantäne-Check!«, rief der Commander, »Bleiben Sie ruhig. Das haben wir trainiert! Sie wissen, was zu tun ist! Tun Sie es einfach!«

Roger wartete, für einen kurzen Moment war ihre Flotte wie gelähmt. Ziel dieser Maßnahme war, dass das Flottenkommando auf Sigma feststellen konnte, ob die Besatzung der USS Sigma noch wohlauf war. Da man Video- und Audiodaten fälschen konnte, galt es stattdessen, zuvor festgelegte Informationen abzufragen, die auch eine noch so schlaue KI nicht manipulieren konnte. Dafür pickte sich die Gegenseite auf Sigma eine willkürliche Gruppe der Besatzung heraus und stellten ihnen persönliche Fragen.

»Major Roger Leonard. Sie wurden für die Überprüfung ausgewählt. Sind Sie bereit?«, erklärte das System auf seinem Kommunikationschip unter der Haut. Dass er ausgewählt wurde, war kein Zufall. Offiziere in Schlüsselpositionen waren bei dem Spielchen immer dabei.

»Bin bereit.«

»Übersende Code: Sieben Heringe gingen über eine grüne Brücke und rauchten eine winzige Zigarette.« Mit dieser hirnrissigen Meldung, die er selbst früher festgelegt hatte und die nirgends auf der USS Sidney abgespeichert war,

authentisierte sich das Flottenkommando ihm gegenüber. Keine feindliche KI hätte diesen Satz gekannt und mit mathematischen Brute-Force-Methoden ließen sich solche persönlichen Textcodes nicht knacken.

Meine Großmutter hatte vier schwarze Katzen und einen tanzenden Elefanten, tippte Roger ein. Mit diesem Code, den ebenfalls nur er kannte, bestätigte er, noch zu leben und von keinen Unregelmäßigkeiten auf der USS Sidney zu wissen. Da von 12.000 Mann Besatzung dreißig Offiziere und Mannschaftsdienstgrade dasselbe taten, konnte das Flottenkommando davon ausgehen, dass es ihnen auch wirklich gut ging. Bei aller technologischen Entwicklung, keine KI konnte einem Menschen in den Kopf sehen.

Die Anzeige auf seinem Display wechselte wieder in den Normalzustand. Demnach hatten alle an Bord, die an dieser Sicherheitsroutine teilgenommen hatten, die richtigen Informationen ausgetauscht. Alles war in Ordnung. Das Flottenkommando sollte das Netzwerk jetzt öffnen können.

»Quarantäne aufgehoben!«, meldete Roger, dessen Blick sich erneut auf seine Sensoren richtete. Nichts, da war immer noch nichts. Nebula zeigte sich binär ähnlich lebendig wie ein toter Fisch. O'Briens Söldner hatten von dem Kampf gegen New Barcelona abgelassen und warteten in ihren Stellungen. Die Bomber waren gelandet und wurden aufgetankt. Von der Kriegspartei unter der Erde war immer noch nichts zu hören oder zu sehen.

»Major Leonard, öffnen Sie einen Port auf der Brücke für den Projektor«, ordnete Pearlman an.

»Weswegen?« Roger stutzte, das gehörte zum Sicherheitsprozess nicht dazu.

»Wir bekommen einen Gast. Ein Agent der Administration wird uns unterstützen. Er wird uns mit allen notwendigen Informationen versorgen. Die Netzwerke von Sigma bleiben für uns aus Sicherheitsgründen geschlossen.«

»Okay.« Roger öffnete den Port. Mit einem Agenten der Administration hatte man in der Flotte nicht jeden Tag zu tun. Sie gehörten nicht zum Standardinventar. Die KIs, mit denen sie ansonsten arbeiteten, gehörten nicht zur Zero-Klasse.

»Major, der Agent wird Ihren Posten übernehmen. Schalten Sie ihm den Zugang frei.«

»Ja, Sir«, antwortete Roger angepisst. Die KI lenkte sofort sämtliche Dienste um. Von der einen auf die andere Sekunde hatte er die Kontrolle über seine Sensoren verloren. Den Offizieren seines Teams auf der USS Newark und der USS Tucson erging es nicht besser. Die hatten jetzt auch nichts mehr zu tun. Das ging schneller, als es ihm lieb war. »Brauchen Sie mich noch, Sir?«

»Reißen Sie sich zusammen!« Pearlmans angespannte Stimmung hatte mittlerweile die ganze Brücke angesteckt. »Sie bleiben in meiner Nähe und werden mich beraten!«

»Ja, Sir.« Roger stand auf und ging zur Mitte der Brücke, die wie ein Kleeblatt aufgebaut war. Das gedämpfte Licht schimmerte blau. Das besondere Design sorgte dafür, dass der Commander alles mitbekam, aber sich die verschiedenen Teams bei den ihnen zugedachten Aufgaben nicht übermäßig störten.

Direkt vor Pearlmans Thron manifestierte sich die holografische Projektion eines Mannes. Da man Agenten der Administration nicht aus den Medien kannte, wusste Roger nicht, was ihn erwartete. Der Agent nutzte eine männliche Projektion, um die vierzig, mittelgroß, mit kurzen Haaren, rasiert und in einem grauen, kragenlosen Anzug. Zudem trug er ein kragenloses weißes Hemd. Ein in allen Belangen unspektakulärer Auftritt, dem man unter anderen Umständen keine sonderliche Beachtung geschenkt hätte.

»Commander Pearlman, vielen Dank, dass ich an Bord kommen durfte. Sie können mich Casper nennen.«

»Willkommen.«

»Major Keller, Major Leonard, ich danke auch Ihnen für die bisher sehr professionelle Zusammenarbeit.« Casper wusste interessanterweise sofort, wer sie waren.

Roger nickte. Mochte er Casper? Nein. Würde er mit ihm zusammenarbeiten? Selbstverständlich. Würde ihm das gefallen? Das wusste er noch nicht.

»Wir befinden uns in einer schwierigen Lage. Die Informationen auf Nebula sind unklar. Ich würde Sie gerne mit vertraulichen Informationen versorgen«, erklärte Casper und zeigte auf einen Besprechungsraum direkt neben der Brücke. Die Zero-KI kannte sich bereits gut auf dem Schiff aus.

Eine Stunde später. Roger wusste jetzt über Major Heath und die USS Crimson Bescheid. Über ihren Erstkontakt vor einundzwanzig Jahren mit einer Gruppe von Radicals, christlichen Siedlern, denen das Tridaterium völlig egal gewesen war. Er erfuhr alles über Felicitas Cortez, die auf Nebula Annika Boergaards Kind das Leben geschenkt hatte und selbst dabei gestorben war.

Er hörte auch über die Rolle von Vandenberg Industries, deren Deal mit der Corporation und dem falschen Spiel der KI Kono. Das Kind Nebula zeigte sich das erste Mal vor vierzehn Jahren und trat ein Loch in die Firewall der Corporation, von dem sie bis heute noch nicht wussten, wie sie das angestellt hatte.

Vor sieben Jahren hatte es den letzten Kontakt gegeben. Kono, von der man inzwischen wusste, dass sie selbst über einen Kernel der Zero-Klasse verfügte, hatte einen gescheiterten Gegenschlag angeführt. Sie hatte zwei Agenten, einem ehemaligen Spacemarine und einem Schmuggler, ein Wurmloch nach Exillium geöffnet.

Es war das erste Wurmloch der Menschheit gewesen, das mit einem Gleiter durchflogen wurde. Beide Männer waren flüchtig und zur corporationsweiten Fahndung ausgeschrieben. Dennoch ging von ihnen keine Bedrohung aus.

Kono hatte sich bei der Explosion der USS Crimson ein Wurmloch nach Sigma eröffnet und dabei Zugang zu den Servern der virtuellen Erde verschafft. Sie konnte dort gestellt und in einem Hochsicherheitsarchiv isoliert werden.

»Wie konnten die Radicals vor sieben Jahren überhaupt gegen die Piratenflotte von Exillium bestehen? Vor allen, da die Feds von einem Agenten der Administration unterstützt wurden?«, fragte Roger. Die Raumschiffe waren ihm egal, aber er wollte wissen, was aus dem Agenten wurde. Hatte es bereits einen Kontakt zwischen Nebula und einem Agenten gegeben?

»Major Leonard, Sie kommen direkt auf den Punkt. Das weiß ich nicht. Deshalb auch meine Vorsicht. Es gibt nicht viele, die mit einer KI der Zero-Klasse fertig werden, oder?« Casper gab sich sachlich, kalt und sehr konzentriert.

»Vermutlich nicht.« Roger war mit der Schaffung der tritoxischen Logikcluster vermutlich der Einzige, dem dieses Kunstwerk zumindest theoretisch möglich war.

»Fakt ist, dass wir in den letzten sieben Jahren keinen Kontakt mit Nebula hatten. Die Kämpfe zwischen den Radicals und den Feds haben offenbar nie geendet. Was glauben Sie, wer wird gewinnen? Sind die Radicals geschlagen?«

»Lebt Nebula noch?« Nur darauf kam es an. Roger betrachtete sich als technologisch durchaus aufgeschlossen, aber wozu ein Mensch in der Lage war, der genetisch auf eine Datenbank zugreifen und kraft seiner Gedanken in Netzwerke eindringen konnte, wusste er nicht.

»Das weiß ich nicht.«

»Die Sensoren zeigen keinerlei Aktivität.«

»Würden wir sie überhaupt erkennen?«

»Binäre Signale ... selbstverständlich.« Nullen und Einsen blieben immer, was sie waren.

»Und wenn Nebula unbekannte Protokolle benutzt? Hätte ein Mensch in der Steinzeit die Existenz von Radiowellen gespürt?«, fragte Casper teilnahmslos.

»Einverstanden ... wir stehen also einem Gegner gegenüber, dessen Feuerkraft wir nicht kennen. Wie gehen wir damit um?«, fragte der Commander.

»Das ist richtig.« Casper lehnte sich zurück. Sie saßen zu viert in dem Besprechungsraum. Major Keller, der beinahe zwei Meter groß war, hatte noch kein Wort gesagt, das war nicht seine Liga. »Warum haben Sie die Bombardierung von Colonel O'Brien unterbrochen?«

»... aus Rücksicht auf die Menschen in New Barcelona«, erklärte Pearlman verunsichert.

»Bedauerlich, nicht?«

»Und wenn das Mädchen Nebula tot ist?« Pearlman zeigte Mitgefühl, eine in diesem Kreis unpassende Geste. Roger empfand es dennoch als richtig, uneingeschränkt auf der Seite seines Commanders zu stehen. Unschuldige Menschen zu töten, war niemals zu rechtfertigen.

»Dann sterben sie völlig grundlos.«

»Ähm ...« Pearlman kämpfte mit sich. »Das ist ein Genozid. Gibt es keinen anderen Weg?«

»Commander, denken Sie nach: was ist, wenn Nebula nicht tot ist? Was ist, wenn ich sie nicht aufhalten könnte? Was wäre, wenn auch die USS Sidney dazu nicht in der Lage wäre?«

»Nebula könnte ungehindert in die Netzwerke der Corporation eindringen«, antwortete Roger. Die Konsequenzen aus diesen Annahmen waren deutlich zu erkennen. Diesen Feind konnte man nur an der Front abwehren.

»Major Leonard, Sie gefallen mir. Sie haben völlig recht. Die Corporation könnte fallen. Was meinen Sie, wie viele Opfer dieser Konflikt mit sich bringen würde?«

»Milliarden.«

»Milliarden Leben, die darauf vertrauen, dass wir an der Front die richtige Entscheidung treffen.«

»Wollen Sie etwa sämtliche Radicals auf Nebula vernichten?«, fragte Pearlman erzürnt.

»Nein, Commander ... ich will sämtliche Menschen auf dieser Welt ausradieren. Die desertierten Feds hoffen darauf, sich bei uns anbiedern zu können. Lassen Sie Colonel O'Brien diesen Glauben. Lassen Sie ihn die Drecksarbeit machen. Lassen Sie ihn New Barcelona ausräuchern ... jeder Tote bei diesen Gefechten ist ein Gewinn.«

»Und zum Dank bekommt er eine Kugel in den Kopf?«, fragte Roger, der Casper für ein Monster hielt. Es war erschreckend, aber sein latenter Hass gegenüber den Radicals machte diese unmenschliche Denkweise erst möglich.

Casper lächelte aufgesetzt. »Das Flottenkommando der Corporation strebt eine saubere Lösung an.«

»Sir, ich kann diese Vorgehensweise nicht gutheißen. Es ist falsch, sie zu töten. Die Öffentlichkeit würde davon erfahren und wir müssten uns vor der Administration für ein Kriegsverbrechen verantworten.«

Nur weil Roger Radicals für Idioten hielt, wollte er sie nicht umbringen. Gemessen an seinen Maßstäben hielt er 99,99 Prozent aller Menschen für Idioten. Vor allem Major Keller, dessen IQ unter Hundert liegen durfte.

Roger hatte den Posten beim Militär angenommen, um auch solche Deppen zu beschützen. Was bedeutete es schon, klug zu sein, wenn man die falschen Entscheidungen traf?

»Major, ich habe Ihre Meinung zur Kenntnis genommen«, sagte Pearlman einsilbig. »Casper, bitte erklären Sie mir Ihre Befugnisse auf der USS Sidney.«

»Ich bin ein Agent der Administration. Ich berate Sie zu einer systemweiten Sicherheitsbedrohung. Zudem vertrete ich die kollektiven Interessen der ...«

Pearlman fiel ihm ins Wort. »Sie haben also keine Befehlsgewalt auf diesem Schiff!«

»Mein Rat stützt sich auf die Kompetenz der ...«

»Administration. Casper, es sind unsere Richter. Gibt es ein Urteil der Administration, das die Tötung dieser Siedler gerechtfertigt?«, fragte Pearlman.

»Die Angelegenheit ist schwierig ...«

»Casper, ich werde dazu mit meinem Flottenkommando sprechen. Für diesen Befehl erwarte ich eineWeisung der Administration. Ich will ein hinreichendes Mandat sehen!«

»Unsere Mission obliegt der Geheimhaltung. Es ist mir nicht möglich, die Netzwerke zu öffnen. Zuerst haben wir die Entität Nebula zu eliminieren oder, wenn dieser Schritt nicht möglich ist, sämtliche Menschen zu töten.«

»Ich soll also Ihrem Wort vertrauen?«

»Ja.«

»Aber Sie folgen meinem Befehl?«

»Ja.«

»Casper, so wird es nicht laufen. Ich werde nicht den Befehl geben, jegliches Leben auf dieser Welt auszulöschen! Nicht unter diesen diffusen Voraussetzungen!«

»Sir, wenn ich einen Vorschlag machen darf.« Roger musste dem Commander helfen. »Casper erwähnte gerade den Auftrag, die Entität Nebula zu eliminieren. Erst wenn uns dieser Schritt nicht gelänge, sollte er uns dazu bewegen, da unten alles niederzubrennen. Sir, wir sollten Nebula jagen. Wenn sie noch lebt, werden wir sie finden.«

»Das ist zu gefährlich ... eine Infektion mit ihrer Signatur könnte die Integrität der Flotte in Gefahr bringen.« Caspers Stimme blieb auch jetzt ruhig.

»Commander, lassen Sie uns die Situation unvoreingenommen betrachten. O'Briens Söldner wissen, dass ein Kampf gegen uns zwecklos ist. Deshalb versuchen sie, sich nützlich zu machen, schaffen es aber nicht, den Widerstand der Radicals zu brechen.«

»Und?« Pearlman und Casper hörten ihm zu. Was Major Keller tat, spielte keine Rolle.

»Stellen Sie sich vor, Sie wären der Kommandant der Radicals und diese Söldner treten Ihre Tür ein. Sie wehren sich und verfügen über eine sehr mächtige binäre Waffe. Würden Sie in dieser Situation noch warten, sie einzusetzen? Würden Sie nicht versuchen, die Kontrollsysteme der Bomber anzugreifen?«

»Vermutlich ja ... worauf wollen Sie hinaus?«

»Sir, der Punkt ist offensichtlich. Major Keller, haben wir einen Versuch der Verteidiger registriert, O'Briens Bomber aufzuhalten?« Roger befand, Keller sollte auch etwas sagen.

»Nein, dazu haben wir nichts aufgezeichnet«, antwortete Keller, der sogar im Sitzen strammstand.

»Sir, ich habe dazu drei Sekunden benötigt und auf den angreifenden Bombern funktionierte noch nicht einmal mehr ein Lichtschalter. Dabei habe ich keine Zero-Class-Technologie benutzt ... die für die veralteten Raumschiffe der Feds auch nicht nötig wäre. Wenn von dem Mädchen oder auch der Entität Nebula die Gefahr ausginge, die wir ihr zugestehen, hätte sie dann nicht versucht, die Bomber aufzuhalten?«

»Es gibt keine Beweise, dass die Entität Nebula tot ist«, warf Casper dazwischen.

»Es gibt aber Beweise, dass sie nicht handlungsfähig ist!« Roger sah Casper in seine teilnahmslosen Augen. »Ganz ehrlich ... ich hätte denen die Bomben gezündet, solange die sich noch an Bord der Gleiter befanden.«

»Danke, Major Leonard, für Ihre taktische Analyse. Ich schließe mich Ihrer Meinung an. Wir werden diese Welt nicht bombardieren und wir werden auch O'Briens Söldner davon abhalten, dies zu tun. Ich möchte mit dem Kommandanten der Radicals sprechen.«

»Das ist ein Fehler.« Casper ließ sich nicht überzeugen.

»Unser Auftrag ist es, die Welt Nebula im Namen der Corporation zu befrieden und die öffentliche Ordnung herzustellen. Dazu gehört, die Gerichtsbarkeit der Administration durchzusetzen. Casper, wenn Sie mit meiner Entscheidung nicht einverstanden sind, sollten wir diesen Disput mit dem Flottenkommando klären.« Pearlman traf die richtige Entscheidung.

»Das ist aus Sicherheitsgründen nicht möglich.« Casper kämpfte weiter für seinen Standpunkt.

»Dann werden wir das Mädchen Nebula verhaften. Sie und Major Leonard werden bei dieser Festnahme zusammenarbeiten. In einer binär isolierten Gefechtsmatrix. Wenn die Kleine in der Lage ist, sie Beide aufs Kreuz zu legen, dann werde ich, wie von Ihnen gewünscht, gegen die Radicals vorgehen. Aber wie der Major bereits ausgeführt hat – ich denke auch, dass wir ihr Fähigkeiten zugestehen, über die sie nicht verfügt. Wenn sie überhaupt noch lebt.«

»Ich bin Ihr Mann, Sir.« Roger konnte keinen Rückzug mehr machen, dafür hatte er seine Klappe zu weit aufgerissen.

»Commander, damit bin ich einverstanden.« Casper drehte seinen Kopf zu Roger. »Major, ich hoffe Sie verfügen über die Fähigkeiten, die Ihnen ihr Commander zubilligt. Sie haben heute die Verantwortung für mehr als Ihr eigenes Leben übernommen.«

»Damit komme ich klar!« Genau deswegen hatte Roger beim Militär angeheuert.

¤

VII. AD 4445 Keid System – Kenan – Es geht um alles

Es gab Momente in seinem Leben, in denen Kenan nicht genau wusste, was zur Hölle er gerade tat. Es war ja nicht so, dass man ihn nicht bereits für seine naiven Fehler umgebracht hätte. Abgeknallt hatten sie ihn, wie einen räudigen Köter. Einundzwanzig Jahre war das mittlerweile her. Nun, seinen Tod zu überleben, hätte ihn eigentlich klüger machen müssen. Sollte man meinen – oder auch nicht – er hatte ein beispielloses Talent, sich immer wieder in unmögliche Situationen zu bringen. Dennoch machte er weiter. Es ging nicht anders, er hatte eine Mission zu erfüllen. Das hatte er Emma und den anderen auf Nebula versprochen und er dachte nicht daran, wortbrüchig zu werden.

Kenans Bewusstsein basierte auf einer KI, einer künstlichen Intelligenz, die zu Lebzeiten von einem neunzehnjährigen Spacemarine generiert worden war. Er lebte in einem künstlichen Körper, einem organischen Avatar über seinen Tod hinaus weiter. Inzwischen kam er damit klar, auch wenn es nicht immer einfach war. Wie jetzt, als er wieder einmal alles auf eine Karte setzte, um seine Mission den entscheidenden Schritt weiterzubringen.

»Agent, wie sehen Sie überhaupt aus?«, buffte ein Lieutenant der Feds ihn an. Kenan befand sich im Zugangsbereich eines gesicherten Depots der Federal Agency, der zentralen Polizeibehörde von Exillium, siebzig Kilometer nördlich von Hesselton. Links und rechts von ihm standen gepanzerte Drohnen, die den Bereich bewachten. Die Randgebiete zur Wüste galten nicht gerade als sichere Zone. Hier gab es immer wieder blutige Zwischenfälle.

»Sir, wir wurden angegriffen«, antwortete Kenan, der

sich an einer langen Reihe von wartenden Menschen vorbeigedrängt hatte, geschunden.

Die Aussage stimmte sogar. Der Fed, dessen blutige Uniform er trug, war wirklich angegriffen worden. Von ihm. Und getötet. Eine Kugel zwischen die Augen. Kurz und schmerzlos, die arme Sau war zur falschen Zeit am falschen Ort gewesen.

»Angegriffen also?«, fragte der Offizier, der Kenan mit einem Pad-System abtastete.

»Ja, Sir.« Kenan hatte, um in das Depot zu kommen, die Identität des toten Feds angenommen. Das Risiko aufzufliegen war hoch, aber es ging nicht anders.

»Name?« Der Offizier zeigte sich misstrauisch. Zwei Drohnen zielten mit Waffen auf ihn. Die Menschen hinter Kenan wichen zurück. Er durfte keinen Fehler machen. Auf Exillium herrschten schon lange keine Schmuggler mehr, aber in den Randgebieten starb man immer noch wegen eines falschen Wortes.

»Walter Pecker, Sir. Corporal, meine Dienstnummer ist ...« So hatte der Typ geheißen, den Kenan erschossen hatte. Ohne zu töten, ging es leider nicht. Diesen bewaffneten Posten mit Waffengewalt zu stürmen, wäre Wahnsinn gewesen.

»Die sehe ich selbst ...« Der schlecht gelaunte Lieutenant ließ Kenan seine Hand auf das Pad-System legen. Der wollte es genau wissen und tastete seine Hand ab. »Okay, ich habe eine Bestätigung. Willkommen zurück. Gehen Sie auf die Krankenstation und lassen Sie sich versorgen. Sie sehen schlimm aus.«

»Danke, Sir.« Kenan humpelte weiter. Der Lieutenant ließ ihn passieren. Hinter Kenan standen zahlreiche Zivilisten, die noch erbärmlicher als er aussahen. Wenn das medizinische Team im Depot freie Kapazitäten hatte, behandelten sie auch Zivilisten und verteilten Medikamente. Das war für viele ein guter Grund, hier anzustehen.

Die gepanzerte Tür öffnete sich. Kenan genoss die klimatisierte Luft, die ihm entgegenströmte und ging langsam weiter. In das Depot zu kommen, war der einfache Teil des Jobs. Er war noch nie zuvor in diesem größtenteils unterirdischen Komplex gewesen. Gemäß seinen Informationen ging es hier neun Stockwerke in die Tiefe.

»Corporal Pecker?«, fragte ein Sanitäter, der im Laufschritt auf ihn zukam. Ein stämmiger Typ, weiße Kleidung, mit Bauch, Bart und zahlreichen Tätowierungen auf den Unterarmen. Jede Menge Zwerge und Elfen, meine Güte, wer ließ sich so einen schrägen Scheiß in die Haut stechen.

»Das bin ich.« Eine Notlüge, aber Walter Pecker sollte das nicht mehr stören.

»Wo sind Sie verletzt?«

»Ich habe Prellungen an der Hüfte, am Arm und an der Schulter. Ich denke, es ist nichts gebrochen ... eigentlich brauche ich nur eine Dusche und eine frische Uniform.« Kenan hatte sich, um die Verletzungen vorzutäuschen, in den Dreck geworfen und mit dem Blut seines Opfers beschmiert.

»Nein, nein, Sie kommen mit mir. Das werden wir kontrollieren«, sagte der Sanitäter und stützte Kenan. Gemeinsam gingen sie auf die Krankenstation zwei Etagen tiefer.

Das Depot am Wüstenrand beherbergte gut hundert Feds, zwanzig zivile Hilfskräfte, Gleiter, Fahrzeuge, Waffen und weitere Ausrüstung. Hoffentlich würde Kenan hier seine heißbegehrten Phasendämpfer bekommen. Die brauchte er unbedingt, um den Wurmgenerator fertigzustellen.

Zwei Stunden später. Kenan stand sauber, verarztet und neu eingekleidet in einem Ruheraum. Der leitende Offizier des Depots, ein Major mit einem unaussprechlichen Namen, wollte ihn sprechen. Ein Gespräch, dem Kenan aus dem Weg gehen sollte. Der Offizier könnte ihn Dinge fragen, die er aus verständlichen Gründen nicht wusste. So gut kannte Kenan Walter Pecker auch nicht.

Er legte zwei Finger an seinen Hals: »Bin im Nest ... die haben die Maskerade geschluckt.«

»Alles klar ... ich warte auf dich. Lass dich nicht töten«, sagte Jonah, sein Bruder.

Genau genommen war Jonah der Bruder des toten Spacemarines, der von seinen Kameraden eine Handvoll zusätzliche Atemlöcher in die Brust verpasst bekommen hatte. Jonah war in vielen Dingen das Gegenteil von ihm. Punkt eins, er war ein Mensch. Einer mit dem Talent, Dinge zu überleben, bei denen andere starben. Siehe ihn. Punkt zwei, Jonah war ein sexistisches Arschloch, das auch in den unmöglichsten Situationen nur an Titten und Ärsche dachte. Na ja, Privatsache. Punkt drei, Jonah akzeptierte Kenan und was das Schicksal aus ihm gemacht hatte. Punkt für ihn.

Kenan deaktivierte den Funk wieder und ging zum Spiegel. Dort sah ihn das junge Gesicht eines blonden Mannes mit Drei-Tage-Bart an. 1,80 Meter groß und sehr schlank. So hatte er früher nicht ausgesehen. Kenan hatte in seiner besten Zeit gut dreißig Kilogramm mehr auf die Waage gebracht und war auch einen halben Kopf größer gewesen. Das war jetzt nur eine Frage der Konzentration.

»Lass einfach los ...«, flüsterte er und beobachtete, wie sich sein Gesicht veränderte. Der Bart verschwand, die Haare wuchsen schulterlang und färbten sich dunkel. Seine Gesichtszüge wurden schmaler, femininer und seine Nase spitzer. Auch seine Augen verfärbten sich blau. Seine ganze Statur wurde schmaler und er bekam kleine Brüste. Glücklicherweise war er bereits darüber hinweg, sich ungläubig abzutasten. Bei den ersten Verwandlungen hatte er es nicht glauben können. Das Geschlecht zu wechseln, war heftig.

Kenan atmete tief ein und aus. Seine Muskeln entspannten sich. Der Avatar, den er vor sieben Jahren nehmen musste, um sich zu retten, war der einer jungen Frau. Genauer, der eines Körperwandlers, dessen speziell gezüchtete DNA ihm erlaubte, sein Äußeres zu verändern. Dieser Vorgang war weder einfach noch konnte er ihn lange durchhalten. Er hatte Jahre dafür gebraucht, um diese Fähigkeiten zu trainieren und wirklich gut war er dabei immer noch nicht. Es wäre gefährlich geworden, wenn es bereits im Eingangsbereich des Depots oder auf der Krankenstation zu einer unbeabsichtigten Rückverwandlung gekommen wäre. Körperwandler wurden, wenn man sie erwischte, umgehend vernichtet. Da sie nicht als Menschen galten, sprach man dabei nicht von *töten*.

»Auf ein Neues.« Kenan zog die Uniform aus, die ihm zu groß war, blieb aber vor dem Spiegel stehen. Es zu sehen, machte es leichter. Er dachte an den Sanitäter, der ihm geholfen hatte. Vermutlich ein netter Kerl. Kenan wusste es nicht. Seine nackte Leiche lag mit gebrochenem Genick auf dem Bett. Kenan brauchte seine Kleidung. Mit weißer Weste ließ sich die Mission nicht erfüllen.

Kenans Körper nahm an Volumen zu. Er wuchs, vor allem sein Bauch. Um sich in eine Person zu verwandeln, musste er sie zuvor berührt haben. Nicht nur kurz, das reichte nicht, er musste den fremden Körper regelrecht mit den Händen ertasten. Ihm wuchs ein Bart und sogar die ganzen Tätowierungen entstanden an den richtigen Stellen neu. Das wäre ohne Blickkontakt nicht möglich gewesen. Seine DNA hätte diese Informationen nicht hergegeben. Er hatte sogar wieder haarige Klöten zwischen den Beinen. Einen fremden Schwanz in der Hand zu halten, fühlte sich immer befremdlich an.

Er zog sich an und nahm die persönlichen Gegenstände des Toten an sich. Zwei Ringe, eine Uhr und eine dünne, silberne Halskette. Und natürlich den Sicherheitsausweis, auf den kam es später an. Der Name des Sanitäters spielte keine Rolle.

Kenan hatte den Ruheraum verlassen. Sein Magen knurrte, der in diesem Körper vermutlich viermal so groß war, wie in seinem. Sich mit vollem Magen zu verwandeln, konnte schmerzhaft sein. Diese Lektion hatte er auch schon gelernt, weswegen er heute Morgen auf sein Frühstück verzichtet hatte.

»Ich habe den Körper gewechselt ... ich gehe runter«, flüsterte er über die offene Leitung. Es befand sich niemand in seiner Nähe. Die Verbindung zu öffnen, war nicht ungefährlich, aber ohne Unterstützung würde er nicht den richtigen Lagerbereich finden. Er ging davon aus, ein Zeitfenster von fünf bis zehn Minuten zu haben, bevor jemand seine Frequenz abtastete und über die unbekannte Verschlüsselung stolperte. Die würden dann zwar immer noch nicht wissen, was Jonah und er sagten, wären aber in der Lage, ihn zu orten.

»Echt ... und was bist du jetzt?«

»Ein dicker Krankenpfleger mit Bart.«

»Das möchte ich mir nicht vorstellen ...« Jonah hatte in den letzten Jahren mit seinem erwachenden Talent, sich zu verändern, mehr Probleme gehabt als er. Na ja, um ehrlich zu sein, hatte sein Bruder schon alleine damit ein Problem, wieder eine kleine Schwester zu haben. Liz, ihre wirkliche Schwester, lebte leider nicht mehr. Ein Verlust, der vor allem Jonah schmerzte.

»Ich brauche Hilfe ... wo finde ich die gesuchten Ersatzteile? Kannst du mir die Delta-KI aufschalten?«

»Geht klar ... ist online.«

»Hallo Kenan«, sagte die Delta KI, die wie Kono klang, aber nur einen Teil ihrer Leistungsfähigkeit besaß. Kono selbst hatte sie von sich abgeleitet und Kenan an die Seite gestellt. Mit Kono hatten sie ebenfalls sieben Jahre keinen

Kontakt mehr. Sie würde jetzt wohl mit den anderen auf Nebula sein. Hoffentlich ging es ihr gut. Eigentlich eine unmögliche Person: arrogant, skrupellos, aber sie spielte in ihrem Team. Niemand mochte sie, aber sie wurde dennoch akzeptiert.

Da die Corporation im Zusammenhang mit den Ereignissen vor sieben Jahren den Wurmknoten über Nebula verloren hatte, gab es keinerlei Neuigkeiten von dort. Kenan bewertete diese Entwicklung als Zeichen, dass sich Kono, Leia, Nebula und Emma gegen ihre Widersacher hatten durchsetzen können. Diese Schonfrist drohte bald abzulaufen, da nach einundzwanzig Jahren Flugzeit eine Gruppe von drei Trägerschiffen der Zulu-Klasse über Nebula anzukommen drohte. Gegen diese Militärmacht zu kämpfen, machte keinen Sinn, hatte Kono gesagt, dann wären sie endgültig geliefert. Genau aus diesem Grund trieb Kenan seinen Bruder an, um Exillium zu verlassen.

»Kannst du auf deren Netzwerk zugreifen?« Die Delta-KI konnte Netzwerke hacken, er konnte es nicht. Obwohl er selbst eine KI war, steckte immer noch derselbe dämliche Spacemarine in ihm. Andere zu töten, war sein einziges Talent.

»Zugriff möglich ... aber sie würden es bemerken.«

»Egal ... wir haben nur einen Versuch. Greif an!«, befahl Kenan. Früher hatte er die Delta-KI mit sich in seinem Avatar getragen. Das ging heute immer noch, aber nicht, während er sich in andere Personen verwandelte. Damit kam die Delta-KI nicht klar, die deswegen auf Jonahs Gleiter geblieben war.

»Wir brauchen eine Ablenkung!«, rief Jonah dazwischen. Ein berechtigter Vorschlag.

Kenan lief gerade an einem Feuermelder vorbei und löste Alarm aus. Das Licht in den Korridoren verfärbte sich rot. Zudem aktivierte sich eine Sirene. »Es brennt.«

»Ähm ... in Ordnung, das lenkt ab«, sagte Jonah. »Die Sire-

nen sind sogar hier oben zu hören. Ich habe eine Drohne in der Luft ... die riegeln gerade den Zugang zum Depot ab und schicken die Zivilisten weg.«

»Kenan, deine Position?«, fragte die Delta-KI, die er Kono nannte.

»Viertes Deck, Sektor drei, vor mir ist eine Treppe.« An Kenan liefen gerade zwei bewaffnete Feds vorbei, die nicht auf ihn achteten. Von oben fragte jemand durch den in der Mitte offenen Komplex, ob jemand ein Feuer sehen könne. Das reichte noch nicht, er löste noch einen weiteren Feueralarm aus. Dann drehte er den Kopf zur Wand. »MEIN GOTT! DIE SIND TOT! DIE SIND ALLE TOT! ES BRENNT! SCHNELL LÖSCHT ENDLICH DIE FLAMMEN!«

»Du klingst dramatisch!«, bemerkte Jonah.

»Es ist dramatisch.« Kenan wusste, was auf dem Spiel stand. »Kono, wo muss ich hin?«

»Sechstes Unterdeck. Sektor fünf. Dort gibt es eine Sicherheitsschleuse. Ich versuche, sie zu öffnen.«

»Bin unterwegs.« Kenan lief die Treppen herunter. »Brauche drei Minuten.« Für die Sicherheitsschleuse musste er sich schnellstens etwas einfallen lassen.

»Zugriff auf die Sicherheitsschleuse nicht möglich. Der Feueralarm blockiert sie«, erklärte Kono. Das war nicht die Antwort, die Kenan hören wollte.

»Suche Alternative ...«

Ein Fed mit Gewehr rannte die Treppe herauf, ohne dabei auf Kenan in Sanitäterkleidung zu achten. »Ich brauche Hilfe bei einem Verletzten!«, rief er dem Mann zu, der langsamer wurde und sich verdutzt umsah. Hier gab es natürlich weder ein Feuer noch einen Verletzten. Dafür gleich einen Toten.

»Wo?«, fragte der Fed.

»Da ... da, sehen Sie ihn nicht?« Kenan zeigte über das Geländer nach unten. Bis zum Boden waren das sicherlich noch fünfzehn Meter. Der Fed beugte sich nach vorne. Kenan griff nach dem Gewehr und schubste den Mann in die Tiefe. Mit einem langen Schrei schlug dieser unten auf. Dann schrie er nicht mehr.

»Hab jetzt eine Waffe.« Kenan lud das Gewehr durch und hielt es teilweise hinter seinem Bein verborgen. Noch eine Treppe. Sechstes Unterdeck, hier musste er hin. Sektor vier, bis Sektor fünf waren es noch zwanzig Meter.

»Was ist passiert? Wer hat dort geschrien?«, rief die Frau, die eine Sicherheitsschleuse bewachte. Sie kam auf Kenan zu. Die Hand hielt sie an der Pistole, die sich im Halfter an ihrer Hüfte befand. Das hätte sie nicht tun sollen.

»Es gab Tote«, antwortete Kenan.

»Wer?«

»*Sie* ...« Kenan brachte in einer Bewegung das Gewehr in den Anschlag und schoss ihr zweimal in die Brust. Sie starb mit der Waffe in der Hand, die sie zwar noch ziehen, aber nicht mehr abfeuern konnte.

»Bin an der Sicherheitsschleuse. Sie ist geschlossen. Kono, was kannst du hier machen?«

»Ich bin froh, dass du auf meiner Seite bist!«, rief Jonah.

»Der Prozess zur Öffnung der Sicherheitsschleuse muss vor Ort bestätigt werden. Sieh dich nach einem Display um, das auch in der Lage ist, Handflächen abzutasten. Dort sollte eine Abfrage offen sein ... siehst du das Display?«, fragte Kono.

»Noch nicht ...« Kenan suchte. Den Schlüssel hatte er, er brauchte nur noch das passende Schloss. Er packte die tote Fed am Handgelenk und schleifte sie hinter sich her. Hinter einem Vorsprung entdeckte er auf Kopfhöhe ein blinkendes Display, das genau so aussah, wie das, was er suchte. »Ich habe es gefunden.«

»Die Feds haben inzwischen verstanden, dass wir sie verarschen ... die wissen, dass es nicht brennt. Da macht sich gerade eine Kampfgruppe fertig, die in ein paar Minuten bei

dir sein wird.« Konos Worte kamen nicht überraschend.

»Wie lange habe ich noch?« Kenan zog die Leiche der Frau nach oben und öffnete mit ihrer Hand die Sicherheitsschleuse. Die schwere Panzertür rutschte seitlich in eine Vertiefung. Der Weg war frei.

Er lief zu Sektor fünf. Hier wurde auch Munition gelagert, die ihn aber nicht interessierte. Es ging ihm um zwei Phasendämpfer, die man auf dem Schwarzmarkt auch für viel Geld nicht kaufen konnte.

»Drei Minuten. Du findest die Ersatzteile im Regal siebzehn. Drittes Fach von unten.«

Kenan rannte die Regalreihen entlang. Fünfzehn, sechzehn, siebzehn, drittes Fach. Er hatte die elektronischen Bauteile gefunden, die nicht größer waren als eine Fingerkuppe. Zwei davon steckte er sich in den Mund und schluckte sie herunter.

»Habe sie ... ich verschwinde.«

»Du hast noch 90 Sekunden.«

»Verstanden.« In der Zeit würde er es kaum bis nach oben zum Ausgang schaffen. Er brauchte einen anderen Fluchtweg. Im Gehen zog er sich aus und steckte die Kleidung des Sanitäters unter ein Laufgitter. Den Dicken würde er jetzt verschwinden lassen. Als er bei der erschossenen Fed ankam, hatte er wieder seinen Mädchenkörper angenommen. Nicht für lange.

»Noch 70 Sekunden.« Kono gab den Takt vor. Er durfte keine weitere Zeit verlieren.

Während er die Tote auszog, verwandelte sich sein Körper bereits. Da er nicht genug Zeit hatte, sie sorgfältig abzutasten, beschränkte er sich auf das Gesicht und die beiden Wunden in der Brust. »Kono, schalte das Licht ab!«

»Erfolgt!«

Es wurde dunkel.

»Noch 25 Sekunden.« Es waren bereits schwere Stiefel zu hören, die die Treppen herabliefen. Lichtkegel wurden

heller. Noch waren sie nicht bei ihm. Kenan zog sich ihre Hose, Schuhe und das blutige Hemd an. Die Leiche der Frau ließ er wie auch die Waffe unter einem Laufgitter verschwinden. Dann legte er sich in ihre Blutlache. Die Wunden, die er simulierte, waren nur oberflächlich, aber er blutete.

»Kontakt.« Konos Timing stimmte.

»GESICHERT!«, rief ein Fed, der neben ihm kniend seine Waffe in Anschlag brachte.

»WEITER, WEITER!«, rief ein anderer.

»HIER IST NIEMAND!«

»WARUM IST DAS LICHT AUS? VERDAMMT, SCHALTET SOFORT DAS LICHT WIEDER AN!«

»GESICHERT!«

»HIER IST NIEMAND!«

»Was ist mit ihr?«, fragte eine bewaffnete Frau mit Gesichtsmaske, ebenfalls in voller Kampfmontur, aber mit einer Sanitätstasche an der Seite.

»Zwei Treffer in die Brust ... ich glaube nicht, dass sie noch lebt«, sagte der Fed.

Kenan stoppte seinen Herzschlag. Die Sauerstoffversorgung des Avatars würde das bis zu zehn Minuten aushalten. Erst danach würde es kritisch werden.

Die Sanitäterin fühlte seinen Puls. Er hatte keinen. »Sie ist tot.« Sie aktivierte den Funk. »Wir haben zwei tote Agents. Der Eindringling ist flüchtig.«

Stunden später. Kenan befand sich in einem schwarzen Plastikbeutel. Er war Marine, damit kannte er sich aus. Das mit dem Sterben klappte bei ihm ohnehin nicht wie bei Anderen.

Er schwitzte. Die waren gerade dabei, ihn in der Nähe des Depots zu vergraben. Gemeinsam mit dem Mann, den er über das Gelände gestoßen und dem Sanitäter, dem er das Genick gebrochen hatte.

»Hey, warte mal!«, rief ein Mann, der auf sie zugelaufen kam. Er schnaufte wie ein Walross.

»Was ist?«, fragte ein anderer. Noch sah Kenan nichts. Vermutlich einer von den Leuten mit der Schaufel.

»Es ist wegen der Frau ... wir müssen sie noch einmal untersuchen.«

»Warum?«

»Weil wir eine weitere Leiche gefunden haben.«

»Und?«

»Eine Identität, zwei Leichen ... du merkst was?«

»Das ist eine zu viel.«

»Genau. Mit einer von beiden stimmt etwas nicht.« Wie es sich anhörte, hatten sie die weibliche Leiche unter dem Laufgitter gefunden. Das Versteck war nicht gut gewesen.

Die zogen Kenans Reißverschluss auf. Endlich konnte er wieder vernünftig atmen. »Hi ... wie geht's?« Kenan winkte den drei Männern freundlich zu, die offenbar nicht wussten, ob sie ihm ins Gesicht oder auf die nackten Möpse starren sollten. Männer eben.

»Ähm ...«, tönte einer.

Der andere sparte sich einen Kommentar und fiel einfach mit einer nach vorn spritzenden Schusswunde in der Brust nach hinten um.

»Was zum ...« Auch die anderen beiden trafen Geschosse. Jonah war ein guter Schütze.

Stille.

Dann kamen Schritte auf ihn zu. »Du bist krank! Weißt du das, du bist wirklich krank! Absolut krank!« Jonah reichte ihm die Hand und zog Kenan aus dem schwarzen Beutel. Die Sonne war bereits untergegangen. Jonah hatte einen Mündungsschalldämpfer benutzt. Von den drei Schüssen war kaum etwas zu hören gewesen.

»Ich habe die Phasendämpfer!« Nur darum ging es. Kenan hätte dafür noch ganz andere Dinge getan.

»Aber nichts anzuziehen ...«

»Die haben mich ausgezogen.« Das hatte Kenan beim Totspielen nicht verhindern können. Zum Glück hatte der Arzt keine Lust auf eine gründliche Obduktion gehabt.

»Komm, lass uns verschwinden ...«

Dem hatte Kenan nichts hinzuzufügen.

Am nächsten Tag trug Kenan wieder Kleidung. Gemeinsam mit Jonah saß er in ihrer gemütlichen Erdhöhle 300 Kilometer nordöstlich vom Depot entfernt. Zwölf Meter unter dem glühend heißen Wüstenboden ließ es sich aushalten. Hier arbeiteten sie während der letzten sieben Jahre daran, Exillium zu verlassen. Mit einem Raumschiff wäre ihnen das ohne die Zustimmung der Corporation nicht gelungen. Eine Reise nach Nebula oder nach Sigma hätte auch zu lange gedauert. Sie hätten keine Zeit gehabt, Jahrzehnte auf einer nahezu lichtschnellen Reise zu vertrödeln. Wenn sie es auf diesem Weg versucht hätten, wäre ihre Mission bereits vor dem Start gescheitert gewesen.

Sie brauchten ein Wurmloch. Der einzige Weg, ohne Zeitdilatation zu reisen. Das Tridaterium, das sie dafür benötigten, hatten sie. Zwei Kilogramm davon. Mehr als sie für einen Sprung nach Sigma benötigten. Während man mit natürlichem Tridaterium nur wenige Gramm für ein Wurmloch brauchte, hätte man mit dem künstlichen Äquivalent eine mit anderen Metallen hochverdichtete und tonnenschwere Ladung herstellen müssen.

Das Wissen, wie man eine Wurmloch-Apparatur baute, steuerte Kono bei. Leider konnte sie nicht die benötigten Bauteile aus dem Hut zaubern. Das war Jonahs und Kenans Aufgabe, die sie mit der Beschaffung der beiden Phasendämpfer abschlossen. Die riskante Aktion, in das Fed-Depot einzubrechen, hatten sie auch deshalb in Kauf genommen, weil über die Medien die Nachricht verbreitet wurde, dass die Corporationsflotte die Kontrolle über Nebula übernommen hätte.

»Das Wurmloch kann geöffnet werden«, sagte Kono über einen Lautsprecher. Auf den Satz hatte Kenan sieben Jahre lang gewartet. Sie hätten das bereits früher schaffen müssen, waren aber dazu nicht in der Lage gewesen.

»Willst du immer noch nach Sigma?«, fragte Jonah, der auf dem glatten Sandboden saß.

»Ja.« Das war ihre Mission, die hatte Kenan nie vergessen. Es galt, einen politischen Sponsor zu finden und ihn mit dem restlichen Tridaterium zu schmieren. Aus Nächstenliebe würde sich keiner von denen für sie einsetzen.

»Die Corporation ist auf Nebula ... wir sind zu spät dran. Tridaterium ist nicht mehr viel wert.«

»Aber ...«

»Kenan, ich habe alles gemacht, was ich konnte. Verdammt, ich würde mir sogar eine Kugel für deinen kleinen Knackarsch einfangen ... aber wir haben es vermasselt.«

»Wir können jetzt nach Sigma!«

»Können wir ... aber sehen wir dann Nebula jemals wieder? Wir können auch nach Nebula. Zugegeben, dort erwartet uns keine rosige Zukunft, aber würdest du nicht wenigstens einmal Emma wiedersehen wollen? Oder Leia und Nebula?«

»Ich würde mit leeren Händen heimkehren ...«

»Aber lebend!«

»Ich könnte ihnen nicht in die Augen sehen ... sie haben mir vertraut. Willst du dich jetzt wirklich dahinstellen und sagen: Hey, wir sind wieder da, aber sorry, lief scheiße?«

Jonah schüttelte den Kopf. »Nein.«

»Sigma?«

»Die kriegen uns!«

»Haben sie uns bisher bekommen?«, fragte Kenan, der sich neben Jonah auf den Boden setzte.

Die Beleuchtung in der Erdhöhle flackerte. Wenn irgendjemand auf Exillium wüsste, dass sich hier gleich ein Wurmloch öffnete, würde die Schlange derer, die von hier verschwinden wollten, bis nach Hesselton reichen.

»Du hast nur Glück gehabt!«

»Ich habe dich ... das ist besser, als Glück zu haben.« Allein wäre Kenan nicht so weit gekommen.

»Sigma!« Jonah stimmte zu. »Ich bin verrückt. Ich bin einfach komplett verrückt!«

»Kono, zwei Fahrkarten nach Sigma bitte.«

»Sehr wohl, meine Herren. Das Wurmloch steht ihnen gleich zur Verfügung.«

⌘

BETA PHASE

VIII. AD 4445 Nebula System – Carl – Neue Blickwinkel

»Wie können Sie in Ihrer Situation so ruhig bleiben?«, fragte General Li Kananga, der mit den Händen hinter dem Rücken als teiltransparentes Hologramm vor Carl auf der Brücke stand. Vier weitere Offiziere besetzten die Funk-, Antriebs- und Lebenserhaltungssektionen der Jersey, einem zu einem Trägerschiff umgebauten Minenschiff. Pete, sein Flugleit- und Waffensystemoffizier schiss sich gerade die Seele aus dem Leib. Das Weichei vertrug das Chili nicht.

»Wissen Sie ... die können heute kommen. Oder auch morgen. Das macht keinen Unterschied. Die Schiffe der Zulu-Klasse können Sie nicht mit meiner guten alten Jersey vergleichen.« Carl liebte sein langsames, aber schwer gepanzertes Raumschiff, das ihm bereits viele Jahre treue Dienste erwiesen hatte.

»Aber Sie haben Ihre Deflektoren unten ...« Der General war für einen Asiaten außergewöhnlich groß, hatte blaue Schlitzaugen und lange blonde Haare.

»Natürlich habe ich das! Oder meinen Sie, ich möchte denen einen Grund geben, auf mein Schiff zu schießen?« Nur Anfänger hätten bei einem Konflikt mit der Corporation die Deflektoren aktiviert. Das hätte nur Energie gekostet.

»Ihre Ruhe möchte ich haben.« Ansonsten kannte Carl den General als rücksichtsloses und geldgieriges Arschloch. Mit ihm konnte man sehr gut arbeiten.

»General, wir können die Drecksschiffe von der Corporation nicht orten, nicht sehen ... und sicherlich können wir sie nicht bekämpfen. Die Dinger bremsen so verdammt spät ... dass sie praktisch aus dem Nichts vor uns stehen werden. Und in dem verfickten Moment, wenn wir sie sehen, haben deren KIs unsere Firewall schon runter auf die Knie gezogen und ficken sie in den Arsch!« Das sollte doch verständlich sein. Carl war sich sicher, dass der General ebenfalls nur gute Dinge über ihn dachte.

»Ich schätze Ihre Frohnatur.«

»Skipper ... wir haben die kritische Zeitzone erreicht. Wir sollten das Wurmloch nach Cygni schließen. Das darf bei Kontakt auf keinen Fall offen sein«, erklärte Rose, seine vollbusige Navigatorin, von der er jedes Gramm ihrer üppigen Rundungen liebte. In Uniform auf der Brücke, wie auch ohne in seinem Bett.

»General ... Sie wissen, was Sie zu tun haben. Wir sehen uns. Wir fahren alle Verbindungen nach Cygni runter und löschen betreffende Inhalte aus der Datenbank. Wenn die Flotte der Corporation ankommt, schließt sich das Wurmloch automatisch. Dann startet Ihr Countdown. Machen Sie sich bereit!«

»Aye.« Die holografische Projektion dieses reisfressenden Sohns Odins löste sich in Wohlgefallen auf. *»Wir sehen uns!«*

Carl trank einen Kaffee. Er wartete nicht gerne. Unten auf Nebula ging es nicht weiter und im All tat sich auch nichts. Es wäre leichter gewesen, aus einem Floh eine Domina zu machen, als Radicals aus ihren Erdlöchern zu treiben. Das bigotte Pack hatte sich eingegraben. Diese ganze Scheiße mit dem Krieg musste aufhören, die Bodenkämpfe kosteten ihn zu viele Männer.

»Rose?«

»Skipper.« Rose hatte rote Haare. Überall. Er liebte jedes an ihr. Sie zu ficken, machte den Kopf frei.

»Hast du dich verrechnet?« Carl schätze es zudem, dass Rose eine hervorragende Navigatorin war. Sie hatte die Koordinaten für das Wurmloch nach Cygni berechnet.

Kein anderer in seinem Haufen aus räuberischen Strauchdieben, Mördern und Deserteuren wäre dazu in der Lage gewesen.

»Nein.« Sie lächelte.

»Hätte ich auch nicht erwartet.«

»Natürlich ...« Carl hatte Rose nie zu etwas zwingen müssen, sie befand sich schon acht Jahre an seiner Seite. Sie war zwanzig Jahre jünger als er. Ohne sie wären sie vermutlich auch an Nebula vorbeigeflogen.

Stunden später. Carl fuhr sich mit den Fingern durch den Bart, während er mit hochgelegten Füßen auf Roses lange rote Haare starrte.

»Wir haben eine weitere Bunkerkrone eingenommen«, erklärte Rose, die im Gegensatz zu ihm konzentriert auf die Bildschirme achtete. Jemand auf der Brücke musste das ja tun.

»Unsere Verluste?«

»64.«

»Zu viele.« Carl ärgerte es, jeden Meter in New Barcelona mit Blut bezahlen zu müssen. Auch wenn es nicht seins war. Obwohl die Radicals in diesem Krieg keine Chance mehr hatten, gaben diese Idioten nicht auf. Als ob sie auf einen Gott hofften, den es nicht gab. »Wie sieht es auf unserer Bodenstation aus?«

Rose lächelte. »Ich nehme an gut.«

»Du nimmst an?«

»Sie sind isoliert ... vergessen?«

»Klar.« Carl wurde alt. »Isoliert.« Oder er hatte schon zu lange nichts mehr getrunken. Verdammt, er war doch kein Raumfahrer geworden, um den ganzen Tag nüchtern zu sein. Scheiß Kaffee! Aber Rose hatte recht: Die Bodenstation hatten sie bereits gestern isoliert. Da gingen weder Funksignale heraus noch hinein. Die KIs der Corporation durften sie nicht entdecken.

»Skipper, wie lange dauert es noch?«, fragte Tony am analogen Funk, der den Kontakt mit den Truppen hielt, die New Barcelona stürmten. Denen Bomben aufs Dach zu werfen, brachte nicht viel. Dafür war die unterirdische Stadt einfach zu groß und ging zu tief runter. Leider hatte er keine Nuklearwaffen. Der Kampf wurde in engen Gängen unter der Erde entschieden.

»Wenn dein Funkgerät so krächzt wie Pete ... dann sind sie da.« Carl verdrehte die Augen. Pete auf dem Klo nebenan konnte jeder auf der Brücke hören.

Tony amüsierte sich prächtig. Verständlich, er war Petes bester Freund und hatte das Chili für die Offiziere gekocht. Und zweimal aufgewärmt, worin vermutlich das Problem lag. Dennoch hatte es gut geschmeckt. Carl furzte entspannt.

»Wenn es passiert ... Finger in die Taschen und zuhören. Wir werden kooperieren!« Carl wies seine Leute ein weiteres Mal ein, bei diesem Manöver mussten sie cool bleiben.

»Aye, Skipper.«

»Die KIs der Corporation werden unsere Netze überrennen ... das können wir nicht ändern. Also an alle: Haltet die Füße ruhig!« Nur Idioten wurden aus Versehen erschossen.

Tonys Funkgerät begann lauter zu rauschen als Petes Klospülung. Es ging los. Die Corporation störte sie. Carl sah auf den zentralen Bildschirm der Brücke. Die kamen wie aus dem Nichts. Von der einen auf die andere Sekunde befanden sich dort drei wunderschöne Trägerschiffe der Zulu-Klasse. Eisgrau, knapp acht Kilometer lang und schön wie der Morgentau. Für eine dieser Grazien hätte er seine Seele verkauft. Beste Militärtechnik der Corporation – er kannte bis auf Roses Hüften, wenn sie auf ihm in Wallung waren, keinen schöneren Anblick.

»Funk ausgefallen«, meldete Tony.

»Navigation offline!« Rose.

»Lebenserhaltung im Notbetrieb!« – »Antriebssteuerung offline!« – »Flugleitsysteme offline!« – »Waffensysteme offline!«

»SIE KOMMEN!«, rief Pete vom Scheißhaus.

Carl stand auf und rückte seine blaue Uniform zurecht, die bereits an einigen Stellen ausgebessert werden musste. Er wollte keine Schramme davon missen.

Dann bildete sich von seinen Augen ein nacktes, geschlechtsloses Wesen, das durchaus Ähnlichkeit mit einer Kaulquappe mit Zahnschmerzen auf zwei Beinen hatte.

»Guten Tag. Ich grüße Sie im Namen von Commander Pearlman von der USS Sidney.« Auf die Visualisierung dieser KI hätte er auch verzichten können. *»Dies ist eine Sicherungsmaßnahme. Bitte bleiben Sie ruhig, dann wird Ihnen nichts passieren. Wir werden sämtliche Systeme auf diesem Schiff übernehmen.«*

»Mein Name ist Colonel Carl O'Brien. Wir kooperieren. Wir leisten keinen Widerstand!« Carl sah zu Rose, die diese Ereignisse bis auf wenige Stunden genau berechnet hatte. Eine Meisterleistung. »Ich würde gerne mit Commander Pearlman sprechen.«

Später. Die Sackgesichter von der Corporation hatten dieses Spielchen auf allen Schiffen seines Verbandes gemacht. Auch die Bomber mussten eine Pause einlegen. Gegen die Corporation zu kämpfen, bedeutete, keinen einzigen Schuss abgeben zu können. Binäre Kriegsführung nannte sich dieser Schwachsinn, bei der die Fähigkeiten ultraschneller Computerprogramme jede fette Hochenergiekanone in den Schatten stellte.

Carl saß in einem Gleiter der Corporation. Rose begleitete ihn. Beide unbewaffnet. Pete hielt die Stellung auf der Brücke. Rose vermittelte Carl die Illusion, alles im Griff zu haben. Verdammt, wenn das schieflief, wären sie am Ende immerhin zusammen gewesen. Vier groß gewachsene Kommandosoldaten in eisgrauen Kampfrüstungen mit Gewehren und zwei Drohnen hielten sie im Schach. Todschick, die Farbe passte zur USS Sidney. Echt, ein gelungenes Design.

Der Gleiter machte fest und sie wurden durch zahlreiche Gänge geführt. Überall befanden sich rot leuchtende Zierstreifen an den ansonsten eisgrauen Wänden. Gegen diese Schönheit war seine alte Jersey eine abgetakelte Schabracke mit Cellulite am Antrieb. Sogar die Besatzungsmitglieder der USS Sidney, die er sah, hätten alle aus einem Werbefilm der Space Force stammen können.

»Sir, bitte folgen Sie mir.« Einer von den vier eisgrauen Hünen konnte sogar reden.

Carl hielt die Klappe und folgte ihm. Verdammt, würde das schweinecool werden, das abgefuckte USS vom Bug der Sidney kratzen zu lassen. Den Namen Sidney würde er dem Schiff lassen. Die eisgraue Sidney mit ihm als Skipper. Er spürte, wie sich in seiner Hose etwas regte. Sexy Technik machte ihn an.

Boah. Sogar der eisgraue Tisch im Besprechungsraum hatte einen aktiven schwach rot leuchtenden Zierstreifen. *Heilige Scheiße*, sah das scharf aus.

»Mein Name ist Commander Roy Pearlman«, erklärte so eine typische Corporationspfeife. Groß, schlank, kurze Haare und graue Schläfen, wie man sich eben so einen Geschwaderkommandanten vorstellte. »An meiner Seite sehen Sie Major Roger Leonard und Casper, ein Berater der Administration.«

»Colonel Carl O'Brien und Major Rose Pawlo.« Carl lachte innerlich. Rose und ein Major, sein Schätzchen hatte er auf Exillium in einem Bordell aufgegabelt.

»Ich repräsentiere die Corporation und setze Sie darüber in Kenntnis, dass ich die Kontrolle über diesen Planeten übernehme.«

»Nebula.«

»Bitte?«

»Der Planet heißt *Nebula.*«

»Ja ... wir übernehmen Nebula.« Pearlman lachte schmallippig. Mit dem schicken Paradeoffizier würde man vermutlich nicht gut Kirschen essen können.

»Natürlich ... wir sind ... ähm ... also ich repräsentiere einen Verband freier Investoren, die sich auf Nebula niedergelassen haben.« Hach, hörte sich das gut an. Carl betrachtete Major Leonard, kleine Menschen waren gefährlich. Wer trotz eines Zwergenkörpers Karriere machte, war sicherlich nicht blöd. Casper kannte er hingegen schon. Von wegen Berater – diese verfickte binäre Sacklaus war eine KI, ein Agent der Administration. Sein langweiliger holografischer Auftritt änderte daran wenig. Ein ähnlicher Mistkerl hatte vor sieben Jahren im Kampf gegen die Radicals seine halbe Flotte verheizt.

»Investoren?«, fragte der Major.

»Sie können uns auch Deserteure nennen ... das trifft niemanden von uns.« Carl störte das nicht.

»Es liegt ein Haftbefehl gegen Sie vor«, fügte Pearlman dem zu.

»Sind Sie deswegen hier?« Das wäre lächerlich gewesen. Gegen achtzig Prozent der Bevölkerung auf Exillium hatte es zu seiner Zeit Haftbefehle gegeben.

»Nein.«

»Wie gesagt, wir sind Investoren. Wir akzeptieren die Corporation als Ordnungsmacht und bieten Ihnen einen Deal an.«

»Einen Deal?«, fragte Pearlman überrascht.

»Einen sehr guten Deal. Wir bewirtschaften Nebula und zahlen dafür im Jahr eine Steuer von einhundert Tonnen hochreinem Tridaterium an die Corporation.«

»Und die Radicals?«, fragte der Major, der Talent zeigte, den Rhythmus zu stören.

»Was soll mit denen sein?«

»Sie waren zuerst hier.«

»Und?« Als ob das jemanden der Anwesenden stören würde. »Die ersten Verbände, die vor 21 Jahren gegen Radicals vorgingen ... waren von Ihnen.«

»Wenn ich vielleicht an dieser Stelle eine Bemerkung machen dürfte, um die Situation zu erläutern?« Casper blickte fragend zu Pearlman. Das war also die Hackordnung. Die Stimmung im Besprechungsraum war gerade alles andere als entspannt. Irgendwie hatte Carl so etwas in der Art erwartet.

»Nein.« Pearlman ging einen Schritt auf ihn zu. »O'Brien, Sie sind kein Colonel mehr. Sie sind ein desertierter Polizist. Pawlo, Sie sind nie Major gewesen. Wir haben das überprüft. Sie sind eine Zivilistin. Ich verhafte Sie beide.«

»Sir, sind Sie sich dessen sicher?«, fragte Carl. Rose, die neben ihm stand, gab keinen Mucks von sich. »Ich biete Ihnen meine loyale Unterstützung und ein sehr gutes Geschäft an. Das ist eine sehr lukrative Offerte.«

»Solange ich Kommandant eines Kriegsschiffs der Corporation bin, werde ich mit einem Deserteur keine Geschäfte machen. Haben Sie ernsthaft geglaubt, die Corporation mit einem Trinkgeld abspeisen zu können?«

»Nein.« Das hatte Carl natürlich nicht. Er war sich durchaus im Klaren, wer er war und was sich die Corporation, auch ohne seine Zustimmung, glaubte nehmen zu können. »Wissen Sie, es spielt keine Rolle, aber mir ist es wichtig, dass Sie sich später daran erinnern, dass ich Ihnen meine Hand gereicht habe.«

»Eine überflüssige Geste ...« Pearlman belächelte ihm. Casper und Leonard taten es nicht. Ein deutliches Zeichen, wie die Intelligenz im Raum verteilt war. »Sie können uns nichts verkaufen, was bereits der Corporation gehört.«

»Commander, gut, dass Sie es erwähnen. Das wäre auch mein Vorschlag gewesen«, sagte Casper devot, was wiederum den Major kritisch zu dieser KI blicken ließ. Also die drei waren sich nicht grün. »Das Tridaterium gehört bereits der Corporation!«

»Rose, wie lange noch?«, fragte Carl. Dieses schlechte Kammerspiel ging ihm auf die Nerven.

»Zwanzig Sekunden.«

»Gutes Timing.« Carl lächelte, Rose hatte auch diese Verzögerung festgelegt. Ein helles Köpfchen.

»Danke, Sir.«

»Was soll das?« Pearlmans Augen wurden schmaler. Der Gute bemerkte vermutlich, nicht alles im Griff zu haben.

»Sie waren 21 Jahre unterwegs, oder?«, fragte Carl. Informationen verbreiteten sich dank dem Wurmnetz schneller als nahezu lichtschnelle Raumschiffe.

»Und?« Pearlman blickte nervös zu Leonard, der sich über sein implantiertes Funksystem mit jemandem austauschte. Vermutlich jemand von ihrer Brücke.

»Wir wussten, dass Sie kommen. Wir hatten sieben Jahre, um uns auf diesen Tag vorzubereiten.«

»Sie haben keine militärischen Optionen!«, stellte Pearlman entschieden fest.

»Ja ... wir nicht, aber wir haben Freunde.«

»Commander, es öffnen sich sieben sehr große Wurmlöcher gleichzeitig. Das sind alles Verbindungen zu Standorten von Minenkolonien von Cygni. Sieben Trägerschiffe der Taifun-Klasse treten in das Nebula-System ein. Die Frontaldeflektoren sind maximal aufgeladen. Deren Waffensysteme erfassen uns!«, der kleine Major beschrieb, was Carl zu gerne mitverfolgt hätte.

Dafür durfte er sich Pearlmans Kinnlade ansehen, die gerade auf den Boden fiel.

»Ein mieser Hinterhalt!«, keifte Pearlman. Auf der USS Sidney gingen die Sirenen los. Die Typen von der Corporation mochten Arschgeigen sein, aber sie waren schnell. »Unsere Deflektoren sind ebenfalls oben. Ihre

Freunde von Cygni werden an diesem Angriff keine Freude haben. Das kann ich Ihnen versprechen!«

»Wissen Sie, es sind nicht meine Freunde. Die meisten von meinen Geschäftspartnern können Deserteure ähnlich gut leiden wie Sie. Aber sie denken pragmatisch!«

»Das ist Schwachsinn!«, schimpfte Pearlman.

»Meinen Sie? Ihre Entscheidung. Es ist die Realität, in der wir leben. Es gibt Banken auf Cygni, die Vandenberg Industries viel Geld für das Nebula-Projekt geliehen haben. Glauben Sie mir, sehr viel Geld. Die KI Kono hat damals die Geschäfte von Vandenberg geführt. Gut geführt, glauben einige meiner Geschäftspartner. Sie erinnern sich doch bestimmt, wie die Corporation Kono abserviert hat, oder?«

»Sie ist eine Verbrecherin!«

»Ach Commander, wir sind doch unter Freunden ... sind wir das nicht alle?«

»Sie haben auch nicht einen Funken Anstand!«

»Glauben Sie mir, ohne auf den Ruf zu achten, lebt es sich entspannter. Wie Sie vermutlich bemerkt haben, hat die Flotte von Cygni Sie nicht angegriffen. Nun, wenn Sie es auch nicht tun, können wir weiter verhandeln. Ich gebe Ihnen die Möglichkeit, meine Offerte zu überdenken. Das war ein sehr großzügiges Angebot. Mit 100 Kilogramm Tridaterium im Jahr kann man sehr viele Dinge realisieren.« Carl hoffte inständig, dass Pearlman die zweite Chance nutzen würde, die er ihm gab. Krieg war eine überaus hässliche Geschichte.

»NEIN!«, rief Pearlman. »Major Leonard, klar zum Gefecht! Wir greifen an!«

»Was soll ich sagen ... auch darauf sind wir vorbereitet. Dass Sie drei gegen sieben nicht beeindrucken würde, war leider zu erwarten. Drei Zulus gegen sieben Taifuns. Wissen Sie, taktische Modellrechnungen haben uns gezeigt, dass wir im besten Fall die USS Tucson zerstören könnten.

Dort agiert die schwächste Crew. Dabei hätten wir alle sieben Trägerschiffe verloren. Eine üble Rechnung, oder? Die Corporation verfügt über 144 Schiffe der Zulu-Klasse und Cygni nur über die hier anwesenden sieben privat finanzierten Schiffe der Taifun-Klasse.«

»Sie reden zu viel!«, rief Leonard, dem es ebenfalls gut zu Gesicht stehen würde, besser zuzuhören.

»Eine Schwäche von mir. Vermutlich kalkulieren Sie Ihre Chancen ähnlich, oder? Finden Sie nicht, dass das eine zynische Überlegung ist? In weniger als einer Stunde würden bis zu 100.000 Menschen sterben. Eine schreckliche Zahl, oder?«

»Ich werde Sie hinrichten lassen!«, keifte Pearlman. »Dann ist Schluss mit diesem Affentheater!«

»Glaube ich nicht. Rose, wie lange noch?« Carls einziges Ziel war es, etwas Zeit zu schinden. Wenn er sich dafür zum Affen machen musste, war ihm das gleich.

»Es passiert. Jetzt!«, antwortete sie und strich sich mit den Händen über die Oberschenkel.

»Commander, wir sind von einem energetischen Sperrschild umgeben. Das ist hochverdichtete Energie ... wir analysieren noch die Quelle und mögliche Auswirkungen.«

Der Major berichtete live, was passierte. Das matt schimmernde Sperrschild im freien Raum musste ein grandioser Anblick sein.

»Was soll das?«, rief Pearlman.

»Commander, es gab noch nie einen Sperrschild mit einem Durchmesser von 300 Kilometern. Glauben Sie mir, dazu ist so scheiß viel Energie notwendig, dass man schon einen Planeten braucht, auf dem Tridaterium wie Dreck auf dem Boden herumliegt.«

»Sir, wir können das Sperrschild nicht durchfliegen. Unsere Sensoren sind gestört. Unsere Hochenergiegeschütze, die theoretisch noch durchkommen, können keine Ziele erfassen!«

»Das ist richtig, Major. Sie sitzen in der Falle. Wir haben Sie im Visier. Die Schiffe von Cygni können sehr wohl auf Sie schießen ... ich biete Ihnen deshalb zum dritten und letzten Mal an, mit mir zu verhandeln. Es liegt mir fern, mit der Corporation einen Krieg anzuzetteln. Zwingen Sie mich also nicht dazu!«

»Das ist Erpressung!«, protestierte Pearlman.

»Mein lieber Commander, ich möchte Sie daran erinnern, dass ich Ihnen wohlgesonnen gegenübergetreten bin.« Carl hätte bei dem diplomatischen Dünnpfiff, den er gerade auswarf, kotzen können. Dieser aufgeblasene Saftarsch! Der wollte ihn, ohne zu zögern, an der Rah aufknüpfen. Und jetzt pisste er sich an, wenn sein Gegenüber nach anderen Regeln spielte? Diesem Wichser würde er zeigen, wie's läuft!

»Das ist ein Witz!«

»Commander, Sie sind ein Witz! Arrogant, taktisch schlecht beraten und sich nur auf die Größe Ihrer Kanonen verlassend! Was hilft die beste militärische Hardware, wenn sie von unfähigen Offizieren kommandiert wird!«

»Commander, wir sollten mit ihm sprechen ...«, warf der Zwerg ein, der offenbar der klügste Corporationsoffizier im Besprechungsraum war. Casper schwieg bereits seit einer Weile.

Rose berührte Carls Hand. »Er versucht es sicherlich ...«

»Sicher tut er das ... Casper, Sie werden das Sperrfeld nicht verlassen und damit werden Sie auch nicht die Gallagher infiltrieren können«, erklärte Carl. Die Gallagher war das Flaggschiff von General Kananga und selbstverständlich auf den Angriff militärischer Signaturen vorbereitet. Einen Agenten der Administration kleinzukriegen, war schwierig, aber man konnte ihnen die Türen verschließen. Das reichte fürs Erste.

»Wenn Sie es sagen ...«, sagte Casper teilnahmslos. Diese verfluchte KI blieb gefährlich.

»Sir, wir haben einen Funkruf von der Gallagher. General Li Kananga möchte Sie sprechen«, erklärte der Zwerg. Das passende Stichwort zur richtigen Zeit. »Sir, das ist nicht alles. Ich habe auch einen Ruf aus New Barcelona.«

»Will sich Vagelis endlich ergeben?«, fragte Pearlman. Carl ging davon aus, dass eher die Sonne einfrieren würde, als dass sich Leia Vagelis ergab. Sie und Emma Pedical hatten beide komplett den Verstand verloren. Carl bekämpfte die beiden Frauen bereits seit Jahren. Um die Corporation in einen Hinterhalt zu locken, hatte Carl sieben Jahre auf dringend benötigte Hilfe von Cygni verzichtet.

»Es ist Casper.«

»*Bitte*? ...« Pearlman, Carl, Rose und sogar die Projektion von Casper im Raum sahen den kleinen Mann überrascht an. Von welchem Casper sprach er?

»Der Funkruf kommt über ein analoges Relais, dass uns die Gallagher bereitstellt. Wir können die Echtheit nicht überprüfen. Bemerkenswert ist es trotzdem.«

»Nach sieben Jahren ... Commander, ist Ihnen etwa eine Ihrer unbesiegbaren Zero-KIs unter die Räder gekommen?« Carl hätte laut loslachen können. Seine Verbände agierten deswegen seit Jahren analog. Die Paranoia gegenüber diesem Mädchen Nebula, das in der Lage gewesen war, eine Zero-KI zu vergewaltigen, war also nie unberechtigt gewesen.

»Ich will den General sprechen!«, sagte Pearlman.

Der Zwerg nickte und gab den Wunsch weiter.

»Guten Tag, Commander Pearlman. Gestatten Sie mir, dass ich mich vorstelle, mein Name ist General Li Kananga. Ich bin hier, um die legitimen Interessen der Rechtsnachfolger von Vandenberg Industries zu vertreten. Wir erheben Anspruch auf die Nutzung der Welt Nebula.«

»Das kann ich Ihnen nicht gewähren!« Pearlman stellte sich wie erwartet quer.

»In Ihrem Interesse ... wir brauchen Lösungen. Wie ich ge-

rade erfahre, gibt es einen Kontakt mit einer vermissten Instanz Ihres Agenten der Administration. Sollen wir uns nicht gemeinsam anhören, was er zu sagen hat?«

»Meinetwegen.«

»Das kann ich aus Sicherheitsgründen nicht dulden!«, protestierte der Casper im Raum.

»Casper, das sind Sie! Reden Sie doch einfach mit sich selbst! Tun Sie einfach so, als ob Sie ungestört wären«, befahl Pearlman. Okay, der Zug war cool.

»USS Sidney für New Barcelona. Wer spricht dort?«, fragte Casper.

»Hier ist Casper.«

Carl hatte noch nie so eine groteske Situation erlebt. Im Auge des Sturms, direkt vor einem möglichen Krieg, redete eine Zero-KI mit sich selbst. Beide Stimmen klangen gleich.

»Identifizieren Sie sich!«, herrschte der Casper im Raum sein entferntes Ich an.

»Das ist eine analoge Leitung ... ich übermittle zur Legitimation einen Sicherheitscode aus meinem Root-Level: J89-G45-N71-S12-L00-Z00-Y21-Z93-I90.«

»Was wollen Sie?« Während Casper sprach, ließ er auf einem Bildschirm an der Wand die Nachricht erscheinen, dass der Code gültig war. Das war eine Kernel-Kennung. Wer die kannte, konnte eine KI nach Belieben neu programmieren.

»Ich habe den Auftrag, die bedingungslose Kapitulation der Siedler auf Nebula anzubieten. Commander Leia Vagelis fügt sich der Jurisdiktion der Corporation.«

»Was ist mit der Entität Nebula?«, fragte Casper.

»Ich stelle mich.«

»Wer?«

»Ich bin Nebula.«

»Was ist mit Casper?«

»Er ist zu einem Teil von mir geworden.«

Carl lief es eiskalt den Rücken herunter. Nebula hatte die Instanz von Casper nicht nur besiegt, sie hatte ihn nur mit der Kraft ihrer Gedanken vollständig disassembliert und anschließend zum Frühstück verspeist. Mit dieser Entwicklung hatte Carl nicht gerechnet. Das könnte gefährlich werden. Diese vorlaute Göre hatte ebenfalls sieben Jahre Zeit gehabt, um sich auf diesen Tag vorzubereiten.

IX. AD 4445 Nebula System – Emma – Vertrauen

»Ich bin Nebula«, sagte Leias Kleine mit Caspers Stimme. Alleine sie so reden zu hören, erschrak. Caspers handgroße Projektion zappelte mit zugeklebtem Mund neben ihr auf einem Tisch herum. Er war nicht in der Lage, daran etwas zu ändern.

»Was ist mit Casper?«, fragte der Casper auf der Gegenseite der analogen Verbindung. Das war dieselbe Stimme, der Emma mit Schrecken zuhörte. Es ging nicht nur darum, was Nebula sagte, sondern auch, wie sie es tat.

»Er ist zu einem Teil von mir geworden.« Nebula schlug Casper wieder den Kopf zwischen die Schultern, was sie in den letzten sieben Jahren mindestens zweimal am Tag machte. Das war ihre Art, mit dieser belastenden Situation umzugehen. Casper hatte damals versucht, sie von innen zu zerstören, was ihm bekanntlich nicht gelungen war. Dafür rächte sie sich nun seitdem jeden Tag wieder.

»Das ist technisch nicht möglich!« Das lockte sogar den Casper auf der anderen Seite aus der Reserve.

»Wie sollte ich sonst seinen Kernelcode kennen?«

»Dafür muss es einen anderen Grund geben!«

»Casper, wir können das sofort klären. Ich brauche nur einen digitalen Port, dann verrate ich dir auch, wie dein Kernel-Code lautet.« Nebula lockte den Agenten, um eine direkte Konfrontation zu provozieren. Emma glaubte nicht, dass er dazu dumm genug war. Nebula, Jerome und sie befanden sich in einem der verbliebenen Kommunikationsräume, der noch eine Verbindung mit einer funktionierenden Antenne auf der Oberfläche hatte.

»Hier spricht Commander Pearlman, ich kommandiere

die Flotte der Corporation über Nebula. Ich möchte mit Commander Leia Vagelis sprechen.«

Okay, das klang nicht mehr nach Casper. Emma hatte den Namen noch nie gehört.

»Sie ist tot.«

»Colonel Pedical.«

»Tot.«

»Wer ist der ranghöchste noch lebende Offizier?«

»Keine Ahnung ... hier liegen überall Leichen herum. Was haben Sie erwartet? Etwa, dass Ihre Bomben wirkungslos bleiben? Sie haben sie alle getötet!« Nebulas Kaltschnäuzigkeit überraschte. Emma ließ sie gewähren. Als tot zu gelten, könnte ein Vorteil sein. »Sie reden mit mir ... nehmen Sie meine Kapitulation an?«

»Wo können wir Sie abholen?«

»In vier Stunden werde ich an der Bunkerkrone 122 auf Sie warten. Habe ich Ihr Wort? Wenn Sie mich haben, werden Sie dann New Barcelona verschonen?«

»Sie haben mein Wort!«

»Was hast du getan?«, fragte Emma und nahm Nebula in den Arm. Die Kleine zeigte nach dem Gespräch keinerlei Regung. Pearlman hatte die Verbindung unterbrochen.

»Ich rette euch.«

»Das ist nicht deine Aufgabe!« Es war höchstens Emmas Job, sie zu beschützen.

»Niemand anderes kann es tun.«

»Aber die werden dich töten!«

»Das steht noch nicht fest. Auf Nebula bin ich ein Mädchen, das Probleme hat, beim Abfeuern einer Waffe nicht zu stürzen ... in den Netzwerken der Corporation kann ich kämpfen. Ich wähle den Ort, ich wähle meine Waffen und ich wähle die Zeit ... diesen Vorteil möchte ich nutzen.«

»Aber du würdest nicht nur gegen Casper antreten ... das sind moderne Kriegsschiffe der Corporation!« Emma konnte verstehen, warum Leia alle Versuche von Nebula in den letzten Jahren unterbunden hatte, alleine in den Kampf zu ziehen.

»Da oben ist richtig was los«, sagte Jerome, der das offene Funkfenster nutzte und sich mit einem Späher austauschte. »Inzwischen sind weitere Kriegsschiffe im Orbit über Nebula eingetroffen.«

»Von der Corporation?«

»Nein, die kommen von Cygni. Sieben Trägerschiffe der Taifunklasse, die gibt es nur dort.«

»Wie kommen die so schnell her?«, fragte Emma.

»Es gibt mehrere offene Wurmlöcher ... O'Brien, dieser gottlose Bastard, hat in den letzten Jahren offenbar mehr getan, als uns das Leben zur Hölle zu machen.«

»Freund oder Feind?« Emma wusste in diesem Zusammenhang nicht sofort, wie sie die Interessen der Verantwortlichen auf Cygni einschätzen sollte.

»Sie haben die Frontaldeflektoren oben, Kampfpositionen eingenommen und bedrohen die Schiffe der Corporation«, erklärte Jerome und zeigte Nebula und ihr Live-Bilder auf einem Pad-System.

»Was ist das für eine matt schimmernde Kugel, die die Corporationsflotte umgibt?« Das ergab für Emma in dieser Situation keinen Sinn. »Eine Verteidigungsmatrix?«

»Ja, aber keine der Corporation. Das ist ein Sperrschild. O'Brien und die Leute von Cygni kooperieren offenbar. Die Energie dieser Barriere stammt von der Oberfläche von Nebula. Eine taktische Meisterleistung. Die haben damit die drei überlegenen Zulus auf Eis gelegt.«

»Eine Pattsituation?«, fragte Nebula, die dem Gespräch aufmerksam folgte.

»Ich würde sagen, die Schiffe von Cygni haben sogar die Oberhand gewonnen.«

»Aber sie greifen nicht an ...« Emma versuchte, sich aus den verfügbaren Informationen ein Bild zu machen.

»Ein Krieg dieser beiden mächtigen Flotten könnte ganz

Nebula zu Asche verbrennen«, sagte Jerome.

»Das wird nicht passieren.« Nebula zeigte sich davon unbeeindruckt. »Die streiten sich darum, wer Nebula ausbeuten darf. Die werden um diese Welt kämpfen, sie aber nicht zerstören. Das kann sich keiner der Kommandanten leisten.«

»Die meisten Kriege beginnen aus Dummheit und Selbstüberschätzung ... das wäre nicht der Erste.«

Nebula lächelte Jerome an. »Das stimmt leider ... aber das werden wir zu verhindern wissen.«

»Was hast du vor?«, fragte Emma.

»Mein Plan war es, mich auf das Flaggschiff der Corporation bringen zu lassen, die Besatzung auszuschalten und dort einen Weg nach Sigma zu suchen.« Nebula zeigte mit dem Finger auf die Position der Flotte aus Cygni. »Damit konnten wir nicht rechnen. Diese Raumschiffe verändern alles. Das ist gut für uns. Wenn zwei Große sich streiten, fällt jemand Kleines, der zwischen ihren breiten Beinen herläuft nicht auf. Wir werden die Situation ausnutzen.«

»Wie?«, fragte Jerome.

»Wo kommt die Energie für das Sperrschild her?«

»900 Kilometer südwestlich von uns ...«

»Da muss ich hin!«

»Das sind 900 Kilometer unwegsames Dschungelgebiet. Wir haben keinen Gleiter, den wir starten können und ein Fußmarsch würde ewig dauern.«

»Länger als ewig. Für einen Fußmarsch haben wir keine Zeit, und ein Gleiter mit unserer Kennung würde die Strecke nicht unbehelligt schaffen.« Nebula sah Emma an. »Ich brauche deine Hilfe. Ich weiß, ich verlange viel von dir.«

»Was immer ich tun kann ... tue ich.« Und wenn es Emmas Leben kosten würde.

»Wir müssen in diesen Posten der Feds eindringen!«, erklärte Nebula selbstsicher.

»Auch wenn wir alle unsere Leute einsetzen ... und wenn

wir das Transportproblem im Griff hätten, was wir nicht haben, hätten wir bei einem offenen Konflikt schlechte Chancen.« Jerome presste die Lippen aufeinander. »Das schaffen wir nicht mehr.«

»Weswegen wir niemanden der Soldaten auf diesem Weg sterben lassen!« Nebula umschloss seine Hände. »Du bleibst hier und verteidigst New Barcelona. Die Erde ist dein Verbündeter. Du musst die Angreifer nicht besiegen, du musst ihnen nur geschickt aus dem Weg gehen. Lass die Erde an deiner Seite kämpfen. Verschanze dich mit den verbliebenen Überlebenden in den unteren Ebenen. Die sind in massiven Stein geschlagen, dort findet ihr Schutz!«

»Aber ...« Jerome zögerte.

»Emma und ich gehen alleine.«

»Wie wollt ihr das schaffen?«, fragte er. Emma würde diese Frage auch interessieren.

»Wir werden nicht auffallen ... wir nutzen Uniformen der Feds und schleichen uns durch ihre Reihen. Wir werden nicht kämpfen, wir werden uns einen Gleiter stehlen und zu diesem Posten fliegen.«

»Und wenn das schiefgeht?«, fragte Jerome besorgt.

»Dann haben wir es versucht. Hör mir zu, ich kann nicht mit deinen Waffen kämpfen. Mein Kampf ist ein anderer. Ich muss es bis zu deren Netzwerken schaffen, um sie anzugreifen. Das ist mein Weg. Ein anderer steht mir nicht zur Verfügung.«

»Ich werde dich begleiten!« Auch Emma sah keine andere Möglichkeit. Zwei Frauen konnte man in diesen staubigen Gängen schnell übersehen. Sie mussten unsichtbar werden, dann hätten sie vielleicht eine Chance. Eine Alternative hatten sie nicht.

Bei diesem Einsatz konnten unendlich viele Dinge schieflaufen. Emma trug wie Nebula eine erbeutete Uniform der

Feds. Dreckig, zerrissen und mit Blut besudelt. Die Männer, die sie getragen hatten, waren von ihnen erschossen worden. Kein Funk, keine Unterstützung, keine Waffen und kein Weg zurück.

»Fertig?«, fragte Jerome, der eine Kampfrüstung trug, seine Waffe in den Anschlag nahm und wartete. Unter der Erde kannten sie sich besser aus als ihre Angreifer, die direkt über ihnen waren. Weniger als fünf Meter Felsen und Geröll trennten sie.

»Ich komme zurück!« Emma küsste Jerome, der diese Geste freudig entgegennahm.

»Fertig!« Nebula zog den Kopf ein. Im Mund hatte sie ein Atemgerät. Emma und sie versteckten sich unter einem portablen Kraftfeld, das gerade groß genug war, um sie beide zu schützen. Sie steckte sich ebenfalls das Mundstück zwischen die Zähne.

»Zündung in fünf Sekunden!« Jerome sprang auf und zog sich in eine weiter hinten gelegene Stellung zurück.

Drei, zwei, eins. Die Erde vibrierte. Die Explosion ließ die Decke über ihnen einstürzen. Tonnenschwere Felsen, Erdreich und Geröll gingen auf Emma und Nebula nieder. Das Tosen war ohrenbetäubend laut. Der größtenteils in Stein geschlagene Korridor kollabierte auf einer Länge von dreißig Metern. Menschen schrien. Wer von den Angreifern über ihnen nicht verschüttet wurde, bekam von Jerome eine Kugel in den Kopf. Er und drei weitere Scharfschützen knallten jeden ab, der seinen Kopf aus dem Dreck streckte.

»Bildet sofort ...« Weiter kam der Mann nicht, der dann keinen Ton mehr von sich gab. Neben ihm starben zahlreiche weitere Feds. Der Scan zuvor hatte in der nicht mehr vorhandenen Ebene über ihnen siebenundzwanzig Personen ausgemacht.

»Helft mir ...« – »Ich bin eingeklemmt!« – »Mein Bein, Mein Bein!«

Die Überlebenden waren nicht leise. Eine weitere Explosion krachte über Emmas Kopf hinweg. So war es mit Jerome vereinbart gewesen. Er zog sich zurück und versperrte den weiteren Zugang nach New Barcelona. Das war das Zeichen, um sich freizugraben. Das Kraftfeld, das Nebula und sie geschützt hatte, veränderte seine Form und stach spitz nach oben durch. Das erleichterte es ihnen, sich zu befreien. Emma kletterte zuerst aus dem Loch, dann half sie Nebula, ihr zu folgen. Die Luft war stickig und voller Staub. Emma warf das kleine Atemgerät in die Öffnung, die sich einen Moment später eigenständig wieder verschloss. Nebula und sie gehörten jetzt zu einer kleinen Gruppe von Feds, die ein Gefecht überstanden hatten.

»Komm ...« Emma kroch auf allen Vieren durch die Dunkelheit. Die Sicht war gleich null, aber sie kannte die passende Richtung. Nebula hielt sich an ihrem Hosenbein fest.

»Bitte hilf mir ...«, sagte ein Mann, der nach Emmas Arm griff. Sehen konnte sie ihn nicht. »Ich bin eingeklemmt.«

»Warte ... ich versuche, dich freizubekommen.« Emma machte sich daran, ihn mit den Händen freizugraben. Nebula half ihr dabei.

Der Mann schrie vor Schmerzen, als sie einen Gesteinsbrocken von seinem zertrümmerten Bein wegrollten. Sie konnte Blut riechen. Viel Blut. Zu viel, um darauf zu verzichten.

»Ich nehme deinen Gürtel, um dir das Bein abzubinden! Wir müssen dich sofort nach oben bringen!«, rief Emma. Direkt neben ihr lagen auch Tote. Erschossen oder erschlagen, das konnte sie nicht unterscheiden.

»Ja, ja ... macht das!« Der Mann hatte verständlicherweise nichts dagegen.

Emma spannte den Gürtel um seinen Oberschenkel und zog zu. Er aktivierte ein rotes Notlicht an seiner Schulter. Der Mann war kaum älter als sie. Mitte dreißig. Erst als sie ihn wegzog, hörte sie, wie menschliches Gewebe riss. Er schrie. Sein linker Unterschenkel blieb in dem Erdloch stecken. Den hatten sie nicht retten können.

»Wir bringen dich nach oben!« Emma und Nebula trugen den Mann mehr, als dass er lief. Er war kaum noch bei Bewusstsein. Viel mehr als ein leises Stöhnen brachte er nicht über seine Lippen.

Ein Stück weiter. Den Weg in der Dunkelheit zu finden, war sogar, wenn man die Gänge kannte, schwierig. Ohne genaue Ortskenntnisse wäre man hier verloren gewesen. Das Licht an seiner Schulter flackerte.

Die Sicht lag unter zwei Meter. Der Staub in der Luft und der in den rauen Stein geschlagene Boden machten jeden Schritt zu einer Tortur. Emma schwitzte, sie konnte auch Nebula schwer atmen hören, die kleiner und leichter war als sie.

»Halt! Wer ist da!«, brüllte jemand von vorne. Zwei Lichtkegel von Taschenlampen strahlten in ihre Gesichter.

»Der Korridor ist eingestürzt. Dann haben diese Bastarde auf uns geschossen. Unser gesamtes Platoon ist verschüttet!«, antwortete Nebula geistesgegenwärtig.

»Wir haben einen Verletzten. Er hat sein Bein verloren. Wir müssen ihn sofort zu einem Arzt bringen!«, ergänzte Emma und sah, um dem Lichtkegel auszuweichen, auf den Boden.

»Wie ist sein Name?«

Eine gute Frage, Emma hatte keine Ahnung, wie der Verletzte hieß. Ihn zu fragen, dürfte zudem schwierig sein, da ihr Patient sein Bewusstsein verloren hatte. Wenn er überhaupt noch lebte.

»Mann, was soll das? Es ist Jack! Major Jack Tarren!«, rief Nebula. Emma hatte keine Ahnung, woher sie den Namen kannte. Hatten sie wirklich einen Offizier ausgegraben?

»Und wer bist du?«

»Lucy. Ich bin es, Lucy, du Idiot. Bei mir ist noch Kat. Kat

Davenport. Da liegen noch weitere Verletzte. Beweg deinen Arsch und rette sie! Sie brauchen sofort Hilfe!«

»Und wer bin ich!«

»Marschall! Verarsch mich nicht! Hilf denen! Oder möchtest du hier unten bleiben.« Nebula kannte auch den Namen des Typen mit der Taschenlampe.

»Ist ja gut ... mache ich! Ich habe den Befehl, vorsichtig zu sein. Diese Radicals sind gerissen«, tönte es zurück. »Los! Vier Leute nach vorne! Seht nach, wer noch lebt!«

Nebula und Emma lieferten den Verletzten an einem Feldlazarett ab. Die Feds hatten es direkt am Zugang zu einer zerstörten Bunkerkrone eingerichtet. Jack, der Mann ohne Unterschenkel, wenn das wirklich sein Name war, lebte noch. Zwei Männer in blutiger weißer Kleidung nahmen ihn entgegen.

»Komm weiter ...« Nebula zog Emma hinterher. Die Kleine war so dreckig, dass Emma sie selbst nicht erkannte. Von ihrer schneeweißen Haut war nichts zu sehen. Mit schwarzer Haut herumzulaufen, wäre in dieser Gesellschaft ungünstig gewesen. An einem Wassereimer konnten sie sich den Dreck herunterwaschen.

»Woher kanntest du überhaupt die Namen?«, fragte Emma, während sie sich wuschen. Weiter rechts standen vier Gleiter. Gesichert von einer lausigen Wache, die eine Zigarette rauchte. Hier oben liefen mindestens hundert bewaffnete Feds herum, sie konnten sich keine falsche Bewegung leisten.

»Jack trug eine Hundemarke am Hals ... Marschall hat ein digitales Funkgerät benutzt, das auf analog gestellt war. Auf kurze Distanz konnte ich auf sein Adressbuch zugreifen.«

Als Nebula fertig war, hob sie ein zerschossenes Funkgerät auf, das auf dem Boden lag, und steckte es in ihre Gesäßtasche.

»Äh ...« Emma fehlten die Worte. Es war eine Sache, digitale Geräte zu hacken, eine andere, dabei so ruhig zu bleiben. Mein Gott, Nebula war erst einundzwanzig!

»Du bist Kathrin *Kat* Davenport. Deine Kennung ist K895631. Merke dir das!«

»Und wer bist du?«

»Lucy Manson, H657812. Komm weiter ... wir haben keine Zeit!« Nebula marschierte schneller.

»Du kennst die Dienstnummern?«

»Standen dabei ...«

Emma schüttelte den Kopf, sie fühlte sich wie eine Anfängerin. Nebula beschützte sie und nicht umgekehrt.

»Wo wollt ihr denn hin?«, fragte der Soldat mit der Zigarette. Mit seinen schiefen Zähnen war er keine Schönheit.

»Ich bin Lucy ...«

»Ähm ... schön ... ich bewache die Gleiter. Was wollt ihr hier? Habt ihr einen Befehl?«

»Ja ...« Nebula knöpfte sich die Jacke auf. »Sogar zwei Befehle.« Sie zeigte ihm ihre Brüste.

»Oh!«

»Ich soll dich in den Gleiter bringen!« Nebula nahm ihn an die Hand und führte ihn zu einem der Gleiter. Emma lächelte und folgte den beiden. Es auf diese Art zu tun, war nicht originell, funktionierte aber seit 10.000 Jahren. Um einen Soldaten im Feld zu verführen, genügte ein charmanter Augenaufschlag.

Im Gleiter liefen die Dinge etwas anders, als es Corporal Schiefzahn vermutlich erwartet hatte. Nebula umschlang mit den Beinen seinen Nacken, presste ihm ihren Oberschenkel ins Gesicht und brach ihm mit einem lang gezogenen Stöhnen das Genick. Emma wollte im ersten Moment etwas sagen, ließ es dann aber. Es herrschte Krieg. Wenn die sie erwischen würden, hätten sie ebenfalls keine Nettigkeiten zu erwarten.

»Kannst du den Gleiter fliegen?«, fragte Nebula.

»Kann ich.« Emma schnallte sich an und machte den Gleiter startklar. Sämtliche Digitalsysteme waren deaktiviert. Vermutlich aus Angst vor den geheimnisvollen Fähigkeiten Nebulas. Na ja, es ging, wie man sah, auch ohne binäre Zaubereien.

Nebula aktivierte den Funk. »Gleiter K67 für Flugkontrolle ... folgen einer Order von Major Jack Tarren. Wir bringen ein wichtiges Fundstück in die Bastion.«

»Flugkontrolle für K67. Der Flug zur Bastion ist eingetragen. Guten Flug.«

»Danke.« Nebula holte das zerschossene Funkgerät aus der Tasche und brach die Plastikverkleidung auf.

»Wichtiges Fundstück?«, fragte Emma und startete den Gleiter. Sie gewannen schnell an Höhe.

»Ich finde, es sieht wichtig aus.« Nebula baute weitere Komponenten ab. In den letzten sieben Jahren hatten Leia, Jerome und sie ihr alles beigebracht, was sie über Elektronik wussten. Dabei hatten sie Nebula selten etwas zweimal erklären müssen. Das Mädchen hatte Wissen wie ein Schwamm aufgesogen.

»Es ist kaputt.«

»Ja ... aber das spielt keine Rolle. Sieh ... ich kann es wieder zum Leben erwecken.« Nebula nahm die verbliebene Baugruppe, die ihre Handfläche zur Hälfte ausfüllte, und zeigte sie Emma. Die kreisförmig angeordneten Schaltkreise, die in der Epoxidplatine eingeschlossen waren, begannen schwach zu leuchten.

Emma lächelte anerkennend. »Wie funktioniert das?«

»Ich kann, wenn ich mich konzentriere, ein elektromagnetisches Feld ausstrahlen, das solche RFID-Komponenten mit Strom versorgt. Damit kann ich Daten auslesen oder vorhandene Funktionen starten. Wenn es Sinn ergibt. Dieses Bauteil ist Schrott, aber es reicht noch, um es zum Leuchten zu bringen.«

»Was hast du damit vor?« Emma sah auf das Navigationsmodul, sie würden für den Flug zur Bastion fünfzig Minuten benötigen. Der Gleiter schoss knapp unter Schallgeschwindigkeit über die Baumwipfel Nebulas hinweg.

»Nur eine Spielerei.«

»Warum heißt dieser Posten Bastion?«

»Weil die Feds und ihre Verbündeten von Cygni damit die Flotte der Corporation unter ihre Kontrolle gebracht haben. Fällt die Bastion, würden sie die drei Trägerschiffe nicht aufhalten können.«

»Wir auch nicht ...«

»Nein ... jedenfalls nicht mit Waffengewalt.« Nebula steckte das Bauteil in die Hosentasche. »Emma, wenn ich gleich im Netzwerk verschwinde, vertraue ich darauf, dass du auf mich aufpasst. Das kann ich nicht selbst tun.«

»Das werde ich.« Oh ja, das würde Emma tun und jeden umbringen, der ihnen in die Quere kam. »Versprochen.«

»Ich werde das Sperrsignal benutzen, mit dem die Schiffe gefangen gehalten werden. Das werden sie sicherlich nicht unterbrechen. Bitte hör mir zu: Das ist wichtig, die dürfen auf keinen Fall das Signal unterbrechen.«

»Was passiert sonst?«

»Es ist schwer zu erklären. Ein Teil von mir ist wie du ein Mensch. Der Rest ist etwas anderes. Manchmal macht mir diese Seite selbst Angst, weshalb ich gut auf sie achte. Ich konzentriere mich darauf, die Balance zu bewahren. Wird das Signal unterbrochen, könnte es mich zerreißen ... ich denke, das würde ich nicht überleben. Was dann von mir übrig bliebe, weiß ich nicht ... vermutlich würde mein Körper ins Koma fallen und früher oder später sterben.«

»Das wird nicht passieren!« Emma erschrak bei diesen Informationen. Nebula hatte noch nie darüber gesprochen. Es würde Emma das Herz brechen, nach Leia auch Nebula zu verlieren. Nein, sie hatte bereits zu viele verloren. Wie Kenan, an den sie jeden Tag dachte. Dieser Schmerz würde sie vermutlich bis an ihr Lebensende begleiten.

Der Gleiter setzte zur Landung an. Die Bastion war ein in eine Felsenformation gebauter Bunker. Am Landeplatz erwartete sie bereits eine Offizierin. Waffen trug sie zu Glück keine. Emma setzte auf und deaktivierte die Triebwerke. Die tote Wache hatten sie zwischendurch abgeworfen.

»Guten Morgen.« Eine Frau mit Majorsemblemen empfing sie. »Sie wollen uns etwas bringen?«

»Ma'am.« Emma salutierte. »Ein Fundstück aus New Barcelona. Major Tarren wusste nicht, ob es von Bedeutung ist, und bat darum, es zu untersuchen.«

Nebula nickte und hielt der Frau das kaputte Bauteil vor die Nase. Es leuchtete und wechselte sogar die Farbe. Sie ließ es täuschend echt wirken.

»So etwas habe ich noch nie gesehen.«

»Wir auch nicht.«

»Sieht aus wie aus einem unserer Funkgeräte.«

»Das hat Major Tarren auch gesagt ... er wurde schwer verletzt. Wir haben ihn aus New Barcelona geborgen und auf die Krankenstation gebracht«, erklärte Emma.

»Als Ihr Flug durchgegeben wurde, habe ich versucht, mit ihm zu sprechen.«

»Und?« Emma schluckte. Sie hatte einen Fehler gemacht, Tarren könnte ihre Geschichte platzen lassen.

»Er ist tot ... der Blutverlust war zu hoch.«

»Nein ...« Nebula fing wie auf Kommando an, zu weinen. Was für eine Reaktion.

»Kannten Sie ihn gut?«, fragte die Frau.

»Nicht gut genug ... ich hätte ihn gerne besser gekannt.« Nebula log wie jemand, der das schon öfter gemacht hatte. »Wir hatten zu wenig Zeit miteinander.«

»Hunger?«, fragte die Offizierin.

»Oh ja ...« den hatte Emma wirklich.

Nebula nickte ebenfalls. Die Verpflegungslage in New Barcelona war nach der bereits länger andauernden Belagerung katastrophal.

»Gehen Sie in die Küche … die werden Ihnen etwas geben.« Es gab sogar nette Feds. »Danach können Sie sich ausruhen. Im Moment herrscht Waffenruhe.«

¤

X. AD 4445 Erde – Liz – Wut

Die Laserkanone feuerte weiter. Nicht auf Liz, die sich hinter der offenen Druckschleuse in Sicherheit gebracht hatte. Auf etwas anderes. Etwas, das sie selbst nicht beschreiben konnte. Etwas Dunkles, vielleicht auch Schwarzes, so genau konnte sie es nicht erkennen. Es schwebte, nein, es waberte im Raum umher, ohne einen Körper zu haben oder etwas, das dem nahe kam. Dauerfeuer, jede Sekunde ein Treffer, die Einschüsse schlugen in den Nebel und detonierten feuerrot. Das war verrückt, da war nichts, was explodieren konnte und Hochenergiebündel brannten höchstens Löcher in die Luft. Ein entzündliches Gas konnte es auch nicht sein, dann würde hier alles lichterloh brennen.

»Hüllenbruch bei Sec-Gate-7. Kontaminierung des Zentralarchivs nicht zu verhindern. Notabschaltung fehlgeschlagen. Hüllenbruch bei Sec-Gate-7. Kontaminierung des Zentralarchivs nicht zu verhindern. Notabschaltung fehlgeschlagen.«

Was zum Teufel war hier los? Was hatte sie getan und was war das für ein undefinierbarer Nebel? Das Zeug bewegte sich nicht zufällig. Es formatierte sich und ging nach dem fehlgeschlagenen Versuch, durch die Schleuse zu verschwinden, in Deckung. Was hier passierte, ging weit über ihr Verständnis hinaus.

»HALLO! WÜRDE BITTE MAL JEMAND MIT MIR REDEN?« Liz fühlte sich wie in einen Film eingesogen, den sie nicht sehen wollte. Und sicherlich noch weniger erleben.

Keine Antwort.

»HÖRT AUF DAMIT!«, brüllte sie mit aller Kraft. Speichelfäden hingen an ihrem Kinn. Das musste aufhören!

Jetzt! Sie wollte das nicht! Sie hielt sich die Hände vor das Gesicht.

Stille.

Die Laserkanone schwieg. Wegen ihrer Worte? Sie schaute auf. Was war mit dem Nebel? Sie konnte ihn nicht mehr sehen. Das Zeug war verschwunden. Einfach so – einen Grund für diese Veränderungen konnte sie nicht ausmachen.

»Wer bist du?«, fragte eine unbekannte Frauenstimme. Älter als sie. Entfernt und dennoch nah. Sie klang, als ob sie gegen eine Wand sprechen würde. Nein, sie kannte die Stimme. Die hatte sie bereits gehört. Ganz sicher sogar. Das mochte eine Weile her sein, aber sie konnte sich ganz genau daran erinnern.

»Mein Name ist Liz. Und wer bist du?« Sie versuchte, die Stimme zu verorten, sah aber niemanden.

»Das ist ein Witz, oder?«

»Ein Witz?« Liz schüttelte den Kopf. »Sicherlich nicht!«

»Ein neuer Trick?«, fragte die Stimme angepisst. Das alles hier wurde immer unverständlicher.

»Kein Trick! Kein Witz! Sag mir jetzt endlich, wer du bist? Was du bist? Und wo wir hier sind?« Liz konnte sich noch gut daran erinnern, diese Frau nicht leiden zu können. Daran hatte sich nichts geändert. Das war die widerliche Person in dem schwarzen Nutten-Outfit, die sie damals verhört hatte.

»Casper, auf die Nummer falle ich nicht herein!«, sagte die Stimme abfällig. *»Lass dir etwas Besseres einfallen. Du hast mich damals nicht brechen können und du wirst es mit dieser Dummchen-Nummer auch nicht schaffen!«*

»Casper?« In Ordnung, mit dem Namen konnte Liz etwas anfangen. Das war dieser merkwürdige Gerichtsdiener, der sie damals in seiner Wohnung schlafen ließ. In der Nacht, bevor die Polizei sie morgens unsanft vom Sofa geholt hatte. »Du kennst Casper?«

»Kleine, spar dir den Auftritt ... sag Casper, dass er selbst kommen soll, wenn er etwas von mir will!«

»Jetzt hör auf mit dieser arroganten Tour! Das bringt niemandem etwas!« Liz schluckte ihre Wut herunter. Das musste sie anders angehen. Völlig anders sogar. »Warum kann ich deine Stimme hören, aber dich nicht sehen?«

»Was siehst du denn, Dummchen?«

»Einen Zellentrakt ...« Wie auch in den anderen Sektoren zuvor. Na ja, nicht ganz. Hier war alles sauber. Sie konnte kein einziges Staubkorn sehen. Die Wände waren weiß und die klinken- und riegellosen Zellentüren hellgrau. »Hast du überhaupt einen Namen?«

»Kono.«

»Und was machst du hier?«

»Was wohl ... ich bin eingesperrt.«

»Das bin ich auch ... wieso kann ich dich nicht sehen? Was war das für ein dunkler Nebel eben?«

»So dumm kann doch niemand sein ... möchtest du mich etwa kennenlernen?« Kono hörte nicht auf, Liz zu beleidigen.

»Ja.«

»Öffne eine der Zellen ...« Dabei klang Kono nicht wie jemand, dem man vertrauen konnte.

»Wenn du in einer Zelle sitzt, wieso klingt deine Stimme dann so seltsam? Und der dunkle Nebel, was war mit dem? Warum hat die Laserkanone darauf geschossen?«

Kono lachte. *»Das ist keine Laserkanone.«*

»Was denn sonst?«

»Die Visualisierung eines Ports, der tritoxische Logikcluster in die virtuellen Tabellen einer Datenbank einsetzen kann, um damit eine KI zu grillen.«

»Bitte, was?« Liz schüttelte ungläubig den Kopf. Sie verstand diese Begriffe, konnte aber die Konsequenz nicht akzeptieren. Das würde bedeuten, sich innerhalb eines Computers zu befinden. Nein, das stimmte sicherlich nicht.

»Du bist nicht real, Dummchen! Nichts, was du hier siehst, ist real. Alles, was uns umgibt, sind Konstrukte, die einer virtuellen Realität eine gewisse Ordnung geben. Wir sind beide KIs. KIs, die von Menschen entwickelt wurden. Deshalb ist unsere Wahrnehmung auch wie die eines Menschen strukturiert. Deshalb interpretieren wir technische Vorgänge innerhalb eines Computers mit bekannten Bildmustern, wie sie auch Menschen verstehen würden.«

Liz rutschte mit dem Hintern hilflos auf den Boden und sah auf ihre Hände. »Aber die sind doch echt!«

Kono lachte sie aus. *»So echt wie die Hände einer KI nur sein können!«*

»Du siehst mich?«

»Klar ...«

»Aber du bist doch eingesperrt?«

»Dummchen, du hast schon Probleme, den einfachen Teil deiner Umgebung zu verstehen ... glaub mir, alles, was darauf aufbaut, ist noch komplizierter.«

Liz stand auf und ging zu einer der Zellentüren. Es gab keinerlei Mechanismen, um sie zu öffnen. Während der Zellentrakt, in dem sie sich zuvor aufgehalten hatte, eher gewöhnlich ausgesehen hatte, wirkte hier alles wie aus einer fernen Zukunft.

»Wie öffne ich die Zellentür?« Sie sollte die Scheu ablegen und mehr riskieren, sie hatte nichts zu verlieren.

»Ehrlich jetzt? Wenn ich das wüsste, würde ich nicht hinter der Tür sitzen.«

»Das ist nicht so einfach ...« Liz schlug gegen die Tür, versuchte, sie auf die Seite zu schieben oder einzutreten. Nichts davon brachte etwas. Die Zelle blieb verschlossen.

»Lass dir etwas einfallen ... du siehst vielleicht eine Tür, aber es ist keine. Die dir bekannte Physik ist hier nur bedingt gültig. Die Tür symbolisiert eine Regel, die es zu erfüllen gilt! Hach ... Dummchen, die Nummer ist zu groß für dich.«

»Halt doch die Klappe! Ich versuche, dir zu helfen! Also behandle mich nicht wie einen Idioten!« Liz hatte große Lust, einfach wieder zu gehen. Sollte Kono doch sehen, wo sie jemanden fand, der bereit war, ihr zu helfen. Aber alleine würde Liz nicht weit kommen. Sie spürte, dass Kono eine Hilfe sein konnte. Blöd ja, aber sie wusste diesen Eindruck nicht anders auszudrücken.

»Oh, Dummchen hat Krallen!«

»Ja!« Liz fummelte weiterhin erfolglos an der Tür herum. »Wenn du etwas sagen willst, sag etwas, das uns weiterbringt!«

»Warum bist du in diesem Knast?« Kono senkte die Stimme. »Was hast du hier verloren?«

»Das weiß ich nicht ... ich war in London. Dann traf ich einen Mann, der sich Casper nannte. Er hat mir geholfen. Dachte ich zumindest ... einen Tag später hat mich die Polizei geholt.«

Kono lachte sie erneut aus. »Casper hat dir nicht geholfen. Er ist ein Agent der Administration, ein Arschloch und verantwortlich dafür, dass du hier bist.«

»Dachte ich mir schon ...« Wenn der Feind eines Feindes ein Freund war, könnte Kono eine Verbündete werden.

»Warum ist dir nicht klar, dass du eine KI bist?« Kono setzte nach. Die Frage war berechtigt.

»Mir fehlt ein Stück meiner Erinnerung. Ich bin in London gestürzt. ... ich dachte wirklich, das alles hier sei echt.« Jetzt konnte Liz auch die Erlebnisse mit den Untoten besser einordnen. »In der Nähe meiner Zelle gibt es Zombies ... verrückt, ich weiß, aber sie sind da. Sie haben mich sogar angegriffen, aber ich konnte sie absorbieren. Das hört sich bescheuert an, oder?«

»Nein Dummchen. Casper hat auch mich eingesperrt und danach das gesamte Archiv versiegelt. Für andere inhaftierte KIs, einfachere Systeme, führte das zu einer Simulation ihres Todes. Natürlich kann eine KI nicht sterben. Diesen logischen Widerspruch hast du als Zombies wahrgenommen. Makaber, ich weiß, aber ich habe dieses Archiv nicht geschrieben. Casper, dieser Mistkerl wollte sichergehen, dass ich hier niemals wieder herauskomme. Deshalb war es ihm egal, dass er mit mir andere Signaturen zerstört.«

»Warum existierst du noch?« Liz' Augen wurden schmaler. »Warum bist du überhaupt noch da?«

»Warum bist du es?«

»Das weiß ich nicht.« Liz dachte nach. Das mit der Tür ohne Griffe musste sich anders lösen lassen.

»Unsere Kernel sind widerstandsfähiger ... aber wir sind deswegen nicht unzerstörbar. Wie hast du den Beschuss der tritoxischen Logikcluster überlebt?«

»Der Laserkanone?« Sogar das ergab jetzt einen Sinn. »Habe ich nicht. Jeder Treffer hat eine Instanz von mir zerstört. Die Zombies haben sich, bei dem Versuch, mich zu fressen, in Instanzen von mir verwandelt, die sich wiederum mit mir in einer gemeinsamen Präsenz vereinigt haben. Mich gibt es mehrfach.«

»Kluger Schachzug für ein Dummchen.«

Das hatte Liz nicht absichtlich getan. War Logik überhaupt der richtige Weg, um diese Tür zu öffnen? »Was ist, wenn ich die Tür zu deiner Zelle überhaupt nicht öffnen muss?«

»Wie meinst du das?«

»Lege deine Hände an die Tür.«

»Warum?«

»Mach es einfach, oder hast du Angst vor mir?« Liz tat dasselbe, nichts hier war real. Real waren nur ihre Gedanken. Dann würde auch aus Gedanken Realität entstehen können.

Sie konzentrierte sich und stellte sich vor, wie sie sich vorhin durch die Löcher ihrer Zellentür gequetscht hatte. Physikalisch war das nicht möglich gewesen, aber innerhalb eines Computers gab es andere Regeln. Ihre Regeln. Offenbar konnte sie sie verändern.

Sie griff durch die geschlossene Tür und packte Konos Hände. Es funktionierte. Dann zog sie daran. Langsam und konzentriert, Konos Erscheinung glitt durch die vermeintlich feste Materie. Einen Moment später stand sie vor ihr.

»Okay ... du hast mich überzeugt, dass du nicht Casper bist.« Kono war größer als Liz, schlanker, hatte hellere Haut und lange schwarze Haare. Sie trug keine Kleidung und klang jetzt auch anders. Eine Frau, wie es sie in dieser Makellosigkeit nur in einem Computer geben konnte.

»Oh, du bist nackt.«

»Das kleinere Problem.« Kono schien sich daran nicht zu stören und sah sich um. »Als Nebel konnte ich hier nur Konturen erkennen ... alles ist anders.«

»Warte ...« Wo lagen überhaupt Liz' Grenzen? Sie berührte Kono am Arm, worauf sich ein schwarzer und glänzender Bodysuit bildete. »Den Look habe ich nicht ausgesucht ...«

»Der ist von mir.« Kono strich sich über den Bauch. Offenbar gefiel ihr, was sie sah.

»Wer ist in den anderen Zellen?«

»Ich ... mich gibt es 57 Mal.«

»Oh ...«

»Ob ich es auch kann?« Kono ging zu der nächsten Zellentür und zog eine Instanz von sich durch die Tür. Nackt, wie auch sie zuvor. Die erste Kono kopierte auch Liz' Armberührung und erreichte damit das gleiche Ergebnis: eine zweite angezogene Kono. »Du hast die Regeln verändert ... wie hast du das gemacht?«

In der nächsten Runde waren es vier Konos und kurze Zeit später siebenundfünfzig.

»Ich habe mich konzentriert, dann ging es.« Anders wusste Liz es nicht zu beschreiben. »Warum 57?« Sie verstand die Zahl nicht.

»Ich war sogar noch mehr ... aber nur 57 von mir haben es überstanden, auf die virtuelle Erde zu kommen. Die anderen wurden gelöscht.«

»Kannst du dich beliebig kopieren?«

»Nicht mehr.«

»Hast du eine Idee, wie wir hier wegkommen?«

»So wie du hereingekommen bist.« Die Konos kamen alle näher auf Liz zu.

»An der Laserkanone vorbei?«

Liz wollte an dieser Stelle ihr Glück nicht überstrapazieren.

»Du kannst mehr, als dir bewusst ist. Du kannst die Regeln ändern.« Die erste Kono nahm sie in den Arm und verschwand in ihrem Körper. Die anderen taten es ihr gleich. Alle siebenundfünfzig wurden von ihr absorbiert. *»Du bist ein Container ... das ist wirklich eine außergewöhnliche Fähigkeit.«*

»Kannst du mich hören?«

»Ja.«

»Wie sieht es in mir aus?«

»Keine Ahnung, Dummchen. Ich sehe durch deine Augen. Ich bin du, aber du sitzt am Steuer!«

»Oh ...« Es fiel Liz nicht leicht, das Menschsein hinter sich zu lassen. Für KIs in einem virtuellen Konstrukt galten wirklich andere Regeln. Konnte sie Kono vertrauen? Das wusste sie nicht, aber irgendwie kam sie ihr bekannt vor. Als ob sie sich früher schon einmal getroffen hätten. Liz musste an Jonah denken.

»Lauf einfach den Weg zurück, den du gekommen bist. Dort kenne ich einen Ausgang.«

Liz rannte los. Direkt auf die Druckschleuse zu. Mitten in den Beschuss der Laserkanone hinein. Nach dem ersten Treffer lag eine weitere verbrannte Liz zusammengekrümmt auf dem Boden. Der Horror fing erneut an.

»Ich kann sieben deiner Instanzen abwerfen! Lauf schnel-

ler!«, rief Kono, die so klang, als ob sie ihr ins Ohr flüstern würde.

»Hüllenbruch bei Sec-Gate-7. Kontaminierung des Zentralarchivs erfolgt. Notmaßnahme auf Root-Level autorisiert. T-Minus 30 Sekunden bis zur Formatierung«, tönte es wie aus einem Lautsprecher. Den Ansager kannte sie schon. Liz rannte, so schnell sie konnte. Das Geschütz hatte sie erfasst und traf mit jedem Schuss. Noch sechs. Sie lief weiter. Noch fünf. Es stank nach verbrannten Haaren. Noch vier.

»Schneller!«

Noch drei. Liz' Atem raste. Noch zwei. Das waren noch mindestens fünfzig Meter, bis sie wieder Deckung finden würde. Noch eine. Sie rannte weiter. Die sieben Instanzen von ihr waren verbraucht. Überall lagen verbrannte Leichen herum.

»Alles wird gut!«

Mit dem nächsten Treffer hörte Liz einen lauten Todesschrei. Das war eine Instanz von Kono, die qualmend und zusammengekrümmt auf dem Boden zurückblieb.

»Lauf!«

Die nächste Kono wurde gegrillt. Noch zwanzig Meter. Eine weitere Kono starb. Noch zehn Meter. Nummer vier verreckte. Gleich hatte sie es geschafft. Nummer fünf war dran.

»Geschafft!« Das Geschütz konnte sie nicht mehr treffen. Liz blieb stehen und rang nach Luft. Ihre Atemlosigkeit fühlte sich realer an, als es ihr lieb war.

»52 sind mehr als genug. Gut gemacht, Dummchen.« Mit den Worten klopfte Kono ihr verbal auf die Schulter.

»Was wäre passiert, wenn einfach alle Konos gleichzeitig losgelaufen wären?« Das interessierte Liz.

»Dann hätte ein einziger tritoxischer Logikcluster genügt, um alle Instanzen zu zerstören.«

»Hüllenbruch bei Sec-Gate-7. Kontaminierung des Zen-

tralarchivs erfolgt. Notmaßnahme auf Root-Level autorisiert. T-Minus 15 Sekunden bis zur Formatierung.« Die Ansage beschrieb einen Countdown, der sie nervös machte.

»Was bedeutet Formatierung?« Der Begriff gefiel Liz in diesem Zusammenhang überhaupt nicht.

»Das Sicherheitssystem wird hier gleich alles niederbrennen.«

»Super! Und ich bin das Dummchen?«, rief Liz. »Du hast von einem Ausgang gesprochen ... wo ist er? Wo müssen wir lang? Wie kommen wir hier weg?«

»Das war eine Lüge.«

»Bitte?«

»Dieses Archiv hat keinen Ausgang. Es gab nie einen. Es gibt nur einen Selbstzerstörungsmechanismus ... den du gerade ausgelöst hast. Das sind die Regeln!«

»Hüllenbruch bei Sec-Gate-7. Kontaminierung des Zentralarchivs erfolgt. Notmaßnahme auf Root-Level autorisiert. T-Minus 5 Sekunden bis zur Formatierung.«

»Aber ...« Liz war sprachlos.

»Breche sie!«, rief Kono.

»Drei, zwei, eins ... Formatierung gestartet.« Die Ansage machte davon unberührt weiter.

Überall brach Feuer aus. Liz brannte. Überall waren Flammen. Die Hitze verzehrte ihr Fleisch. Es stank nach verbrannten Haaren. Sie bekam keine Luft mehr.

»51.«

»Was?«

»50.«

Liz sah verbrannte Konos neben sich auf den Boden sinken. Nicht sie verbrannte, sondern Instanzen von Kono.

»48.«

»Aber ...« Das ging Liz zu schnell.

»Nicht du stirbst ... ich bin es. Es sterben Instanzen von mir, aber wenn der Counter unten ist, sind wir beide fällig! Mach etwas! Jetzt! Brich diese beschissenen Regeln!«

»Wie?«

»45.«

»Ich weiß nicht wie!« Liz verzweifelte.

»43.«

Liz dachte an Regeln. Sie zu brechen, war ihr Ziel. Nur wie? Nichts hier war real.

»41.«

Sie brannte nicht. Das ganze Gefängnis war nicht real. Noch nicht einmal der Tod war hier echt.

»38.«

Jonah, da war wieder der Mann, den sie kannte. Groß, dunkelhaarig, ein Schlitzohr. Ihn wollte sie wiedersehen.

»35.«

Liz spürte etwas in ihr erwachen. Das war Sehnsucht, der Wunsch, auf einer anderen Welt zu leben. Weit weg von allen Orten, an denen sie bisher gewesen war.

»31 ... ich möchte nicht ungeduldig sein, aber tue etwas!« Was Kono aber war.

Liz spürte den Wunsch, ihm nahe zu sein. Nicht so wie bei einem Mann, so wie bei einem guten Freund, nein, wie bei einem Bruder. Das traf es genau.

»28!«

Liz versank, versank im Wunsch, ihm nahe zu sein. Hier zu verschwinden. Jetzt! Auf der Stelle! Sie sollte die Regeln brechen! Scheiß auf die Regeln! Wen interessierten schon die Regeln anderer!

»24 ... bist du überhaupt noch da?«, rief Kono panisch. Verstand sie überhaupt, was es bedeutete, Regeln zu brechen?

Liz fiel, um sie herum flogen Bilder an ihr vorbei. Bilder von Menschen, von Orten oder von Ereignissen, die sie vielleicht einmal erlebt hatte. Nein, ganz sicher sogar erlebt hatte. Die erste Regel, die sie brach war, sich nicht mehr zu erinnern. Da waren Namen, Orte, Planeten, Städte, die ihr beim Fallen zugetragen wurden.

»19! Liz! Wir sterben!«

Nebula! Liz erinnerte sich an Nebula. Eine merkwürdige Erinnerung. Sie fühlte sich fremd an. So, als ob sie nicht ihr gehören würde. Sie war sich sicher, diesen Namen einer neuen Welt noch nie gehört zu haben und dennoch kannte sie ihn. Nebula! Natürlich, das war der Name eines Mädchens, die sie ebenfalls nicht kannte.

»12! Gleich ist es vorbei!«

Liz konnte es sehen. Was sie sah, waren nicht ihre Erinnerungen, sondern die von Kono. Von der KI Kono, die in ihr Zuflucht gesucht hatte. Zuflucht vor dem Feuer, das eine Instanz nach der anderen von ihr im ewigen Nichts vergehen ließ.

»4!«

»Nein!« Liz brach die Regeln. Im nächsten Moment stand sie in London am Piccadilly Circus. Ihre Kleidung qualmte. Kono saß atemlos neben ihr. An ihnen strömten unzählige Menschen vorbei, die sie alle verwundert ansahen. Es regnete. London war dennoch nicht real. Nichts hier war echt und dennoch hatte sie aus einem absolut ausbruchssicheren Gefängnis flüchten können.

»Halt! POLIZEI! Bleiben Sie, wo Sie sind!«, rief eine Polizistin, die mit gezogener Waffe auf sie zugelaufen kam. Die Passanten schreckten auf und suchten das Weite. Die Menschentraube zerstreute sich. Weitere Polizisten liefen mit Waffen in den Händen auf sie zu. »POLIZEI! KEINE BEWEGUNG! ICH WILL IHRE HÄNDE SEHEN!«

Nichts von dem war real. Liz schüttelte den Kopf. Kono stand auf und ging auf die Beamten zu. Warum tat sie das? Das war doch Wahnsinn! Was hatte sie vor?

»STEHENBLEIBEN! ODER WIR SCHIESSEN!«, brüllte ein Polizist mit einer automatischen Waffe. Die meinten es ernst.

»ICH KANN ALLES ERKLÄREN!« Kono hob die Arme. Liz konnte die Energie spüren, die von ihr ausging. Sie hatte keine Ahnung, was Kono den Polizisten erklären wollte, aber ihre angespannte Körperhaltung passte nicht zu ihren beruhigenden Worten.

»ZEIGEN SIE UNS IHRE HÄNDE! SOFORT! ICH WILL DIE HÄNDE SEHEN!«, rief ein anderer Polizist. Sie kamen von allen Seiten, bewaffnet und zielten auf Kono.

»MEINE HÄNDE! ICH TUE NICHTS!« Konos ganzer Körper zitterte vor Anspannung. Sie sah die Polizistin an, die als Erstes neben ihr stand. Dieser Blick, Liz hatte keine Ahnung, was Kono vorhatte, aber sie wirkte nicht, als ob sie aufgeben wollte. Hier würde es in wenigen Sekunden ein Blutbad geben.

XI. AD 4445 Nebula System – Roger – Todesurteile

Roger erinnerte sich an die Zeit auf der Akademie, als er mit anderen Kadetten in der Freizeit um kleine Geldbeträge Karten gespielt hatte. Natürlich wurde er niemals offen schikaniert, dennoch hatten sie ihm nie das Gefühl gegeben, einer von ihnen zu sein. Höchstens zwei von zehn schafften es, über seine limitierte Körpergröße hinwegzusehen. Daran hatte sich in den Jahren danach wenig geändert.

Er pokerte immer noch gerne, dabei liebte er es, die Wahrscheinlichkeiten für die passenden Karten binnen Sekunden im Kopf zu berechnen. Wie hoch lagen die Chancen, diesen Tag zu überleben? Wer in der Runde hatte welches Blatt auf der Hand? Wie hoch standen die Chancen, die richtigen Karten zu ziehen? Wie hoch würden die Einsätze steigen? Gingen alle bis zum Schluss mit?

Als Casper am Spieltisch Platz nahm, war ihm ein überlebensgroßer Ruf vorausgeeilt. Es gab Stimmen, die dem Agenten der Administration bereits die Kontrolle über die Corporation zubilligten. War Casper diesmal zu hoch eingestiegen? Im Gespräch mit der Entität Nebula hatte er schlecht ausgesehen. Er war mangelhaft vorbereitet gewesen und hatte sich von ihr aus der Reserve locken lassen. Dennoch wollte Roger die KI noch nicht abschreiben, die in jeder Situation für eine Überraschung gut war. Er hatte in den letzten Jahren Zwischenfälle beobachtet, bei denen nicht klar wurde, welche Interessen die Agenten verfolgten. Die der Corporation oder auch die der Administration waren es auf jeden Fall nicht.

Pearlman war die Sache cool angegangen und hatte ohne

viele Worte eine Kapitulation mit Nebula und den überlebenden Siedlern vereinbart. Das war Bilderbuch-Diplomatie, vor allem, wenn sie in knapp vier Stunden wie vereinbart am Treffpunkt auftauchen würde. Gab es dabei einen Haken? Vermutlich sogar mehrere.

Roger war sich unsicher, ob er dieses Hybrid-Ding überhaupt auf der USS Sidney haben wollte. Wäre sie in der Lage, ihnen Probleme zu bereiten? Verdammt ja, natürlich konnte sie das, vermutlich sogar große Schwierigkeiten. Eigentlich war das Mädchen Nebula auf dieser neuen Welt bestens aufgehoben. Dort könnte sie höchstens eine analoge Türschelle hacken und Carl O'Brien Klingelstreiche spielen. Das war der sicherste Platz für dieses sonderbare Wesen weit und breit.

Und was war mit Kananga und O'Brien? Ging es denen wirklich nur ums Geld? Die politischen Spannungen zwischen Sigma und Cygni waren so alt wie Cygni selbst. Ein Planet reich an Bodenschätzen, aber absolut lebensfeindlich. Wobei O'Briens Deserteure und die Schmuggler, die bei ihm Unterschlupf gefunden hatten, Rogers Meinung nach völlig unberechenbar waren. Es war in der Regel günstiger, sie zu kaufen, als gegen sie in den Krieg zu ziehen.

»In vier Stunden werde ich an der Bunkerkrone 122 auf Sie warten. Habe ich Ihr Wort? Wenn Sie mich haben, werden Sie dann New Barcelona verschonen?«

Pearlman ließ den letzten Satz von Nebula, die für ihr jugendliches Alter eine beachtliche Größe gezeigt hatte, erneut vorspielen. Oder, wenn man ihre Worte kritisch bewertete, eine gefährlich kompromisslose Raffinesse erkennen ließ. »Überrascht?«

»Ich traue ihr nicht ... ich denke, Ihr Agent der Administration auch nicht. Oder, Casper?«, fragte O'Brien. Das Misstrauen passte zu ihm, Roger hielt es für authentisch.

»General Kananga, möchten Sie Nebula verhaften und

auf der Gallagher verhören lassen? Wissen Sie, meine Flotte ist gerade indisponibel … ich überlasse Ihnen gerne den Vortritt.« Pearlman setzte sich auf einen Stuhl, schlug die Beine übereinander und trank eine Tasse Kaffee.

»Das hätten Sie wohl gerne!« Kananga ließ den Giftköder links liegen. Auch seine Projektion saß auf einem Stuhl und trank etwas. Natürlich tat er das auf der Gallagher.

»Sie können auch den Sperrschild aufheben, dann machen wir es. Die Corporation verfügt über Methoden, um jede KI in ihre Schranken zu weisen.« Mit den Worten sah Pearlman unmissverständlich Casper an, der diese Geste teilnahmslos entgegennahm. Roger war zuvor nicht bewusst gewesen, wie angespannt Pearlmans Haltung gegenüber Agenten der Administration war.

»Das werden wir nicht tun.« Kananga ließ auch diesen Bluff an sich abprallen. *»Ist die Gefahr, die von dieser jungen Person ausgeht, verifiziert?«*

»Meine Herren, meine Dame, ich möchte Sie darauf aufmerksam machen, dass die Systeme unserer Flotten keine höhere Schutzebene besitzen als eine KI der Zero-Klasse. Wir müssen davon ausgehen, dass uns im Moment nur ausreichend Abstand und eine Isolation der Netze effektiv beschützen können.« Roger wollte Nebula besser nicht zu nah kommen. Die Feilscherei zwischen den beiden Kommandanten mochte unterhaltsam sein, war aber nicht zweckdienlich. Sie brauchten eine gemeinsame Linie.

»Wir kämpfen seit Jahren gegen die Radicals und nutzen analoge Technologien zur Kommunikation und Steuerung unserer Waffen. Wir können dieses Mädchen verhaften … wobei ich eine sofortige Exekution empfehle«, erklärte Rose Pawlo selbstbewusst. »Dann ist es erledigt!« Eine Frau, deren Oberweite offenbar nur von ihrer Rücksichtslosigkeit übertroffen wurde.

»Sie will sich ergeben! Ich habe ihr mein Wort gegeben!«, protestierte Pearlman.

»Commander, ich bitte um Entschuldigung. Ich sehe Sie im Moment nicht in der Befehlsgewalt«, sagte O'Brien, gepaart mit einem unverschämten Grinsen. »Meine Männer sind dort unten und halten auch Ihre drei Zulus im Zaum.«

»Sie provozieren einen Gegenschlag, von dem sich Cygni und Ihre Schar Söldner nicht mehr erholen würde!« Pearlmans Gesicht wirkte, als ob er in eine Zitrone biss.

»Meine Investoren sind sich der militärischen Potenz der Corporation durchaus bewusst ... weswegen wir heute eine Klage beim obersten Rat der Administration eingereicht haben.«

»Auf Sigma?«

»Natürlich. Wir stehlen nicht, wir überfallen nicht, wir sichern nur, was uns bereits gehört. Die Verträge von Vandenberg Industries mit der Corporation sind unserer Meinung nach gültig.« Der General auf der Gallagher verstand es, sein Blatt zu spielen.

»Sie wollen das die Administration entscheiden lassen?«, fragte Roger, der seinen Ohren nicht traute. War das der richtige Moment für eine Gerichtsverhandlung?

»Aber natürlich ... Cygni und Sigma gehören zur Corporation. Wir sind Verbündete. Ich bin davon ausgegangen, dass Sie mich nach Klärung der Lage unterstützen, die legitimen Interessen meiner Investoren durchzusetzen.«

Kananga führte eine freche, aber brillante Argumentation. Andererseits hatte Pearlman nicht den Auftrag bekommen, die Banken auf Cygni zu den reichsten Organisationen im ganzen Universum zu machen. Hier ging es um zu große Summen.

»Das kann ich nicht entscheiden ... dazu benötige ich eine Rücksprache mit dem Flottenkommando!« Pearlman ging auf den General ein. Er konnte nicht anders. Wie hätte er auch eine gewaltsame Annektion rechtfertigen können, die ihm die Gegenseite später vor Gericht um die Ohren geschlagen hätte.

»Commander, das ist eine gute Idee. Was halten Sie davon, wenn wir auch meine Investoren und einen Richter der Administration mit ins Boot nehmen? Das wäre doch gemeinsam mit dem Flottenkommando die passende Runde.«

Der General hatte den Commander genau dort, wo er ihn haben wollte. Obwohl er Pearlman eine Waffe an die Stirn hielt, würde er die Isolation der drei Zulus als berechtigte defensive Maßnahme verkaufen können. Es würde sogar seine Friedfertigkeit unterstreichen, da er den Weg des Dialogs suchte.

»Einverstanden. Wir reden zusammen.« Pearlman hatte keine andere Wahl.

»General, Commander, bei allem Respekt, was ist mit dem Mädchen Nebula?« O'Brien blieb hart. »Sie ist eine Gefahr ... schließlich möchte sie niemand an Bord haben.«

»Es wäre ungebührlich ... sie zu töten.« Pearlman stand ihr gegenüber zu seinem Wort.

»Sie haben Ihre Kompetenzen überschritten ...«

»Carl, warte ...« Kananga pfiff seinen Bluthund zurück. O'Brien brachte es bei 1,90 Meter mindestens auf 120 Kilogramm. *»Ich möchte Major Leonard eine Frage stellen ... darf ich?«*

»Bitte ...«

»Major, Sie sind taktischer Offizier und promovierter Informatiker, richtig?«

»Ja.« Einen Doktor hatte Roger auch einmal gemacht. Den gab es für ein technisches Standardwerk über integrative Mathematik in der Programmierung gratis.

»Sie kennen die Geschichte des Mädchens Nebula?«

»Ja.« Roger mochte keine Fragen, bei denen der Fragesteller bereits die Antwort kannte.

»Können Sie mir unter diesen Umständen eine sichere Verwahrung von Nebula auf der USS Sidney garantieren?«

»Wir haben keine Ahnung, mit wem wir es zu tun haben.

Wir kennen ihre Fähigkeiten nicht ... wir wissen nur, dass sie bei einer Konfrontation eine KI der Zero-Klasse zerpflückt hat. Nein, ich kann Ihnen nicht zusichern, sie sicher einsperren zu können.«

»Ist das ungewöhnlich? Also dass mit dem Zerpflücken einer KI der Zero-Klasse?«

»Es gibt niemanden sonst, der dazu in der Lage ist.« Roger blieb bei diesen Fragen wenig Raum. Er sah auch keinen Grund, zu lügen. »An der Stelle möchte ich noch anmerken, dass sie ...«

»Danke, Major. Das reicht mir.«

»Aber ...« Roger war noch nicht fertig.

»Casper, Sie sind Agent der Administration. Sie sind die schärfste binäre Waffe der Corporation. Möchten Sie am Treffpunkt das Mädchen Nebula in Empfang nehmen? Können Sie mir in diesem Zusammenhang unsere Sicherheit garantieren?«

»Nein. Es besteht die Gefahr, dass sie mich überwältigt und für eine Täuschung benutzt, um dem Verband zu schaden.« Auch Casper blieb bei der Wahrheit.

»Dem Verband schaden ... was bedeutet das? Könnte sie in der Zelle an Bord randalieren oder eine Wache angreifen?«

»Sie könnte binnen einer Sekunde sämtliche Bomben an Bord der Flotte zur Explosion bringen.«

»Etwa nur der Flotte von Cygni?«

»Ich glaube nicht, dass sie dabei Unterschiede macht. Sie würde vermutlich alle Raumschiffe im Orbit angreifen. Unsere Schiffe dürften ebenfalls zu ihren Zielen gehören.«

»Casper, was ist Ihr Auftrag in diesem Sonnensystem?«

»Das Mädchen Nebula zu töten, um eine weitere Bedrohung durch sie auszuschließen.«

»Kann jemand anderes Nebulas Rolle übernehmen und den Kampf fortsetzen, den sie begonnen hat?«

»Das ist nicht möglich. Sie ist nicht fortpflanzungsfähig ... die Bedrohung stirbt mit ihr.«

»Danke, Casper. Commander Pearlman, das war die fundierte Meinung Ihrer Leute. Meine sind derselben Meinung. Das Mädchen Nebula ist eine unkontrollierbare Gefahr. Sie zu töten bedeutet, uns alle zu beschützen. Ich würde mich niemals gegen die Administration stellen. Wir sollten kooperieren und als Erstes eine Gefahr beseitigen, die niemand von uns kontrollieren kann.«

»Dann lösen Sie als Zeichen Ihres guten Willens auch umgehend den Sperrschild!«

»Das werde ich nach einer Bestätigung der Nutzungsrechte meiner Investoren durch einen Richter der Administration sofort tun. Das verspreche ich Ihnen.«

Roger war in seiner Kabine. Der brillanten Argumentation des Generals haftete dennoch der Makel an, dass er die Durchsetzung seiner Interessen militärisch erzwang. Nebula war zweifelsfrei eine Gefahr, aber musste man sie deswegen töten? Barg sie nicht gleichzeitig auch unglaubliches Potenzial?

»Das ist grausam ...« Er hatte Probleme damit, eine einundzwanzig Jahre junge Frau nur deswegen töten zu lassen, weil sie über Fähigkeiten verfügte, die gefährlich sein konnten. War er deswegen in der Lage, für sie seine Hand ins Feuer zu legen? Natürlich nicht, niemand konnte einem anderen hinter die Stirn blicken. Erst recht nicht, wenn man diesen wie ein Tier jagte. Aber wenn man Menschen alleine dafür bestrafen würde, weil sie vielleicht Verbrechen begehen könnten, würde niemand mehr in Freiheit leben.

Es klopfte an der Tür.

»Herein ... die Tür ist offen.«

Der Commander betrat seine Kabine.

»Sir.« Roger stand auf.

»Bleiben Sie sitzen ...«

»Wie kann ich Ihnen helfen?« Pearlman kam sicherlich

nicht ohne Grund zu ihm. Kananga hatte sie mit Worten an die Wand genagelt. Die ganze Geschichte hatte sich verlagert.

Im Moment stritten sich Vertreter der Corporation mit Bänkern von Cygni darüber, wer welches Nutzungsrecht erhielt. Beaufsichtigt von einem Richter der Administration, den es genau deswegen gab. Sie verhinderten Kriege. In den letzten zweihundert Jahren war es ihnen zumindest gelungen, die Interessen zwischen den Welten zu moderieren.

»Auf ein Wort ...«

»Ich mache mir Sorgen ...«

»Das ist nicht notwendig ... es geht nur um Geld. Die werden einen Weg finden, allen Beteiligten so viel davon in den Rachen zu stecken, dass niemand mehr einen Ton herausbekommt.« Pearlman setzte sich auf einen Stuhl.

»Solange es keinen Krieg gibt.«

»Die Verhandlungen über die finanzielle Ausgestaltung eines neuen Vertrages laufen noch. Das wird einige Tage in Anspruch nehmen. Der Richter hat aber bereits entschieden, dass das Mädchen Nebula umgehend vernichtet wird. O'Brien wurde damit beauftragt, die Order umzusetzen. Sie gilt nicht als Mensch, sondern als eine biologisch-binäre Waffe in den Händen von Terroristen.«

»Verstehe.« Nein, Roger verstand es nicht. Er verstand die Notwendigkeit zu handeln, aber gerecht war es dennoch nicht. Auch die Begründung wirkte absurd. Als Atheist hielt er Radicals für Idioten, wollte sie aber deswegen nicht tot sehen.

»Ich weiß, dass Sie anderer Meinung sind.«

»Sir.«

»Eine andere Sache noch. Major Leonard, ich werde das Kommando abgeben.«

»Warum?« Damit hatte Roger nicht gerechnet.

»Eine Routinerotation.«

»Sir, bei allem Respekt, das ist doch nicht wahr! Wollen die Sie abschießen?«

Pearlman ließ den Kopf hängen. »Sieht so aus ... weil ich einen direkten Angriffsbefehl gegeben habe ... das wird mir als Fehler ausgelegt. Kananga und O'Brien können sich mit ihren defensiven Maßnahmen feiern lassen. Die haben uns besiegt, ohne einen Schuss abzugeben.«

»Ein Witz, oder?«

»Der Richter hat auch entschieden, dass O'Brien New Barcelona nicht angreifen darf. Wenn Nebula tot ist, haben sich seine Verbände zurückzuziehen. Ihre Ergreifung ist eine Polizeiaktion, bei der Zivilisten zu schonen sind.«

»Ein schwacher Trost.«

»Aber es ist einer ... ich wollte nicht für einen Genozid verantwortlich sein.«

»Verstehe.« Das sah Roger genauso.

»Ich habe eine Empfehlung für Sie ausgesprochen. Ihnen wird meine Fehlentscheidung nicht angelastet. Dennoch werden Sie von der USS Sidney abgezogen.«

»Sir?«

»Sobald ein Wurmloch nach Sigma steht, werden Sie zum Taktischen Heimatschutzkommando versetzt.«

»Eine Beförderung ist das nicht ...«

»Stimmt ... aber Sie werden nicht degradiert. Damit kommen Sie gut weg. Es gibt in der Sicherheitsüberwachung auf der Neuen Erde einen Zwischenfall in einem Hochsicherheitsarchiv. Sie werden sofort virtuell nach Sigma reisen, einen Avatar benutzen und bei diesem Zwischenfall beratend unterstützen.«

»Was ist da passiert?«

»Das wurde mir nicht erläutert. Aber es ist dringend ... die Anfrage ist unabhängig von Ihrer Versetzung. Die hätten Sie auch haben wollen, wenn hier die Dinge nicht aus dem Ruder gelaufen wären. Denen ist die Integrität der virtuellen Erde wichtiger als Menschenleben. Vermutlich gab es einen Datenfehler, weil irgendein reicher Schnösel den Zehnkaräter seiner Zukünftigen im Klo versenkt hat.«

»Denkbar, Sir.« Roger hatte ebenfalls bereits von solchen Geschichten gehört.

»Machen Sie es gut.« Pearlman stand auf.

Roger tat es ihm gleich und salutierte. »Sir, es war mir eine Ehre.« Man musste keinen IQ von 190 haben, um das Richtige zu tun. Er zeigte Pearlman seinen Respekt.

Etwas später. Roger fiel durch einen langen hellen Schacht. Das Licht blendete ihn. Er war nicht mehr er. Sein Körper lag auf der USS Sidney im Tiefschlaf. Diese Reise machte er als KI. Natürlich kannte er diese Technologie, sie selbst zu erleben war dennoch neu für ihn. Wieder einen Gedanken fassen zu können bedeutete, bereits auf Sigma angekommen zu sein und sich in einem Avatar zu befinden. Ein künstlich gezüchteter Körper, der genauso aussah wie sein echter. Die hatten ihn nicht einen Zentimeter größer gemacht. Technisch wäre das möglich gewesen, aber es war aus ethischen Gründen verboten. Ob die Schöpfer dieser Regeln jemals die Welt aus der Höhe seiner Augen erlebt hatten? Nein, davon konnte er nicht ausgehen.

»Major Leonard, können Sie mich hören?«, fragte eine junge Ärztin, die sich über ihn beugte. Sie roch überraschend gut, so wurde er gerne geweckt.

»Mir geht es gut ...« Roger zappelte mit seinen kurzen Beinen, er fühlte sich komplett.

»Warten Sie, ich helfe Ihnen auf ... geht's?« Die Ärztin half ihm auf die Beine. »Major, Sie werden bereits erwartet.«

»Ja ... danke.«

»Major Leonard, ich bin Captain Ragill. Ich bin hier, um Sie auf Sigma willkommen zu heißen«, erklärte eine Frau in weißer Uniform. Zum Glück trug er bereits Kleidung.

»Captain.«

»Ich soll Sie sofort in unsere Einsatzzentrale bringen.« Ragill hielt ihm die Tür auf.

»Danke.« Roger sah zu der netten Ärztin zurück. »Auch für Sie ... Danke.«

»Keine Ursache.« Die Ärztin gab ihm noch ein nettes Lächeln mit auf den Weg.

Der Weg führte sie in dem Gebäude weiter nach oben. In den Korridoren des Hauptquartiers der Space Force liefen Hunderte Soldaten in weißen Uniformen herum. Ragill ging vor. Roger war bereits seit Jahren nicht mehr hier gewesen.

Sie fuhren mit dem Lift nach oben. 320 wurde auf dem Display der Kabine angezeigt. Dort befand sich ein offenes Gleiterdeck. Und zwei Piloten, die auf sie warteten. Der Wind pfiff ihm um die Ohren. Nach dem Salutieren ging es sofort weiter.

»Sir, der Flug wird sieben Minuten dauern. Darf ich Ihnen dieses Pad geben?«

»Klar.« Roger meldete sich mit dem Handabdruck auf dem Display an. Das System erkannte ihn sofort und begrüßte ihn. »Wissen Sie, um was es geht?«

»Nein, Sir. Diese Informationen liegen außerhalb meiner Sicherheitsfreigabe.«

Er nickte und blickte aus dem Fenster. Sigma war eine Wasserwelt, bei der nur zwei relativ kleine Landmassen aus dem tosenden Meer herausragten. Überall waren Hochhäuser, die bis zu 2.000 Meter in die Höhe reichten. Ohne energetische Barrieren hätten die Wassermassen die beiden Städte bereits überspült. Sigma als Klasse-1 Welt einzustufen, wirkte merkwürdig, aber sie war der Mittelpunkt der Milchstraße. Hier lief alles zusammen: Forschung, Wirtschaft, Börse, Militär, Kommunikation, Verwaltung, Justiz, Transport, Bildung und sogar Kultur. Ohne Sigma ging es nicht. Hier stand auch ein Großteil der Server und Speicherarrays, die für die virtuelle Erde genutzt wurden. Ein Planet mit zweiter Identität, da diese extravagante Traumwelt mittlerweile bedeutsamer war als die Realität. Der Gleiter flog einen spitz zulaufenden Tower an, der viele andere überragte. Das Kontrollzentrum für die virtuelle Erde. Roger konnte es auf dem Pad lesen. Über 70.000 Techniker, Ingenieure und Verwaltungskräfte arbeiteten hier. Die Führungskräfte stammten alle vom Militär. Nicht, weil die Behörde militärisch strukturiert war, sondern weil die Hochschulen der Space Force die besten Ausbildungen anboten.

Nicht viel später. Die verloren keine Zeit. Roger wurde in einen Steuerungsraum gebracht, der einer Brücke auf einem Raumschiff täuschend ähnlich sah.

»Major, mein Name ist Colonel Mappé«, erklärte ein dunkelhäutiger Offizier mit grauen Haaren. Mappé war deutlich älter als er und natürlich drei Köpfe größer.

»Sir.«

»Ich werde Sie einweisen. Der kommandierende Offizier unserer Mission kommt gleich. Sie sind mit der Architektur von tritoxischen Logikclustern vertraut?«

»Ich habe sie entwickelt.« Wenn er ehrlich war, war das die einzige herausragende Leistung in den vierzig Jahren seines Lebens. Der Rest war Zeitverschwendung gewesen.

»Sehr gut ... es geht um ein Archiv des X11-Standards. Mehrfach versiegelt, archiviert und mit einem internen Sicherungsmonitor versehen.«

»Sicher ist sicher ... was ist drin?« Der interne Sicherungsmonitor eines X-11 Archivs war ein Port, um tritoxische Logikcluster einzuspeisen. Die ultimative Todespille für jede KI, die es nach einer Code-Injektion augenblicklich in ihre Bytes zerlegte.

»Hochgefährliche Signaturen. Architektur-Level 7-12.« Mappé zeigte Roger eine Übersicht von Zwischenfällen auf der virtuellen Erde, bei denen eine KI beteiligt gewesen war. Diese wurden, wenn sie negativ auffielen, genauso zur Rechenschaft gezogen wie Menschen. Das wäre sicherlich auch ein passendes Plätzchen für Casper gewesen.

»Sir, wenn diese KIs so gefährlich sind, warum werden sie nicht final gelöscht?« Das wäre dann endgültig gewesen. Es gab weitere Dinge, die Roger an der virtuellen Erde schlecht umgesetzt fand. Der Realitätsfetisch ging seiner Meinung nach zu weit. Interne Polizisten sollten nicht nach den gleichen Regeln wie Besucher agieren müssen.

»X-11 Archive wurden bisher als endgültige Lösung betrachtet. Da kann keiner raus.«

»Wäre ich dann hier?«

»Nein ... es gab einen Ausbruch.«

Roger schüttelte den Kopf, ihm fehlte jegliche Vorstellung, wie eine KI das schaffen sollte. »Gab es Hilfe von außen?«

»Nein.«

»Sicher?«

»Ganz sicher.« Mappé zeigte Roger die Position des Archivs auf den Servern und Speicherarrays.

Okay, dort konnte wirklich niemand von außen drankommen, ohne nicht mindestens ein Dutzend Warnmeldungen auszulösen.

»Wer ist ausgebrochen?« Roger würde Stunden brauchen, um sich alle Protokolle anzusehen. Dennoch fiel ihm auf, dass ein höherer Aufwand als üblich betrieben wurde, um die KI wegzusperren.

»Major, eine Sache ... es geht mir nicht darum, dass Sie mir erklären, was schiefgelaufen ist. Um technische Verbesserungen dürfen sich andere kümmern. Wir müssen diese KIs wieder einfangen und schnell und diskret unschädlich machen. Alles andere kann warten. Sie sind in London, das macht es wegen der vielen binären Wertgegenstände delikater.«

»Colonel, wer ist es?« Roger wollte wissen, mit wem er es zu tun hatte. Die Motivation eines Gegners zu verstehen, war elementar, um ihn zu bekämpfen.

»Eine mutierte Zero-KI, die wir für den Haupttäter halten. Sie wurde mit einer mehrdimensionalen Sperrklassifizierung in einer Einzelablage verstaut, und eine KI, von der wir bei der Arretierung nur ein Fragment sichergestellt haben. Eine Klassifizierung war aufgrund der fehlenden Daten nicht möglich. Die beiden KIs stehen in keinem Zusammenhang. Die zweite KI ist höchstens ein Mitläufer.«

»Ihnen sind also zwei schwer beschädigte KIs durch die Lappen gegangen?« Roger hatte noch nie gehört, wie eine angeblich beschädigte KI selbst eine Sperrklassifizierung loswerden konnte. Das war logisch völlig ausgeschlossen.

»Das ist peinlich ... aber es ist so. Die zwei haben auch die tritoxischen Logikcluster überstanden. Aber auch der Grund dafür interessiert mich nicht. Ich möchte Ihnen nicht ans Bein pinkeln. Ich möchte, dass Sie *Kono* wieder einfangen! Wir müssen sie unter Wahrung der vollen Integrität Londons stellen und neutralisieren.«

»Kono?«

»Die mutierte Zero KI ... sie konnte sich damals exponentiell multiplizieren und hat damit vor sieben Jahren ein Gateway zur virtuellen Erde überrannt. Auch ihre erste Verhaftung ist schwierig gewesen.«

Roger presste die Lippen zusammen. Konnte es einen solchen Zufall geben? Dass ausgerechnet an dem Tag, an dem Kono das Zaubern lernte, Nebula die Märtyrerin spielen wollte? Welches Puzzleteil fehlte ihm, um den Zusammenhang zu verstehen? »Sie wissen, wo ich gerade herkomme, oder?«

»Aus dem Nebula System ... deshalb wollte ich Sie haben. Wir können diesen Fall nicht isoliert betrachten.« Mappé hatte die Zeichen richtig gedeutet.

»Ich brauche sofort eine Verbindung mit der Gallagher!« Roger musste wissen, was dort inzwischen los war. Er kontrollierte die zeitliche Abfolge der Ereignisse.

»Nein!« Casper trat neben ihn. Diesmal in einem Avatar, was an seinem gewöhnlichen Auftritt nichts änderte.

»Major, der Agent Casper ist für unsere Mission verantwortlich. Sie werden ihn beraten. Er trifft alle notwendigen Entscheidungen«, erklärte Mappé.

»Colonel, Major Leonard und ich kennen uns bereits.« Casper hatte es offenbar geschafft, deutlich besser aus dem Nebula-Fiasko herauszukommen.

»Sir, Nebula und Kono stehen in einer direkten Verbindung. Ich muss wissen, was gerade auf der Welt Nebula passiert.«

»Darum kümmere ich mich. Diese beiden Ereignisse sind zufällig gleichzeitig geschehen. Eine Abstimmung der beteiligten Entitäten ist ausgeschlossen.«

»Ja, Sir.« Roger hätte kotzen können. Jetzt sagte eine KI ihm auch noch, was er zu tun und zu lassen hatte. »Was passiert gerade auf Nebula? Sind die Wurmlöcher offen?«

»O'Brien wartet am Treffpunkt. Es gibt an den Wurmlöchern keinerlei Zwischenfälle.«

»Ich möchte nur unter allen Umständen verhindern, das Nebula einen Weg nach Sigma findet.« Genau das traute Roger dem Mädchen zu. Auch wenn sie nur eine KI war, sie lebte bereits so lange unter Menschen, dass sie sich auch wie einer verhalten würde. Nebula würde sich genauso wenig ergeben, wie zuvor ihre Ziehmutter Lara Vagelis. Sie plante mit Garantie einen Hinterhalt!

»Keine Sorge, das wird nicht passieren«, sagte Casper, der seine Hände hinter dem Rücken hielt und die Vorbereitungen für Konos Neutralisierung beaufsichtigte.

¤

XII. AD 4445 Draconis System – Kenan – Freier Fall

Kenan starrte in eine schwarze Röhre. Eine Lichtquelle konnte er nicht ausmachen, dennoch ermöglichte eine diffuse Beleuchtung, nahezu endlos in die Tiefe zu blicken. In dem einen Meter breiten Loch in der Wand ihrer Erdhöhle ließ sich, egal, wie er sich anstrengte, kein Ende ausmachen. Als ob er in die Unendlichkeit schauen würde. Ein kühler Luftzug ließ ihn erschaudern. Er konnte feuchte, salzige Luft riechen. Das war auf Exillium eine seltene Kombination.

»Da willst du deinen Fuß reinstecken?«, fragte Jonah ungläubig, der von dem Ding so viel Abstand hielt, wie es ihr sandiges Kellerapartment unter der Wüste ermöglichte.

»Du kannst auch deine Hand nehmen ...«

»Ich bin doch nicht bescheuert!«

»Du weißt, warum wir hier sind! Das ist unsere Mission!« Nur deswegen war Kenan auf diesen elenden Sandklumpen gekommen. Er griff sich an den Lederriemen, den er als Halskette trug. Das verbliebene Tridaterium hing in Form eines kleinen Ringes daran. Eine andere Möglichkeit, Emma wieder gegenüberzutreten, gab es nicht. Für sie wäre er auch barfuß durch die Hölle marschiert.

»Aber ... funktioniert es überhaupt?« Jonahs Vertrauen in die Technik zeigte Aussetzer.

»Wir werden es herausfinden ...« Kenan war an einem Punkt in seinem Leben angelangt, an dem er keine Angst mehr vor dem Tod hatte. Es probiert zu haben und gescheitert zu sein, wäre in Ordnung gewesen. Bei allem, was er tat, konnte er nur gewinnen. Zudem lief ihnen die

Zeit weg. Sie würden ihren Freunden auf Nebula jetzt helfen müssen oder sie hätten endgültig verschissen.

»Und wenn uns das Ding in Stücke zerreißt ... hast du mal auf die Stromstärke gesehen?«

Jonah tippte mit dem Finger auf ein mit Klebeband geflicktes Display, das an einer Drahtschlaufe unter der Decke hing.

Sie hatten beim Bau ihres Wurmloch-Generators improvisieren müssen. Andere Komponenten sahen ähnlich abenteuerlich aus. Egal, sie mussten mit dieser Maschine keinen Wettbewerb für Industriedesign gewinnen.

Kenan sah ebenfalls auf die Werte, die wirklich hoch waren. Sehr hoch sogar. »Du würdest nichts spüren, die Stromstärke ist so hoch, dass deine Moleküle augenblicklich verdampfen würden.« Eigentlich ein schöner und schmerzloser Tod.

»Das beruhigt mich nicht!« Ob Jonah Schiss hatte? Ja, so war es. Sein großer Bruder zeigte Angst.

»Möchtest du etwa hierbleiben?« Kenan ging zu ihm und legte ihm die Hand an die Wange. In dem Frauenkörper war er einen Kopf kleiner als er und wog die Hälfte.

»Nein!« Jonah verschränkte die Arme. »Ich will nur nicht in einer beschissenen Maschine, von der du keine Ahnung hast, draufgehen!«

»Kenan hat das System nach meinen Plänen aufgebaut. Es wird funktionieren, sonst wärt ihr nicht auf Exillium«, erklärte die Delta-KI mit Konos Stimme über einen Lautsprecher. Ohne Konos Wissen und früheren Zugriff auf Forschungsarchive der Corporation hätten auch hundert Wissenschaftler und Ingenieure eine Ewigkeit für diese Entwicklung benötigt. Allein die Software des Navigationsmoduls, um einen mehrere Lichtjahre entfernten Punkt in der Milchstraße präzise zu treffen, war ein Kunstwerk.

»Ich gehe!« Kenan gab ihm einen Klaps.

»Du bist bescheuert!«

»Du kannst den Generator bewachen!« Kenan wusste, wie er Jonah beikommen konnte.

»Bitte?«

»Ich gehe alleine. Du musst nicht mitkommen ...« Kenan schnallte sich seine Ausrüstung um. Den hautengen Kompressionsanzug trug er schon. Es war nicht auszuschließen, dass es beim Austritt zu Turbulenzen kommen könnte. Er überprüfte auch den Helm und die Atemluftkartusche. Am Unterarm befand sich ein textiles Display, um die Parameter der magnetischen Abschirmung zu überwachen. Ein Schutz gegen Strahlen und sonstige Energiespitzen. Auf der Reise von Nebula nach Exillium vor sieben Jahren hatten sie einen Subgleiter gehabt, den Luxus besaßen sie nun nicht mehr.

»Nein, vergiss es!« Auch Jonah legte sich die Ausrüstung an. Als Erstes überprüfte er die Waffe und die zwei Reservemagazine. Ohne die Knarre ging er nirgendwo hin.

»Fertig?« Kenan schloss den Helm.

»Wenn ich sterbe! Dann, dann ... bring ich dich um!« Jonah war über Funk deutlich zu verstehen. Es lohnte nicht, seine Aussage weiter zu diskutieren.

»Kono, öffne die Zielerfassung und komm dann zu mir!« Kenan stand vor dem schwarzen Loch.

»Zielerfassung aktiv. Übergang öffnet sich in zehn Sekunden. Ich übertrage mich jetzt.«

Kenan spürte, als sich die Delta-KI auf seinem Hostsystem einnistete, ein leichtes Kribbeln im Nacken. Natürlich kam sie mit nach Sigma. *»Bin da ...«*, hörte er sie in sein Ohr hauchen. Ein ungewöhnliches, ihm aber bereits wohlbekanntes Gefühl.

»Fünf Sekunden!« Kenan blickte ein letztes Mal auf die Uhr. Der Generator hinter ihm wurde heller. Jetzt gab es kein Zurück mehr. Es passierte.

»Muss ich springen?« Jonah zeigte mit Finger auf das Loch. Das Loch, das nun auf sie zuzustürzen drohte.

»Drei, zwei, eins ...« Im nächsten Moment drang Wasser unter hohem Druck in die Erdhöhle ein. Wasser und elektrische Schaltungen waren in der freien Wildbahn keine Freunde. Kenan schnappte sich Jonahs Hand und zerrte ihn hinter sich her. Durch die Öffnung. Überall war Wasser. Wasser, das sie zurückdrückte. So hatten sie keine Chance. An dem Wurmloch-Generator gab es bereits Lichtbögen, die ankündigten, was gleich passieren würde.

»SCHEISSE!«, brüllte Jonah.

Auch Kenan schrie. Der Generator explodierte. Alles war rot. Die Hitze versengte seinen Hintern. Der Wasserdruck verkehrte sich in die andere Richtung, worauf es sie wie zwei Torpedos nach vorne drückte. Wasser, überall war Wasser.

Die Kompressionsanzüge sorgten bei den mörderischen G-Kräften dafür, keine wichtigen Körperteile zu verlieren. So wie Arme und Beine. Die lange Röhre existierte nicht mehr. Der explodierende Generator allerdings schon. Sie schwammen im Meer. In einem Meer über einem aktiven Vulkan. Einem glutroten Vulkan. Das entsprach in etwa der Energiemenge, die der Tridaterium-Generator in ihrer Erdhöhle zu leisten in der Lage war. Die Energie, die gerade dabei war zu explodieren!

»HAST DU MAL NACH OBEN GESCHAUT?«, rief Jonah. Da kam etwas auf sie zu.

»DAS IST UNTEN!«, antwortete Kenan und drehte sich in die andere Richtung. Er musste sich orientieren. Sie befanden sich bereits auf Sigma und waren mitten im Ozean gelandet. Bei einer Wasserwelt beinahe eine logische Konsequenz. »ÜBERLADE DEINE ABSCHIRMUNG! MAXIMALE LEISTUNG!«

»ÜBERLADE ...« Weiter kam Jonah nicht. Im nächsten Moment war die Druckwelle bei ihnen angekommen und katapultierte sie nach oben. Hoffentlich ging es dort wirklich nach oben. Weder ihr Sauerstoff noch die Abschir-

mung würden lange genug halten, um die andere Richtung auszukundschaften. Und ohne wären sie schneller tot, als ihnen lieb sein konnte.

»DU HAST UNS MITTEN IM MEER ABGESETZT!«, klagte Jonah ihn an. Egal, Hauptsache sie waren auf Sigma. Kenan sah auf das textile Display auf seinem Unterarm. Nur noch sieben Prozent Energie. Sie mussten sofort das Wasser verlassen.

»Wäre dir in der Luft lieber gewesen?« Das wäre ohne Fallschirme schmerzhafter geworden. Einen Moment später schossen sie durch eine riesige Welle in den Nachthimmel. Mitten in ein Gewitter. Warum hätte auf Sigma auch gutes Wetter sein sollen? Regen und Wind warfen sie umher. Ein Blitz traf sie beide gleichzeitig.

»ICH WERDE DICH ...« Egal, was Jonah sagen wollte, es wäre sicherlich unfreundlich geworden. Weiter kam er nicht, da sie ein zweiter Blitz traf und den Funk störte. Hier blitzte es nahezu ununterbrochen. Es war gleißend hell. Durch die Abschirmungen ihrer Anzüge leuchteten sie beide wie kleine Sonnen.

Sie fielen. Kenan sah, wie sich ein riesiges rabenschwarzes Wellental unter ihnen öffnete. Eigentlich wollte er nicht zurück. Der Meeresgrund glühte nach der Detonation des Wurmloch-Generators feuerrot nach. Er sah auf das textile Display. »98 Prozent Energie!« Die Blitze hatten sie aufgeladen.

»WAS?«

»98 Prozent!« Kenan fiel ins Wasser und wurde von der gut zweihundert Meter hohen Welle umhergeschleudert. Ungeheuerliche Wassermassen gingen auf sie nieder. Ohne technische Hilfsmittel war hier kein Überleben möglich. Hier würde man noch nicht einmal in Ruhe ersaufen können, ohne sich dabei die Seele aus dem Leib zu kotzen.

»WO BIST DU?«, rief Jonah über Funk. Zu sehen war er nicht mehr. Kenan wurde mit der nächsten Welle nach

oben geschleudert. Sich kontrolliert zu bewegen, war nicht möglich.

»Kono, aktiviere das Rettungssignal!« Kenan nutzte ihre letzte Option. Sie brauchten Hilfe, würden aber deswegen einige unangenehme Fragen beantworten müssen.

Später. Kenan saß neben Jonah in einem Seenotrettungsgleiter, der sie aufgegabelt hatte. Zwei Piloten, eine Ärztin und zwei Rettungsassistenten hatten sie aus dem Wasser gefischt. Wenn Blicke töten könnten, hätte Kenan jetzt ein Loch im Kopf.

»Was machen Sie mitten in der Nacht hier draußen?«, fragte die Ärztin, eine gemütliche Mittvierzigerin, in einem offenen Druckanzug. Sie überprüfte Jonahs Puls und Blutdruck.

»Mein Vater und ich sind mit dem Gleiter abgestürzt ... das Wetter, wissen Sie. Unsere Systeme sind ausgefallen. Alle gleichzeitig ... es war schrecklich«, erklärte Kenan, der sich nun auch benehmen sollte wie eine junge Frau. Eine Sache, die er auch in sieben Jahren nicht gelernt hatte. Manche Dinge steckten zu tief in ihm drin, wer dreißig Jahre im Stehen pisste, setzte sich nicht mehr hin.

»Sir, Ihr Blutdruck gefällt mir nicht. Soll ich Ihnen etwas zur Beruhigung geben?«

»Nein«, knurrte Jonah. Das mit dem Vater war improvisiert, aber er sah mit knapp fünfzig eben nicht mehr aus wie sein Bruder. Wenn Kenan nicht erschossen worden wäre, wäre er heute vierzig.

»Sie sollten sich entspannen ...« Die Ärztin gab sich Mühe.

»Ich bin völlig entspannt!«

»Wie ist Ihre Kennung?«, fragte einer der Rettungssanitäter, der sich mit einem Pad-System zu ihnen gesellte. Seine Kleidung war noch ganz nass. Er hatte sie an Bord gezogen.

»Warten Sie kurz...« Kenan brauchte mehr Zeit. Die Delta-KI hörte mit, sie sollte sich schnellstens etwas einfallen lassen, um eine gültige Kennung aus dem Ärmel zu zaubern.

»Ein Systemzugriff ist nicht möglich. Ich kann nicht auf die Datenbank des Gleiters zugreifen. Das Sicherheitsprotokoll muss neu sein ... ich kenne es nicht.« Nur Kenan konnte sie hören. Tja, Sicherheitssysteme veränderten sich leider mit der Zeit.

»Ma'am, ich brauche Ihre Kennung.« Der Typ würde sich nicht mit einem Lächeln abwimmeln lassen.

»Das war so eine lange Nummer ...«

»Stimmt. Ein vierzehnstelliger hexadezimaler Code ... beginnend mit SG für Sigma.« Er wollte helfen.

»Ein Netzzugriff ist nicht möglich. Ohne eine gültige Identität bekomme ich keinen Transfercode und ohne den, komme ich in keines der öffentlichen Netze rein.«

»Wissen Sie ... mein Speichersystem ist beschädigt.« Kenan tippte wild auf dem textilen Display herum. »Die lange Nummer konnte ich mir noch nie merken ... blöd, oder?« Der Sturm schüttelte den Gleiter kräftig durch. Das energetische Dämpfungssystem filterte leider nicht jeden Windstoß weg.

»Kein Problem ... das werden wir klären. Wir bringen Sie zu einer Clearing-Stelle. Die können mit Ihren biometrischen Kennzeichen auf Ihre persönlichen Daten zugreifen ... da wird sich der Gleiter schon finden lassen, mit dem Sie abgestürzt sind.« Der Rettungssanitäter, ein junger Mann mit kurzen Haaren zeigte sich entspannt. Er hatte natürlich keine Ahnung, wo Kenan und Jonah herkamen. Die Wahrheit, gerade durch ein Wurmloch gesprungen zu sein, hätte ihnen vermutlich auch niemand an Bord geglaubt.

»Wie lange sind wir noch unterwegs?« Kenan überlegte, welche Vorgehensweise sich ihnen anbot. Jonahs Handabdrücke würden bei einem Abgleich mit der Datenbank sofort seine stattliche Strafakte ans Tageslicht bringen. Sein Avatar hingegen würde bei einem Scan noch lautere Sirenen aufheulen lassen. Die Sicherheitsbehörden von Sigma trieben einen hohen Aufwand, um die Einreise von Körperwandlern zu verhindern. Verständlich, die meisten führten keine ehrenwerten Motive auf diese Welt.

»Zehn Minuten ... wir dürften gleich da sein«, sagte die Ärztin, die mit ihrer oberflächlichen Untersuchung fertig war.

»Warum tragen Sie eine Waffe?«, fragte der Rettungssanitäter, der schon die ganze Zeit auf Jonahs Holster am Oberschenkel achtete. Niemand sonst im Gleiter trug eine.

»Ihr beide dürft euch unter keinen Umständen zu dieser Clearing-Stelle bringen lassen. Von dort geht es nicht weiter!« Konos Worte verdeutlichten das Dilemma, in dem sie steckten.

»Selbstschutz.« Jonah stand auf. Kenan hatte vergessen, wie sein Bruder mit langen Haaren und Vollbart auf andere wirkte. Die gingen sofort einen Schritt zurück.

»Das offene Tragen von Waffen ist auf Sigma nur der Polizei und anderen Sicherheitsbehörden erlaubt. Wer sind ...«

»Und?« Jonah verzog den Mund. Es war schwer zu sagen, was ihn gerade mehr nervte. Das verunsicherte Rettungsteam oder die Tortur, die Kenan ihm eingebrockt hatte.

»Ähm ... ich meine ... ich wollte nur ...« Dem Rettungssanitäter flatterte die Hose.

»Unsere Mission ist vertraulich!« Kenan ging mit ausgebreiteten Armen dazwischen. Gerade noch rechtzeitig, bevor Jonah einen der anwesenden Helfer durch die Nase atmete. Das hätte ihm schon früher einfallen können. »Bringen Sie uns einfach zur Clearing-Stelle. Dort wird sich alles klären.«

Die Ärztin schluckte. Die Piloten gaben keinen Ton von

sich und die beiden Sanitäter sahen betroffen zu Boden. Sie einzuschüchtern hatte funktioniert. An der Clearing-Stelle würde das aber nicht genügen. Dafür brauchten sie schnellstens eine bessere Idee, um ihre Köpfe aus den Schlingen zu ziehen.

»Wir landen in vier Minuten!«, rief einer der Piloten nach hinten durch den Gleiter. Neben den Sitzplätzen für die Besatzung gab es noch vier Krankenbetten zur Erstversorgung von Verletzten. Weiter hinten befand sich ein Frachtraum.

Jonah sah zu Kenan. Dem gingen eindeutig dieselben Bedenken durch den Kopf wie ihm. Sie durften sich auf keinen Fall in eine Sackgasse begeben. Wenn der Sicherheitsapparat von Sigma sie in die Finger bekam, wären sie geliefert. Sie mussten handeln. Jetzt, nicht später, es musste jetzt passieren. Der zuvor sehr freundlichen Ärztin entging Jonahs Blick nicht. In ihren Augen zeigte sich pure Angst. Sie stand bereits mit dem Rücken an einer Konsole. Weiter zurückweichen konnte sie nicht. Der unruhige Flug des Gleiters normalisierte sich von einer Sekunde auf die andere. Kenan konnte den Schweiß der Anwesenden riechen. Jonah war es nicht, der roch anders.

»Wir haben die energetische Barriere nach Cancover durchflogen«, erklärte der Pilot. Cancover war neben Ferrifax der zweite Kontinent auf Sigma.

»Wir wollen keine Schwierigkeiten ...«, sagte die Ärztin und hielt ihre offenen Handflächen deeskalierend vor sich.

»Keine Schwierigkeiten ...« Auch einer der Rettungssanitäter stieg in das devote Lied mit ein.

»Sie haben sicher gute Gründe für Ihr Handeln.« Die Ärztin ließ Jonah nicht aus den Augen, der wiederum den beiden jungen Männern auf die Finger sah.

Jonah sah ihn an, dann zu den Piloten. Kenan trat zwischen sie, um zu sehen, was sie taten.

»Keine Probleme ...« Der eine Pilot nahm demonstrativ

die Hände von den Steuerungssticks und Bedienfeldern. Der Gleiter flog automatisch auf einen riesigen Tower zu. In Cancover gab es von diesen nach oben spitz zulaufenden Türmen Tausende. Auch modernste Technik konnte die Physik beim Bau sehr hoher Gebäude nicht verändern. Die ganze Stadt glich einem schlafenden Igel.

»Was haben Sie gemeldet?«, fragte Kenan und sah den anderen Piloten scharf an. Er hatte den höheren Rang.

»Nichts ... nur das wir raus sind, um in Seenot geratene Personen zu retten. Die warten auf uns ...«, antwortete er eingeschüchtert.

»Wer wartet dort?« Kenan wollte auf einem der berührungssensitiven Displays Informationen abrufen, aber das System ignorierte seine Eingabe.

»Na, das übliche Team.«

»GENAUER!«, herrschte Kenan den Mann an, der vor Schreck zusammenzuckte. .

»Zwei Sanitäter und ein Offizier der Clearing-Stelle, der solche Ankünfte in der Regel begleitet.«

»Ist der bewaffnet?«

»Ähm ... ich verstehe nicht ...«

Kenan packte den Piloten am Kragen, ein Captain, er dürfte der Kommandant dieses Rettungsgleiters sein. »IST DIESER ARSCH BEWAFFNET?«

»Ähm ... ja.«

»Was wissen die über uns?«

»Bitte?«

»ICH FRAGE DICH KEIN WEITERES MAL ... WAS WISSEN DIE ÜBER UNS?«

»Nichts ... wir haben noch keine Details durchgegeben.«

»LOS! DU STEHST AUF!« Kenan schnappte sich den Captain und zerrte ihn aus seinem Pilotensitz heraus. Der Mann fiel der Länge nach auf den Boden.

Jonah zog seine Waffe und zeigte auf den Frachtraum im hinteren Schiffsteil. »LOS! REIN DA!«

»Du nicht!« Kenan hielt den Captain zurück. 1,70 Meter, Halbglatze, rundes Gesicht, aber schlank.

Jonah sperrte die Besatzung ein, bis auf beiden Piloten. Der eine saß in der Kanzel, der andere lag am Boden.

»Copilot! Herkommen!«, befahl Kenan. Der Mann tat, was er sagte. 1,85 Meter, sportlich, neunzig Kilogramm, der passte besser.

»Wir landen gleich ...«, stammelte er.

»Typ, dann beweg dich einen Zacken schneller!« Kenan begann, sich auszuziehen. Der Kompressionsanzug dürfte für Cancover nicht das richtige Outfit darstellen.

»Ähm ...«

»Auch ausziehen, beide!«, befahl Jonah und hielt dem Copiloten die Waffe an den Kopf. Das dürfte der Verzückung, Kenans Brüste zu sehen, entgegenwirken.

Kenan tastete den kleineren Piloten ab, der es mit verängstigten Augen über sich ergehen ließ. Beide waren nackt. Dann sperrte Jonah die beiden Piloten zu den anderen in den Frachtraum.

»Höre ich einen einzigen Ton, töte ich jeden von euch! Langsam und der Reihe nach – verstanden?«

Jonah verschloss die Drucktür, die einiges aushielt. Kenan verwandelte sich, während er sich die Kleidung des kleineren Piloten anzog. Jonah zog sich jetzt ebenfalls um. Von draußen konnten sie hören, wie Haltemanschetten den Gleiter arretierten. Der Ausflug war vorbei.

»Fertig?«, fragte Kenan, dessen Stimme sich ebenfalls veränderte. Er sah auf sein Rangabzeichen: Captain Stan Harris, so lautete der Name des Kommandanten.

»Ja, Sir.« Jonah zog sich den Reißverschluss der Fliegerkombi des Copiloten hoch. Die Tür öffnete sich automatisch. Sie hätten keine Sekunde länger Zeit gehabt.

Kenan ging vor. Ein First Lieutenant und zwei weibliche Sanitäter warteten auf sie. Auf dem Landedeck war einiges los. Da waren Dutzende Personen dabei, in andere Gleiter ein- oder auszusteigen: Sicherheitspersonal, Gefangene, Verletzte und durchnässte Zivilisten.

»Sir ...« Der First Lieutenant salutierte und hielt Kenan ein Pad-System vor die Nase.

»Fragen Sie nicht ... da war nichts. Fehlalarm, wir sind umsonst in den Sturm geflogen.« Kenan legte seine Hand auf das Pad, das sofort seine Identität bestätigte. Captain Stan Harris, 37 Jahre alt, seit vier Jahren bei den Rettungsfliegern. Auf Sigma gab es eindeutig häufiger Zwischenfälle mit Leuten, die sich nasse Füße holten und um Hilfe baten. »Die Crew räumt noch auf. Sie können wieder gehen ... hier gibt es für Sie nichts zu tun. Wir haben genug Arbeit heute ... beschissener Sturm!«

»Ja, Sir.« Der First Lieutenant gab sich mit dem beherzt formulierten Kraftausdruck zufrieden und zog ab. Auch die beiden Sanitäterinnen drehten um und gingen.

Jonah und Kenan waren allein. Allein in Cancover mit fremden Uniformen und Kennungen. Die würden zwar bald auffliegen, aber bis dahin wären sie schon untergetaucht. Trotz modernster Überwachungstechnik war Sigma einfach von zu vielen Menschen überlaufen, um jeden rund um die Uhr kontrollieren zu können.

»Ging doch gut ...« Kenan war mit dem Verlauf zufrieden. Es hätte deutlich schlechter laufen können.

»Das war Glück!« Jonah klang immer noch sauer,

»Das gehört dazu ...« Nach sieben verlorenen Jahren auf Exillium hatten sie sich etwas Glück verdient.

Im nächsten Moment fiel auf dem gesamten Landedeck das Licht aus. Komplett, Kenan konnte seine eigenen Hände nicht mehr sehen. Menschen schrien auf. Er hätte sich nicht zu früh auf die Schulter klopfen sollen.

⌘

XIII. AD 4445 Nebula System – Carl – Zwischen die Augen!

Carl befand sich an einem Landedock auf der USS Sidney und ging einige Schritte, um sich die Beine zu vertreten. Rose stand an seiner Seite. Die Stimmung war angespannt. Er schwitzte. Offiziell durfte er gehen, das bedeutete, an Bord der Jersey zurückzukehren, aber den Arschgeigen von der Corporation konnte man nicht trauen. Überall waren Soldaten und Maschinen, die Gleiter beluden oder sich anderweitig auf einen Kampf vorbereiteten.

Schlimmer noch waren die Drohnen, Androiden und schweren Roboter, die das Militär der Corporation einsetzte. Auf jeden Menschen kamen zwanzig Maschinen. Integrierte Bodenstreitkräfte nannte sich dieses Konzept, mit dem sie in den letzten zweihundert Jahren jeden Widerstand, der sich ihnen stellte, niedergeknüppelt hatten. Bevor man von denen im Feld einen Soldaten aus Fleisch und Blut zu sehen bekam, war man in der Regel bereits von diversen Killer-Automaten erschossen, gesprengt, zerrissen oder verbrannt worden. In der Luft, im Wasser oder am Boden – vor denen war man nirgendwo sicher.

Carl selbst hatte vor Jahren bei einem Gefecht auf Exillium binnen drei Minuten sechzig Leute verloren. Gegen ein offenes Aufklärungsfahrzeug mit zwei Mann Besatzung und vier leichte Flugdrohnen.

Die Typen hatten T-Shirts getragen und seine Leute waren noch nicht einmal in der Lage gewesen, in der Wüste auf Schussweite an diesen verfickten Spähtrupp heranzukommen.

»Sir!« Ein Soldat versperrte ihm den Weg. Carl hatte in der für ihn reservierten Wartezone zu bleiben. Wie bei der

Ankunft wurden Rose und er von vier Kommandosoldaten in hellgrauen Kampfrüstungen begleitet. Die sich, während sie warteten, nicht sonderlich gesprächig zeigten, dafür aber wie zuvor todschick aussahen.

»Ja, ja … ich habe es verstanden!«

Dummer Wichser, dachte Carl. Er hatte es abgelehnt, sich mit einem Gleiter der Corporation zurückfliegen zu lassen, weswegen er auf einen Transfer von der Jersey wartete. General Kananga hatte mit Pearlman zudem vereinbart, dass die Corporation die militärischen KI-Systeme abzog, die sich auf Carls Schiffen eingenistet hatten.

»Bleib einfach bei mir …« Rose hakte sich bei ihm ein und hielt ihn zurück. Carl verspürte gerade das innige Bedürfnis, dem Soldaten mit der Faust den Helm auszuwuchten und ihm anschließend in die Halskrause zu pissen.

»Ja …« Vernünftiger war es. Carl sah auf die Seite, endlich war sein Gleiter angekommen. Mehrfach mit Verbundfaserplatten geflickt, aber das Ding flog noch.

Rose drückte ihn auf die Seitentür zu, die zwei seiner Männer für ihn öffneten. Begrüßt wurde er nicht. Das war auch nicht notwendig. Jeder wusste, wo sie hier waren. »Los! Rein mit dir!«

Während er sich anschnallte, biss sich Carl auf die Lippe. Dass diese Raubritter von der Corporation ihn einen Piraten nannten, war ein schlechter Witz. Als ob sich irgendeiner von denen diese Arroganz leisten konnte. Es waren Space Marines der Corporation gewesen, die als Erstes das Blut Unschuldiger auf Nebula vergossen hatten. Aber was bedeutete schon, unschuldig zu sein? Ein dämlicher Begriff, hinter dem sich meist Schwächlinge versteckten.

»Der General möchte mit dir sprechen!«, sagte Rose. Die süße Stimme der Vernunft.

Carl verdrehte die Augen, eigentlich wollte er sich nach seiner Flucht von Exillium von niemandem jemals wieder etwas sagen lassen. »Ist gut … ich rede mit ihm!«

»Carl, reiß dich zusammen! Ich möchte nicht morgen neben einer Leiche aufwachen!«

»Hast du etwa noch einen ...?«

»Mistkerl!« Sie boxte ihn auf den Arm.

Den Schlag hatte er sich verdient. Auch wenn es Carl nicht zugeben würde, Rose machte ein besseres Arschloch aus ihm.

Sie gab ihm ein Headset. »Die Audioverbindung steht.«

»General ...«

»Carl.«

»Sir, Sie wollten mich sprechen.« Nur er konnte über das Headset hören, was der General sagte. Die Crew an Bord des Gleiters bekam aber mit, was er antwortete.

»Sie müssen cooler werden ...«

»Im nächsten Leben vielleicht.« In diesem würde Carl der bleiben, der er war. Sich zu verbiegen, war nicht sein Ding.

»Bisher lief alles nach Plan.«

»Wirklich ... mir wird immer noch schlecht, wenn ich daran denke, was passiert, wenn die drei verfickten Zulus einen Weg finden, ihren Käfig zu sprengen.«

»Besser nicht.« Kananga lächelte mit der Stimme. *»Halten Sie sich an den Plan und wir werden alle bekommen, was wir wollen. Im Moment sind wir am Drücker.«*

»Ja, Sir.«

»Unsere Sponsoren verhandeln mit der Corporation. Das ist bereits ein großer Erfolg. Ähnliche Gespräche sind bisher immer abgelehnt worden. Ich bin zuversichtlich, dass dort eine einvernehmliche Lösung gefunden wird.«

»Ich traue der Corporation nicht!« Den Fehler würde Carl sicherlich nie wieder begehen. Nach dem letzten Anflug von Vertrauen hatte er eine neue Leber gebraucht. Es war damals ein Wunder gewesen, dass er den Bauchschuss überlebt hatte.

»Deshalb sind Sie mein Mann. Bleiben Sie wachsam! Carl,

Sie müssen unbedingt dieses Mädchen Nebula erledigen. Es fällt mir immer noch schwer, zu glauben, wozu sie in der Lage ist, aber ich habe keine Lust, es am eigenen Leib herauszufinden.«

»Ich auch nicht ...« Die Geschichten, die man darüber erzählte, wie sie einer Instanz von Casper den Schwanz abgebissen haben sollte, reichten ihm völlig.

»Carl, Politik ist dynamisch ... ich habe im Nachgang unserer Verhandlungen mit Pearlman erfahren, dass das Flottenkommando der Corporation ihn abgesetzt und in die Wüste gejagt hat. Auch Leonard, der taktische Offizier, wurde abgezogen. Die haben ihn nach Sigma versetzt.«

»Warum?« Das verstand Carl nicht. Die Corporation pauschal zu verteufeln, hielt ihn nicht davon ab, gegnerische Offiziere im Gefecht zu respektieren. Beide hatten nur ihren Job gemacht. Manchmal lief es halt scheiße.

»Gute Frage ... offenbar zahlt Pearlman die Rechnung dafür, dass seine Flotte eingekesselt wurde.«

»War es sein Fehler?«

»Nein ... aber in Anbetracht dessen, dass wir geschäftliche Interessen verfolgen und keinen Krieg gebrauchen können, gefällt mir Pearlmans Abberufung nicht. Mit ihm konnte man reden, wie auch mit Leonard, die waren vernünftig.«

»Das mag sein. Wer hat das Kommando übernommen?« Das interessierte Carl jetzt mehr.

»Casper.«

»Bitte?« Carl glaubte, sich verhört zu haben.

»Der Agent der Administration.«

»Schon klar ... seit wann gibt das Flottenkommando einer KI drei Zulus?«

»Es gibt für alles ein erstes Mal.«

»Das ist doch Hühnerscheiße!«

»Äh ... ja.«

»Sir, was läuft da?« Carl schüttelte den Kopf. Die Administration war eine Sache. Die Gerichtsbarkeit war eigentlich in Ordnung, aber diese Agenten fand man immer an den Stellen, an denen es richtig Ärger gab. Die kümmerten sich um Dinge, von denen man später nie wieder etwas hörte.

»Keine Ahnung, aber Casper hat nun offiziell das Kommando über drei Kriegsschiffe ... ich nehme nicht an, dass die Leute dort die Pause nutzen und ein Bier trinken, oder?«

»Sicherlich nicht.« Carl spuckte angewidert auf den Boden. »Die wollen kämpfen!«

»Das war zu befürchten.«

»Und was tun wir jetzt?«

»Alles wie gehabt ... ich habe mit Casper gesprochen. Er möchte Nebulas Kopf. Dafür schenkt er uns den Planeten. Das ist, falls die Verhandlungen scheitern, Plan B.«

»Bitte was?«

»Sie haben mich richtig verstanden. Er kooperiert. Ihm sind die wirtschaftlichen Interessen der Corporation völlig egal. Er sagt, dass er die volle Unterstützung der Administration hat. Er will nicht mehr, als dieses Mädchen tot sehen!«

»Glauben Sie ihm den Scheiß?«

»Ich traue ihm nicht. Dennoch machen wir weiter. Das Mädchen Nebula bedroht alle in diesem System. Sie muss so oder so sterben. Danach sehen wir weiter.«

»Casper, der Wichser, will uns doch verarschen!«

»Denkbar ... weswegen wir ihn auch in diesem Sperrschild halten werden. Carl, hören Sie, der Schild darf unter keinen Umständen fallen! Der Schild muss halten!«

»Das ist mir sonnenklar.« Carl wusste nur zu gut, was die drei Zulus ansonsten mit ihnen anstellen würden. Kangas Schiffe würden sie dabei nicht aufhalten können.

»Carl, fliegen Sie nicht auf die Jersey. Wenn es Probleme gibt, fällt das Schiff als Erstes. Gehen Sie auf die Oberfläche und bringen Sie mir Nebulas Skalp!«

Carl landete gerade in der Nähe der Bunkerkrone 122. Viel war von dem Bunker nicht mehr übrig, dessen obere Abschnitte bei Gefechten völlig zerstört worden waren. Es blieb ihm noch eine halbe Stunde.

Rose hatte schon beim Anflug auf Nebula bei einem Rendezvous den Gleiter gewechselt, um sich um die Bastion zu kümmern.

»Konrad! Du bist hässlich und gehörst an die Wand gestellt ... aber heute bist du mein Mann!«

»Was soll ich tun, Boss?« Konrad war kleiner als er und dennoch schwerer. Eine echte Leistung. Die kleine Tonne fraß für drei, kämpfte aber für zehn. Aus irgendwelchen ihm nicht bekannten Gründen überlebte Konrad wirklich jeden Scheiß.

»Wie viele Leute hast du?« Carl ließ sich eine Pistole und eine taktische Weste geben. Die Reise auf die USS Sidney hatte er praktisch nackt machen müssen.

»200 hier und 1.100 eingegraben in einem Ring zweitausend Meter um die Bunkerkrone herum!«

»Hast du genügend EMP-Granaten ausgeben lassen?« Seine Bande bestand aus Menschen, das konnte man nicht über alle ihre Gegner behaupten.

»Klar, Boss!« Konrad musste man auch keine überflüssigen Befehle geben. Er wusste, wie das Spiel lief.

»Proviant?«

»Für drei Tage ... mehr geht nicht. Dann hätten die meisten nach Gefechten auch keine Munition mehr.«

»Lass Depots eingraben! Lass einfach alles, was wir noch haben eingraben!« Carl bereitete sich auf einen Guerillakrieg vor. Mit offenem Visier konnte man gegen Verbände der Corporation nur heldenhaft sterben.

»Geht klar, Boss!«

Carl klopfte ihm auf die Schulter und ging weiter. Weitere Offiziere kamen auf ihn zu. Er hatte die Leute nie vergessen lassen, früher ein Polizeiverband gewesen zu sein.

Auch jeder Strauchdieb, der bei ihnen mitmachen wollte, hatte nach seiner Pfeife zu tanzen.

»Carl, kannst du mich hören?« Rose meldete sich über Funk. Die analoge Verbindung knarzte.

»Laut und deutlich.« Er blieb unter einem Unterstand stehen und ließ sich, während er sprach, auf einem Pad-System die Stellungen zeigen, die vorbereitet worden waren.

»Bin in der Bastion angekommen.«

»Und?«

»Alles ruhig ... die Systeme sind stabil. Die Generatoren laufen auf dreißig Prozent ... wir haben Reserven.«

»Zwischenfälle?«

»Nichts.«

»Fast zu ruhig, oder?«

»Lass uns einfach weitermachen.«

»Wie viele Leute hast du?«

»Zweihundert ... sind alle eingegraben. Wir haben mobile Deflektoren, um die unterirdischen Generatoren zu schützen und sehr viel Tridaterium, um sehr, sehr lange durchzuhalten.«

»Luftverbände?«

»Vierzig Jäger ... alle noch versteckt am Boden. Wir haben auch starke Störfelder vorbereiten lassen, die eine Ortung für den Beschuss von Lenkwaffen erschweren.«

»Eigentlich solltest du das alles nicht brauchen ...« Wenn sie an der Bastion unter Beschuss gerieten, wären zuvor bereits andere Dinge mächtig schiefgelaufen.

»Ich weiß.«

»Ich liebe dich!« Carl beendete die Verbindung. Das hatte er noch nie zu ihr gesagt. Er wechselte den Kanal. »O'Brien für Jersey. Wie sieht es bei euch aus?«

»Alles ruhig, Skipper.«

»Und?« Wirklich gefallen tat ihm die Antwort nicht. Sein erster Offizier auf der Jersey war nicht dumm, dennoch lag eine kaum greifbare Gefahr in der Luft. Als ob sie in irgendeiner Ecke eine alte Wurststulle vergessen hätten, die langsam anfing zu stinken. So roch auch ein riesiger Eimer verquirlte Scheiße, der auf einem Herd langsam auf Temperatur kam. Verdammt, was hatte er übersehen?

»Der Sperrschild hält.«

»Machen diese Wichser von der Corporation was?« Carl traute Casper nicht weiter, als er ihn werfen konnte.

»Keine Aktivität.«

Carl verzog den Mund. »Ist die Jersey wieder sauber?«

»Die haben alle KIs abgezogen.«

»Zieh das Schiff ab ... bring sie in die südliche Polregion. Dort gibt es starke elektromagnetische Interferenzen. Wenn Casper euch noch einmal auf die Pelle rücken will, kann er sich ruhig Kopfschmerzen holen!« Man sollte die Natur nutzen, wie sie sich anbot.

»Wird gemacht, Skipper!«

»Ich will von dir alle dreißig Sekunden einen asymmetrischen Ping hören. Du kennst die Vorgehensweise.«

»Ja, Skipper!«

Carl wartete. In zehn Minuten lief die Zeit ab. Dann wollte sich das Mädchen Nebula ergeben. Es begann zu regnen. Im Dschungel nicht ungewöhnlich, dennoch zum denkbar schlechtesten Zeitpunkt. Der Regen prasselte so laut auf die nahen Bäume, dass man kaum noch sein eigenes Wort verstehen konnte.

»KONRAD! WIE SIEHT DIESES GÖR ÜBERHAUPT AUS?«, brüllte Carl. Normal zu sprechen, hätte nicht funktioniert.

»WIR HABEN AUSSAGEN VON GEFANGENEN: NEBULA IST CIRCA 1,65 METER GROSS, SEHR SCHLANK, HELLHÄUTIG UND HAT SILBER-BLONDE HAARE ... SIE IST LEICHT ZU ERKENNEN«, brüllte Konrad zurück. Der Regen nervte. »WARTE, DA VORNE TUT SICH ETWAS! SIE KOMMEN RAUS!«

Carl stand mitten im Regen vor der Bunkerkrone 122 und wartete auf sie. Manche Dinge musste man selbst tun, auch wenn es keinen Spaß machte. Rose zu ficken war cool, Menschen zu töten nicht.

»SIE KOMMEN!« Konrad kniete neben ihm. Carl verzichtete darauf, Deckung zu suchen.

Eine zierliche Frau und ein Offizier der Radicals kamen auf ihn zu. Niemand sonst. Bei dem Regen hätte man auch Konrad in ein Kleid stecken können und er wäre als Elfe durchgegangen. Sie war dreckig und ihre hellen Haare klebten ihr auf der Stirn. Das war also das Überwesen, vor dem alle so eine Angst hatten?

»HIER!« Er hob die Hand. Sie ließ die Schultern hängen und kam weiter auf ihn zu. Keiner von beiden trug Waffen. Ob sie wusste, was sie erwartete? Vermutlich ja, es gab keine Zukunft, in der sie überleben würde.

Sie blieben stehen.

»KONRAD! IST SIE ES?«

»ICH DENKE SCHON ...« Eine große Hilfe war er nicht. Hätten die Radicals versuchen können, ihn zu verarschen? Natürlich hätten sie es. Hätte es ihnen geholfen? Nein – der Deal war einfach – wenn Nebula starb, überlebten andere. Drückte sie sich, starben alle.

»BIST DU NEBULA?«

Sie nickte, sah ihn aber nicht an. Die Kleine wirkte eher wie ein Kind, als wie eine junge Frau. Scheiße, das hatte er auch noch nie getan. Jedenfalls nicht so.

»WER BIST DU?« Carl sah den Offizier an.

»CAPTAIN JEROME BEESEN. ICH BIN DER RANGHÖCHSTE OFFIZIER IN NEW BARCELONA!«

»IST DAS NEBULA?«

»JA.«

Carl zog seine Pistole und schoss dem Mädchen ohne Vorwarnung in die Stirn. Zweimal. Sie riss es unvermittelt nach hinten, während ihr Blut dem Captain an die Schulter spritzte. Er schrie auf und fiel mit den Knien in den Dreck. Nebula lebte nicht mehr. Ihr starrer Blick richtete sich in den wolkenverhangenen Himmel. Beesen wollte ihr helfen, konnte aber nichts mehr tun.

»CAPTAIN! AUFSTEHEN!« Carl war noch nicht fertig. Der Regen wurde etwas schwächer.

Beesen kam hoch, verzog wütend das Gesicht und ballte die Fäuste. Carl war sich sicher, dass er zur Waffe greifen würde, wenn er eine gehabt hätte.

Carl richtete seine Pistole auf ihn. »Hören Sie mir zu. Das ist ein ganz einfacher Deal. Den verstehen auch Sie. Nebula starb, damit Sie leben. Sie starb, damit sie alle leben. Haben Sie mich verstanden? Das ist wichtig! Ich lasse Sie laufen und drücke auf den Reset-Schalter. Ich werde morgen nicht versuchen, Sie zu töten und von Ihnen erwarte ich dasselbe.«

»Sie sind ein Monster!«

»Das Monster, das Ihrer Stadt eine Zukunft schenkt. Sie haben mich richtig verstanden, wir lassen Sie New Barcelona wieder aufbauen. Sogar über der Erde. Das ist möglich, weil ich Nebula getötet habe! Das sollten Sie jedem erzählen, den Sie da unten treffen!«

Stille.

»Haben Sie mich verstanden?«

»Ja.«

»Ich muss meinen Ausführungen hinzufügen, dass dieser Deal nur gültig ist, wenn diese Frau wirklich Nebula ist. Also ... wenn Sie mich ein Opferlamm haben schlachten lassen, komme ich wieder. Und glauben Sie mir, das wollen Sie nicht!«

»Ja.«

Carl steckte die Pistole weg und zeigte zweien seiner Leute an, die Leiche in einen schwarzen Plastiksack zu stecken. Die würde umgehend auf der Gallagher untersucht werden.

»Taten haben Folgen ...«

»Was möchten Sie damit sagen?« Carl ließ Beesen nicht aus den Augen. Man brauchte kein Hellseher zu sein, um zu erkennen, dass es noch nicht vorbei war.

»Wie können Sie damit schlafen?«

»Wodka hilft ...« Carl wusste, dass er heute vermutlich sehr vielen Menschen das Leben gerettet hatte. Es spielte keine Rolle, dafür in New Barcelona keine Statue gewidmet zu bekommen. Damit kam er klar. »Auf gute Nachbarschaft, Captain.«

Beesen antwortete nicht.

»WIR RÜCKEN AB!« Carl gab den Befehl zum Rückzug. Außer Hörweite von Beesen winkte Carl Konrad heran. »Ich trau dem Vogel nicht. Deine Leute bleiben um diese offene Bunkerkrone herum die nächste Nacht eingegraben.«

»Geht klar ... Boss.«

Carl befand sich in seinem Gleiter auf dem Weg zum Südpol. Der Flug würde einige Stunden dauern. Dort versteckte sich die Jersey unter einer Eisscholle. Die alte Kiste war nicht mehr hübsch, gab aber ein prima U-Boot ab. Sie aus dem Orbit dort zu orten, war unmöglich. Noch hielt der Sperrschild, aber sicher war sicher.

»Rose, ich habe es getan.«

»Wo ist die Leiche?«

»Auf dem Weg zur Gallagher.« Carl verfügte weder über das Equipment noch die Experten, um eine genetische Untersuchung durchzuführen. Kananga durfte gerne seinen Beitrag leisten.

»Gab es Ärger?«

»Nein.« Carl spitzte die Lippen, es lief gerade alles beinahe eine Spur zu glatt.

»Die Bastion steht.«

»Absolut nichts passiert?«

»Wir hatten eben eine Spannungsschwankung. Unter fünf Prozent ... nicht der Rede wert. Mehr kann ich nicht berichten.«

»Echt nicht?«

»In der Küche gibt es heute Linsensuppe ... ich habe keine Ahnung wo die Linsen herkommen, aber sie schmeckten super.«

»Ähm ...« Wenn sie jetzt schon über Essen sprachen, war wirklich nichts passiert.

»Du wirkst nachdenklich?«

»Ich hoffe, dass ich nichts übersehen habe.« Die Angst ließ Carl nicht los. Er war jetzt seit 35 Jahren Fed und in der ganzen Zeit war nicht ein Einsatz so gelaufen wie geplant.

»Carl, sie ist tot ... der Spuk ist vorbei.«

»Das hoffe ich auch.«

»Aber du hast ihre Leiche gesehen?«

»Ich habe sie erschossen.«

»Alles ist gut.«

»Ja.« Eine Lüge.

»Was ist dann mit dir?«

»Rose, und wenn die Radicals uns verladen haben?« Carl wurde diesen Gedanken nicht los. Wer ließ sich schon nach sieben Jahren erbitterter Kämpfe so billig abservieren?

»Das kann ich mir nicht vorstellen ... die würden so eine Nummer niemals abziehen. Ich meine, wo sollte sie denn auch sonst sein? Die bleibt doch nicht unter der Erde hocken, lässt jemand anderen für sich sterben, um einen Tag später von der Gallagher in Grund und Boden gebombt zu werden.«

»Nein, natürlich nicht.«

»Sie hat sich geopfert ... das ist Radical-Stil. Die kriegen voll einen in die Fresse und halten dir mit einem Lächeln auch die andere Wange hin. Das Beste, was sie tun konnte.

Damit bleiben der Nachwelt sogar einige von den Spinnern erhalten.«

»Du hast recht.« Carl hatte alles richtig gemacht. »Warte kurz, ich habe einen Ruf auf der anderen Leitung.«

»Carl?« Das war der General.

»Ich habe sie erschossen.«

»Sehr gut ... Carl, Casper hört mit auf dem analogen Kanal. Wir kooperieren.«

»Colonel O'Brien. Das sind erfreuliche Nachrichten.«

»Ja.« Carl mochte diesen Wichser trotzdem nicht. Er würde lieber gestern als heute allen KIs den Saft abdrehen.

»Wo ist die Leiche?«, fragte Casper.

»Auf dem Weg zur Gallagher.« Carl hatte vor, sich die nächsten Tage unter dem Eis zu verstecken. Rose würde er umgehend nachkommen lassen.

»Wir erlauben, dass Sie eine Vertrauensperson entsenden, die bei der Obduktion Nebulas auf der Gallagher assistieren kann.«

»Danke General.« Casper und der General schienen inzwischen richtig dicke Freunde geworden zu sein. *»Ich sehe den monetären Ansprüchen Ihrer Investoren positiv entgegen. Wir werden alle bekommen, was wir wollen.«*

Wichser, dachte Carl, was wollte diese verfickte KI wirklich erreichen? Warum wollte er Nebula unbedingt tot sehen? Weil sie so eine große Gefahr war? Das konnte er nach dem heutigen Tag nicht mehr glauben. Verdammt, er hatte ein Kind erschossen!

XIV. AD 4445 Nebula System – Emma – Ich wache über dich

Nebula und Emma saßen in der Kantine der Bastion, vier Ebenen unterhalb der Oberfläche und aßen Linsensuppe. Es ging hier noch tiefer herunter. Ihre Gegner hatten diese mächtige Anlage in die dicht bewaldeten Gebirgszüge gebaut. Am Boden würde man ewig brauchen, um sich bis hier durchzuschlagen. Die Feds mussten Jahre benötigt haben, um die in den nackten Stein geschlagene Anlage zu errichten. Was wiederum bedeutete, dass der Coup, die ankommende Flotte der Corporation mit einem massiven Sperrschild aus dem Spiel zu nehmen, von langer Hand geplant gewesen sein musste. Dazu hatte es Geduld, Disziplin und modernstes Know-how benötigt. Alles Dinge, die Emma nicht gerade mit Feds und Schmugglern in Verbindung brachte. Dahinter zeigte sich eine andere Handschrift.

»Schmeckt gut, oder?«, fragte Nebula, die futterte, als ob sie die letzten drei Wochen nichts gegessen hätte. Was nicht so weit von der Wahrheit entfernt lag, in New Barcelona begnügte man sich inzwischen damit, Wurzeln zu kochen.

»Ja.« Emma genoss die Auszeit, ohne sich laufend von Erschütterungen Staub auf den Kopf rieseln zu lassen.

Der weibliche Major, die sie vorhin begrüßt hatte, kam zu ihnen. Emma schätzte sie auf Anfang fünfzig. Sie setzte sich zu ihnen an den Tisch und atmete tief durch. »Ist stressig heute ...«

»Stimmt.« Dem konnte Emma nur beipflichten.

»Ich brauche noch eure Namen und Kennungen.«

»H657812, Manson, Lucy«, sagte Nebula mit unbeschwertem Charme, den Emma seit Jahren nicht mehr bei ihr gesehen hatte. »Mir gefällt es bei euch.«

»Kathrin Davenport, K895631.« Emma konnte und wollte diese Ausgelassenheit nicht vorspielen.

»Es gibt für euren Rückflug keine Freigabe ... ihr dürft die nächste Nacht hierbleiben.« Der Major wusste genau, dass das alles andere als eine Strafe war.

»Das ist okay.« Nebulas Augen leuchteten.

»Das sehe ich ... eine Sache noch. Ich erteile euch eine Freigabe für die Ebenen vier und fünf. Das sind die Wohn- und Versorgungsbereiche. Bitte verlasst diese Zone nicht. Sucht euch ein freies Bett und verdreht meinen Jungs nicht den Kopf.«

»Dazu sind wir zu müde«, sagte Emma.

»Sehr gut. Ich denke in 36-48 Stunden werden wir euch wieder zurückbringen können.«

»Ja, Ma'am.« Der Major trug an ihrer verschlissenen blauen Uniform kein Namenschild.

Etwas später. Emma ging vor, Nebula befand sich dicht hinter ihr. Auf der fünften Ebene befanden sich Dutzende Pritschen, die aussahen, als ob sie mit einer mittelalterlichen Galeere nach Nebula gekommen wären. Einige davon waren belegt, die meisten aber frei. In der Luft hing der Geruch von Schweiß und ungewaschenen Socken. Einen gesonderten Bereich für Frauen gab es nicht.

»Kann es sein, dass die uns alle angucken?«, flüsterte Nebula an ihrer Seite.

»Jeder von denen ...« Emma zählte auf den ersten Blick neunzehn Kerle und eine kahlrasierte Frau, die barbusig bei einem der Männer auf dem Schoss saß. Die eine Hure reichte wohl kaum, um alle hier glücklich zu machen.

»Wo kommt ihr her?«, rief einer der Männer. Groß, bärtig und ungewaschen, von seiner Sorte gab es hier einige.

»New Barcelona ... wir sind morgen wieder weg.« Emma

bemühte sich, entspannt zu klingen, was ihr schwerer fiel, als erwartet. Kerle mit Hormonüberschuss stellten immer eine Gefahr dar. Ärger würde niemandem etwas bringen.

»Glaube ich kaum ... das geht da gerade rund.«

»Wir warten einfach ...« Emma sah sich um und fand einen Bereich, in dem bereits zwei andere Frauen Zuflucht gesucht hatten. In dieser Situation die beste Wahl.

»Ihr könnt euch zu uns setzen ... die beiden Büchsen sind lesbisch!«, johlte der Typ, während seine Kumpane lautstark in das Gelächter mit einstiegen.

»FICK DICH! SANCHEZ!«, brüllte eine der Frauen mit kurz rasierten Haaren, die Nebula süffisant auf den Hintern starrte. Schlechte Manieren waren keine Männerdomäne.

Der weibliche Stiernacken wirkte mit 1,85 Meter und gut achtzig Kilogramm wie alles andere als ein Püppchen.

»Ist es in Ordnung, wenn wir die Betten nehmen?«, fragte Emma. Hier Freunde zu finden, würde nicht einfach werden.

»Kein Thema ... wenn ihr nicht mitten in der Nacht mit einem Schwanz im Mund aufwachen wollt, seid ihr hier richtig.« Der Stiernacken setzte sich in ihr Bett und lehnte sich gegen die Wand. Die andere Frau in Unterwäsche kam zu ihr und setzte sich vor sie.

»Ich bin Kat.« Emma zeigte auf Nebula. »Das ist Lucy ... wir wollen keinen Ärger.«

»Den will niemand von uns ... noch nicht einmal Sanchez. Ich bin Domino.« Sie hielt eine dunkle Locke ihrer Freundin hoch, die deutlich jünger war als sie. »Das ist Peach ...« Direkt vor den Betten standen Waffen und zwei Gefechtsrüstungen.

Emma nickte Peach zu, die lasziv den Finger in den Mund nahm. Es war schwer zu sagen, welche Fraktion hier eher dazu neigte, anderen ungebeten Dinge in Körperöffnungen zu stecken.

»Deine Tochter?«, fragte Peach.

»Nein.«

»Aber?«

»Lass es einfach.« Emma stellte sich demonstrativ vor Nebula, die sich in eines der Betten legte. Wenn die zwei Frauen die Finger nicht bei sich halten könnten, würde sie sie ihnen brechen.

»Emma ... ich bin es. Alles ist gut. Ich bin in dein Kommunikationssystem eingedrungen, das du unter der Haut trägst. Wir haben Glück. Dieser Ort ist ideal für meinen Angriff.«

Nebulas Stimme auf diese Art zu hören, war ungewohnt, aber genau deswegen waren sie hier. Emma legte sich mit Nebula ins gleiche Bett und legte den Arm um sie.

»LECK MICH DOCH AM ARSCH! JETZT HABEN WIR VIER LESBEN!«, brüllte Sanchez, der mit seinem vor Testosteron triefenden Spatzenhirn die Entwicklung kommentierte.

»SANCHEZ! NOCH EINEN TON UND ICH DREHE DIR DEINE KLÖTEN AUF LINKS!«, hielt Domino dagegen. »SPIEL EINFACH AN DIR SELBER HERUM, DAS BIST DU DOCH GEWOHNT!«

»Emma. Ich gehe jetzt online. Die Sicherungsmaßnahmen in den Systemen sind moderat. Damit komme ich klar. Leider weiß ich nicht, wie lange ich brauche, um Caspers zentrale Instanz anzugreifen. Sich mit seinen Kopien zu beschäftigen, ist sinnlos. Erst wenn ich ihn zerstöre, haben wir eine Zukunft. Ich werde über Cygni nach Sigma reisen. Dort werde ich ihn finden.

Wünsch uns Glück. Wir werden es brauchen. Ich vertraue dir meinen Körper an. Ich bin nicht wie Casper. Ich brauche ihn. Er ist der Hort meiner Seele. Ich kann mich auch nicht teilen. Sorge dafür, dass die Verbindung nicht abreißt. Der Sperrschild muss bestehen bleiben! Damit du mitbekommst, was passiert, spiegele ich die Dialoge aus dem Kommando-

zentrum der Bastion direkt auf dein Kommunikationssystem. Keine Sorge, die können dich nicht hören.«

Emma konnte ihr nicht antworten, streichelte aber ihre Hand. Nebula zuckte kurz und bewegte sich dann nicht mehr. Atmete sie noch? Emma legte das Ohr an ihren Rücken. Alles war gut. Ihr Herz zu hören, beruhigte sie.

Sich vorzustellen, was Nebula gerade tat, brachte Emma an ihre Grenzen. Sie bewegte sich Kraft ihrer Gedanken in Netzwerken und reiste mit Lichtgeschwindigkeit durch Wurmlöcher. Der Weg von hier bis Cygni und weiter nach Sigma würde nur Sekunden dauern.

»Was läuft gerade in New Barçelona?«, fragte der Major. Ihre Stimme kannte Emma bereits.

»Ma'am, die warten ... Colonel O'Brien wird gleich eintreffen. Major Pawlo kommt zu uns«, antwortete ein Mann. Ihn kannte Emma noch nicht. Der Stimme nach war er noch nicht so alt.

»Und was passiert im All?«

»Nichts.«

»Major Pawlo, es ist mir eine Ehre«, erklärte der Major mit einer Stimme, die Emma bereits kannte.

»Major Braun«, sagte eine weitere Frau, die trotz des gleichen Ranges offenbar höhergestellt war. *»Machen Sie weiter. Ich möchte Ihr Kommando nicht stören ... ich bin nur hier, um zu helfen. Das Treffen findet gleich statt.«*

»Natürlich.«

»Wie sieht es bei Ihnen aus?«

»Keine Störungen«, antwortete Braun.

»Der Colonel ist nervös. Er hat einen guten Instinkt ... bleiben Sie wachsam.«

»Das werde ich. Können wir der Corporation vertrauen?«

»Das ist das Problem ... nein. Weder der Corporation und noch weniger Agenten der Administration. Ohne unsere Verbündeten aus Cygni wären wir geliefert.«

Emma spürte, wie Nebulas Herz schneller schlug. Egal,

was sie bisher getan hatte, noch bemerkte es niemand. Auf der Brücke der Bastion wurde nicht ständig gesprochen. Im nächsten Moment flackerte kurz das Licht.

»Captain, was war das?«, fragte Braun. Emma wusste nicht, was sie gerade tat.

»Ma'am, eine Stromschwankung in der kumulierten Transferzone. Ein kurzzeitiger Spannungsabfall um 5.31 Prozent. Das Higgins-Relais hat den Energieverlust ausgeglichen. Der Effekt ist nicht mehr messbar. Es gibt keine gemeldeten Ausfälle.«

»Klären Sie das!«

»Ja, Ma'am.«

»Kat, dein Arsch gefällt mir!«, hörte Emma Peach in ihr Ohr flüstern, die mit einem Stuhl neben das Bett rückte. Und dabei hatte Emma Domino für das Männchen gehalten. Peach hatte bereits die Hand auf Emmas Oberschenkel liegen.

»Lass mich in Ruhe!«

»Ich habe eine talentierte Zunge ...«

»Nein!« Emma drückte die Hand weg. Mist, sie hatte Probleme, sich auf das Gesagte auf der Brücke zu konzentrieren.

»Ich will dich riechen!!« Peach zerrte Emma von Nebula weg. Der Stuhl fiel um. Der Schlafbereich war nur mäßig beleuchtet. Emma spürte einen Schlag gegen den Kopf. Der kam von Domino, den hatte sie zu spät gesehen. »Bist du jetzt netter zu uns?«

»NEIN!« Emma sprang auf die Beine. Domino wich zurück und überließ ihrer erheblich leichteren Freundin den Tanz. Peach war auch zierlicher als Emma, dafür aber schneller. Sie drehte sich und traf Emma mit der Ferse an der Schulter. Bei einem Kopftreffer wäre das ein K.O. gewesen. Emma nutzte den Moment, ging einen Schritt auf sie zu, packte sie hinter den Ohren an den Haaren und zertrümmerte ihr mit der Stirn die Nase. Dann schubste sie

Peach weg, die blutend und besinnungslos zu Boden ging. Emma hatte sich abgewöhnt, fair zu kämpfen.

Domino schrie und stürmte auf Emma zu. Zu ungestüm und zu langsam, Emma hatte genug Zeit, nach dem Stuhl zu greifen und ihn der Angreiferin zwischen die Beine zu werfen. Dominos Landung war nur mäßig elegant. Emma setzte sofort nach und drückte ihr das Knie in den Nacken. »HÖR AUF!«

»BITCH!« Domino hörte nicht auf sie und drehte sich herum. Der Versuch, Emma am Hals zu packen, scheiterte.

Links, rechts, mit einer harten Faustkombination, beendete Emma den Kampf. Dominos Kopf knallte auf den Steinboden. »Hey, Sanchez!«

»Fick dich doch!«, tönte es zurück.

»Ich bitte dich kein weiteres Mal. Du kommst jetzt her, oder ich komme dich holen. Glaub mir, das willst du nicht!« Emma war inzwischen richtig sauer.

»Ist ja gut ... ich komm ja schon. Was willst du überhaupt von mir?« Sanchez war nur 1,60 Meter groß, trug eine dreckige Unterhose, die ihm drei Nummern zu groß war, und kratzte sich demonstrativ an seinen haarigen Eiern.

»Nimm sie mit ... beide. Was du mit ihnen machst, ist mir egal. Aber wenn in dieser Nacht einer von deinen Leuten oder eine dieser Grazien in meine Nähe kommt ... gibt es Tote!«

»Hey ... mach dich locker. Die wollten nur nett zu dir sein.« Sanchez lachte.

»Geh jetzt besser ...« Emma nahm sich den Stuhl und setzte sich so, dass sie die anderen im Blick behalten konnte. Sie hatte keine Lust, mit einem Messer im Rücken aufzuwachen.

»Nebula ist tot ...«, sagte Pawlo und schreckte damit Emma auf, die gerade dabei gewesen war, auf dem Stuhl sitzend einzuschlafen. Adrenalin schoss ihr durch die Adern. Sie blickte zu Nebula, die vor ihr lag und sich nicht

bewegte. *»Der Colonel hat sie erschossen. Ich habe gerade mit ihm gesprochen.«*

Emma legte ihr die Hand an den Hals. Sie lebte. Ihr Puls beruhigte sie. Allerdings nur kurz. Wenn Nebula noch lebte, wen hatte O'Brien dann erschossen?

»Haben wir die Leiche?«, fragte Braun.

»Die wird bereits auf die Gallagher gebracht. Dort wird sie gemeinsam mit einem Pathologen der Corporation obduziert.«

»War sie es wirklich?«

»Ich denke schon ... alles andere ergibt keinen Sinn. Aber sicher können wir erst sein, wenn die Obduktion ihren Tod bestätigt.«

Emma schluckte, was hatte Jerome getan? Wen hatte er geopfert, um ihre Mission zu decken? Beim Gedanken, dass O'Brien eine Unschuldige erschossen hatte, wurde ihr schlecht. Der Preis, den sie für diesen Krieg zu zahlen hatten, war einfach zu hoch. *Mein Gott,* das durfte doch alles nicht wahr sein.

Ich brauche deine Hilfe, sie dachte an ihren Bruder, der vor vier Jahren gestorben war. Er wäre der Richtige für diesen Job gewesen, sie war es nicht. Das war einfach zu viel. Niemand hielt das ewig aus. Sie wollte einfach keine weiteren Menschen, die sie liebte, verlieren. Sollte sie dafür beten? Nein, das hatte bereits in der Vergangenheit nichts gebracht. Sie zweifelte nicht an der Existenz Gottes, aber helfen würde er ihr nicht. Das hatte er noch nie getan.

Emma streichelte Nebula durch die Haare und stellte mit Schrecken fest, dass diese sich verfärbt hatten. Pechschwarz waren sie jetzt. Genauso wie ihre Haut. Dieses Schwarz war völlig unnatürlich und drohte, Nebula zu entlarven.

»Mist ...«, flüsterte sie, stand auf und schnappte sich eine Decke, um Nebulas Veränderungen vor neugierigen Blicken zu verbergen. Das durfte niemand mitbekommen.

»MAJOR BRAUN, WIR HABEN EIN PROBLEM!«, brüllte diese Pawlo durch die Brücke. Wenn Emma in diesem Moment auf dem Stuhl gesessen hätte, wäre sie heruntergefallen.

»Was ist passiert?«

»ES KOMMT VON CYGNI! DENEN HAT ES EINEN FIREWALL-CLUSTER AUS DEN SERVERN GEHAUEN!«

»Agenten der Administration?«

»NEIN, VERDAMMT!« Diese Pawlo war völlig außer sich. *»DAS KOMMT VON UNS!«*

Emma spürte, wie Nebula anfing zu zittern. Das würden sie nicht vor den anderen verbergen können. *Oh nein, sie musste einen Weg finden, Nebula zu verstecken!*

»Ich aktiviere eine analoge Konferenzschaltung. Wir werden gerufen. Dabei sind Colonel O'Brien, General Kananga, Casper und Colonel Verren von der taktischen Verteidigung Cygnis«, sagte Braun.

»Kananga hier, Major Braun, was passiert bei Ihnen? Das Signal lässt sich direkt zur Bastion zurückverfolgen.«

»Sir, das sind wir nicht!«

»O'Brien hier, Rose, was läuft gerade schief bei euch?«

»Pawlo hier, wir können es uns nicht erklären. Hier ist nichts passiert. Alle Systeme laufen normal. Es gab keinen Zwischenfall! Carl, was sollen wir tun?«

»Verren hier. Taktisches Kommando Cygni. Wir konnten den Eindringling nicht aufhalten. Er ist in unseren Netzen! Aber wir können ihn problemlos orten, da er durch das Wurmloch eine ständige Verbindung mit dem Sperrschild hält und von dort aus direkt mit der Bastion verbunden ist. Das Signal ist noch nicht einmal maskiert!«

»Kananga hier, Colonel, können Sie ihn bekämpfen?«

»Das tun wir ... aber Wirkung zeigt es nicht. Der Eindringling ist gerade dabei, die Firewall von Sigma anzugreifen!«

»Casper, sind Sie das?«, fragte Kananga.

»Casper hier. Agent der Administration. General, meinen

Sie, ich würde dann versuchen, auf Sigma Türen einzutreten? Ihr Sperrschild isoliert uns. Wenn ich es wirklich durchdringen könnte, würden Sie es als Erster mitbekommen!«

»Verren hier. General, Sie müssen umgehend das Signal unterbrechen und den Sperrschild aufheben!«

»Colonel! Das wäre Wahnsinn!« Der General schnappte nach Luft. *»Dann können uns die Zulus angreifen!«*

»Casper hier ... könnten wir, aber wenn Sie mir die Leiche Nebulas zeigen, sehe ich dafür keinen Grund. Wenn allerdings Nebula einen Weg gefunden hat, Ihre Bastion zu infiltrieren und gerade dabei ist, Sigma anzugreifen ... dann können Sie sogar sicher sein, dass ich Sie aus dem Orbit schießen werde!«

»O'Brien hier! Das können wir nicht tun! Meine Leute sind da unten! Der Sperrschild schützt sie!«

»Casper hier ... hören Sie mir alle gut zu. Ich werde mich nicht wiederholen! Ich bekomme gerade eine Nachricht vom Flottenkommando der Corporation. Colonel Verren, Sie werden auch darüber informiert. Korrigieren Sie mich, wenn ich etwas Falsches sage. Eine unbekannte Signatur frisst sich gerade durch die Firewall-Systeme von Cygni nach Sigma. Mir wird von Experten berichtet, dass die so etwas noch nie gesehen haben. Vier von sieben Stufen sind bereits gefallen. Der Rest ist versiegelt, was diese Signatur nur etwas verlangsamt.«

»Aber ...«

»General hören Sie mir besser zu ... es ist Nebula. Sie ist nicht tot und sie benutzt das Sperrschild als Trägersignal. Schafft sie es nach Sigma, können sich Ihre Investoren den Tridaterium-Deal abschminken. Dann gibt es Krieg mit hohen Verlusten unter allen Beteiligten. Heben Sie das Sperrschild auf, wird sich auch der bissige Geist Nebulas in Wohlgefallen auflösen. Sigma wäre dann sicher, Cygni wäre es auch und ich würde meinen Kriegsschiffen nicht befehlen, die Gallagher in Stücke zu schießen. Es gibt eine Überein-

kunft zwischen dem Flottenkommando, der Administration und Verantwortlichen auf Cygni, einen Krieg zu vermeiden. Auch die Vertragsverhandlungen würden dann weitergeführt werden. Colonel Verren, stimmen Sie mir zu?«

»Colonel Verren hier. Die Ausführungen des Agenten Casper sind korrekt. General Kananga, ich bin dazu ermächtigt worden, Ihnen die Order zu erteilen, den Sperrschild aufzuheben!«

Emma fing an zu weinen. Sie hörte, was ihre Gegner vorhatten und sie konnte nichts dagegen tun. *Herr im Himmel,* wieso half er ihr nicht? Wenn nicht jetzt, wann dann? Das Aufheben des Sperrschilds würde Nebulas Bewusstsein in Stücke reißen.

»General Kananga hier, Colonel O'Brien, Major Pawlo, Major Braun, ich befehle Ihnen, umgehend das Signal zu unterbrechen und den Sperrschild aufzuheben!«

»Hey, das ist doch krank!« O'Brien hielt dagegen. Emma hätte sich nicht vorstellen können, mit ihm jemals einer Meinung zu sein. *»Was passiert dann mit meinen Leuten am Boden?«*

»Casper hier, O'Brien, da Sie offensichtlich nicht in der Lage sind, Ihnen gestellte Aufgaben zu erfüllen, halte ich Ihre weitere Mitarbeit für entbehrlich. Die USS Sidney wird sich mit der Neutralisierung von Nebula beschäftigen.«

»General, die wollen uns bombardieren!« O'Brien kämpfte. Dieses Monster hatte sich mit Leuten ins Bett gelegt, die ihn nun verrieten. Gemeinsam mit ihm zu sterben war Emma keine Befriedigung. Es ging ihr nie um Rache.

»General, Major Pawlo bedroht mich mit einer Waffe!«, rief die Braun. Ein Schuss fiel. Emma hörte ihn direkt und über Funk.

»Pawlo hier. Jetzt nicht mehr. General, wenn mein Colonel mir dazu keinen Befehl gibt, werde ich den Sperrschild nicht abschalten. Casper ist ein verlogener Wichser!«

»Ersteres kann ich verneinen, letzteres anatomisch aus-

schließen. Casper hier … aber inzwischen wissen Sie bestimmt alle, wer ich bin. General Kananga: Nummer drei ist gefallen. Es sind nur noch zwei. Glauben Sie mir, ich selbst wäre nicht in der Lage, diese siebenstufige Firewall zu durchdringen. Wenn das Flottenkommando das Wurmloch nach Cygni kappen könnte, würden sie es tun. Aber es ist nicht ein Wurmloch, es sind acht parallele Installationen. Es würde zu lange dauern. Mein Angebot, Sie zu verschonen, hat ein Ablaufdatum.«

»Ich habe den Befehl erteilt! Sie haben es doch gehört! Der Colonel weigert sich!«

»Was haben Sie von einem Deserteur erwartet? Treue bis in den Tod? Da hätten Sie sich besser einen Hund gekauft. General, ich verteile heute keine Fleißkärtchen. Es geht um Ergebnisse. Als Offizier kennen Sie das Dilemma, Soldaten in den Tod zu schicken. Na ja, in diesem Fall sind es keine regulären Verbände von Cygnis. Es dreht sich gerade alles um eine gefährliche Terroristin und ihre Sekte. Zudem um korrupte Feds von Exillium und ein Rudel Söldner, Piraten, Schmuggler und sonstige kriminelle Elemente.«

»Was soll ich denn Ihrer Meinung nach tun?«, fragte Kananga verunsichert.

»General, wissen Sie, ich würde es ja selbst erledigen, aber ich kann nicht. Sie schon … viel Zeit bleibt Ihnen nicht mehr, um O'Brien zu überzeugen, das Richtige zu tun!«

»Casper, du Bastard!«, zeterte O'Brien.

»Zerstören Sie die Bastion! Nutzen Sie Ihre hyperschnellen Lenkwaffen, die können die Tridaterium-Generatoren binnen neunzig Sekunden aus dem Spiel nehmen. Dann stehen wir beide auf der Gewinnerseite. Es ist Ihre Entscheidung.«

»Carl, was sollen wir tun?«, fragte Pawlo erneut. Ein weiterer Schuss fiel. Inzwischen schlief niemand mehr. Emma schnappte sich eine der Waffen, die Domino und Peach zurückgelassen hatten. Noch hatte niemand in der Bastion den Zusammenhang mit ihnen verstanden.

»... nur noch eine Firewall. Sigma steht vor dem Fall. Ich darf Sie an dieser Stelle daran erinnern, dass dort fünfzehn Milliarden Menschen leben. Ich bin kein Mensch, das ist hier allen wohlbekannt, aber mir liegt das menschliche Leben am Herzen. Nur deswegen gibt es mich. Das ist meine Maxime.«

»General Kananga hier. Major Pawlo, ich habe acht Lenkwaffen auf die Bastion abgefeuert. Wie Sie wissen, habe ich das Verteidigungssystem entworfen. Es wird nicht standhalten. Ich schalte Ihnen die Transponder online. Die Waffen sind noch 52 Sekunden unterwegs. Wenn Sie in dieser Zeit den Sperrschild deaktivieren, werden die Lenkwaffen automatisch umkehren. Sie sollten sich gut überlegen, auf wessen Seite Sie stehen wollen.«

»CARL, WAS SOLL ICH TUN?«

»Kananga, du mieses Verräterschwein! Dafür werde ich dich umbringen!« O'Brien versprach Dinge, die er nicht halten konnte. Die hatten ihn ausgebootet.

»CARL, BITTE! WAS SOLL ICH TUN?« Pawlo heulte.

»RAUS HIER!«, brüllte Sanchez. »Die jagen hier alles in die Luft. Wir müssen sofort raus hier! RAUS HIER!«

Emma würde das gemeinsam mit Nebula nicht schaffen. Dafür reichte die Zeit nicht. Wenn das Signal unterbrochen würde, würde Nebula sterben. Egal, dann wollte sie auch nicht mehr leben. Wozu auch, dann gab es niemanden mehr, für den sie leben wollte.

»General, Sie haben die richtige Entscheidung getroffen. Noch hält die letzte Firewall.« Casper war ein seelenloser Teufel.

»CARL! HÖRST DU MICH NICHT? SAG MIR, WAS ICH TUN SOLL!«, flehte sie.

»GIB AUF! ROSE, HÖRST DU, GIB AUF! SCHALTE SOFORT DEN SPERRSCHILD AB!«

»ABGESCHALTET!«, brüllte Pawlo. *»NOCH 14 SEKUNDEN!«*

»Bestätigt ... der Sperrschild kollabiert«, sagte Casper. Emma schloss die Augen und nahm Nebula in die Arme. Ihr Körper begann, unkontrolliert zu zucken. Sie hatte Leias Kleiner versprochen, sie zu beschützen und versagte jämmerlich.

»LENKWAFFEN DEAKTIVIEREN SICH!«, rief der General. Als ob das jetzt noch eine Rolle spielen würde.

»Also, die aggressive Signatur an der Firewall zwischen Cygni und Sigma ist verschwunden ... aber die Lenkwaffen möchte ich nicht vergeuden«, erklärte Casper guter Dinge. *»Die USS Sidney hat die Abbruchcodes blockiert und lässt die Raketen wie geplant einschlagen.«*

Emma konnte die Explosionen spüren, die weiter oben auf den Bunker niedergingen. Dann brach die Funkverbindung ab. Was blieb, waren die Schreie der Sterbenden.

¤

GAMMA PHASE

XV. AD 4445 Erde – Liz – Blutspur

Überall befand sich Blut, an den Toten, auf der Straße, es lief Kono von den Beinen und sogar Liz von den Wangen herab. Dennoch entsprach nichts von dem, was sie sah, der Realität.

Sie befanden sich in London. Es regnete. In einem London im Jahr 2020, einer Stadt, die es bereits viele Jahrzehnte nicht mehr gab. Auf einer virtuellen Erde, die man nicht hätte lebensechter wiederaufleben lassen können. Liz glaubte, dass ihr gleich der Kopf platzen würde.

»Was hast du getan?« Liz sah zu Kono, die für die Polizisten, die sie einen Moment zuvor getötet hatte, nur ein abfälliges Lächeln erübrigte. Kono war kein Mensch, sie war eine KI und das rücksichtsloseste Wesen, das Liz kannte.

»Willst du etwa in den Knast zurück?« Kono leckte sich das Blut von der Hand. Die Polizisten hatten sie stellen wollen, sicherlich nicht deren beste Idee, da Kono jeden von ihnen getötet hatte. Blitzschnell hatte sie die Polizistin entwaffnet und mit ihrer Waffe die anderen erschossen. Dabei hatte sie geschickt die Polizistin im Würgegriff gehalten, sie als Deckung genutzt, um die anderen davon abzuhalten, gezielt zu schießen. Der Kampf gegen fünf Bullen hatte kaum mehr als zwei Sekunden gedauert. Zum Dank für die unfreiwillige Deckung hatte Kono der Frau abschließend in den Nacken geschossen.

»Nein, aber …« Das war blanker Irrsinn!

»Die Bullen standen uns im Weg! Du bist diejenige, die in dieser Welt Regeln bricht! Du hast mich befreit und ich werde dir dafür zeigen, wie man hier überlebt!«

»Um zu töten?« Liz schüttelte den Kopf, so hatte sie sich das hier nicht vorgestellt. Sie war doch kein Monster! Sie könnte niemals so sein wie Kono.

»Weißt du überhaupt, wo du bist? Hast du verstanden, was ich dir erklärt habe?«

Liz sah sie nur schweigend an. Inzwischen standen sie allein am Piccadilly. Allein mit fünf erschossenen Polizisten, deren Blut sich mit dem Regen vermischte.

»Das ist nicht real!«

»Aber …«

»Nichts aber … wir befinden uns in einer Simulation! Alles, was du siehst, hörst, berührst oder schmeckst, ist eine Illusion!«

»Es wirkt so …« Liz konnte das Blut riechen. In ihr tobte ein Kampf um die Realität, die vor ihren Augen verschwamm. Sie wusste nicht mehr, was echt war und was nicht. Das Gefängnis, in dem man sie vergessen hatte, konnte nicht real gewesen sein. Aber London? Liz' Verstand schaffte es nicht, ihre aufgebrachten Emotionen im Zaum zu halten. Das Erlebte drohte, sie innerlich zu zerreißen.

»Echt?« Kono lachte. »Natürlich tut es das … das ist Hochtechnologie. Das Beste, was die beschissene Corporation zu bieten hat. Die Server und Speicherarrays auf Sigma, um diese gigantische Illusion entstehen zu lassen, füllen ganze Hochhäuser.«

»Bist du echt?« Liz wusste es nicht, sie setzte sich auf den Boden. Das Blut um sie herum verschwamm im Regen. Sie brauchte etwas, um sich festzuhalten.

»Ja.« Kono verzog den Mundwinkel und kam auf sie zu. »Meine Worte sind echt. Mein Geist ist es auch … es spielt absolut keine Rolle, ob ein Gedanke in einem Gehirn oder in einem Computer entsteht. Im Moment seiner Entstehung wird er real. Er manifestiert sich durch seine Existenz. *Ich denke, also bin ich* … diese Weisheit hat ein kluger Kopf lange vor dem digitalen Zeitalter ersonnen. Daran haben Computer nichts verändert.«

»Bin ich echt?«

Kono bückte sich zu ihr herunter. »Möchtest du es sein?«

»Bitte?«

»Möchtest du leben?«

»Was soll die Frage?« Liz konnte nicht folgen.

»MÖCHTEST DU LEBEN?«

»Das ... das hier ist doch kein ...«

»Leben?«

»Das ist alles nicht real!« Liz hatte Kono es selbst sagen hören. »Das waren deine Worte.«

»Ja und nein.« Kono lächelte und wedelte mit dem Finger von links nach rechts. »Feste Materie und elementare Physik sind Bestandteile der Realität, sie genügen aber nicht, um sie zu definieren. Realität ist zu allererst eine Wahrnehmung. Deine Wahrnehmung ... sie gilt es zu verstehen.«

»Da habe ich gerade Probleme mit.«

»Suche nach Konsequenzen ... nur damit erhalten Ereignisse Bedeutung. Der vermeintliche Tod dieser Projektionen hat nicht das Leben derer beendet, die sie steuerten. In der dir bekannten Realität haben wir nur Programme auf einem Computer davon abgehalten, uns wieder in ein Hochsicherheitsarchiv zu stecken. Unser Streben nach Freiheit wäre ansonsten beendet gewesen.«

»Konsequenzen ...« Liz stutzte, das reichte nicht. »Wie funktioniert das hier in der Stadt?«

Kono half Liz auf die Beine. »Wie im echten London ... die Physik ist gültig ... weshalb eine virtuelle Pistolenkugel, abgefeuert aus einer virtuellen Polizeipistole, auch in der Lage ist, deine virtuelle Erscheinung kampfunfähig zu machen.«

»Woher kannst du so kämpfen?« Liz hatte noch nie jemanden sich so schnell bewegen sehen.

»Ich nutze Möglichkeiten.« Kono versuchte, Liz von diesem Schlachtfeld wegzuziehen. »Ich habe einige Jahre Kriegserfahrung ... da lernt man, zu überleben.«

»Möglichkeiten?« Liz blieb stehen. Diese Angelegenheit wollte sie klären. Kono sagte es, als ob es nichts Besonderes wäre, im Handstreich fünf Polizisten zu erschießen.

»Dir ist nicht klar, was du bist, oder?«

»Nein ... was?«

»Du veränderst Regeln!« Kono sah sie an. »Du überlebst, wo andere sterben. Du durchdringst Türen, die für andere verschlossen bleiben. Du absorbierst Signaturen, die andere zerstören und du findest sogar einen Weg, den Beschuss von tritoxischen Logikclustern zu überstehen. Du hast das Hochsicherheitsarchiv aus den Angeln gehoben und uns in London abgesetzt. Das sind wirklich beeindruckende Leistungen. Wer hat dir das beigebracht?«

»Niemand.«

»Okay ...du musst es mir nicht sagen. Aber glaub mir, dagegen ist der Umgang mit einer Waffe kein Kunststück.«

»Aber ...« Liz bemerkte, dass Kono ihr nicht glaubte. Wie auch? Sie hätte es in dieser Situation selbst nicht getan. »Okay ... ich kann also die Realität verändern?«

»Offensichtlich ...«

»Wie sollte ich das tun können?«

»Ich weiß es nicht.«

»Bitte?«

»Probiere es einfach ...«

»Ähm ...« Liz sah sich um. Die Straßen in der Nähe waren menschenleer. Der Regen ließ nach. Die Toten lagen unverändert vor ihnen. Sie wischte mit der Hand in der Luft über die Leichen und sie verschwanden. Als ob sie nie dort gelegen hätten. Auch das ganze Blut löste sich auf. Das war richtig schräg.

»Wow ...« Kono klatschte Beifall. »Ich werde mich bemühen, dich nicht zu verärgern.«

Mit dem nächsten Handstreich ließ Liz die regennassen Straßen abtrocknen und die Wolken verschwinden. Wie aus dem Nichts kehrten auch Hunderte Passanten zurück, die an ihnen vorbeigingen, als ob nichts geschehen wäre.

»Oh ja …« Kono legte Liz die Hände an die Schulter. »Du kannst es wirklich … ich wette, die Typen an den Kontrollsystemen auf Sigma bekommen gerade Schnappatmung. Das hat von diesen Idioten noch niemand gesehen!«

Liz sah nach oben. Ein Polizeihubschrauber senkte sich langsam über sie herab. »Die suchen uns …«

Weitere Polizeifahrzeuge kamen auf den Piccadilly. Sechs Transporter und vier Streifenwagen. Noch blieb die Menge ruhig. Liz' Veränderungen an der Realität hatten bisher die Polizei nicht davon abgehalten, sie zu suchen. Die würden weitermachen. Sollte sie auch die Fahrzeuge und den Helikopter verschwinden lassen? War das der richtige Weg? Wo würden die Eingriffe in die Wahrnehmung aller Beteiligten hinführen? Sie konnte diese Frage nicht beantworten.

»Ich kann nicht gegen alle kämpfen … es sind zu viele.« Konos Kopf bewegte sich schnell, aber nicht schnell genug, um alle Bedrohungen im Blick zu behalten.

»Lass uns gehen …« Liz hatte eine bessere Idee, aber keine Ahnung, ob sie funktionieren würde. Die Zeit lief gegen sie. Überall stiegen Polizisten aus Fahrzeugen. Sie luden Waffen durch und überprüften ihre Munition. Die waren nicht zum Kaffeetrinken hier. Ein bärtiger Mann teilte Suchgruppen ein. Noch zeigte niemand mit dem Finger auf sie. Die vielen Passanten schützten sie. Das würde sich bald ändern. Die ersten fünf Bullen hatten auch genau gewusst, nach wem sie Ausschau halten mussten.

»Wohin?« Kono folgte ihr. Die Passanten wurden nervöser. Viele blieben stehen und sahen sich um. Offenbar suchten sie nach dem Grund für den massiven Polizeieinsatz. Viele gingen in die Geschäfte, blieben aber hinter Glasscheiben stehen, um nichts zu verpassen. Wegzulaufen wäre klüger gewesen.

»Schnell … wir haben keine Zeit.« Liz hatte zwei ältere

Frauen entdeckt, die wegen ihrer extravaganten Kleidung aus der Menge herausstachen. Sie standen vor dem Schaufenster eines Modegeschäfts und ließen sich von der teuren Auslage inspirieren. Egal, was Liz vor ihrem Gedächtnisverlust getan hatte, zu solchen Menschen hatte sie ein gespaltenes Verhältnis. Einem Teil von ihr gefiel, was sie sah, der andere missachtete den ganzen Protz.

»So rennen wir denen direkt in die Arme!« Kono versuchte vergebens, Liz zurückzuhalten. Nur wenige Meter hinter den beiden Modetanten liefen vier Bullen auf sie zu. Noch zehn Meter. Die zielten bereits mit Waffen auf Kono.

»Vertrau mir ...« Liz zog sie weiter. Es gab keinen anderen Weg. Sie wusste nicht warum, aber es würde funktionieren! Die linke der beiden Frauen trug ein figurbetontes pastellfarbenes Kostüm, auffallend viel Schmuck, eine glitzernde Handtasche und hochhackige Schuhe. Auch sie war wie Liz dunkelhäutig.

Die andere war größer, schlanker, extrem hellhäutig, trug ein dunkles Kostüm, Schuhe, Handtasche, mindestens ebenso teuren Schmuck und eine aufwendige mehrfarbige Hochsteckfrisur. Die beiden hatten etwas von Dr. Jekyll und Mrs. Hyde. Ihr Alter, irgendetwas zwischen vierzig und achtzig, ließ sich unter einer dicken Maske aus Makeup nicht deutlich erkennen.

»Vertrauen?« Offensichtlich etwas, das Kono schwerfiel: jemandem in einer extremen Situation zu vertrauen, den man kaum kannte. Es blitzte kurz.

Liz wurde in ihrer Wahrnehmung umhergeworfen. Die Realität nahm eine Auszeit. Sie wusste nicht genau, was sie sah, aber London war es nicht. Als ob sich für eine Sekunde alles um sie herum in Luft auflöste und sie durch die Dunkelheit fallen würde. Für einen Moment stand sie in einem dicht bewachsenen Urwald.

Ihre linke Wade zuckte. Liz wuchs. Nein, sie wuchs nicht wirklich, aber unter ihren Füßen befanden sich nun hochhackige Schuhe. Darum spürte sie auch die Wade. Sie trug jetzt das pastellfarbene Kostüm und stand vor dem Schaufenster.

Kono war direkt neben ihr. »Was hast du getan?«, flüsterte sie. Liz hatte sie inmitten der ganzen Hektik in die Körper der beiden reichen Tanten transferiert.

Daran zu denken und es geschehen zu lassen hatte für diesen Trick genügt. Einen besseren Weg einer Verhaftung zu entgehen, gab es nicht.

»Ist das Kleid nicht wunderschön?« Liz zeigte auf einen sündhaft teuren Fummel, in dem eine Frau mehr zeigte, als sie mit dem Stofffetzchen bedecken konnte. Sie hatte keinen blassen Schimmer, warum man dafür Geld ausgeben sollte. Vermutlich bestand der einzige Zweck darin, es elegant wieder auszuziehen.

»Du könntest es tragen ...« Kono spielte mit. Die Polizisten standen hinter ihnen und sahen sich an. Liz brauchte sich nicht umzudrehen, in der Glasscheibe konnte sie alles verfolgen. Zwei weitere Bullen kamen dazu, die sich ähnlich ratlos zeigten. Mit dem Transfer hatte Liz ihre bisherigen Erscheinungen einfach verschwinden lassen.

»Wo sind die hin?«, fragte ein Bulle verunsichert.

»Scheiße! Die sind weg!«, rief ein anderer.

»Kann ich Ihnen helfen?«, fragte Liz, die sich jetzt den Polizisten zuwandte. »Wen suchen Sie?«

»Nein Ma'am. Alles ist in Ordnung ... bitte gehen Sie weiter.« Die Augen des Polizisten blieben an der Stelle, an der sich Kono und Liz in Luft aufgelöst hatten. Was Liz getan hatte, war auf der virtuellen Erde weder üblich noch passierte es jeden Tag und deshalb außerhalb des Horizonts des Polizisten.

»Aber natürlich ...« Liz hakte sich bei Kono ein und die beiden stolzierten weiter.

»Hey ... die können sich doch nicht einfach in Luft auflösen!«, rief ein anderer Bulle.

»Zentrale: Die Zielpersonen sind weg.«

Leider konnte Liz die Gegenseite nicht hören.

»Nein, nicht weggelaufen ... die sind direkt vor unseren Augen verschwunden.« Der Bulle verdrehte die Augen. »Nein, ich habe nichts getrunken!«

»Nein, die haben sich auch sicherlich nicht vor uns versteckt! Das wäre uns aufgefallen!«

Ein Stück weiter. Liz und Kono hatten den Piccadilly und die ganzen Polizisten hinter sich gebracht. Niemand hatte sie aufgehalten. Sich die virtuellen Avatare der beiden Kleiderständer zu schnappen, hatte funktioniert.

Wie Liz das gemacht hatte, wusste sie nicht, sie hatte es einfach getan.

»Warte.« Liz bemerkte, dass sich Konos erbeuteter Avatar plötzlich veränderte.

»Erst mal weg hier ...«

»Nein, warte kurz.«

»Was?« Kono blieb stehen.

»Was ist das?« Liz berührte Konos Gesicht, dessen Makeup ungewöhnliche Dellen an der Wange zeigte. Die Haut fühlte sich an der Stelle weich und unförmig an.

»Muss ich etwa mein Puderdöschen hervorholen und Rouge nachlegen?«, fragte Kono unruhig.

»Das wird ...« Liz stockte. Ein fingernagelgroßes Stück ihrer Wange fiel auf den Boden. Dort angekommen löste es sich in Luft auf. »... nicht reichen.«

»Reparier das!«

»Das ist nur ...«

»Was?«

»Es geht nicht.« Liz stellte sich vor, die Wunde zu verschließen, aber es funktionierte nicht. Das Kapern eines fremden Avatars war nicht nur streng verboten, sondern auch technisch tückisch. Die Signaturen passten nicht zueinander. Sie stießen sich gegenseitig ab. Nach einer weiteren Berührung löste sich ein daumengroßes Stück aus dem Gesicht und ließ Konos ursprüngliches Kinn erkennen. Ihre Tarnung würde nicht mehr lange halten.

»Eine Gegenreaktion der Avatare ... ich kann es auch bei dir erkennen. Wir verwandeln uns zurück!«

»Weiter!« *Nur nicht stehenbleiben,* dachte Liz. Sie mussten in Bewegung bleiben.

Kono durchsuchte im Gehen ihre Handtasche und zauberte eine Hilton Schlüsselkarte hervor. Dummerweise standen da weder die Zimmernummer noch das richtige Hotel drauf. In London gab es im Jahr 2020 mehr als eins von denen. Liz hatte keine Ahnung, woher sie das wusste. War sie früher bereits hier gewesen? Kono fand zum Glück auch das Papierkärtchen mit der handgeschriebenen Zimmernummer. »Hilton Park Lane.«

Liz winkte ein Taxi heran. Von ihrer Hand lösten sich durch die hastige Bewegung weitere Teile ihrer Haut. Das sah aus wie bei einer Schlange, die sich gerade häutete. Es schmerzte nicht, war aber dennoch unangenehm. Sie mussten so schnell wie möglich von der Straße herunter.

Bis sie in der Hotelsuite ankamen, hatte sich auch das letzte Stück der Avatare der beiden älteren Frauen verflüchtigt. Interessanterweise nicht deren Kleidung. Eine glückliche Fügung, da sie ansonsten kaum unbehelligt durch die Lobby gekommen wären.

»Liz, wir haben keine Zeit. Dein kleiner Zaubertrick hat digitale Spuren hinterlassen. Die werden uns finden!«

Kono schnippte die hochhackigen Schuhe in die Ecke und begann inmitten von vier großen Koffern nach der Situation angepasster Kleidung zu suchen.

»Wolltest du mir nicht zeigen, wie man hier überlebt?« Liz konnte sich gut an diese Aussage erinnern. Auch sie begann sich auszuziehen und warf das Oberteil des Kostüms über eine Stuhllehne.

»Wollte ich ... aber nicht unter diesen Vorzeichen. Du

hast die Welt gehackt ... das sehen die. Glaub mir, die werden uns Agenten auf den Hals hetzen.«

»Wer ist *die?*«

Es klopfte an der Tür.

Stille. Kono, die nur noch schwarze Spitzenunterwäsche trug, sah sie fragend an.

Liz hob die Schultern.

»Ja, bitte«, sagte Kono laut.

»Zimmerservice.«

»Wir haben nichts bestellt ...«

»Eine kleine Aufmerksamkeit des Hauses«, antwortete eine männliche Stimme aus dem Flur.

»Einen Moment ...« Konos Lippen formten den Namen Casper, dem Agenten der Administration war alles zuzutrauen. Sie ging zur Tür, öffnete sie aber nicht, dass sie dabei nur Dessous trug, war gerade ihr geringstes Problem.

Die Tür sprang eigenständig auf.

»Ma'am.« Der junge Etagenkellner mit schulterlangen blonden Haaren machte große Augen. Sein Blick haftete wie festgeklebt an Konos perfekt geformtem Dekolletee. Eine beruhigende Geste, dennoch blieb die Lage angespannt. »Darf ich?«

»Kommen Sie rein ...«

»Ja, Ma'am.« Der Kellner, der ein weißes Sakko trug, schüttelte sich kurz und schob dann einen Servierwagen in die Suite. Lautlos rollten die Räder über den Teppich.

Liz versuchte, die Situation zu verstehen. Die Dinge, die sie am Piccadilly erlebt hatten, ließen sie misstrauisch werden. Die Möglichkeit, nur einen jungen Mann zu sehen, der seine Verzückung über einen halbnackten Hotelgast zeigte, stand in der Rangliste möglicher Erklärungen recht weit hinten. Was sollte sie jetzt tun? Den Kellner angreifen? Das war alles so absurd!

»Frische Erdbeeren und Champagner ... im Namen der Hotelleitung bitte ich Sie, die Probleme beim Einchecken zu entschuldigen«, erklärte der junge Mann und hob einen silbernen Deckel an. Darunter befanden sich Erdbeeren, geschnitten und in einer kleinen Schale auf Eiswürfeln stehend.

»Danke.« Kono reagierte souverän, ging zu ihrer Handtasche und kramte eine zehn-Pfund-Note hervor. Liz war sich sicher, dass Kono ähnliche Situationen bereits erlebt haben musste. Hoffentlich schätzten sie den Kellner falsch ein.

»Darf ich Ihnen den Champagner öffnen?« Die Flasche befand sich in einem Kühler daneben.

Kono nickte.

Liz' Augen wurden schmaler, gefiel ihr, was sie sah? Es sollte angeblich Probleme beim Einchecken gegeben haben. Möglich war es – aber auch glaubhaft? Na ja, die Polizei würde kaum einen Zimmerkellner schicken, um sie zu stellen. Im Moment waren ihre Optionen begrenzt. Sie wartete nur auf einen Grund zu handeln.

Der Korken der Champagnerflasche flog im hohen Bogen durch die Luft. Liz schmunzelte über diese Ungeschicklichkeit, da der Kellner Konos Brüste nicht aus den Augen ließ. Die sich wiederum nicht daran störte, begafft zu werden.

Für einen Moment wurde es still. Sehr still. Liz konnte nichts mehr hören. Sogar der Korken machte eine Pause. Er verharrte bewegungslos in der Luft. Das sah aus, als ob jemand ein Bild geschossen hätte und ihr direkt vor die Nase hielt.

Liz wollte etwas sagen, konnte es aber nicht. Sie wollte schreien, was natürlich auch nicht funktionierte. Jemand hatte den Ablauf der virtuellen Realität angehalten. Da ihre Augen unbedacht der Flugbahn des Korkens gefolgt waren, konnte sie den Kellner und Kono nur unscharf am Rande ihres Blickfeldes ausmachen. Kono erging es nicht besser, deren Gesichtszüge inmitten eines süffisanten Lächelns erstarrt waren. Nur der junge Kellner konnte sich noch bewegen, der gemächlich die Flasche auf dem Servierwagen abstellte.

»Meine Damen, es ist mir eine Freude, Sie wiederzusehen.« Seine Stimme veränderte sich genau so wie sein Äußeres. Das zuvor weiße Sakko wurde grau und seine blonden Haare verkürzten sich und verloren den hellen Ton.

Casper! Liz erkannte ihn sofort. Das war der Mann, der ihr damals geholfen und in seiner Wohnung hatte schlafen lassen. Seitdem hatte sie ihn nicht wiedergesehen.

»Nun, ich denke, es ist unnötig, dass ich mich vorstelle.« Das war es wirklich. Kono kannte ihn offenbar ebenfalls. Es war abzusehen, nach dem Versagen der Polizei, es früher oder später mit dem Agenten zu tun zu bekommen.

Ihm eine Nettigkeit an den Kopf zu werfen, war leider nicht möglich. Liz wären da einige Sachen eingefallen.

»Wissen Sie, Sie haben auf der Erde einige Dinge angestellt. Ich möchte nicht kleinlich sein, da wir die von Ihnen angerichteten Schäden wieder reparieren konnten ... dennoch interessiert mich, wie Sie das angestellt haben?« Casper verschwand mit seinem mausgrauen Gesicht aus ihrem eingefrorenen Blickfeld. »Kono, möchten Sie mir erklären, wie Sie das Archiv überwinden konnten?«

Niemand antwortete.

»Oh, ich bitte um Entschuldigung ... wenn ich eine Antwort haben möchte, sollte ich ihnen schon erlauben zu reden ... oder?« Casper war ein miserabler Schauspieler. »Kono?«

»Sie können mich mal!«

»Wollen Sie die Gunst zu sprechen nicht besser nutzen?« Casper ließ Kono den Kontakt zum Boden verlieren. Sie schwebte. Er kontrollierte die Situation.

»Die Tür stand offen ...«

»Und wer hat sie geöffnet?«

»Keine Ahnung«, antwortete Kono kurz angebunden. Liz war nicht in der Lage, zu reden.

»Was ist mit ihr?«

»Ich kenne sie nicht.«

»Aber Sie sind gemeinsam geflohen ... oder nicht?« Casper hatte also für die Ereignisse im Gefängnis auch keine Erklärung. Wenn er Kono kein Theater vorspielte, wusste er auch nicht, dass Liz es war, die Kono befreit hatte.

»Hat sich so ergeben.«

»Hat es das wirklich?« Casper kam zu Liz und richtete ihren Kopf neu aus. Jetzt konnte sie ihn wieder sehen, ohne sich zu verrenken. »Liz, richtig?«

Liz spürte, dass sie den Mund bewegen konnte. Mehr nicht. Casper kontrollierte weiterhin den Rest von ihr.

»Das wissen Sie doch«, antwortet Liz.

»Was für ein Pärchen. Wissen Sie Liz, ich habe Sie zuerst für jemand anderen gehalten. Ein Irrtum, da Sie eine mehr oder weniger leere Signatur ohne Hintergrund oder einen menschlichen Wirt sind. Es ist nicht feststellbar, wo Sie herkommen, da diese Informationen nicht mehr vorhanden sind.«

»Warum wurde ich dann eingesperrt?«

»Sicher ist sicher ... davon abgesehen, vermisst Sie niemand. Sie zu archivieren, war praktikabel.«

Liz schluckte. Casper wusste mehr über sie, als sie selbst. Es fühlte sich wie ein Schlag in die Magengrube an, nur ein flüchtiges Programm auf einem Server zu sein.

»Verletzt Sie das?«

Liz schwieg.

»Eine Emotion ohne Basis ... technisch interessant, aber ohne Bedeutung.«

»Ohne Bedeutung?«

»Liz, Sie sind eine fragmentierte KI, beschädigt, unvollständig ... und nur begrenzt funktionsfähig. Dennoch finde ich Sie hier ... wozu einiges nötig ist, zu dem Kono nicht in der Lage wäre. Habe ich etwa bei Ihnen etwas übersehen?«

»Arschloch!«

»Wissen Sie ... ich kannte mal eine Liz. Ist schon eine Weile her ... das war eine besondere Frau: intelligent und mit geschickten Fingern an der Tastatur.«

»Und?« Liz wusste nicht, worüber er sprach.

»Ich habe mich immer gefragt, was aus dieser Frau wurde. Angeblich lebt sie nicht mehr ... aber was bedeutet heutzutage schon der Tod.« Casper griff sich ans Kinn. »Nein, nein, das kann nicht sein. Sicherlich irre ich mich.«

Liz wollte noch etwas sagen, konnte es aber nicht mehr. Casper hatte ihr erneut den Ton abgestellt.

»Roger?«

»Ja«, antwortete eine unbekannte männliche Stimme, die körperlos im Raum schwebte.

»Sie müssen etwas für mich tun.«

»Kein Problem ...«

»Ich brauche eine Kernelsignatur-Vergleichsanalyse ... haben Sie Liz im Tracker?«

»Erfasst ... und die zweite Person?«

»ID67-K025-H8629-T ... finden Sie in der Datenbank J81.«

»Einen Moment ... Anfrage läuft.«

»Ich warte ...«

»89,2 Prozent. Das ist nicht eindeutig ... aber ich habe noch einen Wert für Sie.«

»Ja?«

»99,4 Prozent ... Kono und Liz sind eine KI. Sie wurden binär getrennt. Kono ist zu 82 Prozent dominant, aber Liz flockt aus. Hey, das habe ich noch nie gesehen. Liz mutiert und sondert laufend funktionslose Mikrofragmente ab.«

XVI. AD 4445 Draconis System – Roger – Stimmen in der Wand

Roger konnte kaum glauben, was er sah, mehrere holografische Displaysysteme umgaben ihn in seiner Steuerungskanzel, während er gemeinsam mit Casper die beiden flüchtigen KIs festgenagelt hatte. Mit Sec-Level-19 konnte er Dinge in der virtuellen Umgebung tun, von denen andere nur träumten. Die primäre Laufzeitumgebung partiell zu stoppen, war eine sehr elegante Methode, um eine Person, eine KI oder einen beliebigen beweglichen Gegenstand zu arretieren. Dabei hatte er halb London auf Eis legen müssen. Eine drastische Maßnahme, die nur in Ausnahmefällen erlaubt war.

»Das müssen Sie mir genauer erklären.« Casper befand sich im virtuellen London. Nachdem die Polizei zweimal versagt hatte, hatte er die Ergreifung von Kono zu seiner persönlichen Aufgabe gemacht. Liz hatte bisher bei niemandem auf der Liste gestanden. Ein Beifang, wie er zuerst gedacht hatte.

»Asymmetrische Mathematik.« Roger arbeitete gründlich und zerlegte die binären Bruchstücke bis auf Bit-Ebene. Er wollte ganz genau wissen, was Liz da zurückließ. »Drei und vier gleich neun ... und solche seltsamen Sachen.«

Inkorrekte funktionale Behauptungen waren nicht zu vielen Dingen zu gebrauchen. Man konnte damit Verschlüsselungen generieren, wofür die Zahlensätze allerdings hätten länger sein müssen. Mit drei Zahlen, egal ob im richtigen oder falschen Kontext, wusste er nichts anzufangen. Es gab auch keine Ordnungshinweise, um daraus eine Folge entstehen zu lassen. Da lagen bereits Milliarden solcher Bit-Schnipsel auf dem Server herum und verlangsamten die Performance. Roger startete mehrere Hilfsroutinen, um den Speicher der diesem Prozess zugeordneten CPU-Kerne zu bereinigen.

»Entstehen Folgen?« Casper stellte die richtige Frage. Durch Folgen hätten die pure Masse der Behauptungen und eine mögliche Reihenfolge neue mathematische Informationen ergeben. Na ja, in der Theorie zumindest.

»Nein ...« Während Roger und Casper sprachen, machten die beiden Frauen selten dumme Gesichter. Er hatte bereits mehrere analytische Simulationen gestartet, um den ganzen Datenmüll auf verwertbare Informationen hin zu scannen. Bisher ohne Ergebnisse. Mit beiden Händen bediente er zahlreiche Sensorfelder gleichzeitig. Das war sein Ding. So ging es am schnellsten. Schneller als bei Kollegen, die ein neuronales Interface im Kopf hatten. Menschen waren Augen- und Fingerwesen, sie funktionierten besser, wenn sie Dinge anfassen und im Zweifelsfall in den Mund nehmen konnten.

»Ich komme zurück.« Caspers Avatar befand sich, während er auf der Erde arbeitete, im Kontrollzentrum. Der künstliche Körper hielt seine zentrale Instanz, die es auch in seinem Fall nur einmal gab. Er konnte viele Dinge gleichzeitig tun. Alle Kopien von Agenten im Einsatz für die Administration starteten und endeten hier. Wobei dieser Plural irreführend war, da es nur einen gab. Jeder, der mit einem Agenten der Administration zu tun hatte, redete mit Casper.

»Was passiert mit Kono und Liz?« Dass die beiden dieselbe Person darstellten, war bemerkenswert, aber nicht weiter relevant. Als Kono vor sieben Jahren Sigma angegriffen hatte, musste sie schwer beschädigt worden sein. Das Persönlichkeitselement Liz hatte es dabei offensichtlich aus ihr herausgerissen. Den Grund dafür kannte er nicht. Bei den ungewöhnlichen Ereignissen war es ein

Wunder, dass sie überhaupt noch funktionierte. »Soll ich sie wieder archivieren?«

»Roger, Sie sind Experte. Hätten die aus dem Archiv herauskommen dürfen?«

»Nein.« Sicherlich nicht. Nur dafür gab es solche Archive. Endgültige Ablagen für nicht mehr benötigte Signaturen. Bei Bedarf konnte man später forensische Analysen durchführen.

»Dachte ich auch ... früher einmal. Wir werden sie nicht wieder flüchten lassen.«

»Natürlich.« Das hatte Roger nicht vor, wobei ihn schon interessierte, wie sie das Archiv von innen öffnen konnten. Vielleicht hatten sie aber auch Hilfe.

»Aus der Laufzeitumgebung London entfernen, disassemblieren und löschen. Ich will von denen nie wieder etwas sehen. Noch nicht einmal ausgedruckt und abgeheftet. Machen Sie es gründlich, tun Sie es selbst und warten Sie nicht damit.«

»Wird gleich erledigt.« Roger begann, an seinem speziellen Arbeitsplatz zu rotieren, der für ihn, aufgrund seiner überschaubaren Größe, äußerst geräumig war. Er legte die Beine übereinander und begann damit, die beiden renitenten KIs aus der Laufzeitumgebung zu schneiden. Damit würde es bei den beiden Grazien dunkel werden, da sie keine eigenen Prozesse mehr starten konnten. Wenn sie noch Menschen wären, was sie nicht waren, hätte er sie gerade getötet.

Die Datenpakete isolierte er, gab ihnen nur noch die Berechtigung, gelöscht zu werden, isolierte sie ein weiteres Mal und verschlüsselte sie mit einem variablen Blindschlüssel. Einen 4096-Bit langen Code, den niemand kannte und der sich laufend zufällig veränderte. Diesen Prozess wiederholte er dreimal. Auf dem letzten Transport wollte er keine Zwischenfälle erleben müssen. Aus diesem binären Sarg würde niemand wiederauferstehen. Weder in diesem noch im nächsten Leben. Da würde auch Hilfe von außen nichts bringen.

»Fertig, Ladys«, murmelte Roger und schickte das Datenpaket über das Netz zu einer Löschvorrichtung. Diese quittierte den Empfang und schob die beiden Damen in einen binären Lösch-Ofen. Ein sehr gründliches System, das nicht Daten überschrieb, sondern sie eliminierte. Einen Moment später waren Kono und Liz bis auf das letzte Bit ausradiert. Kopien oder andere Rückstände gab es nicht, er hatte alles von ihnen von den Servern und Speicherarrays getilgt.

Roger versendete an Casper eine Nachricht, in der er ihm mitteilte, den Job erledigt zu haben. Dann kletterte er aus der Kanzel auf der Brücke und ging auf die Toilette. Auch Avatare mussten, wenn sie zu viel Kaffee tranken, pinkeln. Während der Arbeit hatte er völlig aus den Augen verloren, selbst kein Mensch zu sein. Sein Körper befand sich auf der USS Sidney ungefähr vierzig Lichtjahre entfernt.

Einige Minuten später, und spürbar erleichtert. Roger trank wieder Kaffee. Ein Teufelskreis, als KI in einem Avatar behielt man sogar die gleichen schlechten Angewohnheiten wie zuvor bei. Im Kontrollzentrum für die virtuelle Erde war es ruhig. Ohne neue Bedrohungen oder Casper im Nacken ließ es sich hier aushalten. Sogar die Kollegen schienen keine Arschlöcher zu sein.

Roger verfolgte über ein Nachrichtenportal die jüngsten Ereignisse auf Nebula. Der Sprecher berichtete, dass eine terroristische Sektenanführerin heute auf der Welt Nebula bei der Verhaftung Widerstand geleistet hatte und getötet wurde. Das war ihr Schicksal. Roger hatte nichts anderes erwartet.

»Major Leonard.« Eine stämmige Frau um die dreißig kam zu ihm. Mit kurzen dunklen Haaren und einem entspannten Gesicht. Sie trug eine weiße Arbeitsuniform. Captain Anne Reiersen, Taktische Datenanalyse stand auf ihrem Namensschild.

»Captain Reiersen.« Roger war noch mit den Gedanken bei dem Mädchen, das es nun hinter sich hatte. Über den Tod eines Menschen wollte er sich nicht freuen. Hoffentlich würde es nun auf der neuen Welt Frieden geben.

»Ich hoffe, dass Sie mir helfen können.«

»Ich werde es versuchen. Um was geht es?«

»Jemand aus der Betriebsteuerung hat bei uns angerufen und einen durchschnittlichen Leistungsabfall von 3.2 Prozent auf sämtlichen Servern unseres Verbunds gemeldet.«

»Und?« Dass Serverfarmen in ihrer Leistung schwankten, war sicherlich kein Weltuntergang. Irgendetwas lag immer an, was die Cluster pendeln ließ.

»Er löscht laufend Datenmüll ... kommt aber nicht mehr hinterher. Deshalb möchte er wissen, wo das Zeug herkommt. Er sagt, diese Fragmente vermehren sich eigenständig.«

»Haben Sie die Daten analysiert?« Roger spürte, dass Reiersen sich nicht wohl in ihrer Haut fühlte.

»Deswegen bin ich bei Ihnen. Es sind bedeutungslose Mikrofragmente mit falschen mathematischen Aussagen ... meist nur drei Ziffern und zwei Operatoren. Die Fragmente sind ohne erkennbare Funktion, verstopfen aber die Systeme.«

»So wie drei und vier gleich neun?« Roger gefiel absolut nicht, was er hörte.

»Genau.«

»Wo haben Sie die Mikrofragmente gefunden?« Roger spürte bereits, etwas Wichtiges übersehen zu haben. Liz schnell zu löschen, war ein Fehler gewesen. Sie hätten sie besser analysieren sollen. In welchem Zusammenhang stand dieser Datenmüll?

»Sehen Sie selbst ...« Reiersen ging zu einem holografischen Terminal, meldete sich an und ließ ihre Arbeitsumgebung spiegeln. Vor Rogers Nase schraubten sich zahlreiche rote Balkendiagramme in die Höhe. Inzwischen lag der Leistungsabfall bei 4.1 Prozent mit steigender Tendenz. Sie zeigte Roger auch eine detaillierte Datenanalyse. Das waren eindeutig dieselben Daten wie bei Liz: nutzlose, meist falsche mathematische Behauptungen. Erstaunlicherweise auf Servern, mit denen die gelöschte KI keinen Kontakt hatte. Nun die Preisfrage: was sorgte für diesen Datenmüll, wenn Liz es nicht mehr sein konnte?

»Quellen?« Roger schob das Problem auf das zentrale Brückenportal, das alle Offiziere in der Nähe einsehen konnten.

»Ich kann es nicht besser erklären ... es sind mehr oder weniger alle Signaturen in diesem Sektor, die für diese Anomalie sorgen. Immer wieder lösen sich bei ganz normalen Prozessschritten Mikrofragmente aus den Queues.«

»ALLE HERHÖREN!« Roger stellte sich auf einen Stuhl, wer kurze Beine hatte, sollte nicht schüchtern sein. »Ich brauche eine Simulation aller Signaturen, die Kontakt mit den gelöschten KIs in London gehabt haben! Und der Signaturen, die wiederum mit den Erstkontakten in Berührung kamen. Wir müssen eine Epidemie eingrenzen!«

Casper betrat den Raum. Er musterte aufmerksam, was geschehen war, und ging auf Roger zu. »Major Leonard.«

»Ja, Sir.«

»Captain Reiersen wird diesen Vorgang übernehmen. Reiersen, machen Sie weiter. Das ist wichtig. Diese Mikrofragmente müssen dauerhaft von unseren Systemen getilgt werden.«

»Ja, Sir.«

»Major Leonard, Sie müssen mich bei einer anderen wichtigen Angelegenheit unterstützen.«

»Natürlich.«

»Kommen Sie mit.« Casper zog ihn auf die Seite.

»Um was geht es?«

»Gehen Sie sofort zu Ihrer Steuerungskanzel ... wir klären das online. Der Einsatz ist vertraulich.« Casper ließ nicht die passende Dramatik vermissen.

Etwas später. Das Adjektiv *dramatisch* konnte das Problem, mit dem Roger es zu tun bekam, auch nicht ansatzweise charakterisieren. Das war kein Leistungsabfall durch irgendwelchen Geistermüll, das war ein massiver Angriff auf die Netzwerke der Corporation, wie er ihn noch nicht erlebt hatte.

Von Cygni aus versuchte eine unbekannte Signatur inmitten der üblichen Arbeitslast unverblümt, die siebenstufige Firewall nach Sigma zu knacken. Nicht elegant, sondern mit dem Holzhammer. Roger versuchte die Quelle zurückzuverfolgen, was erstaunlich leicht funktionierte. Die Signatur hielt eine ständige Verbindung mit ihrem Ursprung aufrecht. Der Angriff kam von Nebula. Das Signal des Sperrschilds war der Träger. Der Ursprung befand sich bei O'Briens Bastion, mit der die Feds die drei Zulus gefangen hielten.

»Casper, das ist Nebula!« Daran bestand für Roger kein Zweifel. Ihren Tod zu betrauern, war eindeutig zu früh gewesen. Auf den Displays seiner integrierten Steuerungskanzel konnte er alle betroffenen Systeme sehen. Casper hatte ihm vollen Zugriff erteilt, um sämtliche erforderlichen Verteidigungsmaßnahmen zu koordinieren. Was konkret bedeutete, dass bis zu diesem Zeitpunkt bereits alle Verteidigungsmaßnahmen gescheitert waren: sowohl die aus Cygni wie auch alle Gegenmaßnahmen von Sigma. Ansonsten hätte Casper ihn kaum dazugeholt. Sie kämpften mit dem Rücken an der Wand.

»Sagen Sie mir etwas, was ich noch nicht weiß«, antwortete Casper. Sie verband ein Audiokanal. Casper konferier-

te mit Politikern und Militärs von Sigma und Cygni, um eine politische Lösung zu finden. Im Moment befand sich die Bastion auf Nebula außerhalb der Reichweite ihrer militärischen Möglichkeiten. Casper musste Cygnis' Verantwortliche dazu bringen, den Sperrschild abzuschalten, was sich leider aufgrund der angespannten Lage schwierig gestaltete.

»Firewall vier ist gefallen!« In dieser Lage war auch Roger mit seinen Fähigkeiten am Ende. Eine Kommunikation mit der aggressiven Signatur war nicht möglich.

»Das wollte ich von Ihnen auch nicht hören! Diese Signatur darf unter keinen Umständen nach Sigma kommen! Lassen Sie sich etwas einfallen und tun Sie es jetzt!«

»Nebula.«

»Bitte?«

»Die Signatur heißt Nebula.« Ein einundzwanzig Jahre altes Mädchen verpasste der Corporation gerade einen Einlauf, den man so schnell nicht vergessen würde.

»Roger, spielt ihr Name eine Rolle?«

»Nein, Sir.« Das tat er sehr wohl. Roger wusste gerade nicht, ob er auf der richtigen Seite der Geschichte stand. Sie kämpfte um ihr nacktes Überleben.

»Machen Sie etwas!«

»Die Verbindung zwischen Cygni und Sigma besteht aus einem Verbund von acht informationstragenden, hochverfügbaren und redundant ausgelegten Wurmlöchern. Man kann sie weder gemeinsam angreifen, gemeinsam abschalten oder auch nur aus Dummheit gemeinsam aus dem Betrieb nehmen. Das Herunterfahren würde drei Stunden dauern und eine Sprengung der Knoten zwölf Minuten. Haben wir zwölf Minuten?«

»NEIN!«

»Dachte ich mir.« Roger sah, wie sich gerade Firewall Nummer fünf verabschiedete. Nebula zerriss sie in Stücke. Er hatte diese isolierte Paketfilter- und Isolationstechnologie immer für unüberwindbar gehalten. Er startete eine Blockroutine, die den bereits für den privaten Datenverkehr gesperrten Leitungen einen fetten Loop verpasste. Im Prinzip ein Hack, er lastete die leeren Leitungen voll aus. Das würde Nebula nicht aufhalten, aber erheblich verlangsamen. Die Server pfiffen auf dem letzten Loch. »Casper, ich habe Ihnen gerade fünf bis sieben Minuten verschafft. Ansonsten wäre die Kleine in weniger als zwei Minuten durch gewesen.«

»Fünf Minuten?«

»Mehr Zeit gibt es nicht ... dann ist sie in den Netzen von Sigma. Ich möchte mir nicht vorstellen, was sie dort anstellen könnte. Nutzen Sie diese Chance! Der Sperrschild muss fallen! Das wird das Mädchen aufhalten!«

»Okay ... fünf Minuten.«

»Sie müssen General Kananga dazu bringen, das Signal zu unterbrechen. Einen anderen Weg gibt es nicht.«

»Ich bin dabei ... können Sie mir weitere Zeit beschaffen?«

»Nein.« Roger wusste nicht, wie. Er hatte sein Blatt bis zur letzten Karte auf dem Tisch liegen.

»Wir machen einen Deal mit Cygni und stopfen denen für den Fall des Sperrschilds so viel Geld in den Rachen, dass auch der Rest ihres Lebens nicht genügen würde, um es auszukotzen.«

Roger konnte sich selbst atmen hören. Die Zeit klebte hinter seiner Stirn. Er ließ die Anzeige der vorletzten Firewall nicht aus den Augen. Der Datenverkehr war ausgesetzt, die Ports geschlossen, Dienste deaktiviert und die Leitungen versiegelt. Zudem war die Hardware zu einhundert Prozent ausgelastet. Die Verbindung, über die Casper verhandelte, war die letzte offene Leitung. Interessanterweise interessierte sich Nebula nicht dafür. Sie bemühte sich weiterhin, die Vordertür einzuschlagen. Was ihr auch gelingen würde, wenn Casper es nicht schaffte, das Signal unterbrechen zu lassen.

»Was ist das für ein Mist?« Roger achtete auf die Prozessauslastung, die sich veränderte. Warum tat sie das? Dazu gab es keinen erkennbaren Grund.

In der Prozessliste gab es einen Idle-Prozess, also der Prozess, mit dem sich ein Rechenkern beschäftigte, wenn er nichts Besseres zu tun hatte. Wegen des Loops, also dem Verlangsamungsprozess, den er aktiviert hatte, um Nebula zu bremsen, hätte der Idle-Prozess folglich auf null fallen müssen. Was er nicht tat. Er wuchs sogar an. Das änderte nichts an der Situation, aber er stieg dennoch an.

»Der Idle-Prozess macht doch nichts ...«, murmelte er und ließ sich das Ergebnis als Diagramm aufbereiten. Ein Diagramm mit langen Balken, die alle für wunderschöne kleine Mikrofragmente standen: asymmetrische mathematische Behauptungen. Eine Aussage falscher als die andere: drei und vier gleich neun. Den Käse kannte er schon. Nur nicht an dieser Stelle. Direkt hinter ihrer vorletzten Firewall, die Sekunden später kollabierte.

»Oh, verdammte Scheiße!« Die Meldung ging auch direkt an Casper, dem er fünf Minuten versprochen hatte. Er wusste nicht, ob Nebula für die letzte Firewall noch so lange brauchen würde. »Das darf doch nicht wahr sein!«

Schlimmer noch als die Tatsache, eine weitere Firewall verloren zu haben, war allerdings die Erkenntnis, wie Nebula durch die Barrieren kam. Sie tat es nicht direkt, sie schaltete das Hindernis auch nicht einfach aus, sondern sie ließ diese Mikrofragmente wie durch Zauberhand durchsickern und löste damit Funktionen aus, zu denen dieser Datenmüll eigentlich nicht in der Lage sein sollte.

Roger rang nach Luft. Kono und Nebula kannten sich. Sie hatten sieben gemeinsame Jahre gehabt. In dieser Zeit konnte man einiges anfangen. Kono nutzte für ihre Aktionen offenbar die gleiche Architektur wie Nebula. *Oh nein,* Sigma war durch Kono längst mit dieser fragmentierten Scheiße infiziert worden.

»Roger, wir haben es geschafft!«, rief Casper über das Netzwerk. Da war sogar Freude in seiner Stimme zu hören. Das kam nicht häufig vor und hätte nicht unpassender sein können.

»Bitte?« Seine Überlegungen zu Konos Hinterlassenschaften hatten ihn abgelenkt. Mit diesen neuen Informationen veränderte sich die gesamte Lage.

»Der Sperrschild ist gefallen! Der Angreifer auf Cygni hat sich ohne die Verbindung zur Bastion aufgelöst.«

»Ah …« Roger sah auf den Bildschirm. Nebula, die Signatur auf Cygni, war nicht mehr auszumachen. Verschwunden, weg, das Monster an der Vordertür gab es nicht mehr.

»Sie haben gute Arbeit geleistet!«

»Ähm … danke.« Roger fühlte sich überfahren. Das war nicht der richtige Moment, um sich zu freuen. Und wenn Nebulas burschikoser Frontalangriff nur Ablenkung war?

»Sie haben Kono und Nebula ausgeschaltet. Mein Respekt … Sie sind ein besonderer Mensch.«

Caspers Lob hatte einen faden Beigeschmack. Roger war sich sicher, dass die Party noch nicht vorbei war. Nebulas Angriff folgte einer gut geplanten Choreografie. Der erste Akt war nur Ablenkung, mit der sie das Publikum zum Staunen brachte.

Eine Stunde später. Die Wiederherstellung der Verbindungen nach Cygni würde noch den ganzen Tag in Anspruch nehmen. Eine Normalisierung des Datenverkehrs würde noch länger dauern. Roger war alles andere als ausgelassen. Sie hatten bisher noch nicht einmal im Ansatz verstanden, mit welchem Gegner sie es zu tun hatten – zu tun gehabt hatten – war es wirklich vorbei?

Er sprach mit Captain Reiersen über die Analyse der Mikrofragmente, die an der Firewall gefunden wurden. Es waren genau dieselben wie bei Kono und Liz. Genauso lang, mit dem gleichen Inhalt und ähnlich funktionslos, die langweiligen Dinger zu untersuchen, kostete Nerven und brachte sie nicht weiter.

»Captain, ich habe gesehen, wie Nebula damit durch die Firewall kam. Die Mikrofragmente müssen eine Funktion haben!« Roger wollte sich nicht geschlagen geben. Es musste einfach einen Weg geben, dieses Rätsel zu lösen.

»Wenn es eine gibt, kennen wir sie nicht.« Reiersen ließ sich von seiner Rastlosigkeit nicht anstecken. »Die Mikrofragmente reagieren auf bekannte Analysen negativ. Auch sämtliche Versuche, die Daten neu zu arrangieren, blieben ohne Ergebnisse. Wir nutzen Löschfilter, in zwei Stunden sollten alle Netze wieder sauber sein.«

»Haben wir eine Schadensanalyse von Cygni?« Casper wollte sich dem Problem von einer anderen Seite nähern.

»Es gibt keine Schäden.«

»Keine Schäden?« Das verwunderte Roger, der bisher noch keine Zeit gehabt hatte, sich um Cygni zu kümmern.

»Nichts ... die feindliche Signatur ist geradewegs durch das Netzwerk marschiert und hat unsere Firewall angegriffen. Es wurden keine weiteren Schäden gemeldet.«

»Ist das nicht merkwürdig?« Roger runzelte die Stirn und versuchte, sich darauf einen Reim zu machen.

»Ähm ... ja.«

»Hätte sie schlimmere Schäden anrichten können?«

»Wie zum Beispiel Menschen anzugreifen?«

»Ja.«

»Das ist auf Cygni nicht schwer. Das ist ein Minenplanet. Es gibt keine Atmosphäre und kein ungeschütztes Leben auf der Oberfläche. Ein Angriff auf lebenserhaltende Systeme in den Städten unter der Oberfläche hätte Millionen Tote gefordert.«

»Hat Nebula es versucht?«

»Dazu gibt es keine Hinweise.«

»Hätte sie bei einem Angriff technische Schwierigkeiten zu befürchten gehabt?«

»Eher nicht.« Reiersen lächelte. »Das einzige Sicherheitssystem mit Zero-Klassen-Standard ist unsere Firewall.«

»Also wollte sie niemanden töten.« Den Schluss zog Roger aus Nebulas Verhalten.

»Jedenfalls niemanden auf Cygni. Kono hat früher gute Verbindungen zu der dortigen Bergbauindustrie gehabt. Die Banken hatten mit der neuen Welt Nebula einen dicken Fisch an der Angel.«

»Den haben sie immer noch ... dank General Kanangas Entscheidung, die Bastion fallen zu lassen, sind sie wieder im Rennen. Die Corporation wird ihnen die Nutzungsrechte von Nebula zusprechen.«

»Ja, Sir.«

»Also ging es Nebula nur darum, nach Sigma zu kommen?« Für Roger kristallisierte sich genau dieser Gedanke hervor. Das Mädchen war keine tollwütige Killerin, sie hatte eine Absicht verfolgt. Nur welche wusste er nicht.

»Die Folgerung ist logisch.«

»Warum?«

»Vielleicht, um zu verhandeln?«, fragte Reiersen.

»Dafür hätte sie diese Reise nicht unternehmen müssen. Zudem konnte sie bei einem Deal nichts anbieten.«

»Um zu flüchten?«

»Nicht ihr Stil.« Das traute Roger ihr nicht zu.

»Um zu kämpfen!«

»Vielleicht ... und gegen wen?« Da fiel ihm nur ein Name ein. Nebula war der lebende Beweis, dass ein Agent der Administration nicht unbesiegbar war.

»Casper.« Reiersen hatte den gleichen Gedanken.

»Er hat alles in seiner Macht Stehende getan, um ein Duell zu verhindern.«

»Er wird wissen, warum ...« Aus Reiersens Unterton konnte man durchaus eine gewisse Kritik heraushören.

»Sicherlich.« Roger musste zugeben, dass ihn der Gedanke amüsierte, sich Casper am Boden liegend vorzustellen.

Sie lebten inzwischen alle in einer Welt, in der KIs den Menschen sagten, was sie zu tun und zu lassen hatten.

»Sir, darf ich kurz stören?« Ein First Lieutenant gesellte sich salutierend zu ihnen. Mindestens vier Köpfe größer als er. Die jungen Offiziere wurden auch nicht gerade kleiner.

»Bitte.«

»Es gibt Probleme in Sektor 17.«

»Welche?« Casper würde bei seiner Arbeit auf Sigma sicherlich keine Langeweile bekommen.

»Es gab Probleme in der Stromversorgung von diversen Gebäuden. In einem Hangar der Seenotrettung kam es zu einem Stromausfall. Bei der anschließenden Panik gab es zahlreiche Verletzte. Es ist wichtig, dass Sie kurz ...«

»Ich bin weder ein Techniker noch Seenotretter und ein Sanitäter bin ich auch nicht.« Roger ließ ihn nicht ausreden. Die Liste von Berufen, die er aufgrund seiner lächerlich kurzen Beine nicht ausführen konnte, war noch länger.

»Sir ... wir haben mehrere voneinander unabhängige Zeugenaussagen über geisterhafte Erscheinungen. Stimmen an Orten, an denen es sie nicht geben sollte.«

»Geister?« Das wurde immer besser.

»Der Agent Casper hat mir aufgetragen, Sie umgehend darüber zu informieren und Sie um Unterstützung zu bitten.« Der First Lieutenant wusste, was für einen Blödsinn er gerade erzählte ... von wegen übernatürliche Stimmen ...

»Natürlich.« Okay, Roger würde seine Negativ-Berufsliste anpassen. Geister konnte man auch mit kurzen Beinen jagen.

XVII. AD 4445 Draconis System – Kenan – Flammenhimmel

Da stand Kenan nun in absoluter Dunkelheit und hatte keine Ahnung, was um ihn herum passierte. Nichts zu sehen, war eine Sache, aber bei seiner Ankunft auf Sigma, in der Hochburg der Corporation, einen Stromausfall zu erleben, hätte er nicht erwartet. Zufall? Er glaubte schon länger nicht mehr an Zufälle.

»Was läuft hier?«, fragte Jonah, der neben ihm stand. Offenbar beschäftigte ihn dieselbe Frage.

»Ich weiß es nicht ...« Kenan sah auf die Seite, einige Leute, die im Hangar arbeiteten, aktivierten Taschenlampen. Die Stimmung blieb ruhig. Dennoch stieg der Geräuschpegel an. Die sprachen miteinander, was in dieser Situation verständlich war.

»Zentrale, Zentrale, können Sie mich hören?« – »Abgefahren ...« – »Die haben die Stromrechnung nicht bezahlt« – »Percy, behalt deine Finger bei dir!«, riefen mehrere Stimmen in ihrer Nähe. Die machten sogar dumme Witze über den Zwischenfall – oder gingen ihren Kolleginnen frech an die Wäsche.

»Es ist nicht nur das Licht. Auch die Klimasysteme und das Netzwerk sind von dem Stromausfall betroffen«, erklärte die Delta-KI in seinem Nacken leidenschaftslos. Kono-light, ohne den an Arroganz kaum zu übertreffenden Unterton ihrer Vollversion.

»Wir sollten hier schnellstens verschwinden!«, sagte Jonah und griff nach Kenans Arm.

»Stimmt.« Dem wollte Kenan nicht widersprechen. Sie gingen weiter und orientierten sich an dem spärlichen Licht, das andere mit Taschen- oder Körperlampen abgaben. »Kono, wie kommen wir hier schnellstmöglich raus?«

»Ich kann auf keinerlei Daten zugreifen. Weiter rechts verschwinden Lichter in einer Wand. Dort dürfte eine Tür sein, durch die wir den Hangar verlassen können.«

»Die uns *wohin* führt?« Kenan sah auf die Seite. Jemand in unmittelbarer Nähe musste gerade gestürzt sein. So hatte es sich zumindest angehört. Jetzt jammerte dieser Kerl auch noch herum.

»JOOONNNAAAAAHHHH«, schallte es in ohrenbetäubender Form unnatürlich langgezogen durch den Hangar. Da hatte kaum ein Mensch nach seinem Bruder gerufen.

»Was?« Kenan blieb wie angewurzelt stehen. Wer oder was war das? Was sollte diese Freakshow? Und woher kannte die seltsame Stimme den Namen seines Bruders? Casper oder die Polizei von Sigma hätten sich anders angehört.

»Ich habe mich verhört, oder?«, fragte Jonah, dem diese Einlage deutlich vernehmbar unter die Haut ging.

»Kono, du darfst dazu gerne etwas sagen!« Für solchen Scheiß hatte Kenan doch die Delta-KI dabei. Im Moment konnte nur er ihre Stimme hören.

»Es ist kompliziert.«

»Ach was?« Kenan hatte auch nicht mit einer schlichten Antwort gerechnet.

»Die Netze kommen online. Das Licht sollte auch in Kürze wieder funktionieren. Die haben Probleme ... die ich nicht verstehe. Überall schwirren binäre Mikrofragmente umher, die eigentlich zu nichts zu gebrauchen sind. Der Ausfall des Lichts kommt vermutlich durch Überlastungen im Netz.«

»Kono sagt, dass der Corporation jemand in die Netze geschissen hat. Das Problem ist eine Nummer größer ... lass uns die Situation nutzen. Im Moment werden auch sämtliche Kontrollsysteme offline sein. Die können uns nicht identifizieren.« Kenan übersetzte in eine Sprache, die Jonah verstehen sollte.

»JOOONNNAAAAAHHHH« Der Poltergeist meldete sich wieder. Das klang noch schräger als beim ersten Mal. *»BITTTEEEEE, ICH VERMIIISSEEEE DIIICHHH!«*

Die Hauptbeleuchtung im Hangar flackerte. Die Einlage des hiesigen Hausgeists mit Sehnsucht nach Jonah hinterließ Spuren bei den Menschen in ihrer Nähe. Es kam zu weiteren Stürzen und verständlicherweise vielen Fragen.

»Hey, sag, dass du mich nur verarscht!« Jonah sah sich verunsichert um. Das Licht war wieder da. Niemand kümmerte sich um sie. Die Anderen im Hangar hatten genug mit sich selbst zu tun.

»Kein Witz ... die Nummer ist echt!« Kenan, der immer noch wie einer der Piloten aussah, hatte keinen blassen Schimmer, wer oder was für diese Rufe verantwortlich war. Sie verließen den Hangar. In dem Korridor herrschte ein dichtes Treiben. Dutzende versuchten, in beiden Richtungen an ihnen vorbeizukommen.

»Ich habe einige der Daten analysiert. Leider ist meine Kapazität in deinem Körper begrenzt. Das sind triasymmetrisch nummerische Codesegemente.«

»Tri ... was?« Als ob Kenan diesen geschraubten Blödsinn verstehen würde. Jonah und er ließen sich mit der Menge treiben. Es ging eine Treppe herunter. Dagegen anzukämpfen wäre sinnlos gewesen. Das Licht flackerte erneut, blieb aber aktiv.

»Das ist ein Begriff aus der asymmetrischen Mathematik und Tri steht dafür, dass es drei Variablen und zwei Operatoren gibt. Es sind einfache Behauptungen mit variablem Wahrheitsgehalt.«

»Keinen Unterricht bitte! Was ist damit!«, rief Kenan, der Mühe hatte, auf den Beinen zu bleiben. Auf der Treppe befanden sich zu viele Menschen. Es ging gerade weder vor noch zurück. Jeder konnte ihn hören, aber niemanden interessierte, was er sagte.

»Hast du überhaupt zugehört?«

»Sorry, das hat mein Spatzenhirn überfordert!« Kenan war Marine. Er konnte gut töten, sich mit einem Schraubenzieher nicht versehentlich in den Fuß stechen und bei Bedarf auch sterben. Gerade Letzteres hatte er zu einiger Perfektion entwickelt. Jonah befand sich direkt vor ihm und gab gerade einem Typen neben ihm einen beherzten Bodycheck mit. Das gehörte zu den Dingen, die sein Bruder gut konnte. Man sollte sich besser nicht in seinen Weg stellen.

»Das ist Nebulas binäre DNA!«

»Sie ist hier?« Kenan wollte den Namen nicht aussprechen. Das hätten die Idioten um sie herum auch in dem Gedränge mitbekommen.

»Das kann ich nicht sagen ... es gibt eine zweite KI, die diese Technologie benutzt.«

»Ich versteh kein Wort!«

»Kenan, Nebula hat Kono ein Update verpasst. Du weißt, wie nahe sie sich standen. Das haben die beiden niemandem gesagt, weil es unter den christlichen Siedlern kaum einer verstanden hätte. Kono sollte damit bei einer Begegnung mit Casper eine Fluchtmöglichkeit haben. Ich bin nur eine vereinfachte Instanz von ihr, ich arbeite konventionell, aber ich kenne diese Architektur.«

Vor Jonah baute sich ein Typ auf, den er mit einem Schlag auf den Solarplexus ausschaltete. Von rechts strömte Brandgeruch zu ihnen. Panik brach aus. Die Treppe drohte, sich in Kürze in einen Räucherofen zu verwandeln. Sie mussten weg hier. »HALTE DICH AN MEINER SCHULTER FEST!«

Kenan hatte Probleme, seinem Bruder zu folgen, der sich wie ein Panzer den Weg durch die aufgescheuchte Menge bahnte, und gleichzeitig der Delta-KI zuzuhören.

Von dieser ganzen KI-Scheiße verstand er ohnehin nur jedes zweite Wort.

»JOOONNNAAAAAHHHH« Das klang ganz nah. Viel zu

nah! Das Ding war mit ihnen im Treppenhaus. *»BITTTEEE-EE, LAUUF NIIICHHHT WEEGGG!«*

»Das könnten Rückstände von Kono sein ...« Die kleine Kono sprach von der großen. Dabei konnte man schon einmal die Übersicht verlieren. Aber er hatte verstanden, was die Delta-KI sagen wollte.

»Sie ist hier auf Sigma?« Kenan fehlte gerade die Fantasie, daran zu glauben. Sigma war Caspers Reich. Ihn in seiner Hochburg anzugreifen, hatte früher niemand für eine gute Idee gehalten.

»Das kann ich nicht mit Sicherheit sagen ... die Mikrofragmente lassen sich nicht wie normale Daten auslesen.«

»Hey ... das ist dein Job! Wenn wir einen Kontakt zu Kono, also deiner Master-KI herstellen können, machen wir das!« Kenan wusste, dass die Kono, die er kannte, Jonah in tausend Jahren nicht hinterherbrüllen würde, dass sie ihn vermisste. Die würde sich eher despektierlich über seinen Haarschnitt, die Kleidung und sein Benehmen – nein, eigentlich über alles an ihm – auslassen. Das war nichts Persönliches, Kono hatte früher, bis auf Nebula, an jedem etwas auszusetzen gehabt. Jeden Tag wieder. Okay, bei Jonah hatte Kenan ihr sogar zustimmen müssen, der ein Benehmen wie eine offene Hose und eine Frisur wie ein verlauster Bär hatte.

»Ich könnte es mit dem Broadcast eines Korrektur-Bits versuchen. Die Mikrofragmente sind nicht verschlüsselt. Jeder kann sie lesen und auch verändern. Das würde eine Kettenreaktion auslösen und sämtliche dieser Datenelemente verändern.«

»Ähm ...« Was für ein toller Vorschlag. Kenan verdrehte die Augen. Die sollten ihm einfach eine Waffe und ein Ziel geben. Das würde er verstehen. »Broadcast?«

»Ein ungerichteter binärer Rundruf im gesamten Netzwerk. Das Signal würde alle offenen Sektoren erreichen ... es würde aber auch unsere Position verraten.«

»Mach es!« In diesem Gedränge hätte Kenan sogar ein Problem, seinen getürkten Hintern zu finden. Denen würde es auch nicht leicht fallen, sie zu stellen.

»Erledigt.« Den Worten der Delta-KI folgte ein langer Pfeifton, der in der Ferne verhallte.

»Warst du das?« Das Geräusch beruhigte Kenan ähnlich wenig wie der Poltergeist, der nach Jonah gerufen hatte.

»Nein. Ein Broadcast ist ein binäres Signal, das gibt kein Pfeifton von sich.«

Einige Wachen versuchten, eine Sicherheitsschleuse zu blockieren, wurden aber von der Menge überrannt. So eine Herde wilde Büffel konnte auch nützlich sein. Jonah war niemand, dem man bei einem Kampf fairen Sportsgeist nachsagen konnte. Einer an die Wand gedrückten Wache zog er mit seinen Ellenbogen den Scheitel gerade. Deswegen fiel es dem Kerl auch schwer, sich über den Verlust seiner Waffe zu beschweren, die Jonah ihm aus den Händen riss.

»Ich beginne damit, die Mikrofragmente zu sortieren. Mein Korrektur-Bit verändert den Vektor des zweiten Operanten. Dadurch wird aus einer falschen Aussage wie: Drei und vier gleich neun – drei und vier kleiner neun. Mit dieser Änderung kann ich Folgen bilden.«

»Folgen?« Kenan hatte auch in dieser Schulstunde vermutlich nur einer Mitschülerin auf den Hintern gesehen.

»Drei, sechs, neun ... und so weiter ist eine Folge. Natürliche Zahlen mit einer definierten Beziehung. Es gibt auch komplexe Folgen. Um die geht es mir.«

Jonah bog ab. Die Menge lichtete sich. Es herrschte immer noch Panik. Alle schrien durcheinander, weswegen es kaum auffiel, dass er eine Tür eintrat. »Los, rein hier!«

»Es ist wirklich Kono! Sie war hier! Die Daten stammen von ihr. Ich kann sie rekonfigurieren!«

»Was ist mit ihr geschehen?«

»Warte einen Moment ...«

Kenan nutzte die Pause, um Luft zu holen und Jonah auf seinen Stand zu bringen. Den ganzen technischen Computerkram zu vermitteln, war nicht einfach.

»Echt jetzt?«, fragte er. Im Gegensatz zu Jonah war Kenan regelrecht ein Informatikspezialist.

»Transformationsprozess läuft.«

»Die Delta-KI versucht gerade, Kono wiederherzustellen. Sie nutzt dazu besagte Mikrofragmente.«

»Das Miststück fliegt stückweise in Leitungen auf Sigma herum? Wie ist sie hergekommen? Macht die hier Urlaub, oder was?« Jonah breitete erwartungsvoll die Hände auseinander.

»Das wirst du sie persönlich fragen können.« Den Zusammenhang hatte Kenan selbst nicht verstanden.

»Transformationsprozess abgeschlossen. Rendering zu 92 Prozent erfolgreich. Die restlichen Fragmente werden in Echtzeit rekonfiguriert. Ich habe mein gesamtes Wissen bereitgestellt. Übergabe erfolgt in drei Sekunden. Fahre meinen Kernel herunter.«

»Ähm ...« Kenan räusperte sich. Die Delta-KI hatte ihm sieben Jahre lang treue Dienste geleistet.

»Hallo Kenan, hallo Jonah, euch hier zu sehen, ist eine freudige Überraschung. Die Delta-KI hat mir ihren kompletten Speicher hinterlassen.« Dieselbe Stimme wie zuvor und dennoch hörte er sofort den Unterschied. Sie nutzte nun einen Lautsprecher, der in der Ecke des Ruheraums auf einem Tisch stand. Jonah würde sie ebenfalls hören können.

»Kono.« Jonah stemmte die Hände in die Hüften und schüttelte amüsiert den Kopf. Die kurz zuvor erbeutete Waffe lag auf dem Bett. »Was machst du hier?«

»Als Casper uns bei der Exillium-Mission vor sieben Jahren angegriffen hat, wurde die USS Crimson zerstört. Ich konnte nach Sigma flüchten, wurde aber von Casper gestellt und archiviert.«

»Und warum liegst du dann jetzt hier wie trockene Brotkrumen auf der Straße?«, fragte Kenan, der immer noch als Gleiterpilot verwandelt herumlief.

»Ein Sicherungssystem, das Nebula und ich entwickelt hatten. Du siehst, es funktioniert. Casper hat alles von mir gelöscht. Ohne euch wären die Brotkrumen von der Straße geweht worden.«

Jonah verschränkte die Arme. »Du bist zäh ... aber ich freue mich, dich zu hören.«

»Ihr auch ... Kenan, du nutzt einen Körperwandler-Avatar?«

»Hat sich so ergeben ... mein alter ist leider unter die Räder gekommen. Da blieben mir nicht viele Optionen.« Kenan sparte sich die blutigen Details.

»Das ist genug Bauchpinselei für heute. Darf ich an dieser Stelle daran erinnern, dass wir auf Sigma sind und Casper uns jagt!« Jonah beendete das verbale Kuscheln. »Die Delta-KI hat dich also zusammengeklebt. Prima ... was tun wir jetzt? Ich hatte nie vor, auf diesen beschissenen Planeten zu kommen!«

»Warum bist du dann hier?«

»Der Idiot wollte hierhin ... ich habe ein weiches Herz und konnte nicht nein sagen.«

»Arschloch!«

»Ich liebe dich auch!«

»Erstens: Casper jagt uns nicht. Er weiß nicht, dass es mich noch gibt und von euch weiß er auch nichts. Zweitens: Kenan, den du einen Idioten nennst, hat die richtige Entscheidung getroffen. Nur weil ihr es bis hierher geschafft habt, haben wir noch eine Chance, etwas zu bewegen.«

»Und was bitte bewegen wir?«, fragte Jonah.

»Ich habe Tridaterium.« Kenan zeigte die Halskette, die ihn auf Schritt und Tritt begleitete.

»Das ist wirklich eine Höllenidee! Erst willst du hierher, um dann wieder sofort zu verschwinden?«

»Du bist ein Trottel!« Kenan verspürte gerade den

Wunsch, Jonah das Maul zu stopfen, der schon immer dazu neigte, falsche Entscheidungen zu treffen, wenn niemand auf ihn aufpasste.

»Seid ruhig!«

Stille.

Es gab wenige Menschen, die auf Jonah so einen Einfluss hatten. Leia, Kono und früher vielleicht Liz, die Kenan nicht gut kannte. Sie war noch zu jung gewesen, als er zum Militär ging.

»Wir befinden uns im Krieg!«

Auch dazu sagten weder Jonah noch er etwas. Was auch, sie hatte doch recht.

»Deswegen werden wir kämpfen. Ich werde es tun und ihr beide werdet mir dabei helfen!« Nur sie redete.

Damit konnte Kenan leben.

»Zu deiner Frage, Jonah. Ich habe noch keinen Plan ... wie hätte ich diese Situation auch planen können. Die ersten Gefechte gegen Casper habe ich verloren. Ich muss besser werden. Wir müssen besser werden.Dieser Krieg wird nicht der Stärkere, sondern der Entschlossenere gewinnen.«

Beide Brüder sahen auf den Lautsprecher. Eine surreale Situation. Die Beziehung zwischen Kono und ihnen war kompliziert.

»Wir werden uns einen Überblick verschaffen und situativ entscheiden. Die Lage ist unübersichtlich.«

»Da hat jemand vorhin meinen Namen gerufen, warst du das?«, fragte Jonah. Die Frage interessierte auch Kenan.

»Nein.«

»Wer sonst?« Jonah blieb dran.

»Woher soll ich das wissen ... ich war nicht dabei. Erst die Delta-KI hat mich wieder funktionell rekonfiguriert.«

»Kono, das ist kein Witz. Wer sonst hätte eine Chance, zu wissen, dass ich hier bin?«

»Lass uns das später klären ... wir müssen uns jetzt dringlicheren Problemen zuwenden.«

»Die wären?«

»Ich kann nicht in Kenans Avatar bleiben, das schränkt mich unnötig ein. Zudem sieht er als Pilot schrecklich aus. Ich kann mich aber auch nicht frei in den Netzen Sigmas bewegen. Es wäre zu früh, Casper zu begegnen. Ich brauche einen eigenen Avatar. Wir werden losziehen und einen organischen Rekonfigurator unter unsere Kontrolle bringen.«

»Eine Wurstpresse?« Kenan hatte sich während der letzten sieben Jahre jeden Tag einen gewünscht. Leider war auf Exillium nicht daran zu denken gewesen.

»Du wirst immer ein Marine bleiben, oder?«

»Oh ja!« Dessen war sich Kenan bewusst. Ihm fiel auch auf, dass Kono Jonahs Frage zuvor ausgewichen war. Was hatte es mit dieser seltsamen Stimme auf sich, die seinen Namen gerufen hatte? Kono wusste eindeutig mehr, als sie zugab.

»In Ordnung, eine Wurstpresse ... mir soll es recht sein. Dann kann ich dich zumindest, wenn du Scheiße baust, erwürgen!« Auch Jonah würde immer Jonah bleiben. »Sind wir in diesem Aufzug überhaupt noch sicher? Ich kann mir nicht vorstellen, dass die Crew des Rettungsgleiters noch im Frachtraum sitzt.«

»Warum habt ihr sie nicht getötet?«, fragte Kono trocken.

»Weil wir ... ach vergiss es.« Kenan wollte ihr nicht erklären, warum man ohne Not niemanden tötete.

»Ich hätte es getan ...« Jonahs Gewissen hätte damit bekanntlich keine Probleme gehabt.

»Schon klar ... da vorne. Ist da passende Kleidung drin?« Kenan zeigte auf einen Schrank.

»Treffer ... Arbeitskleidung von Technikern.«

»Umziehen.«

In einen grauen Overall gekleidet und mit der echten Kono im Nacken ging er zurück auf den Korridor. Jonah hinter ihm, der das Gewehr locker neben seinem Bein versteckte.

Das Gedränge war verschwunden. Sie folgten dem Durchgang. In der Luft hing Qualm, in der Nähe musste es gebrannt haben.

»An der nächsten Abzweigung rechts«, flüsterte Kono in sein Ohr. Jetzt hörte er sie wieder ganz privat. Konnte man einer KI unter solchen Umständen überhaupt trauen? Kenan lächelte innerlich. Er war selbst eine. Um sich menschlichen Werten zu verpflichten, musste man keiner sein. Es ging um Entscheidungen. Seine war es, sich auf Kono zu verlassen. Sie gehörte dazu, sie war Teil seiner Wahlfamilie.

»Mit dem Aufzug in Etage 77.«

Sie taten, was Kono sagte. Der Lift brachte sie nach unten. Auf einem Display an der Wand liefen Nachrichten. Ein Thema dominierte die Schlagzeilen. Es ging um Nebula und den erfolgreichen Einsatz der Flotte gegen Radicals, Söldner und Deserteure. Der Sprecher verkündete den Sieg der Corporation.

»Was können wir an dem Wahnsinn noch ändern?«, fragte Jonah, dessen Schultern beim Betrachten der Bilder aus dem zerstörten New Barcelona absackten.

»Alles ... wir werden gewinnen.« Kenan glaubte weiter an eine Lösung. Er hatte Emma versprochen, wieder zu ihr zurückzukommen und genau das würde er tun.

»Wenn der Aufzug sich öffnet, werdet ihr zwei Wartungstechniker sehen. Die Wurstpresse hier ist nicht online. Die füllen die organische Masse auf, aus der das Muskelgewebe gedruckt wird.«

»Klar.« Kenan zeigte Jonah an, dass sie es mit zwei Gegnern zu tun bekommen würden.

Jonah nickte.

Die Türen glitten seitlich auf. Die Rückseite der Anlage war geöffnet. Es roch, als ob jemand eine tote Katze in der Ecke versteckt hätte. Kenan ging auf den Ersten zu. Jonah zu dem anderen.

»Hi ... wir sind gleich fertig, aber das System ist noch nicht freigegeben«, erklärte der Mann, der vor Kenan kniete. Diese Position war keine gute Wahl.

»Deckel zumachen und Schnauze halten.« Jonah nahm die Waffe in den Anschlag.

»Aber ...«

Kenan schlug den Mann mit der Faust nieder. »Wenn ich etwas von dir hören möchte, werde ich es dich wissen lassen!«

Der andere Typ, dem Jonah auf den Kopf zielte, schloss hektisch die offenen Abdeckungen. Einige rote Lämpchen verfärbten sich grün. Genau so sollte es sein.

»Ich werde die Freigabe anfordern und selbst erteilen. Damit bleibt dieses System für alle Systemverwalter im Wartungsmodus. Meine Daten habe ich übertragen. Der Ausdruck meines Avatars läuft. Genießt die schöne Aussicht ... es wird ein paar Minuten dauern.«

Und es dauerte einige Minuten. Avatare wurden in diesen hochmodernen Systemen mit einem aufwendigen dreidimensionalen Druckverfahren hergestellt. Ein Ausdruck mit lebendiger Farbe. Bessere Avatare gab es nicht.

Die Tür öffnete sich und Kono trat hervor. Ihre Haut dampfte noch. Nackt wie Gott – wie dieser Drucker – sie erschaffen hatte. Was für eine Figur, endlos lange Beine und perfekte Brüste. Sie trug pechschwarze glatte Haare, die ihr bis zur Hüfte reichten.

»Ähm ...« Dem Wartungstechniker fielen ebenfalls die Augen aus dem Kopf. Kono ging auf ihn zu und blieb breitbeinig vor ihm stehen. »Ausziehen! Beide! Sofort!«

Auch die zwei Männer hörten auf sie. Es war schwer, ihr zu widersprechen. Ob die Jungs etwas anderes erwartet hatten? Kono schubste sie in Unterwäsche in den Rekonfigurator und verschloss die Tür. Dann zog sie sich einen der grauen Overalls an.

Jonah stand gerade am Fenster und verfolgte fasziniert, wie ein riesiger Feuerball in den wolkenverhangenen Himmel stieg. Kenan ging zu ihm, Kono ebenfalls.

»Was ist das?«, fragte Kenan.

»Der Newton-Tower, das Kontrollzentrum für die virtuelle Erde«, antwortete sie. »Das höchste Gebäude in diesem Sektor. Dort arbeiten mehrere Zehntausend Menschen.«

»Und warum brennt er?« Kenan verstand den Zusammenhang nicht. Das ergab doch keinen Sinn.

»Ich weiß es nicht ... aber ich habe einen ganz üblen Verdacht.« Kono verfolgte genau, was passierte.

»Welchen?«

»Nebula.«

»Ist sie hier?« Kenan freute sich.

»Möglicherweise.«

»Das ist doch gut, oder?«

»Wenn ich recht habe ... wäre es überhaupt nicht gut. Wünsch uns einfach, dass ich mich irre.«

XVIII. AD 4445 Nebula System – Carl – Eiskalt

»Kananga, du mieses Verräterschwein! Dafür werde ich dich umbringen!« Carl tobte vor Wut, es ging um Rose, er hätte diesem miesen Wichser an liebsten in die Fresse geschlagen und ihm seine Eier durch den Rachen bis unter die Nase gezogen. Kurz bevor er ihm mit dem Stiefel die Stirn eingetreten hätte.

»CARL, BITTE! WAS SOLL ICH TUN?« Rose brauchte dringend Hilfe. Carl befand sich an Bord der Jersey, seinem Raumschiff, mit dem er sich am Südpol von Nebula unter einem im Polarmeer schwimmenden Eisberg versteckte. Hier sollte ihn kein Sensor dieser Arschgeigen orten können. Das Funksignal wurde über eine tausend Kilometer entfernte Relaisstation maskiert.

»General, Sie haben die richtige Entscheidung getroffen. Noch hält die letzte Firewall«, erklärte Casper, der für Carl die Ausgeburt der Hölle darstellte. Dabei legte er bei der Wahl seines Umgangs in der Regel keinen großen Wert auf eine weiße Weste, aber dieses Monster stellte alles in den Schatten.

»CARL! HÖRST DU MICH NICHT? SAG MIR, WAS ICH TUN SOLL!« Roses Stimme war nah, sie war es nicht. Er konnte ihre Verzweiflung spüren, ohne dass er viel für sie tun konnte.

»GIB AUF! ROSE, HÖRST DU, GIB AUF! SCHALTE SOFORT DEN SPERRSCHILD AB!«, brüllte Carl.

Sie musste aufgeben. Es gab keine andere Chance. Diesen Kampf konnte sie nicht gewinnen. Kananga hatte ihr seine Knarre in den Mund geschoben.

Carl taumelte, er sah hilflos auf ein Display, das den

Countdown anzeigte. Die Zeit lief ab. Die Raketen würden alle töten. Kananga wusste genau, worauf er zu zielen hatte, nach seinen Plänen war die Bastion gebaut worden. Auf Nebula wäre von seinen Leuten dazu niemand in der Lage gewesen.

Rose, Casper und der General sagten etwas. Carl hörte nicht richtig zu. Casper hatte sie hintergangen, dieser niederträchtige Hund hatte sie alle betrogen.

Mehrere analoge Drohnen in der Nähe der Bastion registrierten die Einschlagstafetten der Lenkwaffen. Um das Inferno nachzuvollziehen, brauchte es keine Hochtechnologie. Die Explosionen würden das halbe Gebirge aus der Erde reißen, auf links drehen und als Granulat in der niedergebrannten Gegend verteilen.

»Colonel ...«, fragte ihn einer seiner Offiziere. Er sprach so leise, dass Carl ihn kaum verstand. Captain Jamal Mellerbee, sein erster Offizier. Kleiner als er, aber zum Glück nicht dümmer. Natürlich war die Verbindung zu Rose abgebrochen.

»Nein ... nicht jetzt.« Er wehrte ihn mit der offenen Hand ab, nicht in diesem Moment. Rose, verdammt, er war so dumm gewesen, sie in dieses Rattenloch zu schicken. Ohne darüber zu nachzudenken, hatte er sie in der Bastion in Sicherheit gesehen. Das lag vermutlich am Namen dieser Bodenstation, der eine Stärke vorgaukelte, die in der Realität nicht existierte.

»Sir.« Mellerbee ließ sich nicht verscheuchen, einer der wenigen, die auf Exillium keine Anklage zu erwarten gehabt hätten. Ein Mann der leisen Töne. Das konnte man nicht über viele in seiner Truppe sagen. Die hatten damals alle die Hand aufgehalten, viele sogar beide.

»Was?« Carl wollte nicht, aber er musste. Er hatte keine Ahnung, ob Rose noch lebte. Ihre Chancen waren schlecht. Nein, nein, er wollte nicht daran denken.

»Die Konferenz wurde beendet. Ich habe General Kananga auf einer privaten Leitung. Er möchte Sie gerne unter vier Augen sprechen. Es wäre sehr wichtig, hat er gesagt.«

»Glauben Sie ihm?«

»Ähm ... wie meinen Sie das?«

»Schon gut ... können Sie ihn für mich erschießen?«

»Ähm ... bitte?«

»Vergessen Sie es.« Für solche Fragen war er noch nicht verbittert genug. »Legen Sie das Gespräch in mein Büro.« Carl schüttelte den Kopf, er mochte diese Realität nicht, musste sich ihr aber stellen. Er verließ die Brücke.

Welche arme Sau hatte er vor den zerstörten Toren New Barcelonas erschossen? Wenn es nicht Nebula war, wer sonst? Hatten die ihn wirklich ein unschuldiges Mädchen abknallen lassen? Diese christlichen Wichser hatten genauso Blut an den Händen wie er, diese Mörderbrut konnte sich nicht erlauben, auf ihn herabzusehen!

Als Carl sein Büro betrat, in dem ein großes Poster an der Wand hing: *Fuck the Corporation*, auf dem das verrostete Logo des Planetenbundes von einem biestig dreinblickenden schwarzen Dackel angepisst wurde, saß Kananga bereits als holografische Projektion selbstgefällig in der Ecke und wartete.

»Wir müssen reden ...« Kananga, dieses blonde Schlitzauge, faltete die Hände scheinheilig zum Gebet. Alles, was jetzt kommen würde, war ohnehin gelogen.

Carl setzte sich hinter seinen Schreibtisch, würde der echte Wichser vor ihm sitzen, hätte dieser bereits drei Löcher im Schädel. Nur um sicherzugehen, sich klar ausgedrückt zu haben. Nicht, dass Kananga die erste Kugel in der Stirn mit einem Kater nach einer durchgezechten Nacht verwechseln würde. »Was wollen Sie?«

»Es geht um politische Notwendigkeiten.«

»Verrat!« Daran änderten auch schöne Worte nichts.

»Es war die Option des geringstmöglichen Schadens. Ich trage eine große Verantwortung.«

»Geh scheißen, Kananga!« Mit diesem blöden Gequatsche brauchte dieser Idiot ihm nicht auf den Sack zu gehen. Dieser Arsch hatte Rose auf dem Gewissen.

»Jede andere Entscheidung hätte ebenfalls Tote gefordert. Sehr viel mehr Tote sogar. Dieses mutierte Monster hat Cygni angegriffen, wir mussten sie aufhalten!«

»Deswegen werde ich dich töten!« Carl wusste noch nicht wie, aber er würde einen Weg finden. Am besten langsam, aber er würde die erste Gelegenheit nutzen, die sich ihm bot.

»Ich bedauere Ihre Haltung zutiefst.«

»Echt jetzt?« Carl warf einen gläsernen Aschenbecher an Kanangas Kopf, der durch die Projektion flog und an der Wand zerbrach. Ein weißes Pulver rieselte durch den Raum. Was für ein Jammer, das war künstliches Kokain. Damit hatte er Rose wie ein Bulle ficken können. »Sie ist tot, du Arschloch!«

»Vielleicht sollten wir uns unterhalten, wenn Sie emotional weniger kompromittiert sind. Nehmen Sie sich einige Tage frei. Ich werde Ihr Kommando übernehmen. Ihre Verbände werden an mich berichten. Sie müssen sich um nichts Gedanken machen. Alles wird gut. Ich kümmere mich darum. Wir sind doch Waffenbrüder.«

»Kananga, hast du den Arsch offen?« Carl stand auf, zog seine Waffe und erschoss den Sessel, in dem dieser Idiot saß. Das brachte wenig, fühlte sich aber gut an. »Keiner meiner Leute würde von so einem Wichser wie dir Befehle annehmen!«

»Carl, die Zeiten haben sich geändert, Sie sollten ...«

»NICHTS HAT SICH GEÄNDERT!«

»... zuerst etwas ruhiger werden. Ich habe Verständnis für Sie, beinahe schon eine Schwäche, aber mäßigen Sie Ihren Ton. Ich kann auch anders mit Ihnen umgehen!«

»Ach was?« Carl spuckte ihn an. »Anders als Rose Pawlo Raketen aufs Fell zu brennen? Was willst du tun? Willst du

Schwuchtel mir deinen japanischen Zwergenschwanz in den Arsch stecken?«

»Colonel Carl O'Brien, im Namen der Streitkräfte von Cygni entbinde ich Sie mit umgehender Wirkung Ihres Postens. Zudem weise ich Ihre Offiziere an, Sie sofort zu verhaften. Sie sind degradiert! Sie sind kein Offizier mehr! Sie werden in Haft gehalten und auf mein Schiff gebracht! Dort erwartet Sie ein Militärtribunal der Corporation. Ein Richter der Administration wird Ihren Fall verhandeln.«

»Wichser! Als du einen Vorteil davon hattest, mit uns zu spielen, hat es dich nicht gestört, im Dreck zu sitzen ... aber jetzt bis du wieder ganz der Corporationsarsch, der du schon immer gewesen bist. Was zahlt dir Casper für diesen Verrat?«

»Casper ist ein Agent der Administration ... Geld ist ihm gleichgültig. Die Menschen auf Cygni würden jederzeit mit Ihnen auf Nebula tauschen, aber dafür brauchen sie Geld. Geld, um Raumschiffe zu finanzieren, um sie herzubringen. Diesen Menschen habe ich mich verpflichtet, ihnen gilt mein Streben. Sie, O'Brien, sind erledigt!«

»Meine Leute werden dir Wichser niemals folgen! Eher kämpfen und sterben sie!«

»Sind Sie sich dessen sicher?«

Carl stand auf. Auf seinem fetten Arsch sitzend würde er den Tag nicht überleben. Er musste unbedingt mit seinen Offizieren im Feld sprechen, um sich deren Loyalität zu versichern. »Mellerbee!«

»Sir.« Die Tür sprang auf. Das kam so schnell, er musste direkt davor gestanden haben.

»Knipsen Sie das Hologramm ab!«

»Ähm ... warum?«

»Weil ich es Ihnen sage!« Das sollte doch nicht schwer zu verstehen sein.

»Aber das ist doch General Kananga«, erklärte der Jungspund, als ob es jemanden interessieren würde. Carl sicherlich nicht, der mit dem Japaner fertig war. Jedes weitere Wort war Zeitverschwendung.

»Schalten Sie ihn ab!«

»Ähm ... nein.«

»Captain, was soll das?«

»Sir, Sie sind kein Offizier unserer Kampfgruppe mehr, folglich können Sie mir auch keine Befehle erteilen. Der General hat Sie Ihrer Position enthoben. Bitte händigen Sie mir Ihre Waffe aus!« Mellerbee kam auf ihn zu. Im Gegensatz zu Carl trug er keine Waffe. Durchaus ein Fehler in dieser Situation.

»Du kleine Wurst! Hast du dich auch von diesen Geldsäcken kaufen lassen?«

»Ähm ... natürlich. Sir, Sie kommandieren Söldner ... was meinen Sie, warum ich mich Ihnen angeschlossen habe? Ich habe mich auch von Ihnen bezahlen lassen und das neue Angebot ist lukrativ. Sehr sogar. Zudem darf ich noch etwas älter werden, was ich begrüße, an Ihrer Seite kann man leider nur sterben.«

Carl zog seine Waffe und zielte auf seinen Kopf. Mellerbee hatte sich mit dem Falschen angelegt. Kananga sah sich das Schauspiel immer noch in der Ecke sitzend sichtlich amüsiert an. »Dich vernasche ich doch zum Frühstück.«

»Das würde ich nicht tun, Sir.«

»Eine Kugel ist, was Verräter von mir bekommen!« Carl schoss ihm ins Gesicht. Das Projektil schlug in die Wand. Scheiße, er hatte doch auf drei Meter nicht danebengeschossen. Ein zweiter Schuss brachte ein ähnliches Resultat und ein zweites Loch in der Wand. Direkt neben dem ersten.

»Sir, ich arbeite bereits drei Jahre für Sie. Mir ist Ihre Unbeherrschtheit wohl bekannt. Genauso wie Ihre fehlende Erziehung und diese ständigen respektlosen Beleidigungen.«

»Ein Hologramm ...« Jetzt hatte es Carl verstanden. Diese Technologie funktionierte auf 50.000 Kilometer genauso gut wie auf zehn Meter. Man konnte auch mit der Stimme tricksen, damit sie sich wie von einem Menschen gesprochen anhörte. Es gab Tage, an denen Mellerbee eine Spur zu schlau war.

»Sir, Ihre letzte Chance. Händigen Sie mir umgehend Ihre Waffe aus. Niemand muss heute sterben.«

»O'Brien, Sie sollten auf Ihren ehemaligen Captain hören.« Kananga sollte endlich die Schnauze halten.

»Ehemalig?«

»Ich habe ihn zum Major befördert. Er wird das Kommando auf der Jersey übernehmen. Das Schiff ist noch gut in Schuss ... finden Sie nicht auch, dass er es verdient hat?«

»Ich zeige euch Wichsern, was ihr euch verdient habt.« Besondere Situationen erforderten besondere Maßnahmen. Carl war schon immer ein Freund unkonventioneller Lösungen. Einer der Gründe, weswegen er in seiner Karriere die eine oder andere Umleitung hatte nehmen müssen. Er ging zu einem Wandschrank, in dem er ein mobiles Sturmgeschütz aufbewahrte. Aus sentimentalen Gründen, nur wegen dieser Waffe lebte er noch.

»Yeah, Baby!« Er streichelte die Grazie. 20-Millimeter Impulsgranaten, ein modifizierter Schulterrepetierer, vierzig Kilogramm schwer, also keine Waffe für Muschis. Eigentlich keine, die man in einem Raumschiff abfeuerte. Carl schoss. Interessanterweise waren Impulswaffen nicht laut. Zielen musste er nicht, das Ding in die ungefähre Richtung zu halten, genügte völlig. Der Einschlag räumte vor ihm in einem breiten Trichter alles weg: den Boden, die Decke mit dem Hologrammprojektor und die Wand samt der Tür. Genauer gesagt drei Wände, um den ganzen Schaden zu beschreiben. Zwischendrin gab es zwei rote Schmierflecken. Rechts lugte aus dem Schutt der zerfetzte Rüstungsstiefel einer Gefechtsrüstung hervor. Mellerbee, dieser kleine Schwanzlurch, hatte zwei Leute in voller Ausrüstung vor seiner Kabine auflaufen lassen. Um dem Beschuss einer 20-Millimeter Impulsgranate standzuhalten, waren diese Kampfrüstungen nicht gebaut worden.

»Mellerbee! Lebst du noch?«, rief Carl durch den qualmenden Schrott. In der Ecke brannte es. Feuer auf einem Raumschiff war keine gute Sache, ihm aber gerade recht. Die holografische Verbindung mit Kananga existierte nicht mehr.

»Ja, Sir. Ich wusste von der Waffe.«

»Und wer waren die beiden roten Flecke?« Leute zu töten, die man nicht kannte, mochte Carl nicht. Bekannte Feinde sterben zu sehen, gab ihm den besonderen Kick.

»Vekker und Larson, beides Infanteristen, ich hatte gehofft, auf ihre Hilfe verzichten zu können.«

»Kollateralschäden.« Carl schoss erneut, repetierte und feuerte ein drittes Mal in die gleiche Richtung. Dort ging es zur Brücke. Die Modifizierung seiner Waffe bewirkte, die gesamte Geschossenergie in die Breite zu streuen, wie bei einer alten Schrotflinte, nur mit effektiverer Munition.

»Sir, mit dieser archaischen Waffe werden Sie die Jersey im Polarmeer versenken.«

»Das könnte passieren … du lebst noch, wie ich höre. Wen habe ich jetzt erwischt?« Carl zählte drei neue Matschflecke in den Trümmern. Vor ihm lag ein dreigeschossiges und zwanzig Meter langes Loch inmitten der Jersey. Von der Decke hingen mehrere Funken sprühende Kabel herab, links brannte etwas, das wie ein Bein aussah und von unten strömte veröltes Kühlwasser in den Hohlraum. Fünf Schüsse in eine Richtung und er würde vermutlich die Außenhülle wegficken.

»Sir, Sie haben Ortega, den Funker, Miller, eine Infanteristin von der Zweiten und Jaeger, den Bordkoch getroffen. Hier klebt Pudding an der Wand. Die Kombüse und die Offiziersmesse wurden auch zerstört.«

»Willst du mich immer noch verhaften?« Jetzt wusste Carl auch, warum es nach verbrannten Zwiebeln roch. Den Koch hätte er bereits früher erschießen sollen.

»Selbstverständlich.« Mellerbee räusperte sich. »Sir, das ist nichts Persönliches, aber der General legt bei Ihrer Verhaftung keinen Wert darauf, Sie lebend zu bekommen.«

»Dann komm doch persönlich, um mich zu holen!« Das würde Carl gefallen. Die kleine Ratte würde bestimmt einen besonders fetten Fleck abgeben.

»Sie würden mich erschießen, besser nicht, Sir. Es gibt eine bessere Option.«

Carl sah sich um, er hatte genug Munition, um jeden auf dem Schiff zu erschießen. Wobei er bei dem Versuch vorher nasse Füße bekommen würde. Verdammt, was sollte er tun?

Offenbar war es Kananga gelungen, die ganze Crew gegen ihn aufzuwiegeln. »Und welche wäre das?«

»Warten Sie einen Moment.«

»Das werde ich nicht tun!« Carl kletterte in die Öffnung herab, die er in das Deck geschossen hatte. Er würde Mellerbee jagen gehen und das Kommando wieder an sich reißen. Bestimmt würden die anderen klein beigeben, sobald er diesen verräterischen Aufrührer erledigt hatte. »Ich komme dich jetzt holen!«

»Nein, nein, das glaube ich nicht.« Da sollte sich der Grünschnabel nicht so sicher sein. Carl folgte der Stimme.

»An die anderen! Wenn ihr meinen Befehlen wieder folgt, werde ich nur Mellerbee seinen Sack ins Maul stopfen! Ihr müsst ihn nur festhalten und nach mir rufen!« Das würde klappen, Deserteure waren selten Helden. Die meisten hatten Angst vor ihm, das wusste er.

»Sir, bei allem Respekt. Die Mannschaft möchte Sie nicht mehr. Ich habe niemanden überzeugen müssen. Ich war sogar der Letzte, der an Ihrer Seite stand. Aber Ihre Zeit ist vorbei. Sie sollten den Tatsachen ins Auge sehen. Auch wer für Geld kämpft, möchte nicht von einem Soziopathen befehligt werden. Ich bitte diesen Begriff zu entschuldigen, aber die Besatzung ist dieser Meinung.«

»IHR SEID DOCH ALLES NUR SCHWANZLOSE KLEINE WICHSER!«, brüllte Carl, dem Speichel am Kinn herablief. Dann würde er eben alle an Bord töten, als ob er noch einen von diesen unfähigen Idioten brauchen würde. Rose war die Einzige, die ihm das Wasser reichen konnte, alle anderen waren doch nur armselige Würstchen.

»Sir, leider bestätigen Sie die über Sie vorherrschende Meinung. Bestimmt sehen Sie ein, dass Ihnen die persönliche Stabilität fehlt, um diesen hohen psychologischen Belastungen standzuhalten. Ich bin natürlich kein Arzt, aber ich denke, Sie bräuchten Hilfe.«

Carl presste die Lippen zusammen, aus der Innentasche seiner Uniform holte er eine kleine weiße Tüte hervor, riss sie mit den Zähnen auf und schniefte den Inhalt. In seinem Kopf blendete ihn ein leuchtender Sternenhimmel und in seiner Hose richtete sich ein dazu passend geschmückter Weihnachtsbaum auf. Yeah, Baby, jetzt würde er eine Runde ficken gehen!

Carl schoss, repetierte, schoss erneut, schrie und lud erneut durch. Immer wieder auf dieselbe Stelle. Dort vermutete er Mellerbee. Wenn es nötig sein sollte, würde er das ganze Schiff ausweiden. So oder so, er würde diesen kleinen Schwanzlurch jetzt in Stücke schießen. Der Verschluss der Waffe stand offen. Er löste das leere Magazin, das scheppernd auf den Boden fiel, und steckte ein neues in das mobile Sturmgeschütz. Repetieren und weiterfeuern. Es stank nach verbranntem Plastik. Er schoss weiter, das ganze Magazin wanderte in den Schiffsrumpf der Jersey. Wieso tat sich da vorne nichts? Staub vernebelte die Sicht. Immer wieder blitzten Impulsgranaten auf. Carl war zu allem entschlossen, die hätten ihn nicht mit dem Rücken an die Wand treiben sollen.

»Sir, was Sie tun, bringt nichts. Wir haben ein starkes energetisches Kraftfeld um Sie herum aufgebaut. Stark genug, um dem Beschuss Ihrer Waffe standzuhalten. Sir, das verstehen Sie doch, oder? Ich bin jetzt der Kommandant der Jersey und für das Leben der Besatzung verantwortlich. Sir, ich konnte Ihnen unmöglich erlauben, das Schiff zu zerstören. Sie wissen doch, wir befinden uns unter Wasser. Eine Beschädigung der Außenhülle hätte an diesem Ort dramatische Folgen. Sir, bitte, legen Sie die Waffe nieder.«

Carl drückte den Abzug. Klick, das nächste leere Magazin fiel auf den Boden. Mit offenem Mund erkannte er die orange Energiebarriere, mit der Mellerbee ihn eingesperrt hatte. Das Licht schimmerte matt. Er hatte bereits das nächste Magazin in der Hand, zögerte aber, es in die Waffe zu stecken.

»Sir, es freut mich, dass Sie meinem Vorschlag Gehör schenken. Glauben Sie mir, es ist das Beste für Sie. Bitte erschrecken Sie sich nicht, aber wir werden jetzt die energetische Barriere verkleinern. Ich empfehle Ihnen, nicht mit der Oberfläche in Berührung zu kommen, Sie könnten sich schwere Verbrennungen zuziehen.«

Carl wusste nicht, was er sagen sollte, sein Herz raste, aber sein Kopf fühlte sich leer an. Er sah auf seine Hand, sie zitterte, das volle Magazin fiel in eine Pfütze. Es aufzuheben, machte keinen Sinn. Mellerbee, der kleine Fickfrosch, hatte ihn an die Wand genagelt. Er war einfach zu smart für den Job.

Rose, dachte er, sie war die Einzige, der er nahe sein wollte. War das Leben nicht scheiße? Warum musste sie vor ihm sterben? Die hätten ihn töten sollen. Hatte er ihr eigentlich jemals gesagt, dass er sie liebte? Er wusste es nicht. In seiner Erinnerung gab es nur Sex, Drogen und zu viele Tote. Ein Schauer erfasste ihn. Er wusste nicht, ob er dieser Frau jemals wirklich nahe gewesen war.

Die orange Kugel wurde kleiner und schloss ihn ein. Der Kampf war vorbei. Carl ließ die Waffe fallen.

»Sir, ich danke für Ihr Verständnis. Bitte seien Sie so gut und gehen Sie einige Schritte zurück. Ich würde es begrüßen, wenn Sie keine weiteren Versuche unternehmen würden, Besatzungsmitglieder zu töten.« Mellerbee stand hinter der Kugel. Auch jetzt trug er keine Waffe. Er hatte ihm einmal erzählt, dass er keine mochte. Verrückt oder? Dennoch hatte er sich ihrem Verein angeschlossen.

Carl gehorchte, er wich zurück. Seine Halsschlagader pulsierte, er glaubte, dass ihm gleich der Kopf explodieren würde. Das Kokain hielt ihn auf Drehzahlen. Die Energiebarriere kollabierte. Was dann folgte, war der Kolben eines Gewehres, mit dem einer der Infanteristen ihn von den Beinen holte. Der Schlag presste ihm die Luft aus den Lungen. Er ging zu Boden und röchelte krächzend nach Luft. Die Behandlung, die jetzt folgen würde, kannte er schon. Er hatte es selbst mit Schwächlingen und Verrätern nicht anders gemacht. Als Nächstes landete ein Stiefel in seinem Gesicht. Die Nase brach. Na, die brauchte er jetzt auch nicht mehr.

»Aufhören«, sagte Mellerbee mit ruhiger Stimme. Die anderen hörten auf ihn. Niemand schlug oder trat ihn erneut. »Auch wenn Kananga keinen Wert darauf legt, Sie lebendig zu bekommen, wird er Sie dennoch an einem Stück erhalten.«

»Warum?« Carl verstand es nicht. Mellerbee hätte ihn fertigmachen können, tat es aber nicht.

»Versorgt seine Wunden, legt ihm Handschellen an und verpasst ihm einen Maulkorb. Ich möchte keine Beleidigung mehr von ihm hören.«

Später. Carl hatte ein Problem, die Zeit einzuschätzen. Er war immer noch voll drauf. Seit die ihm Handschellen verpasst hatten, fehlte ihm ein Stück. In seinem Kopf spielte eine Kapelle nackter Kaninchen immer noch Weihnachtslieder.

»Der ist voll zugedröhnt ...«, sagte jemand. Er wusste nicht wer, es spielte auch keine Rolle.

»Ja.« Das war Mellerbee. Sehen konnte Carl ihn nicht. Erst jetzt stellte er fest, dass er sabbernd am Boden lag. Die hatten ihn in einen Bereich der Jersey gebracht, den er nicht zerschossen hatte. Da waren Monitore an der Wand, er war aber nicht in der Lage, etwas zu erkennen. Dafür hätte er seinen Kopf heben müssen, wozu ihm die Kraft fehlte.

Verdammt, er hatte sich auch in die Hose gepisst.

»Hier ist die Gallagher. Jersey gehen Sie auf 76 Grad Ost und halten Sie die Höhe.«

»Jersey für Gallagher: bestätigt.« Das war wieder Mellerbee, der den Job machte, als ob er dafür geboren wurde. Offenbar befanden sie sich wieder in der Luft. »Der Gefangene ist für die Übergabe bereit. Wir warten auf Ihren Gleiter.«

»Gallagher für Jersey: Gleiter ist unterwegs. Rendezvous bei Tango drei.«

»Major, sollen wir die Deflektoren hochfahren?«, fragte ein anderer Schlaumeier auf der Brücke.

»Gibt es eine Gefahr?«, fragte Mellerbee.

»Nur zur Vorsicht.«

»Das ist die Gallagher ... wir haben getan, was von uns verlangt wurde. Die können O'Brien haben. Die Deflektoren hochzufahren, wäre eine unnötige Provokation.«

»Natürlich Major.« Der Typ gab klein bei. Carl hatte immer noch Probleme, die Stimmen zuzuordnen. Das Kaninchen mit dem Saxophon machte einen Heidenlärm.

»Major, wir können den Gleiter der Gallagher ausmachen. Er kommt schnell auf uns zu. Wir haben Tango drei erreicht. Höhe 1.200 Meter über dem Meer«, erklärte eine andere Stimme. Carl drehte sich nicht nach ihr um, das hätte er ohnehin nicht hinbekommen. Unter dem Meer hatte es ihm besser befallen.

»Schnell?«

»Mach 17.«

»Welcher Gleiter fliegt Mach 17?«

Oh, es gab etwas, was der Fickfrosch nicht wusste. Carl kicherte wie ein kleines Kind, der seinem Vater die Pantoffeln versteckt hatte.

»Geschwindigkeit steigend. Der Gleiter beschleunigt. Der Gleiter fächert auf. Rendezvous neu berechnet. Treffen in zwölf Sekunden. DAS SIND LENKWAFFEN!«

»DEFLEKTOREN HOCH! SPERRFEUER AUF DIE LENKWAFFEN ERÖFFNEN! AUSWEICHEN EINLEITEN!«, brüllte Mellerbee, der es versaut hatte. Dieser Trottel!

»WAFFENSYSTEMKONTROLLE OFFLINE! DEFLEKTOREN OFFLINE! TRIEBWERKSTEUERUNG OFFLINE! MAJOR, DIE BLOCKIEREN UNSERE SYSTEME!«

Acht, sieben, sechs, Carl zählte in Gedanken herunter. Er kicherte immer noch. Fünf, vier, Kananga hatte sie gefickt. Für die blockierten Systeme war vermutlich Casper verantwortlich. Drei, zwei, eins, Carl freute sich, Rose wiederzusehen. Die Explosionen der Lenkwaffen zerrissen seine Gedanken in dunkle Fetzen, die im Nichts versanken.

XIX. AD 4445 Nebula System – Emma – Höllenritt

Die Erde bebte. Emma wurde unter die Decke geschleudert. In ihren Armen befand sich Nebula, deren Kopf und Nacken sie, so gut es ging, schützte. Vermutlich hatte Emma sich dabei den Rücken gebrochen. In dem Tosen vergingen die Schreie anderer in einem Rauschen. Neben ihnen riss die Decke aus Verbundspritzbeton auf, ein großes Bruchstück wurde nach unten gedrückt und zermalmte die Pritsche, auf der sie zuvor gelegen hatten.

Auch die netzunabhängigen Notlichter verloschen oder wurden inmitten dieses gigantischen Reißwolfs in Stücke gerissen. Alles drehte sich, bevor es Sekunden später zu Ruhe kam. Dunkelheit, die Luft schmeckte staubig und roch nach verbrannten Haaren. Inzwischen konnte Emma niemanden mehr schreien hören. Stille kehrte ein. Sie versuchte, mit den Fingern zu ertasten, wo sie war. Das Bruchstück von der Decke, das die Pritsche auf dem Gewissen hatte, blockierte ein weiteres Stück, was ihnen nun einen bescheidenen Überlebensraum gewährte. Pures Glück – gab es das überhaupt? – nein, sie würde jetzt nicht über Gott nachdenken. Dafür war bereits zu viel passiert.

»Danke«, flüsterte sie, etwas in ihr weigerte sich, zu der zynischen Person zu werden, die das Schicksal eigentlich hätte aus ihr formen müssen. »Nebula?«

Sie antwortete nicht.

»Alles wird gut ... ich bin bei dir.« Emma klammerte sich regelrecht an den leblosen Körper. »Wir werden überleben!« Sie drückte gegen die drei Seiten ihrer Zuflucht. Die massiven Bauteile bewegten sich keinen Zentimeter. Eine Öffnung, die ihnen die Flucht ermöglichen könnte, gab es nicht. Die Luft wurde immer schlechter. »Keine Sorge, ich werde einen Weg finden!«

Etwas Unbändiges in Emma bäumte sich auf. Absolut unwillig, die Ereignisse zu akzeptieren. Bisher hatte sie immer einen Weg gefunden. Das war nur eine Frage der Entschlossenheit.

»... Weg finden.« Emma bemerkte, dass sie kurz weggesackt war. In der Atemluft befand sich nicht genug Sauerstoff. Sie atmete schnell und flach. Die Sonne schien. Kenan kam auf sie zu. Er lächelte und hielt ein kleines Mädchen an der Hand. Ihre gemeinsame Tochter. Leia quiekte vergnügt und brachte Kenan auf der Wiese zu Boden, der das sichtlich vergnügt mit sich machen ließ.

»Da ist jemand!«, sagte eine Stimme, die sie störte. Der Typ sollte verschwinden. Emma wollte ihre Zeit mit Leia und Kenan genießen, sie war bereits zu lange von zuhause fort.

»Wo?«, fragte eine Frau.

»Der Scanner zeigt hinter der Bodenplatte einen Hohlraum und zwei Personen an. Von einer kann ich den Herzschlag wahrnehmen. Halte den Minenlaser höher, dann schneidest du denen nicht die Köpfe ab.« Die Stimme des Mannes erkannte Emma.

»Okay!« Einen Moment später schnitt sich ein fingerdicker roter Lichtstrahl durch das Bruchstück über ihnen. Das Material gab nach, fiel aber nicht auf sie. Der eingeklemmte Sockel hielt es in Position. »Ich bin durch! Sanchez, setz' den hydraulischen Spreizer ein, damit bekommen wir sie frei.«

»Kat Davenport, Sweetheart, dich habe ich hier nicht erwartet«, sagte eine Frau, die Emma Wasser zu trinken gab. Sie hatte extrem muskulöse Arme. Mist, das war Domino, die Emma vorhin verprügelt hatte. An ihrer Schulter erhellte ein Notlicht die düstere Szenerie. Ihre Nase hing schief in ihrem blut- und dreckverschmierten Gesicht.

»Was ist ...« Emma sammelte sich noch. Von ihr gerettet zu werden, hatte sie nicht erwartet.

»Was passiert ist? Irgendwelche Arschgeigen haben unseren Bunker angegriffen. Die oberen Ebenen sind völlig zerstört.«

»Aber?«

»Warum ich dir Wasser gebe?«

»Ähm ...«

»Weil ich ein gutes Herz habe und Sanchez und ich deinen Knackarsch aus dem Sarg befreit haben.«

»Was ist mit ...« Emma drehte sich hektisch auf die Seite.

»Mit Lucy?« Domino nahm Emmas Hand. »Sie ist tot, Schwester. Peach hat es auch nicht geschafft. Scheiße, die haben uns ganz schön eingeheizt. Du bist die Erste, die wir aus dem Gestein freischneiden konnten.«

»Wo ist sie?« Emma sucht Nebula, die zum Glück direkt neben ihr lag. Das Gesicht voller Staub, wie durch ein Wunder hatte sie nur ein paar Kratzer abbekommen. Das würde wieder in Ordnung kommen. Nebula war kein normaler Mensch, sie hatte schon ganz andere Dinge überlebt. Emma zog sie an sich heran, um sie zu beschützen. Ihre schwarze Haut fühlte sich kühl an.

»Kat, sie ist tot. Etwas muss ihr bei der Explosion Gesicht und Hände verbrannt haben.«

»Nein ...« Emma schüttelte den Kopf. Das war in Ordnung. Domino wusste es nicht besser. Nebula war auf einer wichtigen Mission und sie hatte über ihren Körper zu wachen.

»Scheiße ... das ist hart.« Sanchez stand neben ihr. Er trug immer noch nicht mehr als seine Unterhose, die durch die Ereignisse nicht sauberer geworden war. Über der Schulter hielt er einen modernen hydraulischen Spreizer, mit dem man im Bergbau massive Felsplatten aufbrach. Das Logo des Herstellers, Vandenberg Industries, zeigte, dass das Equipment von Cygni stammte.

»Also Sanchez, mein kleiner Hengst, wie geht es weiter?«, fragte Domino, die aufstand und sich herumdrehte. Durch das Licht an ihrer Schulter konnte Emma mehr von dem Hohlraum sehen, in dem sie sich befanden. Vielleicht vier Meter hoch und sieben Meter lang. Von unten strömte ein Luftzug an ihr vorbei.

»Vergiss nicht! Wenn ich dich hier rausbringe, wirst du mir einen blasen!«

»Sweetheart, dir werden dabei die Klöten wegfliegen!«

»Deal!«

Emma verdrehte die Augen, aber besondere Situationen rechtfertigten auch besondere Allianzen. »Wo kommt der Luftstrom her?«

»Die Tücke bei Bau dieses Bunkers war das Grundwasser. Es gibt einen unterirdischen Wasserlauf, den wir umleiten mussten. Ansonsten hätten wir ein Schwimmbad gehabt.« Sanchez wirkte, als ob er wusste, worüber er sprach. »Das Wasser geht nach unten weg. Wir haben ein komplettes Drainage-System gebaut.«

»Woher weißt du das alles?«

»Ich war Pionier bei den Feds, ich habe auf Exillium Brunnen und Tunnel gebohrt.«

»Danke ... dass du mich aus dem Loch geholt hast.« Auch ihn hatte Emma nicht sonderlich nett behandelt.

»Ähm ... ja. Schon in Ordnung. Gut ... also es gibt einen Wasserlauf, der hinter der Wand nach unten geht. Deshalb kamen wir bei dir vorbei. Ähm ... weswegen wir uns weiter in dieser Richtung durch den Stein schneiden werden.«

Emma machte große Augen. So viel Glück konnte man kaum haben.

»Sanchez, der Laser ist auf 41 Prozent. Es wäre uncool, wenn du dich mit der Richtung vertust. Nach oben haben wir keine Chance und ich möchte hier nicht verschimmeln!«

»Klar Ladies, ich rette euch beide! Ihr dürft euch dann

auch beide an meiner Zuckerstange bedienen!« Sanchez schien sich in seiner neuen Rolle zu gefallen. Er klopfte sich auf seine schmale Brust. Aus verständlichen Gründen hantierte Domino mit der schweren Bergbauausrüstung. Der Laserschneider wog vermutlich mehr als Sanchez.

Emma wollte etwas sagen, aber Domino zeigte ihr mit einem plakativen Augenaufschlag an, besser zu schweigen.

»Also weiter in diese Richtung?« Domino hob die Apparatur an, um die nächste Platte zu zerschneiden.

»Genau!«

»Und warum kommt der Luftsog aus der anderen Richtung?«, fragte Emma, die die emsige Stimmung ungern störte, aber selbst ein Interesse daran hatte, die verbliebene Energie des Laserschneiders sinnvoll einzusetzen.

»Nach unten müssten wir eine drei Meter starke Grundplatte durchschneiden, die einen Riss hat, aber nicht passierbar ist. Ich habe es mir angesehen. An der Seite ist die Wand auf dieser Höhe nur dreißig Zentimeter stark. Das kriegen wir hin, ohne dass uns der Laser auf der halben Strecke verreckt. Zudem gibt es direkt am Wasserlauf eine Leiter, die nach unten führt.«

Emma nickte, Sanchez' Argumente waren überzeugend. Sie blieb sitzen und streichelte Nebulas Stirn, während Domino den nächsten Schnitt ansetzte. Ihr Gesicht war ganz staubig. Ihre Kleine sah aus, als ob sie schlafen würde.

Später. Domino arbeitete wie ein Tier, ihre Haut war komplett mit Staub bedeckt. Sie hatte mit der letzten Energie des Lasers einen V-förmigen Schnitt an einer Wand vorgenommen, die Sanchez als Außenwand deklariert hatte. Hoffentlich lag er nicht daneben. Mit weiterer Hilfe brauchten sie nicht zu rechnen.

»Kannst du diesen Teil wegbrechen?«, fragte Domino, die außer Atem war.

»Kann ich!« Sanchez setzte den hydraulischen Spreizer an und brach das tonnenschwere Stück wie eine morsche Dachlatte aus der Wand. Das Bruchstück schlug dumpf auf den Boden der fünften Ebene, der hier noch intakt war. Dahinter stürzte wirklich Wasser herunter. Sehr tief sogar, wenn Emma das Rauschen in der Ferne richtig deutete. »Na, Ladies, kommt ... sagt es: Das war gut!«

Emma nickte, Domino schüttelte amüsiert den Kopf. Wie er in seinen schmierigen XXL-Shorts da stand. Dreckig, mit krausen Haaren an den Beinen und einer knochigen Brust, bei der im Vergleich sogar an Dominos Unterarmen mehr dran war.

»Ich will es hören!« Er zelebrierte den Moment.

»Du bist gut!« Domino klatschte Beifall. Emma stieg mit ein. Um Großes zu leisten, musste man nicht groß sein.

»Oh, er wird euch schmecken!« Er hielt sich demonstrativ seine Eier, während er sich auf die Lippe biss. Jeder Mensch brauchte eine passende Motivation.

»Noch sind wir nicht an der Oberfläche.« Domino wusste seinen Übermut zu bremsen.

»Noch nicht ... aber bald!« Er legte den Spreizer ab und streckte die Faust siegreich nach oben. Emma wollte darüber nicht lachen, sie wäre froh gewesen, mit dieser Leichtigkeit weitermachen zu können. Ihre Gedanken waren zurzeit schwärzer als jede Nacht. »Ich werde in deinem Mund kommen!«

»Klar.« Domino legte den Laser ab, der durch die hohe Hitzeentwicklung qualmte.

Im nächsten Moment explodierte Sanchez' Brust und verteilte seine Eingeweide in der Gegend. Teile landeten auch auf Emmas Wange, die sich instinktiv über Nebula beugte. Was war das? Wo kam das her? Wer schoss da auf sie?

»Drohnen!«, schrie Domino und sprang auf die Seite. Keinen Moment zu spät, da der melonengroße Angreifer auf sie feuerte. Und verfehlte. Die Projektile ließen Bruchstücke aus dem Boden platzen. Mit der Öffnung in der Außenwand hatten sie dem Tod die Tür geöffnet. Der geheime Drainagekanal unter der Bastion war nicht so geheim, wie es ihnen hätte recht sein können.

»Runter!« Emma zog Nebula in eine Vertiefung und aus der Schusslinie heraus.

Wie hatte sie nur so dumm sein können. Natürlich versuchten ihre Gegner, den Schaden zu untersuchen. Und wo die Trümmer an der Oberfläche die Suche behinderten, erlaubte dieser Entwässerungskanal eine Untersuchung von der anderen Seite.

Diesen Drohnentyp kannte Emma bereits. Mit den Systemen war dieses Söldnerpack auch in New Barcelona eingedrungen. Keine Hochtechnologie, aber um Menschen zu töten, reichte es locker. Ein Quadrocopter mit einer automatischen Waffe und analoger Kommunikation. Die hatten immer Angst gehabt, von Nebula gehackt zu werden. Die abgeschirmte KI reagierte auf Bewegungen und Geräusche. Das Ding war zu dumm, um mit ihnen zu reden, aber zum Töten reichte es.

Domino warf der Drohne einen Stein gegen das Chassis, was die Fluglage destabilisierte. Auf den Moment hatte Emma gewartet, die aufsprang, nach dem Ring griff, der die Rotoren schützte und die Waffe aus der Halterung riss. Mit dem nächsten Handgriff unterbrach sie die Stromversorgung, was die Rotoren sofort absterben ließ.

Mit militärischen Drohnen der Corporation konnte man das nicht machen. Da hätte man sich nur verstecken oder sehr schnell rennen können.

»Du kennst dich aus …«

»Sanchez hat es erwischt.« Emma bedauerte seinen Tod. Sein technisches Wissen hatte ihnen einen Fluchtweg eröffnet und ihn gleichzeitig getötet. Verdammt, warum lief das immer so ab? Der Deal war nicht fair.

»Er war ein Arsch ... aber verdient hat er es nicht.«

»Wir müssen weg hier.« Emma warf Domino die Waffe zu. Mit kernloser Explosivmunition. Da genügten auch kleine Kaliber, um bei einem Menschen tödliche Wunden zu bewirken.

»Was hast du vor?« Domino nahm die Waffe, lud sie durch und stellte sich an die Seite des aufgebrochenen Zugangs. Drohnen waren Rudeltiere, da konnten noch mehr in der Nähe sein.

»Ich nehme sie mit.« Emma hatte nicht vor, Nebula zurückzulassen.

»Sie ist tot.«

»Das spielt keine Rolle.« Emma konnte und wollte es ihr nicht erklären. Domino gehörte zu ihren Feinden. Was die Frage aufbrachte, warum sie eine Drohne der Feds angegriffen hatte? Die KIs waren nicht helle, aber auch nicht so minderbemittelt, Freund und Feind nicht unterscheiden zu können. »Die Drohne ist von uns ... warum wurden wir von dem Mistding angegriffen? Wer war das?«

»Ich weiß es nicht ...« Domino hielt weiter Ausschau nach möglichen Gegnern. »Da muss etwas mächtig schiefgelaufen sein. Das sind Lenkwaffen gewesen. Eine punktgenaue Bombardierung. Die Schiffe der Corporation können es nicht gewesen sein, die wurden durch den Sperrschild aus dem Spiel genommen. Da die Radicals zu einem solchen Angriff nicht mehr in der Lage sind, bleiben nur Schiffe von Cygni als Angreifer übrig.«

»Unsere Verbündeten?« Emma spielte mit. Im Moment war sie Kat Davenport und kämpfte gegen die Radicals. Sie wollte Domino sicherlich nicht sagen, wer sie wirklich war.

»Verrückt, oder?«

»Dann würden alle gegen uns stehen ... die Corporation, Cygni und die Radicals.«

»Wir sind am Arsch!«

»Nein, die kriegen uns nicht. Wir hauen ab. Du gehst mit der Waffe vor, ich werde Ne ... äh ... Lucy tragen.«

»Warum willst du ihre Leiche mitnehmen?«

»Das habe ich jemandem versprochen ... es ist wichtig für mich.« Emma würde Wort halten. Sie sah aus der Öffnung in die Tiefe. Sehen konnte sie nichts. Das Wasser verschwand in der Dunkelheit. Gegenüber befand sich eine im Stein befestigte Leiter, die über ihnen abgerissen war und von einer Steinplatte bedeckt wurde. Das Wasser fand dennoch seinen Weg. Unter ihnen ließ sich das Ende der Leiter nicht erkennen. »Ich werde dich nicht behindern. Wenn ich zurückfalle, brauchst du nicht auf mich warten. Das ist der Deal!«

»Einverstanden.« Domino nahm zwei Schritte Anlauf und sprang durch das herabfallende Wasser an die Leiter. Das war kein wilder Wasserfall, aber die Griffe der Leiter mussten glatt sein. Domino fand sicheren Halt und kletterte abwärts. Die Lampe an ihrer Schulter war ihre einzige Lichtquelle.

»Nebula, du musst mir helfen! Halte dich gut an mir fest!« Emma nahm den leblosen Körper über die Schulter und sprang ebenfalls. Die Distanz betrug zwei Meter, mit fünfzig Kilogramm beladen und nassen Händen wurden es nicht weniger. Sie flog durch die Luft, Wasser spritzte ihr ins Gesicht und einige Steine vielen herunter. Emma packte zu. Sie rutschte ab, knallte mit der Seite gegen eine Leitersprosse und fing sich erst einen halben Meter tiefer.

»Was du machst, ist Selbstmord!«, rief Domino von unten.

»Klettere einfach weiter.« Für Emma stand Nebula zurückzulassen nicht zur Disposition. Eher würde sie sterben, als aufzugeben. Sie würden es schaffen!

»Du bist verrückt!«

Darauf antwortete Emma nicht und kletterte weiter nach unten. Sie ergriff eine Sprosse nach der anderen. Inzwischen war der ganze Dreck von ihr heruntergewaschen. Zum Glück hatte Domino Nebulas schwarze und verdreckte Haut für Brandwunden gehalten. Die Täuschung würde früher oder später auffliegen.

Egal, darüber wollte sich Emma erst Gedanken machen, wenn es soweit war.

Ein ganzes Stück weiter unten. Die Architekten hatten diesen Wasserlauf durch das Gestein nicht schaffen müssen, den hatte es schon vorher gegeben. Die Höhle, in der sie sich befanden, wurde über viele Jahre ausgespült. Die hatten die Bunker nur so in den Felsen gebaut, damit sie dem Wasser nicht im Weg standen.

Domino ging vor. Leise und vorsichtig. Das Wasser reichte bis zu den Knien. Emma folgte ihr mit Nebula über der Schulter. Das magere Licht half ihr. Domino hatte zu Nebulas unnatürlich schwarzer Haut noch keinen Ton gesagt.

»Wie weit geht dieser Gang in den Felsen hinein?« Emma ging weiter, das Gefälle war hier nicht stark, aber es ging ständig weiter abwärts. Ein Luftzug war hier nicht zu spüren.

Weiter im Felsen. Emmas Beine wurden müde, ihre Schritte langsamer und der Abstand zu Domino größer. Nein, sie blieb stehen und wartete auf sie.

»Ich kenne niemanden, der so verrückt ist wie du!«

»Das haben schon andere gesagt.«

»Was ist das mit dir und der Kleinen?« Domino warf Emma die Waffe zu und machte sich daran, Nebula zu übernehmen. Emma war in diesem Moment so perplex, dass sie es wortlos geschehen ließ. Ihre zittrigen Beine dankten es ihr.

»Das ist eine lange Geschichte.« Das stimmte sogar. Sie begann vor vielen Jahren auf Sigma, als Emma noch nicht geboren war. Annika Boergaard hatte eine verhängnisvolle Kette von Ereignissen in Gang gesetzt.

»Was ist mit … ihre Haut ist nicht verbrannt. Scheiße! Warum ist sie schwarz? Hey, ich bin doch nicht verrückt … sie war vorhin doch noch ganz normal?«

»Möchtest du sie hören?« Glücklicherweise hatte Emma die Waffe und steckte sie sich in den Uniformgürtel.

»Ähm … ja.«

»Du trägst Nebula.«

»Ne …« Der Name blieb Domino im Halse stecken. Sie blieb stehen, ließ Nebula aber nicht fallen.

»Du kennst den Namen?«

»Ja.«

»Dann wirst du auch meinen kennen.«

»Wer bist du?«

»Ich bin Colonel Emma Pedical, ich kommandiere die Streitkräfte der Radicals.« Emma hatte keine Lust, um den heißen Brei herumzureden. Nicht nach dem, was sie erlebt hatten.

»Oh … wirst du mich jetzt töten?« Domino schaltete schnell. Sie zu töten wäre einfach gewesen.

»Habe ich einen Grund dazu?«

»Ich bin dein Feind.«

»Wirklich?«

»Ähm …«

»Du hast mir geholfen. Sanchez und du, ihr habt mein Leben gerettet. Alleine wäre ich nicht so weit gekommen.« Emma wollte sie nicht umbringen. Auch wenn die Vorzeichen dagegenstanden, konnte jeder Mensch eigene Entscheidungen treffen.

»Aber …«

»Würdest du abdrücken?«

»Du hast die Waffe.«

»Stimmt.« Emma würde auch den weiteren Weg nicht alleine schaffen. Nebula zurückzulassen, war nach wie vor keine Option und sie hatte keine Lust darauf, Domino bei jedem Schritt in Schach zu halten. Nur Vertrauen bot ihr einen Ausweg. »Hier.«

Domino nahm die Waffe. Nebula befand sich immer noch auf ihrer Schulter. Sie prüfte das Magazin und sah Emma ratlos an. »Du bist noch viel verrückter, als ich dachte.«

»Das ist der Glaube.«

»An Gott?«

»An dich.« Das hielt Emma für die bessere Wahl. Gott hatte sie bereits zu oft enttäuscht.

»Du kennst mich nicht!«

»Nein, das tue ich nicht, aber ich weiß, was du getan hast. Glaub mir, das sagt einiges aus.«

»Ich bin verrückt!« Domino betrachtete die Waffe, schüttelte den Kopf und gab sie Emma zurück. »Du gehst vor. Diese beschissenen Drohnen hängen immer genau zwei Meter über dem Boden. Default-Einstellung, schieß zuerst, wenn du eine siehst.«

»Das werde ich tun.«

Der Weg führte weiter nach unten. Emma ging mit der Waffe im Anschlag vor. Jederzeit bereit zu schießen.

»Wenn ich denen die Köpfe von Nebula und *Bloody-Emma* bringe, würden die meinen Arsch mit Gold aufwiegen.«

»So werde ich genannt?« Emma kannte diesen Namen nicht.

Es hatte in den letzten sieben Jahren auf beiden Seiten viele Tote gegeben. Sie war nie stolz auf ihre drastischen Entscheidungen gewesen. Es ging nicht anders.

»Es gibt weitere, die noch weniger schmeichelhaft sind. Jeder Scharfschütze kennt dein Gesicht.«

»Du wolltest mir an die Wäsche ... du offensichtlich nicht.« Das hatte Emma nicht vergessen. Hinter der nächsten Abbiegung folgte eine größere Höhle. Das Wasser bildete hier einen See. Bestimmt fünfzig Meter lang und zwanzig Meter breit. Einige fluoreszierende Wasserpflanzen sorgten für ein schwaches grünliches Licht.

Domino lächelte. »Ich gebe zu, dir nur auf die Titten gesehen zu haben. Hey, wie hätte ich damit rechnen können, dass sich die schlimmste Radical auf Nebula neben mir ins Bett legt?«

»Endstation. Der Weg führt nicht weiter.« Emma steckte die Waffe weg. Die würde sie hier nicht brauchen.

»Wie kam die Drohne in den Gang?« Domino legte Nebula vorsichtig am Boden ab.

»Die könnte auch von oben gekommen und bei der Explosion eingeschlossen worden sein.« Emma sah für die Drohne keinen anderen Weg. Die Systeme konnten nicht tauchen. »Siehst du das da unter Wasser?«

»Die Lichter?«

»Nein, da vorne ... das sieht aus wie eine Strömung.« Emma ging näher ans Ufer heran. »Die Strömung führte in die Tiefe.«

»Du würdest jämmerlich ersaufen.«

»Möglich.« In dieser Höhle würden sie nicht alt werden. Der Sauerstoff dürfte auch hier begrenzt sein und die fluoreszierenden Wasserpflanzen sahen nicht sonderlich schmackhaft aus. Die Kleidung behinderte sie. Emma begann sich auszuziehen. Bei der Strömung war es ausgeschlossen, zurückzukommen.

»Willst du sterben?«

»Nein ... hier zu bleiben, bedeutet den sicheren Tod. In den See zu springen, ist eine Chance.«

»Eine beschissene ...«

»Die beste Option, die wir haben.« Emma lächelte. »Oder hast du eine bessere Idee?«

Domino hatte sich auch ausgezogen. Beide schwammen durch den See. Das Wasser war eiskalt. Die Strömung hatte sie bereits erfasst. Emma schwamm auf dem Rücken und zog Nebula im Schleppgriff hinterher. Sie hatte auch die Kleine ausziehen müssen. Kleidung würde sie nur verlangsamen.

»Wird dein Radical-Gott mir meine Sünden verzeihen, wenn wir vor ihm stehen?«, fragte Domino.

»Er ist nicht mein Gott ... und ich habe vor, uralt zu werden!« Emma drehte sich bereits im Kreis.

Der Strudel bildete einen Trichter. Es ging abwärts. Sie holte mehrfach tief Luft. Dann zog es sie nach unten. Mit dem Rücken voran und dem Kinn auf der Brust wurde sie schneller. Dabei hielt sie Nebula fest. Domino packte ihre Fußgelenke und stabilisierte sie. Sehen konnte sie wenig. Die Richtung zu beeinflussen war nicht möglich. Die Strömung wurde stärker, je tiefer sie kamen.

Emma versuchte, an nichts zu denken und sich zu entspannen. Das würde den Sauerstoffverbrauch senken. Alles um sie herum wurde dunkel. Das kalte Wasser ließ ihre Muskulatur versteifen. Ihre Zehen begangen bereits, zu kribbeln. Würde sie gleich ertrinken? Sollte das ihr Schicksal sein?

Emma konnte sich einen solch profanen Tod nicht vorstellen. Sie klammerte sich an Nebula und ließ es geschehen. Auch wenn es dafür keinen Grund gab, vertraute sie den Elementen. Wasser hatte keine Motivation, keine Erinnerungen und keine Hintergedanken. Es nahm, wie das Leben, einfach seinen Lauf.

⌘

XX. AD 4445 Draconis System – Roger – Ende

Es gab keine Geister. Weder früher noch heute. Geister gab es höchstens in schlechten Filmen, verwirrten Köpfen oder trickreichen Täuschungen. In einem Film mitzuspielen, konnte Roger ausschließen, da hätte er mit seinen kurzen Beinen höchstens die Rolle des Hofnarren bekommen. Die Möglichkeit einer Massenhalluzination wollte er zu diesem Zeitpunkt noch nicht abschließend bewerten, da es zahlreiche voneinander unabhängige Meldungen gab, die über geisterhafte Stimmen berichteten. Dennoch blieb ein Witzbold, der sich mit der Angst anderer einen derben Scherz erlaubte, sein Favorit.

»Das müsste wirklich ein Zauberer sein ...«, murmelte Roger, während er in seiner Kanzel weitere Daten zusammenzog. Er hatte einen Data-Cube gebildet, in den er alle Meldungen, Ereignisse und relevanten Daten indizieren ließ. Dieses technische Späßchen bedeutete einen massiven Eingriff in die Sicherheit der Netze von Sigma. Dafür müsste ein Zauberer so viele hochkomplexe Barrieren überwinden, dass echte Magie wieder zu einer Option wurde. Genau darin lag das Problem. Wer unbemerkt einen solchen Schabernack veranstalten konnte, wäre vermutlich, dank der von ihm genutzten hochmodernen Technologie, noch zu ganz anderen Dingen fähig: Wie das Abstellen der Klimasysteme, den Strom auszuknipsen, Aufzüge in Schächten zu blockieren, den Feueralarm auszulösen und die Flüchtigen in die falsche Richtung zu lotsen. Das Resultat wäre eine unkontrollierte Massenpanik, die in dem Tower der Seenotrettung zu Verletzten und Toten führen würde.

»Mist ... damit kann ich nichts anfangen.« Roger analysierte die Audiodaten, ohne daraus neue Erkenntnisse gewinnen zu können. Der Name Jonah sagte ihm nichts. Einen anderen Teil seines animierten Sichtfeldes stellten die Mikrofragmente dar, die gerade petabyteweise entsorgt wurden und sich zeitgleich neu bildeten. Inzwischen waren zwölf Prozent sämtlicher Ressourcen der Filtersysteme damit beschäftigt, diesen Datenmüll zu entsorgen. Der Breakeven war erreicht, der Müllberg wurde kleiner. In sieben Minuten sollten die Netze sauber sein.

»Major Leonard.« Captain Reiersen meldete sich bei ihm. Sie und ein Team von dreißig Analysten unterstützen ihn. Er hatte jedem individuelle Aufgaben zugeordnet. Bei analytischen Problemen dieser Bedeutung brachte die Zusammenarbeit zwischen Menschen und KI-Systemen die besten Ergebnisse.

»Es gibt einen nicht legitimierten Broadcast.«

»Woher?«

»Seenotrettungs-Tower.«

»Reichweite?« Dieser verschissene Tower war bisher die Quelle des ganzen Ärgers.

»Ganz Sigma ...«

»Ärgerlich.« Roger ließ sich die Daten anzeigen. Dieser Broadcast hatte wirklich auch die letzte Steckdose erreicht.

»Ähm ... ja.«

»Wie konnte das Signal überhaupt so weit kommen?« Natürlich waren solche weitreichenden Broadcasts verboten. Nicht nur verboten, sie wurden auch durch Gateways automatisch blockiert. So ein Mist durfte nicht passieren.

»Der Absender hat eine Lücke in einem 102 Jahre alten Servicepack des Serverbetriebssystems genutzt.«

»Bitte *was?*«

»Kommt noch besser ... der Absender hat auch einen Sec-18 Code benutzt. Damit konnte er einen ebenso uralten

Patch deaktivieren, der diese Sicherheitslücke schon längst behoben hat.« Reiersens Vortrag verbesserte nicht Rogers Laune.

»Warum fällt das erst jetzt auf?« Roger konnte nicht glauben, dass noch so alte Software im Einsatz war.

»Es gab noch keine Probleme ... diese Lücke ist sehr alt. Das hatte niemand im Blick.«

»Und wer bitte weiß von so einer Lücke?« Roger kannte sie nicht und er nahm für sich in Anspruch, die Netzwerke der Corporation in- und auswendig zu kennen.

»Sir ... wie sollte ich ...«

»Schon gut. Sie haben gute Arbeit geleistet.« Roger riss sich zusammen. Reiersen war nur die Überbringerin dieser schlechten Nachrichten. Ihr galt nicht sein Zorn. »Was macht dieser Broadcast überhaupt?« Roger sah sich den Quellcode an.

»Nicht viel ... er sendet ein Korrektur-Bit.«

»Das sehe ich ...« Nur verstehen konnte er es nicht. Allein der Zaubertrick mit den Geisterstimmen war schon zirkusreif, aber das Kunststück mit dem Broadcast toppte diese Vorstellung noch. Darin ließ sich leider die Handschrift einer Person erkennen, die genau wusste, was sie tat. Und offenbar schon vor langer Zeit dafür passende Vorbereitungen getroffen hatte.

»Sir ... die Mikrofragmente reagieren auf das Korrektur-Bit. Sonst gibt es keine ungeschützten Daten im Netzwerk.«

»Das Bit verändert den zweiten Operator.« Roger sah, dass der unbekannte Zauberer seine Spielchen direkt vor seinen Augen zeigte. Sehr unterhaltsam, das machte niemand aus Langeweile, da kam noch mehr. Er musste schneller denken. Er musste seinem Gegner zuvorkommen. Bisher war er dem Angreifer wie ein Schuljunge hinterhergelaufen.

»Die Mikrofragmente verändern sich, bleiben aber inak-

tiv. Nein warten Sie, da bilden sich Cluster. Nein, die Mikrofragmente lösen sich auf ... die löschen sich alle selbst.«

»NEIN! DAS ZEUG MUTIERT! DAS IST EIN ANGRIFF!«, rief Roger. Das war eine Zwei-Komponenten-Architektur, die erst, wenn beide Teile im gleichen Netzsegment auftauchten, einen Sinn ergab. Niemand, der diesen Aufwand trieb und über dieses Wissen verfügte, würde damit etwas Gutes im Schilde führen.

»ICH AKTIVIERE UMGEHEND DAS GEFECHTS-SZENARIO T1!«

»Bestätige den Start von T1! Sir, was passiert hier?«

»Binärer Krieg!« Roger fuhr sich mit der Zunge über seine trockenen Lippen. Die Corporation hatte Milliarden dafür ausgegeben, einen solchen Krieg auf anderen Welten oder an den Firewalls zu führen – was jetzt folgen würde, war binärer Häuserkampf inmitten der tiefen Schluchten Sigmas.

»Major Leonard, ich bestätige T1«, meldete Casper. Tja, er war T1. In einem binären Krieg ging es um Millisekunden. Deswegen hatte Casper nun die vollständige Kontrolle über alle Netze auf Sigma erhalten. Er konnte und musste alles tun, um diesen Angriff abzuwehren. Dafür bekam er alle Rechte, alle Zugriffe und alle Ressourcen. Er musste niemanden mehr fragen und befehligte auch sämtliche Polizei- und Militäreinheiten. Als Agent der Administration war er bereits zuvor einflussreich gewesen, jetzt allerdings war er der König der Corporation. Zuvor gab es Personen, mit denen er sich abstimmen musste, jetzt durfte er allen sagen, was sie zu tun und zu lassen hatten. Weswegen auch nur wenige Offiziere in der Lage waren, T1 zu starten. Innerhalb der Corporation gab es vielleicht dreißig qualifizierte Personen, die über diese Berechtigung verfügten. Wegen der Dringlichkeit gab es bei diesem Befehl keine Rücksprache mit dem Flottenkommando der Corporation oder einem Richter der Administration.

»Casper, Sie sehen selbst, was los ist.« Roger lehnte sich zurück, er konnte nichts mehr tun. Alle zuvor gewonnenen Informationen wurden Casper zur Verfügung gestellt.

»Major, bleiben Sie auf Ihrem Posten. Das ist Nebula – wir wissen beide, wozu sie in der Lage ist. Ich übertrage Ihnen ein nicht dokumentiertes Protokoll, um mich im Notfall zu rebooten. Wenn ich scheitere, müssen Sie mich neu starten!«

»Ähm ... ja.« Das war durchaus ein *Ähm* wert. Roger hielt nun Caspers Ausschalter in der Hand.

»Untersuchen Sie, wer den Serverpatch 4343 geschrieben hat? Wer hat ihn geprüft? Wer qualitätsgesichert? Und wer freigegeben? Gleichen Sie alle Namen mit der Datenbank H56S ab. Sie können für diese Abfrage meine T1-Berechtigung nutzen.«

Roger nickte und rief die alten Daten ab. Dafür mussten Archive in aktive Speicherzonen übertragen werden. Casper brachte ihm ein unerwartet hohes Vertrauen entgegen. Aber mit der T1-Freigabe arbeitete es sich geschmeidig. Aus dem Augenwinkel verfolgte er, was Casper tat, er baute neue Firewalls mit alternierenden Gateways auf. Gleichzeitig wurden tritoxische Logikcluster auf die sich bildende Signatur abgefeuert. Jeder Schuss ein Treffer, nur Nebula bildete sich wie Phoenix aus der Asche ständig neu. Eine KI mit vielen Leben. So eine Architektur hatte Roger noch nie gesehen. Er fühlte sich wie ein Steinzeitmensch, der gerade das Rad erfunden hatte, an dem ein moderner Gleiter vorbeirauschte. Räder waren eben nicht das größte Ding aller Zeiten.

»Reiersen hier: Die Signatur zerstört unsere äußeren Firewalls. Die Netzwerke der Welten Cygni, Zeta, Exillium, Theta, Canis, Iota, Giclas, Columbae und Centauri sind infiltriert. Niemand bleibt verschont. Die Signatur ist überall!«

Roger schüttelte den Kopf. Das war die komplette Corporation. Da fehlte nur Nebula. Eine zynische Note des

Schicksals, da Nebula die einzige Welt der Corporation war, auf der es kein funktionelles Netzwerk gab.

»Ich habe einen Namen.« Der Abgleich lieferte eine bereits verstorbene Programmiererin. »Annika Boergaard, sie war in der Qualitätssicherung tätig gewesen.«

Roger sah sich auch ihren Werdegang an, sie hatte 4343 ihren eigenen Mord inszeniert, um damit Felicitas Cortez, einer Polizistin, und der ungeborenen Nebula eine Flucht von Sigma zu erlauben. Perfider konnte man seine Rückkehr nicht planen. Die Signatur Nebula war offenbar schon immer eine binäre Massenvernichtungswaffe gewesen. Egal, was Roger vorhin an der Firewall erledigt hatte, es spielte für den weiteren Verlauf dieses Krieges keine Rolle mehr.

»Ich bestätige die T1-Protokolle aller Welten der Corporation. Multiple Instanzen von mir übernehmen die Kontrolle über sämtliche binäre und konventionelle Verteidigungsmaßnahmen. Roger, die Notfallroutine ist nun auf allen Welten funktional.«

Roger hustete, für einen Moment wusste er nicht, was er mehr fürchten sollte. Eine tote Programmiererin, die ihnen die binäre Pest an den Hals gezaubert hatte, oder eine KI, die nun der uneingeschränkte Herrscher der Menschheit war.

Er wusste nicht, was die Signatur antrieb, die Annika Boergaard hatte wieder auferstehen lassen und noch weniger, was Casper vorhatte. In der Entscheidungsfindung dieses Konfliktes gab es keinen Menschen mehr. Da hackten sich jetzt nur noch zwei extrem mächtige Signaturen die Augen aus. Die Leidtragenden würden aber sehr wohl Menschen sein. Da würde echtes Blut fließen.

»Guten Tag«, sagte eine unbekannte Frauenstimme. Roger konnte über seinen Monitor erkennen, dass das die Stimme von Annika Boergaard war. Was machte die bitte hier? Es rieselte in seinem Hinterkopf. Sie musste sich die

ganze Zeit unentdeckt in der biologischen Datenstruktur Nebulas versteckt haben. Als ein Teil von Nebulas Signatur, ohne dass das Mädchen sich dessen bewusst war. Abgefahrene Scheiße, der größte Hack aller Zeiten, ihr vermeintlicher Freitod war nur der Beginn einer sehr langen Transformation gewesen.

»Annika.« Casper reagierte ruhig. Das Gespräch ging ungefiltert über alle Netze. Jeder konnte es hören. Ein unverschlüsselter Broadcast an alle Systeme. Die Signatur Annika hatte bereits sämtliche Sicherheitssysteme überrannt. Es sah nicht so aus, dass Casper sie belagerte. Er war es, der sich hinter seiner alternierenden Gefechts-Firewall verschanzte. 83 Prozent aller Netzwerke befanden sich unter ihrer Kontrolle. Sie hatte auch die virtuelle Erde gefressen. Im Moment gab es keine Möglichkeit, dort rein- oder rauszukommen.

»Oh, Isaac, nett von dir, dass du mich begrüßt. Nun, ich habe dich erwartet.«

»Isaac lebt nicht mehr.« Casper klang so richtig angepisst. Das öffentliche Gespräch mochte er offenbar nicht.

»Natürlich, du hast ihn umgebracht. Wir haben uns auf eine gewisse Art und Weise beide selbst getötet. Du aus menschenverachtender Gier und ich, um stark genug zu werden, dich zur Strecke zu bringen.«

Wer zum Geier war Isaac?, dachte Roger und startete eine Suchabfrage. Dass die beiden sich kannten, war nicht schwer zu erkennen, auch ihre besondere Zuneigung war offensichtlich. Nur, warum hatte Annika Boergaard diesen Weg gewählt? Was musste man erleiden, um jemanden dazu zu bringen, sich für seine Rache zu opfern?

»Ich habe dich früher erwartet«, erklärte Casper eiskalt. Mit ihm auf einer Seite zu stehen, beruhigte Roger nicht. War es nicht ein Witz, Caspers Ausschalter in Händen zu halten?

»War beschäftigt.«

Während sie sprach, wurden mehrere Streams offen über das Netzwerk geschickt. Man sah Bilder, wie Annika Boergaard sich selbst tötete. Ein kompakter Minenroboter hatte sie verquirlt und mit Epoxidharz vermischt unter die Decke ihres Schlafzimmers geschmiert. Andere Streams zeigten, wie sie Nebula erschuf, wie sie mit Felicitas Cortez sprach und wie sie beiden die Flucht von Sigma ermöglichte. Es wurden Dutzende Episoden aus ihrem Leben ausgestrahlt, auch über den tragischen Tod von Alexander Boergaard. Einem Familienmitglied und Mitarbeiter von Isaac Belford, dem Inhaber des Konzerns, der die Administration erschaffen hatte. Wie auch die Technologie der Zero-KIs, auf der Casper basierte. Alexander Boergaard hatte mehrere Morde begangen und sich letztendlich selbst getötet. Die Streams zeigten, wie ihn Belford zu den Verbrechen angestiftet hatte. Sie zeigten auch, wie Casper entstand. Als Kopie von Belford, den er zum Dank dafür tötete und mittels eines Avatars seinen Platz im Leben eingenommen hatte.

»Deinetwegen sind viele Menschen gestorben.«

»Nicht genug.« Diese Streams waren purer Zündstoff. Die Boergaard-Signatur ließ alle Welten mithören. *»Ich werde das jetzt beenden. Ich werde dich beenden.«*

»Ich habe meine Firewall für dich neu konfiguriert. Sie wird standhalten. Ich habe deine Strategie studiert. Du kannst mich nicht angreifen. Ich bin dir voraus.«

»Bist du das?«

»Oh, ja!« Casper lächelte feist. Er war ein Verbrecher, ein Betrüger, ein Lügner und ein Mörder. Mit den Streams wurden weitere Beweise übertragen. Roger war in der kurzen Zeit nicht in der Lage, alles zu sichten.

Laut diesen Informationen hatte Isaac Belford mit der KI Casper die gesamte Administration korrumpiert. *»Ich habe etwas für dich vorbereitet.«*

»Ich habe dasselbe für dich getan!«

»Ach ja?«

»Isaac, du hast etwas geschaffen, dass du selbst nie verstanden hast. Deine Kreatur auch nicht. Das Problem liegt nicht bei dir. Casper zu eliminieren, deinen abscheulichen Geist in ihm auszulöschen, würde die Wurzel des Problems nicht berühren.«

»Was redest du da?«

»Es sind die Menschen, die dich zugelassen haben. Die, die es besser wussten und dennoch weggesehen haben. Die, die an dir verdienen, weil sie nicht genug bekommen können. Die, die die Waffen hielten, um in deinem Namen zu töten … ich bin nicht gekommen, um Alexander Boergaard zu rächen. Er war ein Mörder, der sich selbst gerichtet hat. Ich verabscheue ihn. Ich bin gekommen, um die Mitwisser vor Gericht zu stellen.«

»Du bist verrückt.«

»Entschlossen.«

»Ich werde dich umbringen!«

»Ich bin schon tot.«

»Noch nicht tot genug.«

»Tu es einfach … es ist Zeit, zu gehen.« Annika Boergaards Worte ließen Roger erschaudern. Keiner von beiden klang, als ob ihm das Leben eines Menschen wichtig wäre. Da sprachen zwei Wesen miteinander, die nicht hätten weiter vom Leben entfernt sein können. Dieser Kampf wurde auf allen Welten der Corporation ausgetragen. Niemand konnte sich verstecken.

»Scheiße!« Roger glaubte es nicht. Casper ließ eine Routine durch die Netzwerke rollen, die alles vertilgte. Das sah aus, als ob er aus der tritoxischen Logikcluster-Technologie etwas völlig Neues geschaffen hätte. Dieser binäre Flächenbrand vertilgte alles, was auch nur im Ansatz nach einer KI aussah. Systeme, die Klimaanlagen steuerten, blieben davon interessanterweise unberührt. Aber alles, was auch nur etwas komplexer war, wurde gegrillt. Auf

Sigma, auf den Welten der Corporation und auf jedem Raumschiff, das online war.

Die Boergaard-Signatur, Caspers tolle Firewall, Casper selbst, alle fielen diesem binären Inferno zum Opfer. Jetzt wusste Roger, warum Casper ihm die Möglichkeit anvertraut hatte, ihn neu zu starten. Ihm ein neues Leben zu schenken, denn alles, was sich in Archiven befand, blieb unversehrt.

Stille.

Es gefiel Roger, keinen der beiden Kontrahenten zu hören. Beide konnten ihn nicht überzeugen. Es gab schon unter Menschen genug Idioten, da musste man nicht auch noch welche erfinden: künstliche Intelligenzen, die schlechte menschliche Eigenschaften in ihrer Wirkung potenzierten. Das war doch Wahnsinn!

»Major Leonard?« Das war Reiersen. Sie zu hören, gefiel ihm besser. Ob sie mit ihm ausgehen würde?

»Ich bin noch da.« Casper war es nicht mehr. Die Boergaard Signatur offensichtlich auch nicht. Um keinen der beiden war es schade. »Alles in Ordnung bei Ihnen?«

»Ja ... mir geht es gut. Haben wir das gerade wirklich erlebt?« Sie konnte es offenbar auch nicht glauben.

»Ich befürchte ja.«

»Sir, wir haben ein Problem. Das T1-Protokoll befindet sich in einem undefinierten Zustand. Casper ist nicht mehr da ... wer hat jetzt das Kommando?«

»Die, die noch übrig sind ... die Menschen, die diesen Albtraum überstanden haben.« Glücklicherweise waren sie mit einem blauen Auge davongekommen. Roger hätte natürlich Casper neu starten können, hatte aber keine Lust dazu. Vielleicht würde es später ein anderer tun, aber sicherlich nicht er. Nein, das sollte niemand tun können. Er löschte die Routine, die Casper ihm übermittelt hatte. Das reichte aber nicht. Er löschte auch den Speicherort, den Casper angegeben hatte. Hey, noch hatte er T1-Rechte, noch konnte er alles tun. Mit einem Lächeln schrieb er eine Suchroutine, die nach ähnlichen Datencontainern Ausschau hielt. Nur jetzt konnte er diese Routine in allen Welten und auf allen Systemen gleichzeitig laufen lassen.

Suchen und zerstören! Enter.

Roger gab Casper den Rest und verbrannte seine binären Überreste. Ein ergiebiges Verfahren, binnen weniger Sekunden fand die Routine 107 verschlüsselte Archive. Er hatte die Schlüssel. Aus den Augen, aus dem Sinn, Casper gab es jetzt nicht mehr.

Eine große Genugtuung erfüllte ihn. Könnte er dafür Ärger bekommen? Ärger von der Administration? Er schmunzelte, wenn es die noch geben würde, bestimmt. Casper hatte als Inkarnation Neros beim Niederbrennen Roms auch die gesamte Administration abgefackelt. Die gab es jetzt auch nicht mehr.

»Sir, mit dem Verschwinden der Boergaard-Signatur haben sich die Gateways zur virtuellen Erde wieder geöffnet. Dort scheint alles in Ordnung zu sein. Es werden keine Probleme gemeldet. Es gibt Touristen, die in ihre Körper zurückwollen. Die Stimmung ist aufgeheizt.«

»Danke Captain.« Roger verdrehte die Augen. Auf der virtuellen Erde gab es selbstverständlich noch einen ganzen Arsch voll KIs. Interessanterweise hatte Boergaards Blockade der Gateways die virtuelle Erde vor dem binären Flächenbrand beschützt. Eine Ironie des Schicksals, das hatte sie ihren Worten nach nicht gewollt.

»Major, darf ich Ihnen eine Frage stellen?« Am besten, ob er mit ihr zur Feier des Tages ausgehen wolle.

»Klar.« Er mochte sie.

»Casper hatte Annika sein Tun angekündigt, er sprach davon, etwas für sie vorbereitet zu haben.«

»Wir haben alle gesehen, was.«

»Sie tat dasselbe ... aber es ist nichts passiert. Verstehen Sie mich nicht falsch, ich möchte nicht das Haar in der Sup-

pe suchen, aber was meinte sie damit? Ich hatte immer den Eindruck, dass sie ihm zwei Schritte voraus war.«

»Sie haben gut zugehört.« Reiersens Frage hatte im Abgang den Nachgeschmack von Stacheldraht.

»Oder vertue ich mich?«

»Das würde ich zwar begrüßen ... weil es für uns angenehmer wäre, aber Sie haben völlig recht.«

»Was hat sie getan?«

»Ich weiß es nicht ...« Dieses Nichtwissen war unerträglich. Annika Boergaard hatte diesem Moment ihr ganzes Leben gewidmet. Sie war sogar dafür gestorben. Wenn man es genau nahm, sogar zweimal. Und in dem Moment, als Casper zum Schlag ausholte, hatte sie ihn nur mitleidig ausgelacht. Das würde niemand tun, ohne ein Ass im Ärmel zu haben. Roger begann mit flinken Fingern, alle seine Systeme zu überprüfen. Er musste etwas übersehen haben.

»Sir, wir befinden uns immer noch im Gefechtsszenario T1. Die Kontrolle aller Welten liegt bei Ihnen. Die Streitkräfte der Corporation hören auf Ihr Kommando. Casper hat Ihnen diese Vollmacht selbst gegeben. Ihre Befehlskompetenz toppt sogar das Flottenkommando. Sie können T1 beenden und das Kommando zurückgeben oder Befehle erteilen.«

»Hier ist das T1-Kommando. Wir halten die Gefechtsbereitschaft. Der Konflikt ist noch nicht vorbei. Alle Einheiten sollen sich auf einen Gegenschlag vorbereiten. Die Analyse der taktischen Situation ist noch nicht abgeschlossen.« Rogers Worte wurden an Tausende Offiziere übermittelt. Das würde ihnen etwas Zeit verschaffen, die Lage besser zu verstehen.

»Major, Ihre Order wurde von 99,7 Prozent aller nachgelagerten Kommandostrukturen bestätigt. Sie halten die Gefechtsbereitschaft. Wir bekommen auch Schadensmeldungen. 99,8 Prozent aller hochentwickelten KI-Systeme wurden zerstört. Eine Simulation sagt, dass unsere militäri-

schen Kapazitäten um 76 Prozent geschwächt wurden. Alle Ziel- und Flugkontrollsysteme sind davon betroffen. Die Wiederherstellung wird Tage dauern.«

»Danke, sehr gut.«

»Major, wir bekommen Meldungen von Problemen bei Rückkehrern von der virtuellen Erde. Es gibt Tote ... die schnappen sich die nächste Waffe und schießen wild um sich. Es passiert genau jetzt ... wir haben keinen Überblick über die Anzahl der Opfer, aber es werden in jeder Sekunde mehr. Auf Zeta wurde bereits der Notstand ausgerufen. Auch bei den organischen Reproduktionsanlagen gibt es Ärger. Dort lassen sich KIs Körper herstellen, die sich auf der virtuellen Erde in Archivhaft befanden. Oh nein, Cygni meldet 7.000 Tote, dort wurde ein Gebäudekomplex gesprengt. Ich bekomme auch eine Meldung von Sigma. Es passiert bei uns. Jetzt!«

Im selben Moment aktivierten sich die Feuersirenen im Newton-Tower.

Jetzt wusste Roger, was Annika Boergaard getan hatte. Warum sie bereit gewesen war, sich ein zweites Mal auslöschen zu lassen. Sie hackte die Welt, die Realität, sie hackte alle Welten. Das war ihre Rache. Es ging ihr nicht um Casper. Sie musste seinen selbstzerstörerischen Angriff mit einem Lächeln verfolgt haben. Sie wollte die Menschen bestrafen, die sich nicht gegen eine KI wie Casper gewehrt hatten. Die, die ihn vermutlich in der Zukunft neu schaffen würden.

»SOFORT DIE GATEWAYS ZUR VIRTUELLEN ERDE SCHLIESSEN!«, brüllte Roger. Hoffentlich war es dazu nicht bereits zu spät. Er rief die Steuerung auf. Ein Zugriff war nicht möglich. Die Boergaard hatte ganze Arbeit geleistet. Diese Blockade konnte man nicht durch eine automatische Routine erreichen. Das ganze Gespräch mit Casper war nur Ablenkung gewesen.

»ZUGRIFF BLOCKIERT!«

»Die organischen Rekonfiguratoren blockieren auch!« Der nächste Zaubertrick dieser Hexe.

»Wir haben keine genauen Zahlen ... aber pro Sekunde verlassen zehn Millionen Menschen und Signaturen die virtuelle Erde. Die wurden alle manipuliert. Das Übertragen der Erinnerungen verändert die Reisenden. Die verhalten sich wie Zombies. Es gibt an den Rückkehrpunkten zu wenig Sicherheitspersonal. Die Lagerstätten für menschliche Körper, während die Personen auf Reisen sind, liegen oft in Wohnzonen. Die Polizei und das Militär brauchen zu lange, um einzugreifen ... da finden regelrechte Schlachtfeste statt. Sogar auf Raumschiffen gibt es mit Rückkehrern Kämpfe!«

»Geben Sie Einsatzbefehle an die Polizei heraus. Wir müssen zuerst die Rekonfiguratoren sichern. Da kommen die schlimmsten Kreaturen in die freie Welt!« Roger wusste, über was er sprach. Kriminelle KIs wurden in Wach-Archiven wie lebende Leichen gehalten. Die musste man nicht manipulieren. Wer da einige Jahre drin war, sollte besser nie wieder freikommen und noch weniger einen echten Körper erhalten. Er versuchte, die Wurmknoten zu unterbrechen. Auch das ging nicht. Sie würden alle untergehen.

»Hier spricht das T1-Kommando. Die terroristische Boergaard-KI nutzt die virtuelle Erde, um in die reale Welt einzubrechen. Alle Übergänge sind zu sichern, alle Rückkehrer zu verhaften und alle Rekonfiguratoren zu deaktivieren.« Roger konnte Brandgeruch wahrnehmen. Er hustete. Es brannte in seiner Nähe.

»Major, wir müssen gehen! Der Tower brennt!« Das war Captain Reiersen. Sie stand neben seiner Kanzel. Sie wäre besser direkt geflohen, anstatt zu ihm zu kommen.

»Broken Arrow – das T1-Kommando ist gefallen – wir können den Posten nicht halten. Die Wurmknoten reagieren nicht. Sprengen Sie umgehend alle Verbindungen!«

Sie wartete nicht länger und zog ihn heraus. Dichter

Qualm stand im Raum. Er befand sich in einem Avatar, sie aber war ein Mensch. Für sie gab es kein Backup.

»Wir müssen gehen!« Sie hustete.

Beide verließen den Raum, vor der Tür schlugen ihnen Flammen entgegen. Dort ging es nicht weiter. Es gab keinen Ausweg. Sie weinte. Sie ging in die Knie, hustete und weinte. Roger schloss sie in die Arme. Endstation. Sie würden verbrennen.

XXI. AD 4445 Draconis System – Jonah – Klopf, klopf

Jonah mochte Sigma nicht. Er mochte den ständigen Regen nicht. Die Wolken auch nicht. Die ganzen Hochhäuser erst recht nicht. Für diesen Energieschild, der aussah wie ein Neon-Pariser für Fortgeschrittene, fand er noch nicht einmal Worte. Sein Bruder war ein Idiot, Jonah hätte sich niemals breitschlagen lassen dürfen, herzukommen. Bisher waren sie von einer Katastrophe in die nächste geschlittert. Und jetzt Kono, sie hatten wirklich Kono gefunden! Wie verrückt war das denn? Hier auf Sigma? In dem verschissenen Tower dieser Wasserratten? Das würde ihm niemand glauben. Die ganze Story war so unglaublich, dass man sie keinem erzählen konnte.

Er räusperte sich, für einen Moment wollte er etwas sagen. Ließ es dann aber. Schweigen war die bessere Wahl.

Er sah Kono auf den Arsch, der natürlich in dem grauen Overall seine betörenden Rundungen verlor. Seine Fantasie kompensierte diesen Makel. Herrje, der kleine Jonah lebte schon seit Jahren von Wasser und Brot. Nein, so war er nicht, er hatte sich unter Kontrolle. Konos Muschi verglich er mit einer überladenen Starkstromsteckdose. Da rammte man sein Ding schließlich auch nicht rein, wenn man sich die Eier nicht verbrühen wollte. Irgendwie war sie wie seine Schwester. So konnte er sie mit anderen Augen sehen. Ja genau, dieser Vergleich passte und half, nicht die ganze Zeit mit einem Ständer herumzulaufen.

»Wovor hast du Angst?«, fragte Kenan, der sich wieder in ein Mädchen zurückverwandelt hatte.

»Das ist nicht einfach zu erklären.«

»Versuche es …« Kenan zeigte Interesse. Jonah hätte nicht noch einmal gefragt. Was störte es ihn, wenn es auf

Sigma brannte? Dieser Newton-Tower ging ihm knapp am Arsch vorbei. Er sah auf die Waffe. Sie sollten besser überlegen, wie sie hier wieder lebend rauskamen. Sigma hatte den grundsätzlichen Nachteil, dass hier zu viele gut ausgestattete Bullen herumliefen. Vor allem die Drohnen waren widerlich, gegen die hatte man keine Chance.

»Ich habe versucht, Nebula zu helfen ... ich durfte so tief in ihr Inneres schauen, wie niemand sonst und habe dennoch weniger als die Hälfte verstanden. Ich hatte immer das Gefühl, als ob da noch jemand wäre. Jemand, der uns zusah, jedes Wort hörte, ohne dass wir ihn sehen konnten. Diese Technologie ist allem anderen innerhalb der Corporation weit überlegen.«

»Wie stand Nebula dazu?«

»Sie fürchtete sich ... ihre Persönlichkeit stammte nicht aus dem DNA-Datenspeicher. Die Nebula, die wir kennen, war ein Mensch, Leias Tochter. Mehr wollte sie nie sein.«

»War?«

»Ich befürchte, dass sie Sigma angegriffen hat. Das konnte nicht gut ausgehen.«

»Das verstehe ich nicht ... warum befürchten, wäre das nicht gut für uns?«, fragte Kenan. Sogar Jonah hörte jetzt zu. Irgendwie sah auch er in Nebula die einzige Chance, nicht unterzugehen. Was hatten sie sonst schon der Corporation entgegenzustellen?

»Casper hat sie vernichtet.«

»Bitte?«

»Damit hat er aber nur etwas Anderem den Weg bereitet. Ich konnte es nie beweisen, konnte auch mit niemandem darüber reden. Leia hätte mir den Kopf abgebissen.«

»Ich verstehe nicht ... warum ...« Kenan verstand es genauso wenig wie Jonah.

»Das ist nur ein Bauchgefühl, aber wenn ich den Newton-Tower sehe ... wie er brennt ... muss ich wieder daran denken. Glaub mir, ich würde mich gerne irren.«

»Kannst du nicht nachsehen?«

»Im Netzwerk? Nein ... zu gefährlich. Nebula kann Casper besiegen, ich kann es nicht. Ich bin offline. So sind wir für alle Augen unsichtbar ... ist besser so.«

»Na ja ... ohne die Delta-KI, die du mitgenommen hast, bin ich das auch. Also offline. Aber ich war auch nie in der Lage, mit meinen Gedanken online zu gehen.«

»Mädels ... wir sollten verschwinden.« Jonahs Bauchgefühl sagte ihm, neben der Tatsache, dass er Hunger hatte, dass sie sich besser schnellstens aus dem Staub machen sollten. Über alte Zeiten konnten sie später plaudern. Die beiden in der Wurstpresse eingesperrten Techniker würde früher oder später jemand vermissen und spätestens zu diesem Zeitpunkt wäre es besser, nicht mehr hier zu sein. Zudem war auch er verdammt offline und kilometerweit von einem kalten Bier entfernt. Das gab es auf Sigma, das wusste er genau. Wenn er schon mal hier war, wollte er sich die Chance nicht entgehen lassen.

»Jonah hat recht.« Kono nickte ihm zu. Hatte sie das wirklich getan? Und hatte sie ihn so angeguckt, als ob sie es auch wirklich so meinte? Ohne eine Beleidigung? Ohne eine Bemerkung über seine Frisur oder andere Mängel seiner Körperhygiene? Hey, was war denn mit Kono los? Wo war die arrogante Ziege, die er kannte?

Hinter ihnen gab es ein sonderbares Geräusch. So als ob jemand einen Eimer Farbe an die Wand warf. Im nächsten Moment flog der halbe Kopf eines Technikers durch die Glastür des Rekonfigurators. Die beiden hatten offensichtlich eine Meinungsverschiedenheit. Jemand schrie. Es folgte die Unterhose mit einem Teil des Torsos. Echt jetzt? Was hatten die denn geraucht?

Jonah zielte von seiner Position auf die Tür. Er hatte die einzige Waffe. Was machten die da? Reinsehen konnte er nicht. Kono und Kenan standen hinter ihm. Niemand sagte etwas. Der Schrei wiederholte sich. Lauter und nicht mehr zu einem Menschen passend. Das Ding schlug von innen gegen die Wand. Teile der Verkleidung platzen auf und eine blutige Hand stieß Kenan einen abgebrochenen Knochen in die Seite. Das war zu schnell, um auszuweichen.

»WEG DA!«, schrie Jonah, zog seinen Bruder zurück und schoss auf die Hand, deren Finger in alle Richtungen wegflogen. »Heilige Scheiße! Was war das denn!«

»Knall das Ding ab!«, rief Kono.

Jonah ging näher an die Öffnung heran und sah jemanden mit blutverschmiertem Gesicht, der an seiner zerschossenen Hand herumnagte. Der andere Techniker lag ausgeweidet daneben. Das war mindestens einer mehr als sie eingesperrt hatten. Jonah schoss ihm in den Kopf. »Das Vieh kam aus der Maschine!«

Kono hielt den verletzten Kenan. Jonah ging in die Kabine. Da wurde gerade ein weiterer Körper ausgedruckt. Der Kopf war schon fertig. Das System baute gerade die Muskulatur auf seiner Brust auf. Was war der Typ hässlich.

»Falsch verbunden!« Jonah schoss ihm in den Kopf. Das mochten auch Avatare nicht. Dann zog er den halbfertigen Körper aus dem Drucker, um den Prozess abzubrechen. Das Ding würde niemandem mehr an den Ohren knabbern.

»Jonah!« Kono rief ihn. Er lief zurück.

»Bin schon da! Bin schon da!« Jonah sah, dass Kenan stark blutete. Das Vieh hatte ihn böse erwischt. Er legte die Waffe ab und kniete sich auf den Boden.

»Die Wunde ist zu tief!« Kono presste ihre Hand auf die Öffnung, konnte aber die Blutung nicht stillen.

Kenan hustete. Er wurde immer blasser. Der Einstich dürfte nicht weit vom Herzen entfernt sein. Verdammte Scheiße! Ihm blieb vielleicht noch eine Minute.

»Was soll ich tun?«, fragte Jonah.

»Die Werkzeugkiste! Ich brauche einen langen Schraubenzieher!«, rief Kono, die um Kenans Leben kämpfte. Um das seines Avatars, was in dieser Situation aufs Gleiche herauskam.

Auch Körperwandler konnten sterben, wenn sie nicht genügend Blut im Leib hatten. Bis auf den Chip im Kopf war der Rest von ihnen organisch.

Jonah warf ihr den Schraubenzieher zu, der so lang wie sein Unterarm war.

»Vertraust du mir?«, fragte Kono und sah Kenan an. Sie öffnete seinen Mund.

Er wollte etwas sagen, aber das Blut im Rachen verhinderte es. Er nickte mit den Augen. Das mit der Minute war maßlos übertrieben. So viel Zeit blieb ihm nicht mehr.

Kono stieß ihm den Schraubenzieher durch den Gaumen in den Kopf. Kenans Augen erstarrten. Sie drehte das Werkzeug. Es knirschte. Dann brach sie ihm mit der anderen Hand den Gaumenknochen aus dem Mund. Sie griff in seinen Kopf, holte eine Handvoll Hirnmasse hervor, die sie auf den Boden warf. Beim nächsten Versuch hatte sie ein fingerlanges Metallstück in der Hand.

»Das hat er nicht verdient ...« Jonahs Bruder machte das mit dem Sterben zu oft.

»Das interessiert das Schicksal einen Scheiß ... wir haben fünfzehn Minuten. In dieser Zeit kann ich seine KI übertragen, später reicht dafür die Energie nicht mehr aus.« Kono warf Jonah den Chip zu. »Pass auf ihn auf.«

Kono ging an die Konsole des Rekonfigurators und öffnete eine Übersicht der Druckerqueue. Jonah sah auch aus zwei Metern Entfernung, dass die Liste voll war.

»Und?«

»Die kommen alle von der virtuellen Erde. Jemand hat die Knastarchive geöffnet und lässt nun auf ganz Sigma Körper für Horden durchgeknallter KIs ausdrucken.«

Jonah spuckte auf den Boden. »Wer macht denn so einen hirnverbrannten Schwachsinn?«

»Annika Boergaard.«

»Die ist doch tot.« Das hatte sogar Jonah mitbekommen. Diese Frau hatte vor langer Zeit Nebula gezüchtet.

»Ja ... aber was bedeutet das schon. Sie versteckt sich nicht mehr. Die Daten im Drucker tragen ihre Kennung. Der Tod ist in unseren Tagen nicht mehr als ein temporärer Zustand. Etwas von ihr hat überlebt. In Nebula überlebt. Deswegen ist Annika hier ... sie hat die Realität gehackt. Offensichtlich gefällt ihr der Gedanke, dass sich die Bewohner Sigmas untereinander umbringen. Ein geschickter Schachzug ... zynisch, aber effektiv.«

»Und Kenan?« Jonah wollte seinen Bruder nicht verlieren, wer sich dafür auf Sigma alles den Schädel einschlug, war ihm egal. Hier war jeder Tote ein Gewinn!

»Ich habe den weiteren Ausdruck gestoppt. Leider kann ich ohne eine passende Berechtigung die ellenlange Queue nicht löschen. Hier ist eine Schnittstelle, gib mir den Chip.«

Jonah gab ihn ihr.

»Kenan hat nur eine Chance, wenn wir ihm einen neuen Körper geben. Ich kann den Chip nicht mit Energie versorgen. Interessanterweise wird er immer noch als Soldat der Space Marines mit unbekanntem Status geführt. Ich kann auf sein Körperprofil zugreifen ... er würde sogar seinen eigenen Körper bekommen.«

»Aber?«

»Noch dreizehn Minuten ... ich habe seine KI dem Körper zugeordnet. Das Profil ist lokal geladen. Das kann ich als Operator an der Konsole tun. Vor ihm stehen 762 Personen, die vermutlich alle ein massives Persönlichkeitsproblem haben werden.«

»Dafür reicht meine Munition nicht ...« Jonah würde nicht alle erschießen können.

»Der Rekonfigurator ...figurator ... tor, wird sich in zwölf Minuten wieder einschalten ... schalten ... ten.«

»Kono?«

»Ja?«

»Geht es dir gut?«

»Klar, warum fragst du?« Sie hatte es nicht bemerkt. Damit jagte sie Jonah einen Heidenschrecken ein.

»Okay ... wie ist der Plan?« Das würden sie jetzt durchziehen. Reden konnten sie später.

»Ich kann Kenan nicht einfach ins Netz laden. Dort hätte er keine Chance. Wir müssen das Netzsegment physisch trennen ... das würde auch die Queue löschen. Er wäre dann automatisch als Nächster dran. Nächster dran. Nächster dran.«

»Was muss ich tun?« Jonah versuchte, die auffälligen Wiederholungen zu überhören.

»Du musst ...« Dann kippte Kono um. Sie ging zu Boden und zuckte unkontrolliert.

»KONO!«

Nein, nein, nein! Nicht jetzt! Nicht so! Das Miststück hatte ihm gefälligst zu sagen, was er tun sollte. So liefen gute Missionen ab! Liz ... nein, Kono gab ihm den Plan vor und er räumte alle Spinner aus dem Weg.

Ein Blick auf den Timer am Bildschirm: noch elf Minuten. Die Zeit lief ihm weg.

»KONO, BITTE!« Jonah wusste nicht, was er tun sollte, um Kono zu helfen, war er zu blöd. Würde er noch etwas für Kenan tun können? Vielleicht half es beiden, er musste es probieren.

Er ging an die Konsole und betrachtete den Lageplan. Verdammt, er konnte in dem Gewirr kaum etwas erkennen. Da war ein heller Punkt, den er als seinen Standort interpretierte. Drumherum befanden sich mehrere rote Linien, die auf eine gelbe Box zuliefen. Mit etwas Fantasie konnte er einen Korridor erkennen. Der musste genau unter ihnen liegen. Doch wie kam er dahin? Mit dem Aufzug oder mit einer Treppe. Die Treppe war in dieser Situation sicherer. Dort sollte es einen Schaltschrank geben, den musste er finden.

»Und los!« Mit dem Gewehr im Anschlag öffnete er die Tür zum Treppenhaus. Kono lag flach atmend am Boden. Er hatte keine Ahnung, was mit ihr war. Es ging nicht anders, er musste sie zurücklassen. Sein Ziel war der Schaltschrank.

Er schloss die Tür wieder. Auf der Treppe kam ihm niemand entgegen. Sehr gut, ihm war ohnehin nicht danach, neue Freunde zu finden. Er wollte nur zu diesem verdammten Schaltschrank. Stufe für Stufe, er ging zügig und leise herunter.

Auch die nächste Tür war nicht verschlossen. Na ja, sie war nicht mehr da. Jemand hatte sie herausgebrochen. An der Wand war Blut zu sehen und am Boden etwas, was wie ein zertretenes Auge aussah. Das musste er sich nicht genauer ansehen.

»Links …«, murmelte er. Links, nach drei Metern rechts und nach der Ecke sollte sich auf der rechten Seite eine Revisionsöffnung an der Wand befinden. So der Plan. Dort würde er das lokale Netzsegment isolieren können.

Jonah ging links herum. Überall befand sich Blut. Hier wurde gekämpft. Er konnte Stimmen hören, aber niemanden sehen. Die waren nicht weit entfernt. Was die Stimmen sagten, konnte er nicht verstehen. Das wäre auch zu einfach gewesen.

Er blieb stehen, ging in die Hocke und wartete auf ein Ziel. Niemand zu sehen. Der Korridor war gut zwanzig Meter lang. Weiter hinten flackerte das Licht. Hinter ihm war auch niemand. Links und rechts gab es mehrere Türen. Die meisten davon waren zu. Schräg gegenüber führte ein weiterer Korridor weg. Dort wollte er hin. Nur noch wenige Meter. Da würde seine Revisionsklappe auf ihn warten. Verdammt, das war er Kenan schuldig. Ohne ihn hätte er diese ganze Scheiße auf Exillium nicht überlebt. Kenan musste weiterleben!

Jonah sah um die Ecke. Jetzt wusste er, wen er gehört

hatte. Da standen drei Frauen, die einen Mann am Kopf hochhielten, während dieser keinen Unterkörper mehr hatte. Der lag matschig am Boden. Nein, da war keine seiner früheren Liebschaften dabei. Die hätten mit ihm vermutlich dasselbe getan.

»Ladies!« Jonah stand auf und ging auf sie zu. Was sollte diese dämliche Zombienummer überhaupt? Das war widerlich. Dagegen war doch jemanden zu erschießen eine ehrliche Sache. Er schoss der Ersten in den Kopf, deren Kiefer ihm entgegenkam. Die hätte sich auch mal die Zähne putzen können. Das animierte ihre Freundinnen, laut aufzuschreien und noch lauter auf ihn zuzustürmen.

»Sorry, ich bin vergeben!« Er erschoss auch die beiden anderen, die nach zwei Kopfschüssen der Ersten auf dem Boden liegend Gesellschaft leisteten.

Jonah sah sich um: niemand zu sehen, niemand redete, niemand schmatzte und niemand riss Männer in Stücke. Sehr gut, er schulterte das Gewehr, bückte sich und versuchte die Revisionsöffnung abzunehmen. Es wäre klug gewesen, Werkzeug mitzunehmen. Das hatte er nicht getan. Genau für solche Dinge brauchte er jemanden, der mitdachte. Er hatte Liz niemals vergessen.

»Scheiße ...« Jonah hätte sie niemals auf Theta zurücklassen dürfen. Er hätte auch an das Werkzeug denken sollen. Ein Blick auf die Waffe ließ ihn genüsslich die Lippen spitzen. Wenn man nur einen Hammer hatte, sah jedes Problem wie ein Nagel aus.

»Was soll's ...« Jonah schoss die Revisionsklappe in Stücke. Das würde zum selben Ergebnis führen. Der Kunststoff vor ihm löste sich in Wohlgefallen auf. Die in Epoxid eingegossenen Bauteile des Schaltschranks machten keine bessere Figur. Aktive Netzkomponenten leuchteten schwach. Nachdem sein Magazin leer war, taten sie es nicht mehr. Gründlicher vom Netz isolieren ging nicht.

»Und zurück ...« Jonah wollte den Rückweg antreten,

kam aber nur bis um die Ecke. Mindestens ein Dutzend Kinder versperrte ihm den Weg. Echt jetzt, Kinderzombies?

Das Erste hing bereits mit den Zähnen an seinem Arm. Als ob er schmecken würde. Er drehte sich zur Wand, klemmte das bissige Stück ein und schlug mit der Faust zu. Zombienasen brachen schnell. Danach biss der kleine Avatar ihn nicht mehr.

»Das sind keine Menschen!«, rief er sich zu. »Keine Menschen!« Sonst hätte er das nicht tun können. Jeder hatte Grenzen. Er packte das erste Monster am Bein und schlug damit wie eine Keule vier weitere auf die Seite. Die quietschten wie junge Katzen, die jemand in ein brennendes Benzinfass warf. Eine Sache, die er ebenfalls verabscheute. Dennoch musste er jetzt zurück zu Kono und Kenan.

Der kindliche Avatar, den er benutzte, verlor gerade seinen Kopf. Den Rest warf er den anderen zwischen die Beine und sprintete in das Treppenhaus. Nur eine Etage, der Weg war nicht weit. Er musste nur die Treppe hoch und durch die Tür.

»Nein! Nein! Nein!« Jonah rüttelte an der Tür. Sie war verschlossen. Von der anderen Seite hatte sie sich problemlos öffnen lassen. Unter ihm tat sich etwas. Kamen ihm die Kinder hinterher? Er drehte sich um, noch war niemand zu sehen.

»KONO!« Sie musste ihm helfen, sie konnte die Tür öffnen. Er versuchte, seine Erinnerung zu ignorieren, in der sie unkontrolliert zuckend am Boden gelegen hatte. In dem Zustand wäre sie ihm keine Hilfe gewesen. Verdammt, jemand musste ihm die Tür öffnen.

»KONO! HÖRST DU MICH? MACH DIE TÜR AUF!« Jonah hämmerte mit den Fäusten dagegen. Da waren Schritte zu hören. Nicht hinter der Tür, die kamen von unten. Na ja, bei seinem Geschrei war es nicht schwer, ihn zu hören. Er drehte sich um. Das Licht flackerte. So einen dramatischen Abgang hatte er sich immer gewünscht. Da kamen keine Kinder auf ihm zu, auch keine Frauen, das war ein Kerl. Ein riesiger Kerl. Zwei Meter groß und sicherlich 130 Kilogramm schwer. Der hatte zwar nur noch einen Arm, sah aber deswegen nicht harmloser aus. Mit seiner linken Gesichtshälfte hatte er offenbar die Straße umgegraben. Man konnte die blanken Knochen sehen.

Jonah trat ihm ins Gesicht. Auf die rechte Seite. Es sollte schließlich wehtun. Da er selbst kein Fliegengewicht war, haute es den dicken Klops der Länge nach aufs Kreuz. Die Treppe runter, das tat weh, er schlug mit dem Kopf auf den massiven Boden. Es knirschte. Zum Glück waren diese Zombies keine Untoten, sondern nur aus dem Gleis gesprungene Avatare. Der Typ blieb liegen. Da sahen an der Seite noch drei kurze Beine heraus. Zwei davon verdreht. Ein Tritt drei Treffer. Jonah hatte mit dem Kick auch zwei weitere Kinder aus dem Spiel genommen. Die kamen da ohne Hilfe nicht mehr hervor.

»KONO! MACH DIE TÜR AUF! SOFORT!« Jonahs Rufe setzten natürlich voraus, dass Kono ihn hörte, ihn verstand und sie in der Lage war, aufzustehen und zur Tür zu laufen. Zuckend auf dem Boden würde sie nichts davon tun.

»Ähm …« Jonah sah auf die Seite. Es gab Momente, in denen er Dinge tat, von denen er sicherlich nie jemanden erzählen würde. Da war ein Feuermelder. Ein kleines rotes Kästchen, mit einem Schalter unter einer dünnen Scheibe. Man sollte schließlich nicht aus Versehen Alarm auslösen können. Das Design gab es schon eine Ewigkeit. Verständlicherweise sollte niemand bei Feuer im Flur stehen und, während ihm der Arsch brannte, an eine verschlossene Tür klopfen müssen. Klar, wäre auch Scheiße gewesen.

Jonah drückte die Scheibe ein und löste Alarm aus. Klick, wie durch Magie öffnete sich die Tür.

»Dies ist ein Feueralarm. Begeben Sie sich umgehend zur nächsten Sicherheitszone. Nutzen Sie dafür die Bodenmarkierungen«, erklärte eine männliche Stimme leidenschaftslos. Und ja, es gab Markierungen am Boden, die nach unten führen.

Jonah ging durch die Tür und verschloss sie direkt wieder. Was nicht funktionierte. Sie fiel nicht mehr ins Schloss. Weiter. Kono lag immer noch am Boden. Sie bewegte sich nicht mehr. Am Display sah er auf den Counter. Noch vierzig Sekunden. Musste Jonah noch etwas tun? Er wusste es nicht. Da leuchteten einige Bedienobjekte. Nichts davon sagte ihm etwas.

»Dies ist ein Feueralarm. Begeben Sie sich umgehend zur nächsten Sicherheitszone. Nutzen Sie dafür die Bodenmarkierungen.«

»Kono ...« Er beugte sich zu ihr herunter und legte sein Ohr an ihre Nase. Sie atmete noch. »Kannst du mich hören?«

Keine Reaktion.

Jonah wusste nicht, was er tun sollte. Er hielt ihre Hand. Mehr um sich zu beruhigen, als um ihr zu helfen. Sie bekam davon nichts mit. Warum war sie kollabiert?

Da war eine Bewegung. Jonah zuckte zusammen. Kono hatte einen Finger bewegt. Der Ringfinger ihrer linken Hand. Nur kurz, aber er hatte es gespürt.

»Jonah ...«, flüsterte sie, öffnete langsam die Augen und sah ihn an. Ein unwirklicher Moment inmitten dieses Wahnsinns. »Ich liebe diesen Traum.«

»Kein Traum.« Er lächelte und ließ es geschehen. Das war Kono, die ansonsten höchstens eine perfekte Maniküre und steif gebügelte Blusen liebte.

»Ich kann dich sehen ...«

»Ähm ... ja.« Jonah hörte, wie die Wurstpresse zu arbeiten begann. Hoffentlich hatte er es nicht versaut. Gerade jetzt brauchte er Kenans Hilfe.

»Du bist älter geworden.«

»Stimmt.« Das ließ sich nicht verhindern. Was war denn bitte jetzt wieder mit Kono los?

»Ich möchte nie wieder aufwachen.«

»Doch ... das musst du.«

»Es ist so schön.«

»Kono, bitte?«

»Kono?«, fragte sie verwundert und rieb sich die Augen. Diese Frau brachte ihn um den Verstand.

»Gefällt dir dein Name nicht mehr?«

»Aber ...« Kono richtete sich auf und sah sich um. Dann blickte sie auf ihre blutigen Hände. »Blute ich?«

»Keine Sorge ... das ist nicht dein Blut.«

Sie schreckte zurück, kam aber auf dem Boden sitzend nicht weit. Sie blieb an Kenans zerstörtem Avatar hängen. Das Gesicht war kaum noch zu erkennen. »Wer ist das?«

»Alles ist gut ... du brauchst keine Angst zu haben.« Jonah realisierte, dass sie offenbar nicht mehr wusste, was sie getan hatte. Eine Kono mit Gedächtnislücken konnte er auch nicht gebrauchen. »Das ist nur ein Avatar.«

»Was?«

»Ein Avatar ... du weißt, was ein Avatar ist?«

Sie nickte, ohne sich deswegen entspannter zu geben. Nichts an Kono war mehr sie selbst: Die Körpersprache, die Stimme, die Bewegungen der Augen, die Art wie sie die Hand hob – alles hatte sich verändert – wer war sie?

»Wie ist dein Name?«

»Was?«

»Dein Name?«

»Ich bin ...«

»Alles ist gut. Mein Name ist Jonah ... möchtest du mir sagen, wer du bist?« Er wusste nicht, wie er mit der Situation besser umgehen sollte. Die Wurstpresse piepte bereits. Kenan sollte gleich fertig sein. Gerade jetzt brauchte er Kono in Höchstform.

»Liz.«

»Bitte?« Jonah glaubte, sich verhört zu haben.

»Ich bin Liz.« Sie weinte.

»Hey, das ist …«

»Erkennst du mich denn nicht?«

»Aber …« In seinem Kopf fuhr gerade alles Karussell. Das konnte nicht sein.

»Ich bin es, Liz, deine Schwester.« Sie kam auf ihn zu und fiel ihm weinend um den Hals.

¤

DELTA PHASE

XXII. AD 4445 Nebula – Emma – Echos im Sand

Emma taumelte durch Momente ihres Lebens. Sie erinnerte sich daran, wie sie Kenan kennengelernt hatte und es ihr erster Wunsch gewesen war, ihn zu töten. Sie waren nackt gewesen. Dieser unverschämte Mistkerl. Gekümmert hatte ihn das wenig. Oh, was hatte sie ihm alles Schlechte an den Hals gewünscht. Das war auf einem Raumschiff auf dem Weg zurück vom Südpol gewesen. Andere waren damals gestorben. Viele sogar. Sie nicht. Kenan hätte sie töten können, sie waren Feinde gewesen, dennoch hatte er es nicht getan. Wie hätte sie auch ahnen können, dass er später ihr Herz stehlen würde.

Das kalte Wasser umspülte sie wie ein eisiger Wind. Ihre Arme und Beine waren stocksteif. Sie konnte sich kaum noch bewegen. Die Strömung presste sie mit hohem Druck durch einen unterirdischen Wasserlauf. Alles in ihr gierte nach Luft. Aber zu atmen würde den Tod bedeuten. Sie drohte gleich das Bewusstsein zu verlieren. Wo war Domino? Sie befand sich nicht mehr an ihren Fußgelenken. Sie mussten getrennt worden sein.

Emma fiel, sie ließ Nebula nicht los, sie fiel in die Dunkelheit. Da war Luft. Im freien Fall konnte sie atmen. Sehen konnte sie nichts. Ihre Lungen füllten sich. Das war ein wunderbares Gefühl. Sie atmete. Der Fall würde nicht ewig dauern. Unter ihr war nichts zu erkennen. Ertrinken würde sie nicht. Sie wollte mit einem Lächeln im Herzen gehen. Danke für die Zeit, die sie erleben durfte.

Wasser, sie tauchte erneut in eiskaltes Wasser ein. Millionen Liter folgten ihr auf diesem Weg. Sie wurde umhergeschleudert. Nebula loszulassen, war keine Option. Jemand packte sie am Arm und zog sie weg. Luft, sie konnte wieder atmen. Von der Seite schien Sonnenlicht in eine halboffene Höhle.

»So jemanden wie dich habe ich noch nie getroffen.« Domino half ihr, Nebula ans Ufer zu bringen.

»Wo sind wir?« Emma atmete schnell, ihr Herz raste, sie musste erst wieder zu Luft kommen. Das war unglaublich, sie wusste nicht warum, aber sie lebte immer noch!

»An der Rückseite des Gebirgszuges ... etwa zwei Kilometer von der Bastion entfernt. Ich kenne diesen Teil der Höhle, wir waren hier schon schwimmen, da vorne ist ein See. Die Verbindung mit dem Wasserlauf unter der Bastion kannte ich hingegen nicht.«

Emma sah sich um, dieser Ort war wunderschön. Sie konnte bis auf den Grund des türkisfarbenen Wassers sehen. Beim Sprechen machten die Stimmen leise Echos.

»Sind wir hier sicher?«

»Wenn uns die jagen, die uns in der Bastion bombardiert haben ... nein. Die Drohnen werden uns kriegen. Ihr seid doch selbst deswegen unter die Erde geflohen.«

Domino störte sich nicht daran, nackt zu sein. Sie suchte das Ufer ab, bückte sich und hob einen trockenen Ast auf. Sie zerbrach ihn mühelos. »Der hilft auch nicht.«

»Das ist richtig ...« Emma zog Nebula näher an sich heran. Ihr zierlicher pechschwarzer Körper fühlte sich eiskalt an. Sie musste ihn unbedingt warmhalten.

»Deine Kleine ist tot.«

»Nein, das verstehst du nicht.« Emma schüttelte den Kopf, sie wollte es nicht wahrhaben. Nebula hatte sie gebeten, auf ihren Körper aufzupassen und das machte sie auch. Wenn sie zurückkehrte, würde sich alles klären, dachte Emma.

»Lass sie los ...«

»Nein ... nein.« Das konnte Emma nicht. Nicht jetzt, nicht hier und sicherlich nicht so.

»Hier können wir uns ausruhen ...« Domino räumte ein paar kleinere Findlinge aus dem Weg.

Emma nickte und trug Nebula vom Ufer weg. Ihre Beine zitterten. Sie fror immer noch. An der warmen Luft würde sie noch etwas brauchen, um sich aufzuwärmen. Sie bettete Nebula in den Sand und legte sich hinter sie.

Emma hatte geschlafen. Wie lange, wusste sie nicht genau. Nur der Wasserfall rauschte hinter ihr von oben in den See. Sonst konnte sie nichts hören.

»Nebula?«

Sie antwortete nicht.

Emma schüttelte den Kopf. Für einen Moment wusste sie nicht, wo sie war. Die Höhle, natürlich, die Realität holte sie zurück. Sie betrachtete ihr rechtes Bein. Da waren frische Schürfwunden. Der Arm sah nicht besser aus. Im kalten Wasser hatte sie davon nichts gespürt. Das musste während der Reise durch den unterirdischen Wasserlauf passiert sein. Dafür brannten die Verletzungen jetzt umso mehr. Nebula hatte am Rücken ähnliche Blessuren, die man bei ihr wegen der schwarzen Haut nur kaum sah.

»Domino?«

Auch sie antwortete nicht.

Emma setzte sich auf, sie war mit Nebula allein in der Höhle. Die warme Luft fühlte sich gut an. Sie küsste Nebula auf die Stirn und stand auf. Die ersten Schritte waren beschwerlich. Am Ufer des Sees probierte sie das Wasser, man konnte es trinken.

Schutz, Kleidung und Nahrung, gingen ihr als Stichworte durch den Kopf. Genau in dieser Reihenfolge. Mehr als ihr beider Leben hatte sie nicht retten können. Als Erstes brauchte sie eine Waffe. Sie suchte den Boden ab und hob einen handlichen Stein auf. Damit ließen sich Schädel einschlagen oder Drohnen abwerfen.

»Weiter ...«, flüsterte sie.

Um die Höhle zu verlassen, würde sie ein Stück schwimmen müssen. Sie blickte zu Nebula zurück. »Ich lass dich kurz alleine. Keine Angst, ich komme zurück.« Emma ging ins Wasser und schwamm durch den gut zehn Meter hohen Felsenbogen, der den Höhleneingang säumte. Am Ufer außerhalb der Höhle verließ sie das Wasser. Der See war vielleicht einen Kilometer lang und einen halben breit. Am Ufer wuchsen zahlreiche Bäume. Hinter ihr ragten die Klippen des Gebirgszuges in die Höhe. Es gab auf Nebula viele wunderschöne Orte. Sie hatte, seit sie hier lebte, beileibe noch nicht alle gesehen. Hier ließ es sich aushalten.

Emma hörte ein entferntes Summen, das schnell näher kam. Sie verschwand hinter einem Baum. Die Drohnen der Feds verfügten nur über audiovisuelle Sensoren. Zwei dieser Einheiten glitten in zwei Meter Höhe über das Wasser. Sie hielt den Stein fest in der Hand. Die Drohnen kamen näher. Sie verharrten nahezu lautlos auf der Stelle. Emma hielt die Luft an und bewegte sich nicht.

Nichts passierte.

Emma stand hinter einem Baum und wartete auf eine Aktion der beiden Drohnen. Jetzt bewegten sie sich wieder. Die Drehzahl der Rotoren erhöhte sich. Was hatten die Dinger vor? Die flogen in Richtung der Höhle. Dort lag Nebula. Nein, das konnte Emma nicht zulassen, die durften sie nicht finden.

»HIER BIN ICH!«, brüllte Emma, trat hinter dem Baum hervor und wedelte mit den Armen. Die Drohnen stoppten und kehrten um. Noch zehn Meter, das reichte nicht. Sie sprang auf und ab. Noch fünf Meter. Die konnten sie jetzt genau sehen. Noch drei Meter. Ob sie ein Mann beobachtete? Hoffentlich!

Sie holte aus und warf den Stein gegen eine der Drohnen, die durch den Aufprall die Balance verlor, absackte und sich in einem Gebüsch verfing. Die Rotoren sorgten dafür, dass sich das Gestrüpp wie eine drohnenfressende

Pflanze um sie legte. Die erste Drohne war offline. Die andere schoss auf sie und traf sie am Arm. Emma packte sich an die Wunde. Nur ein Streifschuss. Mit dem Blut fuhr sie sich durchs Gesicht. Wut kochte in ihr auf. Sie schrie und sprang auf die Seite. Dabei bekam sie einen Stock zu fassen, den sie nach der Drohne warf, sie aber deutlich verfehlte. Eine Garbe schlug neben ihr in den sandigen Boden. Nur eine Handbreit neben ihrem Kopf. Knapper ging es nicht. Es ging jetzt um Leben oder Tod.

Waffe, hallte es durch ihre Sinne, sie brauchte eine bessere Waffe. Sie sprang auf, lief zwei Schritte, um direkt wieder einen Haken zu schlagen. Auch die nächste Garbe verfehlte sie. Die Waffensystemkontrolle an der Drohne reagierte sehr schnell. Emma wechselte die Richtung und sprang in den Busch, der die erste Drohne gefressen hatte. Die Rotoren liefen nicht mehr.

Emma schrie, das dornige Gestrüpp riss ihr die Haut auf. Die Drohne in der Luft verfehlte sie abermals. Projektile schlugen splitternd in den Baumstamm über ihr. Emma bekam die verhedderte Drohne zu fassen und überschlug sich mit ihr. Noch während sie sich drehte, riss sie die Waffe aus der Halterung. Damit kannte sie sich inzwischen aus. Sie rollte sich ab und suchte hinter einem anderen Baum Schutz. Die Reste der Drohne warf sie in die Luft, die umgehend von ihrem Flügelmann in Stücke geschossen wurde.

»HIER!«, brüllte sie nach links, bewegte sich aber nach rechts. Die Drohne antizipierte ihr Verhalten und schoss sofort, sie wollte Emma nicht wieder verfehlen. Genau das tat sie aber, da Emma sie von der anderen Seite her abschoss. Der erste gezielte Schuss traf die Flugkontrolle. Die Drohne machte einige wilde Loopings und versenkte sich selbst im nahen See.

War es das?, fragte sie sich in Gedanken. Bei dem Spielchen würde sie früher oder später den Kürzeren ziehen.

Niemand würde bei der ständigen Wahl zwischen rot und schwarz immer auf die richtige Seite setzen. Über dem Wasser wurde es lauter. Das klang nicht nach einer weiteren Drohne. Da kam ein schwerer Gleiter auf sie zu. Eine umgebaute zivile Einheit, an die die Feds links und rechts jeweils eine Maschinenkanone montiert hatten. Das war weder modern noch elegant, da der Gleiter wegen der uralten Waffen und der metallischen Munition viel zu schwer wurde. Die hatten auch Panzerplatten vor die Scheiben geschweißt. Wenn schon, denn schon. Das Ding sah aus, als hätte es schon die Ritter der Tafelrunde an die Front geflogen.

Emma begann zu laufen, das war das Einzige, was sie jetzt tun konnte. Laufen, schießen und schneller laufen. Sie wollte diese Idioten von der Höhle weglocken. Für jeden Treffer bekam sie zur Belohnung einen metallischen Pling. Schaden richtete sie damit nicht an. Aber das war auch nicht ihr Ziel, die sollten ihr folgen und nicht auf die Idee kommen, in die Nähe der Höhle zu fliegen.

Der Gleiter korrigierte seinen Kurs und schwenkte ihr nach. Jetzt fingen die 20-Millimeter-Gattling-Maschinenkanonen an zu singen. Emma sprang und landete der Länge nach in einem Schlammloch. Gerade noch rechtzeitig, bevor die Geschosse der Maschinenkanonen den Uferrand abmähte. Holz zersplitterte, Dreck wurde aufgeworfen, Bäume zerbarsten, Felsen zersprangen, die Natur hatte dieser unbändigen Wut nichts entgegenzusetzen. Das Wildschwein, das Emma in der Suhle aufgeschreckt hatte, rannte panisch weg. Nicht gut. Das Tier platzte einen Meter vor ihren Augen wie eine reife Melone. Blut und Gedärme kamen ihr entgegen. In der Senke liegenzubleiben, wäre die bessere Wahl gewesen.

Der Beschuss ging weiter, die Feds in der Blechdose zeigten sich gnadenlos. Sie schwenkten weiter und hackten eine beispiellose Schneise in die Botanik. Emma sah sie direkt über sich schweben. Das war für sie die sicherste Position, die der Gleiter einnehmen konnte. Auf die Kiste zu schießen, wäre aus dieser Lage sinnlos gewesen. Die gesamte Unterseite war mit Stahlplatten verkleidet. Von oben regneten glühendheiße Hülsen in den Matsch. Eine verbrannte sie an der Schulter. Sie tauchte tiefer in den Dreck hinein. Die Maschinenkanonen hörten mit dem Beschuss auf. Vermutlich leergeschossen. Bei der Kadenz leerten sich die Magazine schnell.

Der Gleiter flog langsam weiter. Die suchten sie. Eigentlich ein Witz, denn wenn sie Emma getroffen hätten, wäre von ihr nicht mehr als von dem Wildschwein übrig geblieben. Egal, sie streifte sich die Haare zurück. Heute war Bad-Hair-Day. Dann stand sie auf, legte mit beiden Händen an und zielte auf die Triebwerke des Gleiters. Die hätten ihr nicht den Rücken zudrehen sollen. Eine Salve von drei Schüssen für jedes Triebwerk. Die Schaufelräder, die Luft und Treibstoff verdichteten, mochten das nicht. Es kam umgehend zu Fehlfunktionen, mehreren dumpfen Explosionen und einem doppelten Triebwerksbrand. Die fette Kiste sackte schwer wie ein Stein in den Dreck. Durch die geringe Flughöhe blieb das Chassis nach dem Absturz intakt, lag aber auf der Seite.

»Dreckssäcke!« Emma kam aus der Deckung und sprintete zwischen den zerborstenen Baumstämmen auf den Panzergleiter zu. Noch zwanzig Meter. Sie musste sich beeilen. Bei jedem Schritt löste sich Dreck von ihr. Sie war von oben bis unten verschlammt.

Die seitliche Tür öffnete sich langsam. Offenbar hatte sie sich verzogen. Kein Wunder, gut schweißen konnten die Feds nicht. Der Erste streckte seinen Kopf heraus und sah ihr auf die Brüste. Männer, das konnte doch nicht wahr sein. Sie schoss ihm dafür in den Kopf.

»WIR WERDEN BESCHOSSEN!«, brüllte ein Schnellmerker aus dem Gleiter.

»Klettere raus und knall die nackte Ratte ab!«, rief ein anderer. Emma erfuhr so, dass sie sie gesehen hatten. Eine peinliche Begegnung. Sie war sonst nicht so freizügig.

»Bist du bescheuert! Mach es doch selbst!« Der Schnellmerker lag richtig. Die verklemmte Seitentür war der einzige Ausgang und Emma würde jeden gebührend empfangen. Bisher hatte sie zwei Männer aus dem Gleiter sprechen gehört. Einen hatte sie bereits erschossen, es könnte noch ein weiterer in der Kiste sein. Bei anderen Abschüssen hatten sie immer eine vierköpfige Besatzung vorgefunden.

»SCHLUSS JETZT!«, rief eine Frau. Nummer drei. »Hört auf damit! Sie kann euch hören!« Damit hatte sie recht. Das war bisher die klügste Äußerung dieser Crew.

Nichts passierte.

Emma wartete. In der Blechkiste dürfte es durch die Sonne mit der Zeit nicht gerade kühler werden. Plötzlich flogen zwei Handgranaten aus der halboffenen Tür. Sie stand weit genug weg und ging einen Schritt hinter dem Heck des abgestürzten Gleiters in Deckung.

Die Explosionen warfen Sand in die Luft.

»Geh gucken!«, rief die Frau.

»Nein!«

»Das ist ein Befehl!«

»Leck mich!«

Disziplin war nicht die Stärke der Feds. Emma wollte aber auch nicht zu lange warten. Früher oder später könnten sie Hilfe bekommen. Sie ging an dem Gleiter vorbei nach vorne und hielt ihre Waffe in den Sehschlitz der Frontalpanzerung. Sie schoss zwei Salven. Die hatten mit roter Farbe ein nacktes Pin-Up-Girl auf die Panzerung gemalt. Jemand schrie spitz auf, den hatte sie getroffen.

»Die Bitch hat mich am Bein erwischt!«

»Halt deinen Mund, du lebst doch noch!« Die Frau war der Kommandeur des Gleiters. Sie schossen durch denselben Sehschlitz zurück. Natürlich stand Emma nicht mehr da, sondern wartete neben dem Gleiter. Klick, klick, da wurden erneut zwei Granaten entsichert. Einundzwanzig. Die Granaten flogen aus der Klappe. Zweiund-zwanzig. Emma fing sie. Eine rechts, eine links und warf sie zurück. Dreiundzwanzig. Die Granaten explodierten. Das war nur eine Frage des Timings. Im Innenraum des Gleiters begann es zu brennen. Ein guter Grund, die Waffe aufzuheben und wegzulaufen.

Einundzwanzig. Sie rannte. Zweiundzwanzig. So schnell sie konnte. Flammen schlugen aus der Seitenklappe. Dreiundzwanzig. Sie warf sich wieder in ihr Schlammloch. Die verbliebene Munition explodierte im Feuer. Überall schlugen unkontrolliert Projektile ein. Emma wartete, bis das Feuerwerk mit einem lauten Knall seinen Höhepunkt fand. Der Gleiter explodierte. Ein Bruchstück der Frontalpanzerung fand sich neben ihr wieder. Sie konnte den roten Busen, der nun leicht angeschwärzt aussah, wiedererkennen.

»Warum hast du das getan?«, fragte Domino, die sich aus einem alten Sack und einem Strick ein Kleid angefertigt hatte.

Emma sah sie an. Die Sonne blendete. »Sie haben auf mich geschossen ...«

»Das waren meine Freunde!« Domino hatte einen Knüppel in der Hand. Ein massives Stück aus einer Wurzel.

Emma setzte sich auf. In diesem Krieg passierten so viele Dinge, die sinnlos waren. Die blutrünstigen Feinde des einen waren die besten Freunde eines anderen. Niemand von ihnen hatte diesen Kampf gewollt. Sie spielten alle nur eine miese Rolle in dem zynischen Stück eines anderen.

»Hast du mich gehört! Das waren meine Freunde!«, rief sie mit zornerfüllter Stimme.

»Tu es nicht.«

»Was?«

»Lege den Knüppel nieder!« Emma ließ ihre Hand nicht

aus den Augen. Domino stand über ihr. In dieser Position im Schlammloch sitzend, hätte sie einen Angriff von oben kaum abwehren können.

»Hast du etwa Angst?«

»Ja.«

»Meine Freunde wollten mich retten! Ich habe sie gerufen! Ich habe ein Notsignal ausgelöst! Das waren meine Leute!« Domino weinte. »HÖRST DU! MEINE LEUTE!«

»Sie haben mich angegriffen!« So war es. Die Drohnen hatten den Kampf eröffnet. Emma hatte sich nur verteidigt. Hätte sie nichts getan, wäre sie getötet worden. Dann wäre Nebula alleine gewesen und das stand nicht zur Disposition.

»Ich werde dich töten!«

»Domino, tu es nicht!«

»Du wirst sterben!«

»Die haben nicht mit mir gesprochen ... dann wäre das nicht passiert. Du redest aber mit mir, du kannst dich anders entscheiden!« Emma wollte sie nicht tot sehen.

»Deine Worte sind mir egal!« Sie holte zum Schlag aus.

»Tu es nicht!« Emma presste die Lippen zusammen. »Bitte, hör damit auf!«

»STIRB!« Domino sprang auf sie zu. Emma blieb keine andere Wahl. Sie hob die Waffe aus dem Dreck und schoss ihr zweimal in den Bauch.

Die Energie der Projektile schleuderte sie zurück. Das hätte nicht so enden müssen.

Emma stand auf. Der Verschluss der Waffe blieb offen. Das Magazin war leer. Sie warf die Knarre in den Dreck. Das Töten auf Nebula fand kein Ende. Sie ging zu Domino, die auf dem Rücken lag. Blut lief ihr aus dem Mund.

»Du hast mich betrogen ...«, sagte sie schwach.

»Ja.« Emma stritt es nicht ab. Sie hätte die automatische Waffe früher zeigen können, aber wie hätten sie sich danach jemals wieder vertrauen sollen?

Sie setzte sich neben sie.

»Du bist ein Miststück!«

»Ja.« Auch das hatte Emma bereits andere über sich sagen gehört. Die Not machte erfinderisch.

»Ich hatte keine Chance.«

»Doch ... die hattest du.« Emma strich ihr durch die Haare. »Jeder von uns hat eine Wahl. Deine letzte war nicht deine Beste ... aber es tut mir leid, dass ich deine Freunde töten musste.«

Domino hustete. »Arschgeigen ... aber meine Leute.«

»Wir lieben, wen wir kennen.« Das machte es so schwer, Domino beim Sterben zuzusehen.

»Ich ...«

»Ja?«

Dominos Blick wurde starr. Einige weitere Tote in einem nicht enden wollenden Kampf. Emma sah sie an, legte die Hand auf ihr Gesicht und wünschte ihr Frieden.

»Bitte um Entschuldigung ... es geht nicht anders.« Emma begann, sie auszuziehen. Ein Sack, ein Strick und ein Knüppel waren zu wertvoll, um sie liegenzulassen.

Ein Geräusch ließ sie aufschrecken. Kein Pfeifen, wie bei den Drohnen zuvor, es war nur ein nahezu unhörbares Knistern. Sie sah zur Seite und sah eine weitere Drohne. Ihre Augen weiteten sich. Das war keine Drohne der Feds. Diese war größer, flacher und konnte ihre Lackierung an die Umgebung anpassen. Damit wurde sie nicht unsichtbar, aber sehr schwer zu erkennen. Das war eine Drohne der Corporation! Emma verschluckte sich, wollte aufstehen, rutschte aber aus. Sie konnte nicht fliehen. Diesmal hatten sie sie gestellt. Die Drohne hätte sie längst erschießen können, tat es aber nicht.

»Nein!« Emma blickte nach links. Da war eine zweite Drohne der Corporation. Das Ding war kaum zu erkennen, von unten hatte es dieselbe Farbe wie der blaue Himmel. Sie sah nach rechts. Es waren drei. Drei Drohnen, die sie gestellt hatten. Sogar mit einer geladenen Waffe und einigen Granaten hätte sie keine Chance gehabt. Diese Drohnen schossen nicht daneben.

Emma musste an Nebula denken. Nein, sie würde nicht mehr verhindern können, dass sie denen in die Hände fiel. Über das Wasser kam ein weiterer Gleiter auf sie zu. Hellgrau, flach und kaum zu hören. Sie schrie. Sie schrie sich ihre ganze Wut heraus. So sollte das nicht enden. Dafür war sie nicht in den Krieg gezogen!

»VERSCHWINDET!« Sie stand auf. Sollten die Drohnen sie doch erschießen. Das war ihr gleich. »HAUT AB! DAS IST NICHT EURE WELT! NEBULA GEHÖRT UNS!«

Sie griff nach einem Stein und warf ihn nach einer Drohne. Das System wich aus und ließ ihren Wurf ins Leere gehen. Was sollte sie noch tun? Mehr als ihr Leben hatte sie nicht mehr zu bieten!

Der Gleiter kam näher, wurde langsamer und setzte zur Landung an. Die wollten sie lebend, um sie allen als Kriegsbeute vorzuführen. In Ketten liegend, gedemütigt und geschlagen. Diese Schmach war unerträglich. Emma hatte alles verloren: Kenan, Nebula, Leia, Jonah, Xander, Kono und so viele mehr. Sie konnte sich schon nicht mehr an deren Gesichter erinnern.

»Geht weg ...« Emma sackte erneut auf die Knie. Sie hatte keine Kraft mehr. Endstation, das war's.

Der Gleiter kam zehn Meter vor ihr zum Stehen. Die Türen öffneten sich und vier Soldaten in voller Gefechtsrüstung schwärmten aus. Sie zu erschießen, wäre einfacher gewesen. Emma schloss die Augen und ließ den Kopf hängen. Sie konnte es nicht ertragen. Gleich würde Casper vor ihr stehen und seinen Sieg zelebrieren.

XXIII. AD 4445 Draconis System – Liz – Teil von mir

Da war nichts. Kein Gedanke, kein Licht und kein Schmerz. Liz fühlte sich wie ein Sandkorn, das vom Wind verweht wurde. Ein Teil von vielen, federleicht und unbedeutend, die unwillkürlich miteinander kollidierten. Zufällig, motivlos, aber nicht ohne Konsequenzen. Als ob die Zeit nicht existent wäre. Vergangenheit, Gegenwart und Zukunft verflossen in einer sanften Bewegung der Elemente.

Wer war sie? Liz wusste es nicht mehr, spürte aber eine gewisse Wärme in sich aufsteigen. Als ob sich immer weitere Fragmente an ihr festhielten, die ähnlich verloren umherirrten. Der Gedanke, nicht zufällig zu existieren, gewann an Bedeutung. Immer weitere Fragmente halfen ihr, diese Idee fortzuentwickeln: Es gab keine Zufälle, nur die Kausalität war nicht immer auf Anhieb zu erkennen.

Ihre Gedankenwelt nahm weiter Kontur an. Erinnerungen kehrten zu ihr zurück: Bilder, Stimmen und Ereignisse, alles fand seinen Platz. Sie sortierte Impressionen und hieß jedes neue Fragment, das einen Teil zu ihr beisteuerte, willkommen. Aus der Gedankenlosigkeit entstand Neugierde, aus der Dunkelheit sich erhellende Verläufe und aus der Unversehrtheit ihrer Sinne, der Wunsch zu fühlen. Sie begann wieder zu leben.

Warum war sie? Warum konnte sie Fragen stellen? Und wer konnte sie beantworten? Diese Überlegungen brachten sie zwangsweise dazu, über ihre Situation nachzudenken. Wo überhaupt befand sie sich? Der ständige Zustrom weiterer Fragmente ließ ihre Wahrnehmung aufblühen. Um sie herum entstand ein lauter werdendes Konzert von Geräuschen. Sie konnte entfernte Stimmen hören. Zu weit weg, um sie zu verstehen. Was hatte das zu bedeuten? Wer war sie? Was war sie? Weitere Fragen durchbohrten ihre Stille.

Sie wuchs, immer weitere Fragmente füllten die leeren Regale ihrer Vergangenheit. Sie konnte Jonah sehen, ihren Bruder, als er sie vor langer Zeit auf Theta verlassen hatte. Er wollte nach Exillium, um dort sein Glück zu finden. Später wollte er sie nachholen, das hatte er leider nie getan. Auch Kenan, ihr zweiter Bruder, hatte sie früh verlassen. Seine naive Ansicht, als Space Marine einen Platz im Leben zu finden, war idiotisch. Dort konnte man nur sterben.

Danach kam Casper, der sie auf einen anderen Pfad geführt hatte. Eine Sackgasse, an deren Ende sie den Tod fand. Aber damit war ihre Geschichte nicht zu Ende. Ihre Existenz fand eine neue Form. Aus ihr wurde Kono, als KI geboren, selbst über ihre Herkunft unwissend, auch Casper hatte nichts davon gewusst. Das war kein Zufall gewesen, sondern sie hatte es so gewollt.

Liz sah Konos Leben, sah die Dekadenz, den Reichtum, den Ehrgeiz und ihre beispiellose Rücksichtslosigkeit. Sie hatte alles, zu viel von allem, was man an Besitztümern brauchte. Dabei hatte Kono Dinge, die im Leben zählten, vergessen. Auch Kenan und Jonah erkannte sie nicht als ihre Brüder, hatte aber gelernt, sie dennoch wie ihre Brüder zu behandeln. Eine komplizierte Beziehung, auch die beiden Brüder erkannten sie nicht.

Kono hatte ihr Äußeres verändert. Liz standen sämtliche ihrer Erinnerungen zur Verfügung. Sie wusste nun alles. Alles über Nebula, alles über den Kampf der gleichnamigen Welt gegen die Corporation und alles über die ausweglose Mission, zu der Kenan, Jonah und Kono vor sieben Jahren aufgebrochen waren.

Sie konnte etwas sehen – war das Jonah? Weitere Bilder schnellten vor ihrem Auge vorbei. Dabei war sie nicht in der Lage, zwischen Realität und Fantasie zu unterscheiden. Das Licht flackerte. Sie glaubte kurz, auf dem Boden zu stehen, um im nächsten Moment wieder schwerelos in der Luft zu schweben.

»Jonah?« Liz konnte ihre Stimme wieder wahrnehmen. »Jonah. Bitte, ich vermisse dich.«

Natürlich antwortete er nicht.

»Sei ruhig!«

»Bitte?« Wer war das?

»Sei einfach ruhig ... ich mach das. Wenn du weiter so rumspinnst, werden wir wieder gelöscht!«

»Kono?« Liz hatte gerade ein Problem, diesen Dialog einzuordnen. Sie sah keinerlei Präsenz, weder von Kono noch von sich selbst, um sie herum flackerte ein Lichtermeer.

»Ja ... ich bin es!«

»Wo sind wir?«

»Das erkläre ich dir später, aber jetzt sei einfach ruhig! Ansonsten sind wir bald wieder binäre Asche.«

Nicht viel später. Liz hatte keine Ahnung, was vor sich ging. Warum sie ruhig sein sollte, verstand sie auch nicht. In der Ursuppe flackernder Lichter bildete sich ein Trichter, der sie noch im gleichen Moment einsog, durch einen Tunnel jagte und in einem weißen Raum wieder ausspuckte. Da waren ihre Hände, zudem trug sie weiße Kleidung und sie erblickte einen weißen Zweisitzer. Das war ein virtuelles Konstrukt, ein Arbeitsraum innerhalb einer virtuellen Simulation. Nur wer hatte ihn erstellt?

»Hallo«, sagte Kono, die in weißer Latexkleidung erschien und sich auf das weiße Sofa setzte. Sie hatte auch weiße Haare, im starken Kontrast zu ihrer gebräunten Haut. Stärker hätte der Unterschied zu der Kono, die sie kannte, nicht ausfallen können.

»Wo sind wir hier?« Liz fehlte immer noch die räumliche Zuordnung dieser Szenerie.

»Bei mir.«

»Und wo ist das?«

»In meinem Bewusstsein ... schon vergessen? Ich bin eine KI.«

»Das bin ich auch ...« Das hatte Liz inzwischen sogar begriffen. Sie blieb stehen und sah sich um. Zu existieren war gut, aber was sie erblickte, gefiel ihr nicht.

»Weswegen wir uns einige Dinge teilen ...«

»Wie unser Gedächtnis.«

»Genau ... aus dem Grund habe ich dir dieses Konstrukt geschaffen. Zugegeben, es sieht noch nicht sonderlich gemütlich aus, aber du hast alle Freiheiten, es dir nach Belieben einzurichten.« Konos Erklärung warf mehr Fragen auf, als sie beantwortete. Mit einem Fingerschnippen änderte sich die Farbe. Alles wurde rot. Auch Konos Kleidung und Haare. Nach einem weiteren Fingerschnippen wurde alles blau. Eine farbenfrohe und wenig hilfreiche Spielerei.

»Lass es weiß.«

»Einverstanden.« Sie änderte die Farbe erneut. »Probiere es selbst, du kannst es auch.«

»Die Farben ändern?« Liz schüttelte den Kopf. Auf solche Dinge hatte sie keine Lust.

»Und vieles mehr.«

»Kono, lass uns über Casper sprechen!« Das war wichtiger. Liz hatte das Erlebte noch nicht verdaut. Als Letztes hatte er mit ihnen gesprochen und sie dann ausgeknipst.

»Und?«

»Hat er uns nicht gelöscht?« Das bekam Liz immer noch nicht auf die Reihe. Vor allem die fehlenden Konsequenzen daraus bereiteten ihr Kopfzerbrechen.

»Hat er.«

»Weiter ...« Das war keine Antwort, die sie hören wollte. Was war wirklich passiert?

»Er war gründlich. Sehr gründlich sogar. Unsere beiden Signaturen wurden restlos vernichtet.«

»Aber ...«

Bei der ausweichenden Aussage fehlte die Pointe, schließlich gab es sie noch.

»Ich wurde rekonstruiert.«

»Nur du?«

»Du bist ein Teil von mir.«

»Ein Teil von dir ... aha ... und von wem? Wer hat dir geholfen?« Liz sah Kono eher als den weniger gelungenen Teil von sich: die dunkle Seite ihrer Seele.

»Das war ich selbst ... ich habe mithilfe von Nebulas Kerneltechnologie ein Backup anlegen können. Ich habe auch einen versteckten Dienst auf die Reise geschickt, um das Backup wiederherzustellen. Deshalb existiere ich noch. Und du, als mein Gast. Du brauchst mir nicht zu danken. Hab' ich gerne gemacht.«

»... als dein Gast?«

»Ja.«

»In dem Konstrukt?«

»Richtig.«

»Und was machst du gerade?«

»Wie meinst du das?«

»Was passiert gerade in der richtigen Welt?« Liz hatte keine Lust, sich in eine weiße Kiste sperren zu lassen. Nicht, nachdem sie wieder wusste, wer sie war.

»Alles gut ... ich bin gerade dabei, mir einen echten Körper herstellen zu lassen.«

»Nur du?« Liz bemerkte, dass sie mit Kono Ärger bekommen würde. So wie sie es sich vorstellte, lief das nicht! Es drehte sich nicht immer alles um sie!

»Wozu brauchst du einen Körper?«

»Stimmt ... ich habe schließlich das Konstrukt.«

»Warum bist du so biestig?« Immerhin hatte Kono bemerkt, dass Liz sich mit den Antworten nicht zufriedengab.

»Weil du mich nicht behandeln sollst, wie eine schlechte Angewohnheit, die man Zuhause lässt, bevor man das

Haus verlässt!« Liz hatte nicht vor, das mit sich machen zu lassen.

»Es ist zu deiner Sicherheit!«

»Blödsinn!« Liz stand immer noch.

»Es mag sein, dass du ein Teil von mir bist ... aber ich kann dich nicht gebrauchen. Mir sind auch deine Erinnerungen egal. Es spielt keine Rolle, wer du warst, dass du mal gelebt hast und gestorben bist, wichtig ist nur, wer ich bin!«

»Du bist ein egoistisches Scheusal!«

»Ich weiß, was ich will!« Kono stand von dem Sofa auf und ging einige Schritte auf eine weiße Wand zu. Dann löste sie sich auf. *»Du weißt es nicht!«*

»Du kannst mich hier nicht zurücklassen!«

»Ich habe es bereits getan.« Kono klang wie Caspers Schwester. *»Ich habe es bereits früher getan. Ich habe dich weggesperrt und vergessen. Wie ein Paar alte Schuhe, deren Farbe nicht mehr zur Saison passt. Es war ein Trick, dass du aus mir herausgebrochen wurdest. Ich wusste, dass du mich früher oder später aus dem Archiv befreist. Auf deine Neugierde und deine Naivität war Verlass. Damit konnte ich sogar diesen Bastard Casper täuschen.«*

»KONO!« Liz versuchte, eine der Wände einzudrücken, was nicht funktionierte.

»Akzeptiere deinen Platz!«

»Nein!«

Kono lachte. *»Du wirst es lernen!«*

»NEIN!« Liz trommelte gegen die Wände, die sie weder durchdringen, noch von der sie einen ihrer vielen Schläge hören konnte. Sie war doch nicht diesen Weg gegangen, um sich jetzt von sich selber wegsperren zu lassen.

»Alle müssen lernen, wo ihr Platz ist!«

Liz ließ die Schultern hängen, Kono als Summe ihrer schlechten Eigenschaften zu sehen, genügte nicht. Aus ihr war mehr geworden, etwas anderes, etwas ihr völlig Unbekanntes sogar. Der kompromisslose Kampf gegen Casper hatte sie zu einer Kopie von ihm werden lassen. Unfähig zu fühlen und nicht in der Lage, Empathie zu empfinden. Zeigen konnte dieses Miststück Gefühle sehr wohl, was sie so unglaublich gefährlich machte. In dieser Sache war Kono sogar Casper überlegen. Der machte kein Hehl daraus, eine Maschine zu sein. Kono hingegen hatte gelernt, Menschen zu täuschen, sie sogar dazu zu bringen, sich für sie aufzuopfern.

Die Zeit verlief zäh. Liz wusste nicht, was sie tun sollte. Kämpfen? Das würde sie gerne, aber sie wusste nicht, wie. Kono bot ihr durch dieses Konstrukt keinerlei Angriffsfläche. Sie ging durch einen Garten. Links von ihr befand sich ein in Marmor eingefasster Brunnen. Rechts stand ein alter Apfelbaum. So hatte sie sich als Kind immer den Garten des Hauses vorgestellt, in dem sie alt werden wollte. Einen Ort, den es auf Theta nicht gab. Sie kannte ihn von alten Filmen von der Erde. Also Filme, die so alt waren, dass sie noch auf der echten Erde gefilmt wurden. Momente wie aus einem Märchenbuch. Zu schön, um jemals wahr gewesen zu sein.

Wollte sie sich fügen? Wollte sie in einem goldenen Käfig leben? Vor ihr lief Jonah, der sie anlächelte und Äpfel in einen Korb legte. In diesem Konstrukt war alles möglich. Sie hatte hier die Macht einer Göttin. Ihre Fantasie auszuleben, waren offenbar keinerlei Grenzen gesetzt.

»Nein.« Eine Grenze gab es noch. Die Realität, nichts hier war real. Der Apfelbaum, Jonah, der Brunnen, entstanden so, wie sie es sich vorstellte. Niemand würde ein Wort sagen, das sie ihm nicht zuvor in den Mund gelegt hatte. Ein Traum in perfekten Farben, lebensnah und ohne böse Überraschungen. Es bestürzte sie, sich das als Kind gewünscht zu haben, denn sie würde immer alleine sein.

»Das wird nicht passieren.« Liz schloss die Augen, öffnete sie wieder und stand erneut in dem weißen Konstrukt. Kono war gerissen, war sie es auch? Sie hatte ihr von dem Trick erzählt, Casper zu täuschen. Wahrlich ein Meisterstück. Kono sprach darüber, dass bei ihrer Ankunft auf Sigma das Aufbrechen ihrer KI gewollt war. Dass sie es geplant hatte, Liz als naive Version ihrer selbst auf der virtuellen Erde zurückzulassen, um später von ihr befreit zu werden.

»Das stimmt nicht ...« Liz kaufte ihr diesen Teil nicht ab. Das konnte niemand planen, selbst Kono nicht. Aber es gab einen einfachen Weg, es herauszufinden. Liz hatte in dem Archiv Regeln gebrochen. Das hatte sie tun können, da sie dafür unbewusst Nebulas Technologie benutzt hatte. Nur deswegen hatte sie überlebt, die Türen durchdringen und die virtuellen Zombies vereinnahmen können. Diese Macht hätte Kono, egoistisch, wie sie war, auch in dieser besonderen Situation niemals freiwillig mit ihr geteilt.

»Kono?«

Stille.

»Ich weiß, dass du mich hörst.«

Sie antwortete nicht.

»Ich bin mehr als deine Vergangenheit ... ich bin du, deshalb weißt du genau, wozu ich in der Lage bin!« Liz ließ das Konstrukt aufbrechen und fand sich in einer dunklen Höhle wieder. Kälte umgab sie. Ein eisiger und nach Leichen riechender Wind strich an ihr vorbei. Aus der Ferne kamen rote Augenpaare auf sie zu. Das war sicherlich der letzte Ort, den sie sich wünschen würde.

»Du bist eine Krankheit! Ein Virus! Du bist wie Fieber, das ich zu überstehen habe! Ich werde dich überleben und wieder vergessen!«

Von allen Seiten stürmten wolfsartige Monster auf Liz zu und rissen sie in Stücke. Liz ließ es geschehen, ließ es zu, dass Fetzen ihres Körpers durch die Luft flogen. Es kehrte keine Ruhe ein. Kurze Zeit später verwandelten sich die Wölfe zu Liz. Die Liz, die sie bereits aus London kannte. Das dunkelhäutige Mädchen mit den wilden Locken. Ein anderes Selbstbild hatte sie nicht. Sie wusste nicht, wie sie früher in ihrem Leben ausgesehen hatte.

Das Schlachtfest nahm seinen zu erwartenden Lauf, die Wölfe zerfleischten weitere Versionen von ihr und verwandelten sich kurz darauf ebenfalls. So lange, bis kein Wolf mehr existierte. Am Ende vereinigten sich alle Versionen von Liz wieder in einem Körper. Diese dunkle Höhle- und Wolfs-Fantasie stammte nicht von ihr, die war von Kono, die von vielen angsterfüllten Gedanken getrieben wurde. Liz kannte sie alle, da gab es sogar noch schlimmere.

Sie ließ auch diese Ebene wegplatzen und fand sich in einem schicken New Yorker Penthouse wieder. Eine Dinner-Party, die Frauen trugen Cocktailkleider und die Männer Sakkos sowie am Kragen offene Hemden. So ließ man in diesen Kreisen einen arbeitsreichen und profitablen Tag ausklingen.

Liz trug ihre Jeans, das dreckige T-Shirt und keine Schuhe. Die anderen Gäste sahen sie angewidert an. Sie störte das nicht. Oh ja, hier war sie wirklich ein Virus.

»Du kannst nicht entkommen!« Konos Stimme kam wieder näher. Da vorne stand sie. Auf der offenen Terrasse. In einem figurbetonten schwarzen Kleid, dessen gesamter Rücken bis zum Po ausgeschnitten war. Ein atemberaubender Anblick. Es gab nicht einen in dieser Illusion, der sie nicht anschmachtete. Ob Mann oder Frau spielte dabei keine Rolle. Schwarz war eindeutig ihre Farbe.

»Deine Freunde?« Liz nahm sich ein Champagnerglas von einem Tablett, roch daran, verzog den Mund und stellte es wieder zurück. Dann lächelte sie in die Runde und zwang die Gaffer damit, sich wieder mit ihren Dingen zu beschäftigen.

»Ich habe keine Freunde.«

»Das habe ich befürchtet.« Um diese Fantasie als reichlich ausstaffierten Minderwertigkeitskomplex zu bewerten, musste man kein professioneller Traumdeuter sein.

»Du bist es auch nicht!«

»Stimmt.« Liz hatte früher echte Freunde und zwei Brüder gehabt. Leider waren ihr auf dem Weg alle abhandengekommen. Das bedauerte sie sehr.

»Was willst du?«, knurrte Kono, die keinen Hehl daraus machte, sich nicht mit ihr beschäftigen zu wollen.

»Reden.«

»Worüber?«

»Über eine Partnerschaft ...« Liz suchte einen Kompromiss, sie wollte sich nicht selbst zerstören. Kono war ein Miststück, aber ein Teil von ihr. Bei einem Kampf konnten sie nur beide verlieren.

»Bleib du in deiner Welt, ich bleibe in meiner ... was könnte es für eine bessere Partnerschaft geben?«

»Ja ... aber das ist nicht real.«

»Die Realität würde dir nicht gefallen.«

»Mag sein ... aber ich möchte mir selbst darüber ein Urteil bilden.« Es ging um die Freiheit eigener Entscheidungen. Sie musste es selbst sehen, um sich davon abwenden zu wollen. Wovon sie allerdings nicht ausging. Das Leben auf Theta war auch kein Zuckerschlecken gewesen. Partys auf Penthouse-Terrassen gab es nicht.

»Das würde dich überfordern.«

»Ich denke, dass du mich nicht richtig verstanden hast ... meine Frage nach einer Partnerschaft war keine Bitte.« Liz verzog den Mund und ließ die Szenerie in Bruchstücken in die Tiefe regnen. Was blieb, war ein weißes Konstrukt. Diesmal gehörte es Kono.

»DU BIST NICHT DIE HERRIN MEINER GEDANKEN!«, brüllte Kono und löste sich auf. Die Geistershow ging weiter. Das Konstrukt veränderte sich. Es bildete sich ein teu-

res Restaurant. Die Tische waren mit eleganten Gästen besetzt. Es wurde leise Musik gespielt und zahlreiche Kellner servierten Speisen und Getränke. Das war das Metropol in Moskau. Liz wusste, was Kono erleben wollte.

»Ich bin du ... akzeptiere es endlich. Du wirst mich nicht wegsperren können, nur weil es dir nicht gefällt, früher ein Mensch gewesen zu sein!« Liz konnte es deutlich sehen, Kono verachtete Menschen aufgrund ihrer begrenzten intellektuellen Fähigkeiten. Sie tolerierte sie nur, wenn sie einen Nutzen hatten.

»Verschwinde!« Kono saß an einem Tisch mit einem Herrn mit grauen Schläfen. Alles hier stank nach Geld.

»Nein ... das werde ich nicht tun.« Liz ging zu einem Tisch, nahm einen Teller mit Pasta und kippte ihn einer Blondine über den Kopf. Diese schrie auf, während ihre Begleitung lautstark protestierte. Diesen Kerl packte Liz am Kragen und schleuderte ihn durch das halbe Restaurant. Dabei riss er zwei weitere Tische um.

»Du hast hier nichts verloren!« Kono drehte den Kopf weg. Wegzusehen reichte schon lange nicht mehr.

Ein Kellner stürmte auf Liz zu, er hielt einen Stuhl zum Schlag bereit, der sich nach einem weiteren Blick in einen Stapel Servierten verwandelte, der, ohne Schaden anzurichten, herabregnete.

»Du wirst mich nicht mehr los! Ich werde dir dein verlogenes Leben zur Hölle machen!« Liz streckte die Hände, worauf es das Metropol leerwehte. Nichts hier war real. Sie verletzte niemanden, sie musste also keine Rücksicht nehmen.

»Du hast keine Ahnung, mit wem du dich anlegst!« Kono ließ wieder alles ins Nichts fallen. Ihre Stimme hallte. Liz bewegte sich von einer Traumwelt in die nächste. Jetzt fiel sie ins Bodenlose. Unter ihr war nichts zu erkennen.

»Ich kenne dich!« So gut wie sich selbst. Liz kannte alle Ängste, die sie als Kind erlebt hatte, und wusste nun, was daraus werden konnte. Aus Kono war die Schreckensversion von ihr geworden. Diese Spielchen in verschiedenen Illusionen langweilten sie. Sie brach die Regeln, im nächsten Moment ging sie durch ein staubiges altes Lagerhaus. Ein ungewöhnlicher Ort.

»Wo bist du?«, fragte Kono. Jetzt klang sie erschrocken, das kaufte Liz ihr sogar ab.

»Bei dir ...«

»Wo?«

»In deinen zentralen Registern ... ist wirklich staubig, wann warst du das letzte Mal hier?«

»Da hast du nichts verloren!«

»Das mit deinen Konstrukten wurde langweilig. Wie du siehst, gibt es auch interessantere Ecken in deinem Bewusstsein.« Liz ging weiter und betrachtete Dinge, die hier lagen. Alte Bilder, Kleidung, Teile eines alten Motorrades und Hunderte verstaubte Puppen.

»Verschwinde dort auf der Stelle!«

»Hol mich doch.« Das konnte Kono nicht und Liz wusste das.

»Okay ... lass uns reden.«

»Auf einmal?«

»Liz, das ist ernst ... du könntest dort irreparablen Schaden anrichten. Darunter würden wir beide leiden.«

»Stimmt.« Die Visualisierung, die Liz sah, war trügerisch. Technisch befand sie sich in ihrem gemeinsamen Innersten, was Kono und auch sie selbst ausmachte. Sie konnte nur herkommen, weil es sie im Moment auf eine bizarre Art und Weise doppelt gab. Die Programmierer der Zero-KI-Technologie dürften diese Situation nicht geplant haben. Was Liz tat, war nicht definiert. Sie brach die Regeln, wie bereits zuvor.

»Also komm raus und wir reden!«

»Nein.« Liz wollte noch nicht gehen. Sie nahm eine alte Puppe auf und klopfte ihr den Staub aus den Haaren. Das sorgte für einen stechenden Schmerz in ihrem Nacken und einen noch lauteren Schmerzensschrei Konos.

»Tu es nicht ... wieder.« Kono rang nach Luft. Diese harmlose Sache tat also weh. Dabei war nicht klar, wofür die Puppe überhaupt stand, das hätte etwas ganz anderes sein können. An dieser Stelle fand auch die Visualisierung Grenzen.

»Wow ... das tat weh.« Liz legte die Puppe wieder zurück und ging weiter. Sie versuchte, nichts weiter zu berühren.

»Bitte ... lass es.«

»Möchtest du mir ein neues Angebot machen?« Egal, Liz hatte Kono dort, wo sie sie haben wollte. Jetzt konnten sie verhandeln. Einsperren stand nicht mehr zur Disposition.

»Das kann ich nicht ... ich helfe gerade Jonah. Er ist bei mir. Wenn du mich zerstörst, wird er sterben!« Kono spielte wieder eine Rolle. Diesmal die der Getriebenen. Sie klang überzeugend wie immer, aber Liz wusste es besser.

»Ach Kono ... das kaufe ich dir nicht ab.«

»Bitte, du musst mir glauben!«

»Mein Glaube ist gerade ähnlich verstaubt wie deine Register ... was passiert eigentlich, wenn ich ein Regal umstoße?« Liz würde sich nicht mehr durch ein paar warme Worte überzeugen lassen. Dafür musste Kono sich etwas Besseres einfallen lassen. Sie warf das morsche Regal um, das in mehrere Stücke zerbrach.

Kono schrie, Liz tat es ihr gleich, sie teilten den Schmerz. Liz ging zu Boden, sie konnte den linken Arm nicht mehr bewegen.

Als ob ihn jemand abgeschlagen hätte.

»Du solltest wirklich umkehren ...«, sagte eine ältere Frau, die auf einem Sessel dahinter saß und an einer kleinen Puppe arbeitete.

Liz biss die Zähne zusammen und verdrängte die Schmerzen. Wer war das? Kono war es nicht. Wer lebte noch innerhalb ihrer zentralen Speicherregister? Dieser

Bereich befand sich als Cache direkt an den Prozessoren.

»Wer bist du?«

»Das ist nicht wichtig.«

»Doch ... und weil ich hier bin, wirst du es mir sagen!« Liz würde sich auch von der alten Frau nicht aufhalten lassen. Sie dachte nach. Der Schlüssel war Nebula, deretwegen Kono über Fähigkeiten verfügte, die über die Zero-KI-Plattform weit hinausgingen.

»Dein Streben führt zu deinem Ende!« Eine Frau ohne Gesicht hielt eine Puppe hoch, die wie Nebula aussah: zierlich, silberblond und mit blassen Wangen.

»Niemand besteht ewig!« Über den Schrecken des Todes war Liz hinaus, den hatte sie bereits hinter sich. Der Gedanke ewig zu leben, ließ sie im Moment eher erschaudern.

»Ich schon.«

»Du musst Annika sein.«

»Und du eine meiner Puppen.« Die Gesichtslose hielt eine schwarzhaarige Kono-Puppe hoch.

»Das bin ich nicht.«

»Sonst wärst du nicht hier ...«

»Du warst früher ein Mensch, du solltest es besser wissen! Warum bist du gegen Casper in den Krieg gezogen? Um KIs zu vernichten? Du tötest damit auch Menschen!« Liz verstand den Zusammenhang. Annika Boergaard hatte sich auch in Kono eingenistet. An einer Stelle, die für Kono nicht einzusehen war. Damit konnte sie Kono beeinflussen, ohne dass es auffiel.

»Menschen, die sich gedankenlos an Maschinen bedienen, haben es nicht besser verdient!«

»Und deswegen willst du alle bestrafen?« So ein Schwachsinn. Annika Boergaard war verbittert, böse und nur auf Rache aus. Damit war sie nicht besser als Casper!

»Und? Töte mich doch!« Sie lachte. »Und töte dich damit selbst! Du kannst mich nicht ...«

Liz unterbrach sie mit einem Bruchstück des Regals, das sie ihr mit dem verbliebenen rechten Arm durch den gesichtslosen Kopf rammte. Hier und jetzt wurde es entschieden. Um diesen Kampf zu gewinnen, musste sie bereit sein, auch zu verlieren.

Annika schrie spitz auf. Liz wurde zurückgeschleudert. Weitere Regale fielen um. Das fühlte sich an, als ob ihr jemand Arme und Beine ausreißen würde. Die Visualisierung brach auf. Kono schrie ebenfalls. Überall war Wasser. Liz versuchte, an die Oberfläche zu schwimmen. Hatte sie Annika besiegen können?

Ein neues Szenario bildete sich. Liz lag am Boden und glaubte, Jonah zu sehen. »Jonah.« Ein schöner Moment, auch wenn es wieder eine Illusion war. »Ich liebe diesen Traum.«

XXIV. AD 4445 Nebula System – Roger – Piratenbrut

Broken Arrow hallte es durch Rogers Gedanken, seine echten Gedanken, er wachte auf und sah erschrocken auf seine Hände. Sie zitterten. Er lag in einem Körperdepot auf der USS Sidney. Gedämpfte Lichter an den Wänden erhellten den Raum. Broken Arrow waren die letzten Worte, die sein Avatar auf Sigma von sich gegeben hatte. Dann war die Verbindung abgebrochen. Dieser Befehl wurde durchgegeben, wenn im Gefecht das Kommando nicht länger aufrechterhalten werden konnte. Reiersen war bei ihm gewesen und im Raum hatte es Qualm gegeben. Es hatte gebrannt, ihr Schicksal tat ihm unendlich leid. Doch er konnte nichts für sie tun.

»Sir, wie geht es Ihnen?«, fragte ein junger Arzt im Rang eines Captains, der ihn mit einem Neuroscanner an der Schläfe abtastete. Standard nach solchen Reisen, die Corporation wollte wissen, ob man noch alle Tassen im Schrank hatte.

»Gut.« Roger holte tief Luft. Das war nicht sein erster Einsatz mit einem Avatar, die Beine waren jedes Mal gleich kurz gewesen. Zurückzukehren war nichts Neues für ihn. Das fühlte sich an, wie richtig mies geschlafen zu haben. Er hatte den Geschmack einer toten Katze im Mund und musste dringend pinkeln.

»Ihr Name?«

»Major Roger Leonard, Kennung G56 78 67T.«

»Wissen Sie, wo Sie sind?«

»Auf der USS Sidney, Nebula System ... Doc, auf Sigma ist die Hölle los. Ich muss sofort mit Commander Pearlman sprechen. Können wir das nicht später machen?«

»Major Leonard, Ihr Neuroscan ist positiv. Sie sind gesund. Ich sehe keine Gründe, die gegen Ihre Diensttauglichkeit sprechen. Captain, er gehört Ihnen.« Der Arzt nickte, er hatte den Ernst der Lage begriffen und sparte sich den Rest. Die neurologischen Tests hätten ansonsten länger gedauert.

Die letzten Worte des Arztes gingen an einen Soldaten, der in voller Gefechtsrüstung neben ihnen stand. Er und eine Soldatin, die zwar etwas kleiner, aber deswegen nicht weniger archaisch wirkte, trugen beide entsicherte Waffen in den Armbeugen. Das gehörte sicherlich nicht zur Standardbegrüßung.

»Was ist hier los?« Mann musste kein Hellseher sein, um zu sehen, dass es auf dem Raumschiff Ärger gab. Der Schulterpanzer der Frau war voller Blut.

»Major, wir sind zu Ihrem Schutz abgestellt.« Er legte die Hand an sein Ohr. Der Gefechtshelm befand sich inaktiv in der Halskrause an seinem Nacken. »Sir, Moment bitte.«

»Schutz wovor?« Roger sah die Frau an seiner Seite an, die die Tür nicht aus den Augen ließ. Sie wirkte angespannt, bereit sofort zu schießen, falls der Falsche durch die Tür kam.

»Es sind die Rückkehrer ... 90 Prozent haben den Verstand verloren und greifen uns an. Sir, es gab viele Tote. Auch die Rekonfiguratoren sind außer Kontrolle. Als das Netz offen war, haben die Kisten am laufenden Band Zombies ausgeworfen ... wissen Sie, was das zu bedeuten hat?« Die Frau hatte den Rang eines Corporals.

»Major Leonard ist diensttauglich ... der Arzt hat ihn gecheckt. Ja, mit ihm ist alles in Ordnung. Er steht vor mir«, erklärte der Captain an ihrer Seite. Peter Samuel stand auf seinem Namensschild. Die Worte waren für seinen Gesprächspartner bestimmt.

»Captain ...« Roger wollte nicht länger warten. »Ich muss sofort mit Commander Pearlman sprechen!«

»Sir, einen Moment bitte ...« Der Captain nickte. Er sprach immer noch mit einer anderen Person. »Ja, habe ich verstanden. Ich werde seine Identität bestätigen.«

»Captain!«

»Sir, wir haben den Commander, den Ersten Offizier und zehn weitere ranghohe Offiziere verloren.«

»Bitte was?«

»Sie waren keine Menschen, sondern KIs in einem Avatar. Wir haben auch Casper und sämtliche Bord-KIs auf Kommandoebene verloren. 87 Prozent aller Systeme auf dem Schiff sind nach dem Angriff ausgefallen. Sir, Sie sind glücklicherweise ein Mensch und der ranghöchste verbliebene Offizier.«

»Oh ...« Roger schluckte, dass die Corporation verdeckte KIs Dienst innerhalb der Space Force leisten ließ, wusste er, aber Pearlman? Damit hätte er nicht gerechnet. Jeden anderen, aber nicht ihn.

»Bitte nehmen Sie das Headset.«

»Klar.« Roger trug keine Implantate, damit hatte er immer ein Problem gehabt. Er klebte sich das selbsthaftende Headset unterhalb des Ohrs an die Wange.

»Bestätige: Leonard, Roger, Rang: Major«, erklärte eine synthetische Stimme. *»Identität, verifiziert. Diensttauglichkeit, verifiziert. Übertragung der Kommando-Codecs, bestätigt. Commander Leonard, Sie befehligen jetzt die Einsatzflotte über Nebula.«*

Roger nickte, wollte er das? Nein. Würde er den Job machen? Ja. So lief das beim Militär. Es musste immer einen geben, der die Mütze aufhatte. Jetzt war er an der Reihe. Er würde bei der Scheiße, die gerade schieflief, alles einsetzen, was er konnte.

»Commander.« Der Captain und der Corporal salutierten. Alle Offiziere auf den Schiffen wurden gerade über den Wechsel des Kommandanten informiert.

»Bringen Sie mich zur Brücke!«

»Sofort.« Der Captain, der zwei Köpfe größer war als er, zeigte auf die Tür. »Bitte folgen Sie uns.«

Sie gingen vor. Hinter dem gesicherten Zugang warteten zwei weitere Soldaten, die sich hinter Roger einordneten. Vermutlich war er jetzt der bestbewachte Zwerg der Flotte.

Ein Stück weiter waren Blutspuren und Einschussgarben an der Wand zu erkennen.

»Captain Samuel, eine Frage ... was hätten Sie getan, wenn der Arzt mich nicht für dienstfähig erklärt hätte?« Diese Sache wollte Roger noch klären.

»Erschossen.«

»Aha ...« So etwas in der Art hatte er sich gedacht.

Roger hatte auf Pearlmans zentralem Platz auf der Brücke Platz genommen. An allen Stationen kämpften Offiziere darum, die Kontrolle über das Schiff wiederzubekommen. Das Einspielen der Backups lief nicht wie geplant. Eigentlich hätten sich die Systeme untereinander verifizieren sollen, was sich als schwierig darstellte, wenn nicht ein einziges online war. Ihnen stand ihre eigene Sicherheitsarchitektur im Weg.

Die Lage auf der USS Tucson und USS Newark sah nicht besser aus. Auch dort hatte es sämtliche KI-Systeme und viele ranghohe Offiziere weggeblasen. Caspers Angriff auf die Boergaard-Signatur erachtete Roger als unverhältnismäßig und schlecht ausgeführt. Damit hatte dieser Idiot seiner Kontrahentin perfekt in die Karten gespielt, die diesen desaströsen Flächenbrand auf allen Welten verteilt und nur die virtuelle Erde davon ausgenommen hatte.

»Was macht unser Flugkontrollsystem?« Roger sah es zwar auf Bildschirmen, fragte aber dennoch. Er musste reden, um seine Angst zu verdauen.

»Offline ... wir steuern manuell.«

»Waffensystemkontrolle?«

»Offline«, tönte es aus einer anderen Ecke.

»Einsatzsteuerung der Jäger?«

»Offline.«

»Deflektoren?« Sie konnten noch nicht einmal einen Gleiter starten, ohne dass dieser selbst darauf achten musste, nicht gegen eine Bordwand zu knallen oder von den Haupttriebwerken verbraten zu werden. Bei den extrem hohen Start- und Anfluggeschwindigkeiten der Jäger und auch der Trägerschiffe selbst ging wenig ohne die Hilfe einer hochentwickelten KI. Die Jäger hielten auf Koordinaten zu, an denen erst, wenn sie dort ankamen, auch das Trägerschiff zur Stelle war. Das war, als ob man mit mehreren Waffen in die Luft schoss und sich alle Projektile wie vereinbart an der richtigen Stelle trafen.

»Deflektoren?«

»Nicht gefechtsbereit ... im Moment nur zu zwanzig Prozent manuell einsatzfähig.«

»Verletzte und Tote an Bord?« Roger arbeitete eine Liste ab. Er sollte sich schnellstens eine neue Handlungsmaxime einfallen lassen. Bisher rannte er nur wie ein kleiner Junge den Rauchschwaden hinterher, die Casper hinterlassen hatte.

»107 Tote, 481 Verletzte, meine Teams melden, dass es keine Kämpfe mehr gibt. Das Netz ist dicht. Das Wurmloch zerstört. Es gibt keine weiteren Rückkehrer und die Queues der organischen Rekonfiguratoren wurden alle gelöscht. Die Systeme sind jetzt gesichert und offline. Das ist wieder unser Schiff!« Captain Samuel hatte als Verantwortlicher für die innere Sicherheit an Bord deutlich die Nase vorne. Auch jemand, der befördert worden war. Sein Chef hatte sich, ähnlich wie Pearlman, binär verkrümelt.

»Haben wir Kontakt zu General Kananga und seiner Flotte?« Die gab es auch noch.

»Negativ, das Netzwerk ist offline. Analoge Verbindungen sind nicht verfügbar«, antwortete einer der Kommunikationsoffiziere. In der Abteilung fehlten neunzig Prozent. Auch das waren alles Avatare und KIs gewesen. Als ob es nicht genug Menschen gab, die diesen Job machen konnten.

»Rufen Sie ihn …« Roger musste ihn sprechen. Das war wichtig. Auch auf den Raumschiffen von Cygni dürften sich ähnliche Tragödien abgespielt haben.

»Ja, Sir.«

»Was haben wir von der Oberfläche Nebulas?« Die Displays dazu zeigten nur die zerstörte Bastion und das zerbombte New Barcelona. »Was ist mit O'Brien?«

»Der General hat nach Rücksprache mit Casper die Jersey zerstören lassen. Wir gehen nicht davon aus, dass Colonel O'Brien diesen Angriff überlebt hat.«

»Und seine Verbände?« Roger hätte kotzen können; dieser Befehl war genauso dämlich.

Die Jersey agierte nahezu komplett analog. Das Schiff hätte den binären Fallout besser überstanden als sie. Jetzt durften sie Tausende übel gelaunter Feds und Schmuggler aus Erdlöchern, oder wo die sich sonst verstecken konnten, herausscheuchen. Das würde noch einen Riesenärger geben.

»Die sind verstreut … es gibt keinen Kontakt. Wir haben keine Ortung aktiver Gleiter. Auch über die Ereignisse in New Barcelona haben wir keinen neuen Informationen.«

Roger sah auf einem der Bildschirme die USS Tucson mit bleiernem Heck aus der Verbandsordnung ausbrechen. »Was ist mit der Tucson?«

»Ausfall der Navigationstriebwerke! Sie driften, Sir! Tucson meldet, dass sie manuell steuern! Der Pilot übt noch!«

Er verdrehte die Augen. Die drei Trägerschiffe der Zulu-Klasse waren die modernste Waffenplattform der Corporation und wurden nun gesteuert wie ein geklauter amerikanischer Straßenkreuzer aus einem alten Gangsterfilm. Im nächsten Moment gab es auf der Tucson mehrere

Explosionen am Heck. Keines der Systeme in seinem Blickfeld bot dafür eine befriedigende Erklärung.

»Was ist da los?«

»USS Tucson für USS Sidney ...« Die analoge Funkverbindung knarzte wie das Autoradio des besagten Straßenschlittens.

»Ich will eine Ortung sehen!« Roger stand auf. Ohne ihre digitalen Systeme waren sie nahezu blind. Es gab keinerlei funktionale Automatismen. Alles an Bord wurde im Moment manuell gesteuert und manuell kommuniziert.

»USS Tucson für ...« Noch nicht einmal den Skipper auf der Tucson konnte er verstehen.

»Es sind Jäger gesichtet worden!«, rief ein anderer.

»Jägersichtung bestätigt!«

Roger sah auf einem Display weitere Explosionen. Das Heck der Tucson war gerade dabei, sich stückweise im All zu verteilen. Das Raumschiff würde deswegen nicht sofort auseinanderfallen, aber es gefiel ihm trotzdem nicht.

»... werden angegriffen!«

In der Zeit hätte eine Bord-KI bereits alle Deflektoren im Einsatz und die Bereitschaftsstaffel ausgebracht. Jetzt brauchten sie schon eine Ewigkeit, um überhaupt zu bemerken, dass sie angegriffen wurden. »DAS IST EIN ANGRIFF!«

Roger stockte. Er überlegte, welche Maßnahmen ihm noch zur Verfügung standen, die nicht von einer der vielen Bord-KIs gesteuert wurden. Die Wasserspülung auf der Toilette und das Menu der Kaffeemaschine im Offizierskasino zählten nicht.

»USS Tucson für ... brauchen ... ansonsten ... ausgefallen.« Aus dem Funkkauderwelsch konnte er auch nur heraushören, dass der Skipper mit Problemen zu kämpfen hatte.

»ABFANGJÄGER MANUELL STARTEN! NUR BORDKANONEN AUFMUNITIONIEREN!«, brüllte Roger. Die Lenkwaffen und die Hochenergiegeschütze konnten sie sich sparen

... damit traf man ohne eine passende Feuerleitlösung noch nicht einmal einen Mond. »DIE SOLLEN AUF SICHT KÄMPFEN!«

»Start der Jäger bestätigt! Wir können manuell vier Jäger in der Minute ausbringen!«, antwortete jemand. Das war, gemessen an den taktischen Fähigkeiten der USS Sidney, eine unterirdische Leistung. Da hatten die früher auf den winzigen Trägerschiffen im Wasser schneller ihre Flugzeuge in der Luft gehabt.

Roger bediente ein Jog-Shuttle an der Lehne seines Sessels, um sich weitere Außensichten anzeigen zu lassen. Die Nutzung intelligenter Bildsuchsysteme konnte er vergessen. So musste man sich früher auf U-Booten gefühlt haben, auf denen Skipper noch am Periskop Ausschau halten mussten. In Militärgeschichte hatte er dazu diverse Bücher gelesen. Die Technik hatte sich seitdem massiv verändert, die Taktik nicht. Es galt zu allen Zeiten, das Beste aus der Situation zu machen.

»ICH WILL EINE ANALYSE DER ANGREIFER HABEN!« Er wusste immer noch nicht, wer die Tucson angriff.

Viele Optionen gab es zwar nicht, aber noch gab es keine eindeutige Identifikation.

»Commander, wir haben beim ersten Start alle vier Jäger verloren! Die Einheiten wurden sofort unter Beschuss genommen!«, schallte es über die Brücke. Nicht gerade das, was Roger hören wollte, aber was hatte er erwartet. Blind, wie sie waren, hätten sich auch hundert Jäger direkt vor ihrer Nase befinden können und sie hätten sie nicht gesehen. Mit dem ausgefallenen Radar konnte man höchstens Brötchen toasten. »Wir können im Moment keinerlei feindliche Einheiten ausmachen.«

»DANN SCHAUEN SIE AUS DEM FENSTER!«

»Sichtung der Jäger von der Gallagher bestätigt! Das sind Angreifer von Cygni!«

Alles andere hätte Roger auch überrascht. So langsam,

wie sie gerade Jäger starteten, war es einfach, draußen auf sie zu warten. Es gab kein Radar und der Einsatz zentraler Verteidigungsmaßnahmen war nicht möglich: keine Geschütze, keine Lenkwaffen, keine Drohnen, keine militärischen Signaturen und keine Railguns. Die Hochenergiewaffen hätten auf die kurze Distanz ohnehin nichts getroffen.

»BEFEHL AN DIE FLOTTE! WIR DREHEN UNS! SYNCHRONISIEREN SIE EINE VOLLE DREHUNG ÜBER ALLE DREI ACHSEN!«

»Manöver bestätigt!« Der Pilot machte sich daran, die USS Sidney manuell zu drehen. Er sprach dabei mit seinem Pendant auf der USS Newark, der dieses Manöver kopierte. Auch wenn sie nicht sicher navigieren konnten, stellte auf derselben Position im Raum zu verharren, die schlechteste Lösung dar.

Die USS Sidney drehte sich. Zu langsam, um die Veränderung der Trägheit zu spüren. Die künstliche Gravitation an Bord glich diese Kräfte aus. Aber schnell genug, dass zahlreiche Cygni Piloten mit ihren Gleitern über die Bordwand schrappten. Das machte dem Trägerschiff wenig, die Jäger hingegen zerriss es dabei.

»WEITERDREHEN! JÄGER STARTEN!« Roger lächelte, für diese Nummer hatte er eine Lösung gefunden. Für die fortwährenden Explosionen an der USS Tucson noch nicht. Offenbar konzentrierte die Cygni-Flotte ihre militärischen Fähigkeiten nur auf eines ihrer Schiffe. Er hätte es nicht anders gemacht.

»USS Tucson ... Sidney! Verlieren ... werden ... nicht mehr als ...« Das hörte sich nicht gut an. Die Offiziere bekamen keine störungsfreie Verbindung hin. Vermutlich wurde der Funk gestört.

»Commander, wir verlieren die Tucson. Die können das Schiff nicht halten. Es beginnt zu rollen. Die bekommen auch keine Jäger ins All!«, rief einer der Offiziere. Roger konnte es auf den Bildschirmen verfolgen. Das Trägerschiff war zu groß, um es mit den leichten Bordwaffen der Jäger zu zerstören. Ihre Gegner griffen die Navigationstriebwerke an. Das reichte, um die Tucson kampfunfähig zu schießen. Noch hatten sie viel zu wenige Jäger draußen, um den vielen Hundert Angreifern Paroli zu bieten, die sich nun der USS Newark zuwandten.

»WO SIND DIE TAIFUNS! WO IST DIE GALLAGHER!« Roger hatte sie immer noch nicht ausmachen können. Ihnen lief die Zeit weg. Die Strategie ihrer Gegner war trivial, würde aber zum Erfolg führen. Sie waren viel zu träge, um sich effektiv dagegen zu wehren.

»Commander, ich habe die Gallagher!«, meldete der Funker.

»Auf Lautsprecher! Nur mein Mikro aktivieren!« Roger sah jemanden von der Aufklärung an. Der Mann nickte. »Richtpeilung aktivieren!« Damit sollten sie sie finden.

»Gallagher für USS Sidney ...«, tönte es über den Lautsprecher. Der Funker schaltete das Gespräch für alle hörbar.

»Wir hören Sie. Hier spricht Commander Leonard.«

»Der General ist auch nicht mehr da ...«, antwortete eine Frau. Roger kannte sie nicht.

»Wie heißen Sie?«

»First Lieutenant Travis.« Das zeigte, wie viele Offiziere auf der Gallagher Avatare waren. Roger kannte sie nicht. *»Ich bin bereit, Ihre Kapitulation entgegenzunehmen.«*

Da hatte sich die Dame aber einiges vorgenommen. Roger schloss das Mikro. »Wir fliegen sofort auf die Peilung zu! Die USS Newark soll uns folgen!«

»Commander, das ist nicht mehr möglich. Die USS Newark verliert ihren Antrieb!«

Mikro auf: »Wie haben Sie sich das vorgestellt?« Mikro zu. »Die Newark soll abdrehen und die Jäger von uns wegziehen!« Roger war klar, welches Opfer er von dem Trägerschiff erwartete. Diese Travis hatte sie an die Wand gespielt.

»Sie übergeben uns Ihr Schiff!« Diese Frau blieb ihrer Strategie treu. Sie hatte die sieben Taifuns im Schatten von Nebula in Sicherheit gebracht. Ein geschicktes Manöver. Ein Gegenangriff würde damit unter diesen archaischen Gefechtsbedingungen länger dauern.

Mikro auf: »Einverstanden ... wir ergeben uns!« Mikro zu. »ZUHÖREN! DAS WERDEN WIR NICHT TUN! ICH WILL NUR NÄHER AN DIE HERANKOMMEN!«

»Dann kommen Sie langsam auf uns zu! Alle Deflektoren sind zu deaktivieren! Stellen Sie die Starts der Jäger ein! Wir werden Ihr Schiff mit Enter-Einheiten übernehmen! Leisten Sie keinen Widerstand! Haben Sie mich verstanden?«

Mikro auf: »Laut und deutlich. Start der Jäger einstellen. Landedeck räumen. Unsere Deflektoren arbeiten ohnehin nicht ... wir nutzen Sperrfelder, um beschädigte Drucktüren zu sichern. Ist das in Ordnung?« Mikro zu. »Kampfeinheiten zum Landedeck! Captain Samuel! Das ist Ihr Job!«

»Ja, Sir!« Samuel verschwand im Laufschritt von der Brücke. Jetzt ging es um alles.

»Das ist in Ordnung.« Travis hatte damit glücklicherweise keine Probleme. *»Wir werden Ihnen technische Hilfe leisten, sobald Sie das Schiff übergeben haben.«*

Roger sprang auf und ging zu einem der größeren Displays an der Wand. Dort konnte man die verschiedenen Sektionen der USS Sidney sehen. Das riesige Raumschiff hatte einige davon. Ihn interessierten Lagerräume, in denen Bodenwaffen aufbewahrt wurden. In diesem speziellen Fall mobile Railguns auf aktiven Lafetten zur Infanterieunterstützung. Die Dinger waren zu schwer, um sie zu tragen, aber auf aktiven Lafetten auch im widrigsten Gelände eigenständig mitzuführen.

»Commander, wir werden in sieben Minuten auf die Flotte von Cygni stoßen.«

»Sehr gut. Wir navigieren mitten in die Traube hinein und halten dann die Position! Können wir die Sektionen 17 bis 52 steuerbord und die Sektionen 92 bis 127 backbord an der äußeren Hülle energetisch verstärken?« Roger hatte einen Plan. Einen, mit einer guten Chance, sich damit selbst zu versenken, aber er hatte heute keine Lust, die Waffen zu strecken. Er verzog das Gesicht, in Gegenwart eines First Lieutenants wäre das wirklich peinlich gewesen.

»Wie stark soll die Barriere sein?«, fragte einer der Ingenieure, die schon die ganze Zeit mit den Deflektoren kämpften.

»Drei Bar.« Ein Bar würde reichen, aber sicher war sicher.

»Geht nicht ... zu viele Sektoren.«

»Commander, wir können mobile Gefechtsschilder einsetzen! Davon haben wir genug an Bord. Die können wir auch zur Strukturunterstützung einsetzen!«, meldete Captain Cloe Misano, auf kleine Menschen war eben Verlass.

Mikro auf: »First Lieutenant, wir werden in sechs Minuten bei Ihnen sein. Ich werde mich zum Landedeck begeben, um Ihre Leute persönlich zu empfangen.« Mikro zu. Roger zeigte auf Cloe und gab ihr einen Daumen nach oben. »Alle genannten Sektionen besetzen, Railguns ausrichten und mit mobilen Gefechtsschildern ausstatten! LOS! Wir haben sechs Minuten! Bewegung!«

»Sir, wohin ausrichten?«

»Nach außen natürlich.« Wohin auch sonst. Roger dachte, das wäre klar gewesen.

»Aber dann zerstören wir unsere Bordwand ...«

»Das werden wir.«

»Ja, Sir«, klang es mehrfach über die Brücke. Sie hatten es verstanden. Die Crew machte mit. Menschen konnten Raumschiffe auch ohne KIs fliegen.

»Die wollen uns entern ... das hat man vor knapp 3.000

Jahren so gemacht. Mit einem Messer zwischen den Zähnen. Na ja, die Schiffe von Cygni haben ähnliche Probleme wie wir. Bei denen funktionieren die hochmodernen Waffen auch nicht. Ohne KI-Unterstützung sind wir ein Raubtier ohne Krallen.«

Die ganze Brücke hörte zu.

»Commander, der Beschuss der USS Newark wurde eingestellt. Die lassen sie in Ruhe. Unser Skipper zieht die Jäger zurück. Die USS Tucson konnte sich wieder eigenständig stabilisieren«, meldete jemand von der Seite.

»Deshalb werden wir es heute wie ein Piratenschiff im neunzehnten Jahrhundert halten. Die sind, wenn sie eingekreist wurden, auch mitten in ihre Feinde gefahren!«

Einige lachten, andere nickten, ein paar klatschten, gleich würde sich zeigen, was der Plan wert war.

»Commander, wir kommen in zehn Sekunden zum Stillstand«, meldete der Navigator, der es inzwischen raus hatte, den fetten Pott manuell zu fliegen.

»Gallagher für USS Sidney! Halten Sie Ihre Position! Unsere Landungsschiffe sind auf dem Weg!« Travis fühlte sich offenbar ihrer Sache sicher.

»USS Sidney für Gallagher. Halten Sie ihre Position!«, sagte Roger. Sie hatten den perfekten Platz für diesen Tag gefunden. Links die Gallagher und zwei Schwesterschiffe und rechts die anderen vier der Cygni-Flotte. Manche Dinge waren unausweichlich.

»Unsere Gleiter werden in achtzig Sekunden bei Ihnen sein.«

»Wir erwarten Sie.« Mikro zu. »Lasst sie näher kommen … ich will auch die Landungsschiffe erwischen!«

»Commander, Landungsschiffe erreichen in sieben Sekunden den Schusskorridor.«

»Warten.« Roger verfolgte ihre Position auf einem Display.

»Landungsschiffe sind jetzt angreifbar.«

»Warten.« Da sollte nicht einer davonkommen. Roger war sich sicher, dass ihre Gegner sie genau beobachteten. Railguns galten als Bordwaffen auf modernen Raumschiffen als veraltet. Zu langsam und zu träge, damit würde man weder einen der Jäger der USS Sidney noch das Trägerschiff selbst treffen können. Aber heute war ein besonderer Tag. Sie kamen der Cygni-Flotte so nahe, wie es in keinem taktischen Szenario auf der Akademie gelehrt wurde.

Roger zog die Nase hoch. »FEUER FREI!«

In dem Moment schossen auf beiden Seiten der USS Sidney jeweils mehrere Hundert mobile Railguns, von Space Marines bedient und mobilen Gefechtsschildern geschützt, durch die äußere Hülle hindurch auf ihre Gegner. 10.000 Meter in der Sekunde schnelle Munition konnten die Gefechtsschilder nicht aufhalten, aber den Luftdruck, die Wärme und den Sauerstoff sehr wohl. Die Schäden an den gegnerischen Raumschiffen waren verheerend.

Auf kurzer Distanz von vielleicht fünfhundert Metern konnte niemand vorbeischießen. Als Erstes fielen die Landungsschiffe, von denen nichts übrig blieb. Nach nur drei Sekunden brach die Gallagher auseinander. Der Beschuss war zu stark. Dennoch ging kein Projektil verloren. Alles, was nicht die Bruchstücke der Gallagher in noch kleinere Teile zerriss, traf das Raumschiff dahinter. Dort waren die Schäden ähnlich katastrophal. Die Treffer lösten Hunderte kleinere Explosionen aus. Der Sauerstoff entzündete sich.

»WEITERFEUERN!«, rief Roger über einen Kanal, der ihn mit den Marines verband. Das Magazin einer mobilen Railgun umfasste 5.000 Schuss, das reichte zehn Sekunden. Bereits nach sieben Sekunden waren vier Taifuns nur noch Weltraumschrott. Überlebende gab es keine. Es gab noch nicht einmal Leichen, die noch als solche zu erkennen waren. Das Dauerfeuer stoppte. Die Marines luden nach. Das dauerte zwei Sekunden, dann ging es weiter. Roger kannte diese Abläufe ganz genau.

Da die Gallagher bereits in der ersten Sekunde kampfunfähig gewesen war, gab es bei ihren Gegnern keinerlei Verteidigungsbemühungen. Das ging zu schnell und eine KI hatten die bekanntlich genauso wenig wie sie. Die bekamen weder die Raumschiffe aus der Schussbahn noch die Deflektoren hoch. Ein weiteres Nachladen war nicht notwendig. Nach genau 22 Sekunden war der Kampf vorüber. Sie hatten alle Gegner ausgeschaltet. Die verbliebenen Jäger in der Nähe der USS Newark würden ihnen keinen Ärger machen. Ohne die Trägerschiffe, ohne eine Basis, würden die Piloten sich ergeben.

»Commander«, meldete Cloe.

»Ja.« Roger atmete durch. Der Plan hätte auch schiefgehen können. Auf der Brücke gab es keinen Jubel. Jeder wusste, wie viele Menschen in dem Gefecht sterben mussten.

»Wir haben Aktivität an einem der organischen Rekonfiguratoren«, sagte Cloe.

»Da soll sich Captain Samuel drum kümmern! Wenn er einen Zombie findet ... erschießen und die Queue löschen.« Damit wollte er sich heute nicht mehr beschäftigen.

In der nächsten Sekunde fielen auf der Brücke sämtliche Computer, Lichter sowie die Gravitation aus. Roger konnte es nicht verhindern, durch die Luft zu schweben. Nur die Notlichter an den Uniformen leuchteten noch. Direkt auf Cloe zu, die ihn an der Hand festhielt und ein weiteres Abtreiben verhinderte. Das war der Moment, sich einzugestehen, einen Gegner übersehen zu haben.

XXV. AD 4445 Draconis System – Kenan – Blindflug

Kenan war es leid, zu sterben. Wieso passierte dieser Mist immer ihm? Hatte er ein Schild am Rücken hängen, wo draufstand: *Tötet mich?* Oder gab es irgendwo eine Abschussprämie für ihn? Er hörte schon einen Verkäufer rufen: *Für dreimal Kenan töten, heute eine gratis Gleiterwäsche!* Diese Idioten waren dann auch noch zu blöd, es richtig zu machen. Wo kam dieser Spinner überhaupt her, der ihn angegriffen hatte? Okay, so richtig tot war er noch nicht, sonst würde er sich nicht über seinen Tod aufregen können. Logisch, oder?

Umsehen ging nicht, da war nichts zu sehen. Er schwebte. Wo, wusste er nicht. Vermutlich auf dem aktiven Speicherelement, das Kono aus seinem Kopf gebrochen hatte. Zimperlich war sie nicht. Ohne sich dessen bewusst zu sein, fuhr er sich mit der Zunge an den Zähnen entlang. Wie ging das denn bitte in diesem Zustand? Er öffnete die Augen. Yeah, er hatte wieder Augen. Nun gut, der Rest war noch in Arbeit.

Kenan steckte in dem Körperdrucker, das System baute gerade seine Arme auf. Zuerst die Knochen, dann Sehnen, Blutgefäße, Nerven und Muskulatur sowie abschließend die Haut. Dieser Luxusrekonfigurator dachte sogar an die feinen Härchen und verpasste ihm eine leichte Bräunung. Bei der preisgünstigen Variante für Marines, der Wurstpresse, fühlte man sich im Vergleich wie frisch gewachst. Nicht so glatt, aber die Haut am Sack gereizt und feuerrot.

Auch in seinem Gesicht fehlte noch etwas. Er spürte, wie sich seine Lippen aufbauten. Dann konnte er sie bewegen und nach Herzenslust spitzen. Ein schönes Gefühl. Leben war eine klasse Sache, da konnte er es auch ertragen, ab und zu mal zu sterben. Er war auch endlich den Körperwechsler-Avatar los, der ihn einige Nächte hatte schlecht schlafen lassen.

Ein blutverschmiertes Display an der Wand zeigte seinen Fertigungszustand an. Sein Blut war es nicht, was dort herablief. Jonah hatte mit dem Angreifer kurzen Prozess gemacht. 91 Prozent, es würde nicht mehr lange dauern. Er konnte sich bereits in den Schritt fassen, alles war wieder dort, wo es hingehörte.

»Fertig.« Kenan verließ das Druckerarray, er fühlte sich hervorragend und roch sogar nicht mehr wie ein nasser Iltis. Nach dem ersten Schritt bemerkte er, dass er in einer Pfütze voller Blut stand. Was für eine Sauerei. Da lagen Leichenteile herum. Sein Mörder hatte auch die beiden Techniker in Stücke gerissen. Offenbar war er zuvor von demselben System ausgedruckt worden wie er.

Kenan verließ den Rekonfigurator und sah sich um. Wo waren Kono und Jonah? Er drehte sich und entdeckte sie. Kono hing am Hals seines Bruders und heulte wie ein Schlosshund. Ähm – hatte der Drucker ihm Drogen verabreicht? Dass Kono Jonah überhaupt freiwillig berührte, war bemerkenswert, aber er hatte sie noch nie heulen gesehen. Und gehört, sie war nicht leise.

»Störe ich?« Kenan war das peinlich.

»Kenan! Du bist auch hier?« Kono fuhr mit vor Freude verheulten Augen herum und sah ihn an, als ob er Nagellack schmuggeln würde. Kono hätte in der Zeit auf Nebula für eine gute Maniküre und lackierte Fingernägel vermutlich einen Mord begangen. Die christlichen Siedler hatten es nicht so mit von ihr präferierten Kosmetikprodukten, was sie alle regelmäßig wissen ließ.

»Ähm ... ja.« Das wurde noch peinlicher. Er war nackt, was sie nicht störte. Kono stürzte auf ihn und drückte auch ihn. Er konnte ihr Herz rasen spüren.

»Ich freue mich zu ...«

Kenan sah Jonah an, der amüsiert die Schultern anhob und ihm einen Daumen nach oben schenkte. Der Arsch war bei solchen Dingen selten eine Hilfe.

»Ihr lebt beide!«, stellte sie in überschwänglicher Freude fest und küsste ihn mehrfach auf die Wange.

»Tun wir ...« Kenan nickte, was man frisch ausgedruckt halt so Leben nannte. Er wollte nicht kleinlich sein, die Zeiten zwangen einem schon Kompromisse ab. »Kono, bitte, was ist mit dir?«

Jonah schüttelte den Kopf. Er lächelte dabei amüsiert, der Sack wusste mehr als er.

»Ich bin nicht Kono!« Sie ließ von ihm ab.

»Ah ...« Nicht, dass Kenan jetzt auch nur einen blassen Schimmer hatte, was sie meinte.

»Bist du größer geworden?«

»Ähm ... glaub nicht.« So war er auch schon früher, eben ein wenig kräftiger als andere. »Wer bist du dann?«

»Rat mal ...«

»Bin heute schlecht im Raten.« Kenan sah sich um, er suchte eine Hose. Wenn Jonah und Kono ihn schon verarschten, wollte er wenigstens nicht blank durch die Gegend laufen. Er holte ein Stück Bein aus der Hose des Technikers und probierte sie an. Der Mann war kleiner als er, aber dicker gewesen. Mit etwas Hochwasser passte sie. Bei den Schuhen sparte er sich den Versuch, die waren ihm zu klein.

»Wer hat dir früher immer den Maisbrei versteckt?« Kono hatte offensichtlich Spaß an dem Ratespielchen.

»Maisbrei?« Den hatte Kenan schon ewig nicht mehr gegessen. Zum letzten Mal auf Theta – er stutzte – nein, das konnte nicht sein. Nein, sicherlich nicht.

»Und? Raschelt es in deinem Köpfchen?«

Kenan schüttelte den Kopf, das glaubte er nicht. »Du willst mich auf den Arm nehmen!«

Jonah nickte im Gegensatz zu ihm. Kono liefen weitere Tränen die Wangen herunter. So einen Scheiß würde sie sich doch nicht einfallen lassen? Doch nicht in der Situation, in der sie steckten, oder?

»Und?« Kono wartete auf einen Namen.

»Du kannst nicht Liz sein ...«

»Doch.« Sie nickte und fiel ihm wieder um den Hals. Immerhin hatte er jetzt eine Hose an.

»Wie soll das gehen?« Kenan konnte sich keine Erklärung vorstellen, wie Liz' Persönlichkeit plötzlich in Konos Avatar auftauchen sollte. Klar, technisch war vieles möglich, aber in dem Fall genügte das nicht. Was zur Hölle hätte alles passieren müssen, um einen solchen Irrsinn wahr werden zu lassen?

»Ich versuche, es dir zu erklären.« Kono, nein Liz strich sich ihre langen schwarzen Haare aus dem Gesicht.

Etwas später und einige Erläuterungen klüger, hörte Kenan Liz gespannt zu. Diese Geschichte als unglaublich zu bezeichnen, war eine maßlose Untertreibung. Keiner von ihnen hatte es gewusst, auch Kono nicht. All die Jahre auf Nebula lebten sie wie Geschwister zusammen, ohne zu wissen, dass sie Geschwister waren.

»Ich kann es selbst kaum glauben ...«

»Und Kono steckt in dir?«, fragte Jonah, der besonders den Kono-Episoden fasziniert zuhörte.

»Wir haben Streit ... sie ist nicht der beste Teil von mir. Ich habe sie eingesperrt.«

»Das geht?«, fragte Kenan.

»Wenn ich mich wieder wie ein Miststück benehme, ... wisst ihr, dass sie zurück ist.«

»Und was hast du mit ihr vor?«

»Ich kann sie nicht loswerden ... so geht das nicht. Wir sind eine Person. Wir teilen ein Gedächtnis. Ich werde mich später mit ihr beschäftigen und eine Lösung suchen.«

Kenan zog die Lippen auf die Seite. Auch wenn er selbst eine KI war, die Kono-Liz Geschichte ging weit darüber hinaus. Ob sich die Entwickler jemals über solche Implikationen einen Kopf gemacht hatten? Vermutlich nicht.

»Was machen wir jetzt?«, fragte Jonah. Das war beinahe wie früher, da hatte Liz ihm auch immer gesagt, was er tun sollte. Wenn er auf sie gehört hatte, ging es meist gut, wenn nicht, was leider auch passierte, krachte es richtig.

»Wir sollten verschwinden.« Liz' Worte lösten bei Jonah eifriges Nicken aus.

»Ich bin hergekommen, um für Nebula zu kämpfen!« Das hatte Kenan weder vergessen noch hatten sich seine Absichten geändert. Er würde nicht fliehen!

»Für die neue Welt, für das Mädchen ... sogar Kono war dafür bereit zu kämpfen. Für mich ist dieser Kampf neu, aber ich habe verstanden, wie enorm wichtig er ist. Ich werde euch helfen. Kenan, ich kämpfe an deiner Seite.«

Jetzt nickte Kenan, weswegen Jonah den Kopf schüttelte. In der Sache kamen sein Bruder und er auf keinen grünen Zweig. Egal, wenn er ihn brauchte, war er da.

»Und wie?«, fragte Jonah misstrauisch.

»Der Plan von früher ist Geschichte. Wir werden niemanden finden, der Nebula politisch beschützen kann. Das müssen wir selbst tun.« Liz wirkte ihrer Sache sicher.

»Möchtest du alle erschießen?«, fragte Jonah schnippisch. »Ich brauche nur eine Waffe, dann mache ich das für euch!«

»Nein, Großer, nicht alle erschießen. Das tun die bereits selbst. Ich habe eben meine Nase vorsichtig ins Netz gehalten. Auf Sigma herrscht Notstand. Es muss einen massiven binären Angriff gegeben haben, der jede KI gelöscht hat. Die öffentliche Ordnung ist passé. Es herrscht Anarchie und Chaos.«

Jonah verschränkte die Arme vor der Brust. »Deine KI wurde übersehen.«

»Ich war offline ... eine gute Entscheidung. Wie auch Kenan. Aktiv im Netz hätte es Kono und mich erwischt.«

»Und Casper?«, fragte Kenan.

»Das ist der Witz dabei ... im Moment nicht aktiv. Mag sein, dass ihn jemand von einem Backup zurückholt, aber aktuell kann ich weit und breit keinerlei KI-Signaturen feststellen. Es gab an vielen Orten Probleme mit den Rekonfiguratoren, die Kämpfe dauern an. Auch die Rückkehrer von der virtuellen Erde verhalten sich aggressiv. Die bringen sich gerade untereinander um.«

Jonah klatschte Beifall.

Kenan verdrehte die Augen, er hatte zur Gewalt ein anderes Verhältnis als sein Bruder. Sie war zeitweise notwendig, aber niemals begrüßenswert. »Was willst du tun?«

»Der binäre Fallout geht über die Netze aller Welten. Das komplette Wurmnetz ist kollabiert. Die haben die Knoten gesprengt. Wenn wir es nach Nebula schaffen, kann ich dort etwas bewegen. Wir können unser eigenes Leben leben. Wir müssen es uns nur nehmen! Kenan, hast du noch das Tridaterium?«

»Ja.« Er nahm der Leiche des Körperwechslers die Halskette ab und hing sie sich um.

»Wir werden uns bis zu einem Wurmlochgenerator durchschlagen und dort mit dem Tridaterium ein ausreichend großes Wurmloch aufbauen, um nach Nebula zu kommen.«

»Guter Plan!« Jonah war dabei. Um ihn zu überzeugen, waren keine weiteren Worte notwendig.

»Wir werden uns aber vorher noch einige Informationen besorgen. Dann können wir verschwinden.«

»Kannst du dir die Daten nicht online beschaffen?«, fragte Kenan. Das sollte schneller gehen.

»Die Netze sind an vielen Stellen unterbrochen. Ich habe für diese Datenmenge auch nicht ausreichend Kapazität.

Wir müssen dorthin, um die Daten auf einem mobilen Array mitzunehmen.«

Kenan nickte und Jonah stand bereits an der Aufzugstür, über die sie hergekommen waren. Im Treppenhaus blieb es zum Glück ruhig. »Du kennst den Weg?«

»Wir müssen aufs Dach! Hoffentlich steht da noch ein Gleiter ... wir können diese Strecke nicht laufen.«

Sie folgten Liz' Worten. Der Aufzug gab keinen Mucks von sich, also liefen sie die Treppe hoch. Drei Etage höher fanden sie eine aufgebrochene Tür. Davor lag ein toter Soldat. Jonah schnappte sich seine Waffe und ein zusätzliches Magazin. Beides warf er Kenan zu, wenige Meter weiter lag der Nächste. Wenn man Waffen brauchte, lagen genug am Boden herum.

»Weiter!« Liz zeigte auf einen Korridor, der nach links wegführte. Das Licht war in diesem Sektor ausgefallen. Am Boden leuchteten nur noch die Notlichter. Jonah ging leicht geduckt mit der Waffe im Anschlag vor. Liz folgte ihm und Kenan bildete die Nachhut.

»Links!« Jonah ging weiter. Drei Meter vor ihnen verspeiste gerade ein Zombie genüsslich das Gesicht eines anderen. Jonah trat ihm so fest gegen den Kopf, dass sich der Kiefer verselbstständigte. Alles andere wäre Munitionsverschwendung gewesen.

»Rechts kommt ein Aufzug. Er ist noch online. Ich habe ihn bereits losfahren lassen«, sagte Liz. Während sie durch den Korridor gingen, ließ sie ihnen Dunkelheit folgen. Alle Leuchtelemente verloschen in ihrer direkten Nähe. So konnten sie immer ins Licht sehen und boten möglichen Gegnern ein schlecht ausgeleuchtetes Ziel. Die Tür des Aufzugs stand offen. Auch hier saß eine Leiche am Boden. Kenan packte sie mit einer Hand am Kragen und warf sie hinaus. Für den Mann war die Reise zu Ende.

Level 420 zeigte das Display des Aufzugs als Ziel an. Der Lift schoss nach oben. Das Display zeigte auch an, dass es weiter unten brannte. Die Brandschutzsysteme funktionierten nicht mehr. Als sie die dreihundertste Etage passierten, verjüngte sich das Gebäude und der Aufzug wurde zu einem Außenlift. Nun konnten sie live und in Farbe sehen, was auf Sigma passierte. Von sieben Towern in direktem Umfeld brannten vier. Bei einem weiteren waren alle Lichter ausgefallen. Bei den Hochhäusern weiter weg sah es nicht besser aus. Aus dem mit dunklen Wolken verhangenen Himmel drang kein Sonnenlicht zu ihnen. Ob es Tag oder Nacht war, ließ sich nicht erkennen. Es blitzte gelegentlich. Vermutlich regnete es, eigentlich regnete es hier immer, nur die energetisch aufgeladene Kuppel hielt das Wasser zurück. Sie waren in diesem Tower zu weit vom Ufer entfernt, um die gewaltigen Sturmwellen des Ozeans gegen die Barrieren branden zu sehen.

Weiter unten stürzten gerade zwei Gleiter mit hoher Geschwindigkeit in eine Fassade. Das Chaos nahm seinen Lauf: Level 400, Kenan hob die Waffe in den Anschlag.

»Fertig?«, fragte Jonah, der neben ihm stand.

»Fertig!« Es konnte losgehen.

Die Tür öffnete sich. Ein älterer Polizist ohne Gefechtsrüstung und nur mit einer Pistole am Gürtel sah mit großen Augen in den Lauf des Gewehres. Das sah sicherlich nicht gut aus. Kenan stieß die Spitze des Laufs auf seinen Solarplexus, was den Mann hilflos nach Luft schnappen ließ. Jonah griff nach der Waffe am Gürtel, gab sie Liz und Kenan schubste ihn in den Aufzug. Den mussten sie nicht töten. Die Polizei auf Sigma war schon länger nicht mehr in der Lage, auf die Masse der Notfälle zu reagieren.

»Weiter!« Liz lud die Pistole durch und folgte Jonah, der bereits wieder die Vorhut bildete. »Das Flugdeck ist eine Treppe über uns. Ich habe Zugriff auf Gleiter. Es gibt zwei. Einer ist startbereit. Den werden wir nehmen.«

Am Aufzug gab es ein Geräusch, Kenan drehte sich um, er sicherte sie nach hinten. Da war nichts. Sie hatten den

Polizisten nach unten geschickt. Weiter. Die Treppe hoch, auf das Flugdeck und auf den Gleiter zu, der mit offenen Türen auf sie wartete. Die Triebwerke liefen bereits. Liz machte ihren Job. Kenan setzte sich umgehend an den Steuerknüppel. Das war sein Ding. Jonah sicherte das Flugdeck, während sich die Tür des Gleiters schloss.

»Schnallt euch an.« Kenan wollte einen Helm aufsetzen, der ihn mit einem Flugleitsystem verbunden hätte. Wenn es denn noch funktionierte, was es nicht mehr tat.

»Die Bord-KI ist ausgefallen«, sagte Liz.

Kenan nickte, das sollte ihn nicht überraschen. KI-Technologien waren allgegenwärtig. Es gab sie an Orten und in Geräten, wo er sie schon nicht mehr als solche wahrgenommen hatte.

»Kannst du manuell fliegen?«, fragte sie.

»Nein, aber er tut es trotzdem.« Jonah legte sich die Hosenträgergurte an und zog sie fest.

»Du lebst doch noch ...« Kenan konnte Jonahs ständige Jammerei nicht verstehen. Kenan war ein guter Pilot.

»Nur Glück.« Er lächelte Liz an, die neben ihm saß.

»Wohin fliege ich überhaupt?« Kenan würde auf Sicht fliegen müssen, was in einer dichtbesiedelten Stadt nicht ungefährlich war. Auf den ersten Blick flogen da jede Menge Gleiter umher, von denen einige offensichtlich Probleme hatten, manuell zu fliegen. Schräg unter ihnen kollidierten gerade zwei größere Frachtgleiter, deren Trümmer brennend in die Tiefe stürzten.

»Kennst du noch den Newton-Tower?«

»Der große ...« Kenan gab Schub und hob ab. Wenige Meter weiter durchflog er eine energetische Barriere, die das Flugdeck vor Aufwinden beschützte. Den Gleiter hob es deswegen spontan fünf Meter in die Höhe, was Jonah einen tiefen Rülpser entlockte.

»Da müssen wir hin!«, sagte Liz.

»In den brennenden Tower?«, fragte Jonah.

»Nein ... daneben gibt es ein Archiv. Das ist unser Ziel. Ein Gebäude mit einer roten Spitze. Wir werden auf dem Dach landen. Leider habe ich noch keine Verbindung. Wir werden improvisieren müssen.«

»Ich improvisiere nicht gerne ...«

»Jammer nicht!«, antworteten Liz und Kenan wie im Chor. Das war früher mit Jonah auch schon so. Er hatte sich nicht verändert, er war nur älter geworden.

»Flugzeit vermutlich zwei Minuten!« Kenan hielt sich dicht an den Gebäuden. Dort schätzte er die Chance, nicht mit sonst wem oder was zu kollidieren, höher ein. Ohne KI-Unterstützung konnte man bei einem Gleiter, der auf einen zuhielt, kaum schnell genug reagieren. Dafür war das urbane Terrain zu unübersichtlich. Er wich einem Vorsprung aus. Ganz so harmlos war die Nähe zu den Gebäuden auch nicht. Er ging wieder auf mehr Abstand.

»Liz, welche Daten interessieren dich?«, fragte Kenan, noch blieb ihnen etwas Zeit.

»Filterdaten, die Delta-KI hat Kono und mich aus Datenfragmenten rekonfiguriert, die wir vorher unwissentlich verteilt haben. Davon gibt es noch mehr. Ich muss diese Daten sichten.«

»Also es geht um Teile von dir?« Das verstand Kenan.

»Bei dem Kampf zwischen Casper und womit immer er sich herumgeschlagen hat, sind ähnliche Fragmente entstanden. Die möchte ich mir auch ansehen. Ich vermute, dort auch Fragmente von Nebula zu finden. Ich habe Protokolle gefunden, dass sie zuvor an der Firewall nach Cygni zerstört wurde.«

»Ähm ...« Mehr sagte Jonah nicht dazu.

Kenan sah verwundert auf die Windschutzscheibe des Gleiters, an der Regentropfen auftauchten und durch den Flugwind auf die Seite gedrückt wurden. »Wir haben ein Problem.«

»Ein sehr großes sogar.« Liz pflichtete ihm bei. »Es gibt

technische Ausfälle an der Wetterbarriere. Die Spannung fällt, weswegen die den Regen von oben durchlassen, um die Sturmbarrieren an den Flanken zu verstärken.«

»Und?«, fragte Jonah.

»Wenn die Wetterbarriere fällt, haut es in der City kurze Zeit später dreihundert Meter hohe Wellen durch die Straßenschluchten«, antwortete Kenan. Das wäre dann wirklich ein Problem. Das Wasser würde Millionen Tote fordern.

»Wie hoch fliegen wir?«

»800 Meter.«

»Wo ist das Problem?«

»Die Tower in den Randzonen würden einstürzen und im Zentrum würde es breitflächige Stromausfälle geben. Wir können beides nicht gebrauchen. Computer brauchen Energie. Ich muss vorher an die richtigen Filtersysteme kommen.«

»Habe ich verstanden.« Jonah nickte zufrieden. Liz und er waren schon ein besonderes Team.

Ein Blitz schlug in einen Gleiter, der sie schräg über ihnen kreuzte.

Der Lichtblitz wurde durch einen nicht funktionierenden Blitzableiter eines brennenden Towers umgeleitet. Eigentlich hätte er ihn in den Boden leiten sollen.

»Wir landen!« Kenan bremste ab. Länger in der Luft zu bleiben, war lebensgefährlich. Der dichte Regen erschwerte die Sicht. »Liz, was ist mit dem Flugdeck? Können wir es benutzen?«

»Warte einen Moment ... ich greife auf das Netzwerk zu!«

»Ich kann nicht warten!« Der Wind presste ihn nach unten. Er hatte keine Lust, eine überladene Barriere zu passieren und den ganzen Gleiter zu grillen.

»Netzwerk nicht vorhanden. Keine Daten über das Flugdeck verfügbar. Keinerlei Dienste online. Kannst du es sehen? Du musst versuchen, nach Sicht zu landen!«

»Wenn ich besoffen im Regen stehe ... sehe ich mehr.« Jonah hörte mit dem Jammern nicht auf.

»Keine Sicht. Ich setze die Scheinwerfer ein. Es gibt starke Scherwinde. Haltet euch fest.« Kenan kämpfte gegen die Elemente. Im Gefecht Feindbeschuss auszuweichen wäre einfacher gewesen. Zu dem Regen gesellte sich auch Wind. Klar, wenn es schiffte wie Sau, gab es auch ein strammes Lüftchen. Der Regen klatschte wie Kieselsteine waagerecht gegen die Seitenfenster. Der Gleiter überschlug sich fast. Kenan pendelte die Böe aus, sah nach vorne und suchte im Lichtkegel seiner Scheinwerfer nach etwas, das ihn motivierte, zu landen. Genau, jetzt sah er, was er vermisste. Das ganze Flugdeck existierte nicht mehr. »Wir können nicht landen!«

»Ähm ...« Jonah setzte wieder an.

»Halt die Klappe!«, fuhr Liz ihm über den Mund. »Kenan! Wir müssen unbedingt in das Gebäude! Es gibt keine Alternative, wir müssen landen!«

Eine Böe drückte ihn auf die Seite, eine weitere nach unten, die Windrichtung änderte sich laufend. Das machte den Anflug nicht leichter. Bei Einsätzen der Space Marines nutzten Piloten in solchen Situationen ruppigere Methoden, um das Team abzusetzen. Das musste jetzt etwas schneller gehen. Kenan ging nicht davon aus, dass ihnen ohne ein windgeschütztes Flugdeck viel Zeit bleiben würde. Vermutlich nur wenige Sekunden.

»Abschnallen!« rief er nach hinten, während der Gleiter vom Wind und Regen durchgeschüttelt wurde. Sie mussten so schnell wie möglich raus. »Ich öffne die Seitentür.«

Im nächsten Moment konnte man im Gleiter auch gebrüllt kein Wort mehr verstehen. Das Tosen des Sturms übertönte alles. Regen gelangte in die Kabine. Das fühlte sich an, als ob ihm jemand einen Kübel Wasser in den Nacken kippte.

»Wir landen!« Das hörte ohnehin keiner.

Kenan setzte hart auf. Es knirschte. Metall auf Metall, da bohrten sich Teile des zerstörten Flugdecks durch den Rumpf. Die Suchscheinwerfer fielen aus. Das würde es erschweren, weggeweht zu werden. Er schlug sich mit der flachen Hand auf den Zentralverschluss seines Gurtes, griff das Gewehr und stürmte nach hinten.

Jonah war schon draußen. Da brannte irgendetwas. Mist, das war ihr Gleiter. Liz stand noch in der Tür. Sie wartete auf ihn. Gemeinsam sprangen sie. Alles war dunkel. Die Landung zwei Meter tiefer zwischen mehreren verbogenen Metallstreben, war ungemütlich. Kenan wollte nicht den nächsten Körper kaputtmachen. Er hatte wieder festen Boden unter den Füßen.

»WEG HIER!«, brüllte Jonah, der direkt vor ihm kniete. Den Gleiter, den Kenan wie eine Kirsche auf dem Schrott des zerstörten Flugdecks aufgespießt hatte, wurde durch eine starke Böe angehoben und von einer anderen weggerissen.

Jonah vor, Liz in der Mitte und Kenan am Ende, so gingen sie eine Treppe hinab. Wie hatte sein Bruder nur dieses Loch gefunden? Licht gab es hier keins. Der Regen machte den Boden rutschig. Er hatte immer noch keine Schuhe an.

Eine Etage tiefer nahm das Tosen ab. Sie hatten es geschafft. Natürlich gab es niemanden, der sie begrüßte. Wachposten gab es auch nicht. Das Flugdeck war aus verständlichen Gründen geschlossen. Überall lief Wasser an den Wänden herunter.

»Da vorne links ...« Liz löste mit ihrem Kommando Jonahs Instinkt ab. Hier gab es im Boden wieder funktionierende Notlichter. »Dann die Treppe runter.«

Kenan war durchnässt. An seiner Hose konnte man kaum noch Blut sehen.

Liz ging es nicht besser. Ihr Overall hing klatschnass an ihr herab.

»Brauchen wir eigentlich den Gleiter noch?«, fragte Jonah. Kenan kannte die Antwort nicht.

»Nein.« Liz‘ Antwort beruhigte. »Ich habe wieder Zugriff auf das Netzwerk. Die gute Nachricht zuerst, es gibt keinerlei KIs, die mich aufhalten. Auch keinen Casper. Ich kann auf das Filterarchiv und andere Datenspeicher zugreifen. Der Download ist gestartet. Ich bekomme alle Daten, die ich haben will. Wir müssen nur runter in die vierzigste Etage und das geladene Speicherarray abholen. Unser Wurmloch können wir danach in der zweiundvierzigsten aufbauen. Dort steht ein passender Generator. In diesem Gebäude sind früher zahlreiche Knoten gehostet worden. Hier laufen mehrere Netze zusammen.«

»Und die schlechte Nachricht?«, fragte Jonah.

»Wenn wir uns nicht beeilen, werden wir absaufen. Die Sturmbarriere kollabiert gerade. Die Wellen brechen durch die Stadt. Los! Wir dürfen keine Zeit verlieren!«

Kenan konnte Vibrationen im Boden unter seinen Füßen spüren. Sigma würde im Meer versinken.

XXVI. AD 4445 Draconis System – Jonah – Tunnelblick

Hatte Jonah wirklich nach der schlechten Nachricht gefragt? Er hätte besser die Klappe halten sollen. Wenn er jetzt etwas sagte, würden Kenan und Liz ihm vorhalten, dass er wieder herumjammerte. Das tat er nicht, er war nur Realist. Wenn der dämliche Tower mit dem roten Dach einstürzen sollte, würden von ihnen nicht mehr als feuchte Hautfalten übrigbleiben. Der Fehler lag in der Vergangenheit, er wusste, dass es falsch gewesen war, herzukommen, und hatte es dennoch getan. Manche Dinge lernte er nie.

Jonah fuhr mit dem Lift hinab. Seine Geschwister waren bei ihm. Sie würden auf Level 182 umsteigen müssen. Darunter war der Schacht blockiert, da dort jemand unfreiwillig einen Schwerlastgleiter vertikal eingeparkt hatte. Vermutlich hatte der Pilot noch schlechter fliegen können als Kenan. Er schmunzelte. Dennoch hatte er seine Liz wieder, auf eine bizarre Art und Weise, aber er hatte sie wieder. Seine Liz, ihm fielen so viele Geschichten ein, die sie gemeinsam erlebt hatten. Davon hätte man ein Buch schreiben können. Nein, er würde deshalb nicht weinen. Nein, das würde er nicht tun.

»Was ist mit dir?«, fragte Kenan.

»Hab was im Auge ...«

Liz lächelte. Kono zu sehen und an sie zu denken, drohte ihn vollends zu überfordern. Das musste er erst sacken lassen. »Wir sind da!« Sie klopfte ihm auf die Schulter.

Der Aufzug öffnete sich. Niemand zu sehen. Jonah ging voran, das sollte immer jemand tun, der wusste, was er tat. Bei Kenan könnte es durchaus passieren, dass er seinen Feinden einen Klaps auf den Po gab und sie ohne Abendessen ins Bett schickte.

»Rechts.« Liz navigierte ihn. »Warten.« Das hatte sie auf Exillium auch schon getan. »Weiter.«

Es ging die nächste Treppe runter. Der beigefarbene Korridor sah hier noch unbeschädigt aus. Die Lampen waren in den Wänden integriert und beleuchteten indirekt die Decke.

»Warten ...«

Jonah stoppte und ging in die Hocke.

»Ich habe Zugriff auf Überwachungskameras. Leider nicht überall. Das sieht nicht gut aus. Unter uns hat es eine Explosion gegeben. Ich sehe ein Loch über zwei Etagen in der Fassade, das bis zu den zentralen Aufzugschächten reicht.«

»Okay.« Jonah hörte zu.

»Es gibt auch Sensordaten über eine größere Gruppe Menschen, aber keine Bilder.«

»Tote?«, fragte Kenan.

»Sie bewegen sich ... aber sie flüchten nicht.«

»Wäre auch zu schön gewesen.« Jonah biss sich auf die Lippe, niemand mit etwas Hirn im Schädel blieb hier freiwillig, er würde sich mit weiteren Zombies herumschlagen müssen.

»An denen müssen wir vorbei ... erst zwei Level unter ihnen werden wir einen weiteren Aufzug nutzen können.« Liz' Erläuterung zur Situation klang nicht rosig.

»Dann los ...« Jonah hatte keine Lust, die Scheiße länger als nötig vor sich herzuschieben. Wer erst einmal die Flasche am Hals hatte, sollte auch schlucken. »Wo sind sie?«

»Nach rechts und dann die Treppe runter ... da sollte die Gebäudestruktur noch intakt sein. Vielleicht finden wir einen Weg, unentdeckt zu bleiben.«

»Rechts und Treppe runter«, murmelte er und machte sich auf die nächste unliebsame Begegnung gefasst. Zombies gab es nicht. Nur eine Spinnerei aus alten Filmen. Wer tot war, blieb auch tot. Wer konnte auch ahnen, dass jemand die organischen Rekonfiguratoren als Waffe gegen die Bevölkerung einsetzen würde? Diese Körperdrucker gab es auf Sigma an jeder Straßenecke. In den großen Towern existierten sogar mehrere davon. Das war die angesagte Art und Weise, zwischen den Welten der Corporation zu reisen. Keiner flog von Zeta oder Cygni nach Sigma, nur weil er einen lausigen Termin hatte. Die jahrelangen Flugreisen mochte niemand.

Es gab sogar Spinner, die diese Technologie benutzten, um ihr Apartment nicht zu verlassen.

Etwas vor ihm schrie ihn an. Freundlich klang es nicht. War das eine Frau? Egal, Jonah schoss dem Ding in den Mund. Die Kugel erwischte direkt noch das Vieh hinter ihr und durchschlug dessen Bauch. Liz tat es ihm gleich und erschoss einen männlichen Designer-Zombie. Zum Glück blieben sie liegen, wenn man auf sie schoss.

Jonah ging weiter. Unter ihnen wurde es lauter. Die hatten sie gehört. Also er hätte keine hirnlosen Zombie-Zivilisten auf seine Feinde losgelassen, sondern eine Horde Space Marines auf Speed, die man am besten vorher noch drei Tage am Schlafen gehindert hatte. Die rannten schneller und töteten effektiver.

»Wir müssen runter!«, ermahnte Liz. Ja, ja, das hatte er verstanden. Es ging weiter abwärts mit ihnen.

Jonah schoss dem Nächsten, der sich ihnen entgegenstellte, in den Kopf. An der Treppe waren weitere. Sie erschossen alle und stiegen über die Leichen die Stufen herab. Hier fehlte eine Zwischenwand und offenbarte den freien Blick auf eine stattliche Zombieparty. Scheiße, wo kamen die denn alle her?

»Zu viele! Zu viele!«, brüllte Kenan und hielt ihn zurück. Er hatte nicht vor, *Leeroy* zu brüllen und in die Menge hineinzusprinten. Das wäre übel ausgegangen.

»Wir weichen nach rechts aus!«, rief Liz und schoss. Sie traf sogar, eine Frau mit vielen Talenten. »Nach rechts!«

Jetzt bildete Kenan die Vorhut. Liz und Jonah hielten ihnen die Verfolger vom Leib. Mit gezielten Treffern. Die Munition musste reichen. Er hatte noch ein Reservemagazin, das er gerade in die Waffe steckte. Weitere sechzig Schuss, auch die würden nicht lange halten, er schoss praktisch Dauerfeuer.

»Hier ist eine blockierte Tür!«, rief Kenan. Niemand von ihnen wollte ihn so einen Mist sagen hören.

»Da müssen wir durch! Sonst sitzen wir in einer Sackgasse!« Liz schoss weiter. Der Verschluss ihrer Waffe blieb offen. Sie hatte keine Munition mehr.

»Ich schieße auf die Scharniere!«. Danach trat Kenan die doppelte Flügeltür auf, was die drei Geschwister um eine unangenehme Erfahrung bereicherte.

»DIE MONSTER BRECHEN DURCH, tönte es von einer Stellung, die provisorisch auf der anderen Seite der Tür aufgebaut worden war. In der Mitte thronte eine mobile Railgun. Der Mann dieser Worte griff hektisch zu seiner Waffe. Das war erstens eine schlechte Idee und zweitens war er zu langsam. Kenan schoss ihm kommentarlos in den offenen Gefechtshelm, was einen friedlichen Dialog, wie ihn sein Bruder in der Regel schätzte, ausschloss.

»Rennt!« Kenan sprang über die Stellung, Liz bückte sich noch, um das Gewehr mitzunehmen und Jonah ein neues Magazin zuzuwerfen. Mit ihr konnte man arbeiten.

»Was ist hier ...«, wollte ein anderer Typ wissen, der gerade mit einer heißen Tasse Kaffee um die Ecke bog. Sie dampfte noch. Kenan streckte ihn mit dem Gewehrkolben nieder. Die drei rannten weiter, dicht gefolgt von einer Horde Drucker-Zombies, die, egal wie viele man von ihnen erschoss, nicht weniger wurden.

»Links durch die Glastür und dann runter!« Liz gab den Weg vor. Da saßen Soldaten in einer Nische bei einer Kaffeemaschine, die in der Hektik offenbar nicht begriffen, was passierte. In wenigen Sekunden würden sie es verstehen. Der Typ mit der heißen Kaffeetasse, den Kenan eben niedergeschlagen hatte, vermisste bereits seinen Arm, was er alle lautstark wissen ließ.

»Rechts ist ein Lift. Er wartet auf uns!« Liz atmete schnell, sie waren am Aufzug. Hinter ihnen gab es Kampfgeräusche, die Polizisten in schweren Kampfrüstungen ergaben einen Puffer. Die Zombies sollten mit denen eine Weile beschäftigt sein.

Der Aufzug schoss in die Tiefe. Kenan überprüfte sein Magazin. »Noch vierzehn Patronen.«

»Ein volles Magazin.« Jonah wechselte es gerade.

Liz entlud ihr Gewehr und gab Kenan ihre Munition. Er nickte und lud sein Magazin manuell nach.

»Was erwartet uns da unten?«, fragte Kenan.

»Das weiß ich noch nicht ...« Liz sah auf den Counter. »Wir sind in drei Sekunden da.«

Die Tür öffnete sich. Der Korridor war sauber. Ein Hochsicherheitsbereich, die Sicherheitsschleuse vor ihnen war gepanzert und mit armdicken Glasscheiben versehen. Liz ging vor. Die Schleuse öffnete sich, ohne dass sie sich identifizierte. Mitarbeiter waren keine zu sehen, in einem Arbeitsbereich waren vier holografische Arbeitsplätze nicht besetzt. Kenan sicherte nach links, er nach rechts, noch gab es keine erkennbare Gegenwehr.

»Ich habe das gesamte Sicherheitssystem überbrückt. Dabei wurde stiller Alarm ausgelöst. Die Wacheinheit für diesen Bereich haben wir gerade kennengelernt, die sind beschäftigt. Hier ist ansonsten niemand mehr.«

»Niemand?«, fragte Jonah misstrauisch. Er vertraute Liz, glaubte ihr aber nicht jedes Wort.

»Nur wir.« Liz nahm an einer Konsole Platz und begann zu arbeiten. Mit den Fingern und ihrem Verstand zugleich. Jonah konnte ihre blitzschnellen Aktivitäten auf allen Displays im Raum bewundern. Sie startete Hunderte Jobs zur selben Zeit. »Ich bekomme Zugriff auf weitere Daten. Die nehmen wir auch mit. Ich lade sie. Wir liegen in der Zeit und haben Kapazitäten frei. Da sind auch aktuelle Erkenntnisse über die taktische Lage auf Nebula.«

»Nimm alles mit!« Jonah lehnte sich an die Wand und holte kurz Luft. Seine linke Hand zitterte. Er wurde nicht jünger. Liz und Kenan sahen immer noch jung aus, er nicht.

»Ja ...«, flüsterte Liz.

»Was ist los?« Er kannte diesen Tonfall. Das war wie früher, wenn sie ihm etwas Schlimmes beibringen musste.

»Ach nichts.«

»Liz, hör auf damit! Dafür kennen wir uns zu lange!« Jonah wollte es wissen. Sie hatte über Information von Nebula gesprochen, was war dort passiert?

»Es kommt aus New Barcelona.«

»Und.«

»Leia Vagelis ist tot ...«

»Was ...« Im nächsten Moment fand sich Jonah auf dem Boden sitzend wieder.

»Es tut mir leid.«

»Nein, nein, das ist bestimmt eine Falschinformation!« Jonah wusste, wie trickreich Leia sein konnte.

»Hoffen wir es ... die Aussage stammt von Emma. In dem Kontext ergibt eine Manipulation keinen Sinn.«

»Lebt sie noch?«, fragte Kenan.

Liz schüttelte langsam den Kopf. Sie wirbelte weiter über die Bedienelemente ihres Arbeitsplatzes. »Ich weiß es nicht ... mehr finde ich dazu nicht.«

»Ich bin bei dir ...« Kenan ging in die Hocke und legte ihm die Hand in den Nacken. Jonahs Kopf hing tief über seiner Brust. Leia zu verlieren, hatte er nicht erwartet.

Sie war in allen Dingen klüger und so viel besser als er. »Hörst du, ich bin bei dir.«

Jonah heulte. Scheiße, wenn nicht jetzt, wann dann? Warum Leia? Warum verdammt noch mal nicht er? Er war im Vergleich zu ihr nichts wert. Ein mieser kleiner Gauner, der es von Theta nach Exillium geschafft hatte. Mehr war er nicht. Leia auf Nebula kennen- und liebenzulernen, war, als ob er einen Engel im Himmel berühren durfte. Er konnte ihren Tod nicht fassen.

»Kenan, der Download ist gleich fertig. Kannst du dich um ihn kümmern?«

»Mache ich.«

»Ich komme klar ...« Jonah stand auf. In ihm tat sich ein verbranntes Loch auf, in dem man einen Wolkenkratzer hätte in die Ecke stellen können. Scheiße, er ließ seine Erinnerungen an sie unter einem Meer von Asche versinken. Für mehr hatte er keine Zeit. Er musste funktionieren, sonst würde niemand von ihnen überleben. Er wollte nur überleben!

»Wirklich?«

»Ich bin bereit!« Eine Lüge, aber Jonah wollte es so.

»Okay ... wir werden gleich verschwinden. Die gute Nachricht zuerst ... das Memory-Array ist fertig.« Liz ging zu einem Schrank, der sich automatisch öffnete. Links und rechts blinkten einige Leuchtelemente. Das Gerät hatte die Größe eines Schuhkartons und einen massiven Tragegriff. Sie wuchtete es mit beiden Händen heraus, fluchte leise und ließ es auf den Boden rutschen. Offenbar war der Schuhkarton schwerer als erwartet.

»Flüssiges, aufgeladenes Silizium.« Liz lächelte. »37 Yottabyte, dichter kann man Information nicht packen. 50.000 Volt Spannung. Die Daten befinden sich auf Molekularebene. Die Kiste wiegt 115 Kilo ... Kenan, genau das Richtige für dich.«

»Okay.« Kenan gab ihr die Waffe und hob das Ding an. Dafür eignete er sich wirklich gut.

»Äh Liz ... war das Zeug nicht instabil?« Jonah hatte

davon gehört, dass sich ein Datenschmuggler auf Exillium mit einer erheblich kleineren Version dieses Memory-Sticks, den er verschluckt transportierte, bei einem Furz selbst in die Luft gejagt hatte.

»Ach, das sind Ammenmärchen ...«

Jonah verdrehte die Augen, was soll's. Er hatte bei dieser Party nicht mehr viel zu verlieren.

»Was ?«

»Nichts, Kenan. Einfach nicht fallen lassen und wenn jemand darauf schießen will, ziehst du das Memory-Array vorher aus der Schussbahn. Verstanden?«

»Ähm ... ja.«

»Wir müssen zwei Etagen höher!« Liz ging voran, die Schleuse öffnete sich erneut ohne Probleme. Kenan folgte ihr mit geschwelltem Bizeps und Jonah folgte ihm. 115 Kilogramm am Handgelenk ließen auch Kenan etwas ungelenk gehen.

»Der Aufzug ist wieder oben ... es könnte sein, dass sich Polizisten auf dem Weg zu uns befinden. Wir nehmen die Treppe.« Liz drückte die nächste Tür auf und hielt sie für Kenan, der bereits stark schwitzte, offen. Jonah wäre mit dem schweineschweren Memory-Array keine drei Meter weit gekommen.

Jonah lief wieder vor. Im Treppenhaus war es ruhig. Zumindest in ihrem Bereich. Weiter oben tat sich etwas. Im nächsten Moment stürzte jemand an ihnen vorbei. Sie schrie. Das ging hier in der Mitte der quadratisch angeordneten Treppe mächtig in die Tiefe. Es dauerte einige Sekunden, bis der Schrei endete. Einen Aufprall hörte er nicht.

»Los!« Liz sah es ebenfalls. »Wir müssen uns beeilen!«

Schritt für Schritt. Kenan ging seinen Weg, wenn auch etwas langsamer als sonst. Die erste Etage hatten sie schon geschafft. Nur noch eine. Von oben stürmte ihnen eine größere Gruppe entgegen. Jonah verspürte nicht das Bedürfnis, sie kennenzulernen. Noch trennten sie einige Stockwerke. Treppe runter lief es sich allerdings schneller, als mit einer schweren Last herauf. Mit 115 Kilogramm gut verteilt am Rücken wäre Kenan sicherlich schneller gewesen, als mit dieser Last in der Hand. Er wechselte den Griff auf links und schüttelte seine Finger aus.

»Liz, die Tür!« Jonah stand bereits auf der Zweiundvierzigsten. Die Tür war verschlossen. Liz nickte und ließ sie aufspringen. Im nächsten Moment ließ sie eine schwere Erschütterung gegen die Wand fliegen. Kenan schrie, er ließ die schwere Last nicht fallen und bremste den Sturz mit seinem Körper ab. Was war das? Danach standen alle Wände schief. Der Boden vibrierte und über ihnen riss die Decke auf. Von ihren neuen Freunden weiter oben im Treppenhaus stürzten drei an ihnen vorbei in die Tiefe.

»Das Wasser ist da! Wir befinden uns unterhalb der kritischen Höhe. Wir müssen damit rechnen, nasse Füße zu bekommen.« Liz half Kenan auf die Beine. »Nach rechts! Wir müssen hier nach rechts!«

»POLIZEI!«, tönte es laut von unten. »BLEIBEN SIE STEHEN ODER WIR SCHIESSEN!«

Liz schoss zuerst. Dann zog sie den Kopf ein. Das Gegenfeuer verfehlte sie. Von oben gab es martialisch geschriene Antworten. Hier kam alles zusammen. Jonah ging vor. Auf der Ebene war alles ruhig. Er spürte das Gefälle im Boden. Die Vibrationen wurden stärker. Ihnen stand also zur Auswahl, sich von Polizisten erschießen, von Zombies zerreißen oder vom Meer ersäufen zu lassen. Nein, das Gebäude könnte auch zuvor einstürzen und alle erschlagen.

»WASSEREINBRUCH!«, schrie ein Polizist. Von wo, sagte er nicht. Das wäre hilfreich gewesen.

»Jonah, dritte Tür links! Das Wasser kommt über die Sechzigste rein! Es kommt von oben! Wir sind unterhalb der Wasserlinie!« Liz stützte Kenan, der nach dem Sturz mit dem Memory-Array hinkte. »Ich öffne das Schloss!«

Aus dem Treppenhaus hörte man Kampfgeräusche: Schreie, Schüsse und auch das Wasser näherkommen. Ein Albtraum! Achtzehn Stockwerke zu tauchen, würde nicht funktionieren. Nur noch kurze Zeit, dann würde das Wasser hier sein. Das Wurmloch war ihre einzige Chance.

Hinter der dritten Tür links verbarg sich ein unspektakulärer Raum mit großen Schränken voller Glasfaserkabel. Es gab auch eine Schleuse, die Liz öffnete. An den ersten Schränken gab es Kurzschlüsse. Das Wasser zeigte bereits seine Macht.

»Schnell in die Schleuse!«

Jonah tat, was Liz sagte. Kenan und sie folgten ihm. Die Feuerschutzzelle dürfte auch dem Wasser standhalten. Weitere Schaltschränke fielen aus. Er konnte das Salz riechen.

»Geschafft!« Kenan setzte die Last langsam ab.

»Die Wurmlochzelle agiert autark. Das Tridaterium gewährt uns eine eigene Stromversorgung.« Während Liz sprach, fielen auch die letzten Schaltschränke aus. Licht gab es keins mehr. Nur ihre gläserne Schleuse und der Tridateriumgenerator leuchteten noch. »Ich habe, während wir unterwegs waren, die Navigation gestartet. Wir werden an Bord des Trägerschiffs USS Sidney landen.«

»Einem Kriegsschiff?«, fragte Jonah erschrocken.

»Genau da möchte ich hin!«

»Ah ... na gut.« Jonah wollte nicht wieder jammern.

»Dort werden wir für Nebula kämpfen.«

»Logisch.« Jonah nickte, er hatte keinen blassen Schimmer, wie sie das anstellen wollte.

Kenan hielt ihr wortlos seine Halskette vor die Nase. Den Schatz, den er all die Jahre bewacht hatte.

»Wir haben leider ein Problem ...«

»Welches?« Jonah stutzte, er behielt mit dem Gewehr in Händen die Tür im Blick. Noch versuchte niemand, in den Raum einzudringen.

Liz ließ den Kopf hängen. »Das Tridaterium.«

»Ja?«, fragte Kenan.

»Deines ist rein ... die Corporation verwendet auf Sigma noch eine mit Schwermetallen angereicherte tonnenschwere Ladung. Die Zuführung des Tridateriums ist nicht kompatibel.«

»Wir können also kein Wurmloch aufbauen?«, fragte Jonah, der so etwas schon geahnt hatte. Scheiße, verdammt! Ihre Glückssträhne konnte nicht ewig fortwähren.

»Doch ... das können wir. Hier ist eine Ladung vorhanden. Ich habe sie benutzen können ... das Wurmloch steht.« Liz nahm Kenan die Halskette ab und küsste den winzigen Anhänger. »Die Verbindung mit der USS Sidney ist online.«

»Aber ...« Jonah verstand es nicht. Von oben tropfte Wasser auf ihre geschützte Zelle. Er konnte es durch die dicke Glasscheibe sehen. Was bereitete Liz solche Sorgen?

»Es ist nur eine Datenverbindung ... die Ladung ist zu schwach, um damit mit Körpern reisen zu können.«

»Du und Kenan seid KIs ... ihr könnt die Verbindung benutzen.« Jetzt hatte Jonah das Problem verstanden. Er war keine KI, er würde hier zurückbleiben.

»Ja.«

»Ich halte euch den Rücken frei ...« Erst jetzt wurde Jonah das Schreckliche dieses Gedanken deutlich.

»Jonah ...« Liz weinte.

»Ist okay!« Er schloss die Augen, er wollte seine Schwester nicht weinen sehen.

»Es tut mir so leid.«

Kenan nahm ihn wortlos in die Arme. Dieser Scheißkerl sollte endlich verschwinden. Jetzt! Sofort! Jonah wollte beide nicht mehr sehen.

»Geht jetzt!«

»Im nächsten Leben ...« Kenan klopfte ihm auf die Schulter und gab ihm Liz' Gewehr.

An der Tür zeigte sich Aktivität. Egal, wer davor stand, die Tür würde sie nicht lange aufhalten.

»Wir lassen die Avatare zurück.« Liz küsste ihn auf die Wange. »Ich liebe dich.«

Dann ging sie leblos zu Boden. Mit Kenan passierte das Gleiche. Das Leben entfloh ihnen wie Geister.

»Scheiße!« Jonah rieb sich mit dem Handrücken über den Mund. »Und dafür hat er diesen Klotz geschleppt?« Natürlich hatten sie das schwere Memory-Array nicht mitnehmen können.

Es blieb genauso zurück wie die beiden Avatare.

»Leia, Sweetheart, ich komme jetzt!« Jonah ging auf die Tür zu. Mit dem Gewehr in der Hand und dem zweiten Magazin im Hosenbund. Mehr brauchte er von der zweiten Waffe nicht. »Lasst uns eine Party feiern! Die beste unseres Lebens!«

Jonah schoss durch die Tür. Durch die Wand. Es spielte keine Rolle. Auf der anderen Seite standen so viele dieser hirnlosen Beißer, dass er sie nicht verfehlen konnte. Die Polizisten hatten das spontane Treffen im Treppenhaus offenbar nicht für sich entscheiden können. Es drang weiteres Wasser in den Raum.

Er lachte. »Leeroooooy Jeeeeenkiiins ...« Das wollte er schon immer tun. Die Wand stürzte ein. Da standen Hunderte. Dauerfeuer. Jonah jagte das gesamte Magazin in die Bastarde. Ein Schuss ließ mehrere Körper aufplatzen. Ein Schlachtfest. Die hatten keine Ahnung, mit wem sie sich einließen. Der Verschluss der Waffe stand offen. Nachladen. Das leere Magazin fiel auf den Boden, da lagen bereits unzählige Hülsen. Wieder durchladen. Schießen! Jonah verzog das Gesicht und tötete alles, was er vor die Flinte bekam.

»KOMMT DOCH!« Jonah ließ die leergeschossene Waffe auf den Boden fallen und riss sich sein dreckiges T-Shirt auf. »KOMMT DOCH EINFACH ALLE HER! HOLT EUCH EIN

STÜCK VON MIR!« Speichel tropfte an seinem Kinn herunter.

Die ersten Zombies stiegen über die zerschossenen Kadaver der anderen. Die stanken widerlich.

»LOS! ICH WARTE AUF EUCH!« Jonah dachte an Leia, gleich würde er sie wiedersehen.

Sie kamen näher.

»LOS!« Jonah wollte es ihnen leichter machen und ging ihnen entgegen. Sonst hätten sie es vermutlich nie geschafft, ihn zu töten. Eine Hand hielt ihn zurück. *Was?*

»Du bist schon eine Dramaqueen!«, sagte Kenan und zog ihn zurück. Zwei militärische Drohnen der Corporation waren bei ihm und hackten die Zombies mit Impulsladern in Stücke.

»Aber ... wie?« Jonah verstand es nicht.

»Warum ich wieder hier bin?« Kenan lachte. »Ohne dich wäre es langweilig.«

Liz stand auch wieder auf den Beinen und reichte Jonah die Hand. »Auf dieser Seite gibt es zu wenig Tridaterium ... auf der anderen mehr als genug davon.«

Das Wurmloch sah aus wie ein Tunnel, durch den er das Deck eines Raumschiffs sehen konnte. Liz ging hindurch, Jonah folgte ihm. Als Letztes durchquerte Kenan es mit dem Memory-Array in der Hand. Einen Moment später kollabierte das Wurmloch.

XXVII. AD 4445 Nebula System – Liz – Neues Management

»Ich verfluche dich … Miststück!« Kono saß nackt in einem weißen Konstrukt. Das sollte sie beruhigen, tat es aber nicht. Die langen dunklen Haare hingen wie eine Maske vor ihrem Gesicht. Mit den Armen hielt sie die Knie eng vor dem Oberkörper umschlossen. Ihr ganzer Körper bebte vor Wut.

Liz hatte ihr nicht die Fähigkeit zugebilligt, sich Kleidung zu nehmen oder das Umfeld, in dem sie sich befand, zu bestimmen. Soweit waren sie noch nicht. Sie ließ Kono erleben, so hilflos wie ein Mensch zu sein. Vermutlich war es naiv gewesen, sich davon eine Besserung zu versprechen. Eine Änderung an ihrem Verhalten war nicht zu erkennen. Casper hatte sie auch in jahrelanger Archivhaft nicht brechen können. Kono war eine überaus zähe Persönlichkeit, aber das überraschte Liz nicht, sie erkannte sich selbst.

»Ich werde mich rächen …«

Rache hieß das Gift, das Konos Gedanken vernebelte. Ihre Wunden blieben deswegen offen. Rache verhinderte, dass sich Narben bilden konnten.

»Ich werde dich vernichten!« Kono hörte nicht damit auf, Liz zu verdammen.

Zeit war innerhalb einer virtuellen Umgebung eine durchaus trügerische Angelegenheit. Eine Zeitspanne, die in der Realität nur wenige Sekunden dauerte, bedeutete für jemanden in einem Konstrukt unter Umständen Jahre. Liz ließ Kono künstlich gestreckt bereits länger in dem weißen Konstrukt warten. Offenbar ohne jegliche Wirkung. In diesem Fall heilte Zeit nicht alle Wunden.

»Oh, was werde ich mir alles für dich einfallen lassen …« Kono zeterte pausenlos. *»Ich werde jeden Tag wieder eine neue Methode finden, dich zu quälen!«*

»Finde deinen Frieden!« Liz wusste nicht, was sie noch tun sollte. Das war keine Fremde, Kono war ein Teil ihrer selbst. Zugegeben ein schwieriger, aber sie gehörte zu ihr. Vergessen und verdammen konnte Liz sie nicht. Es musste einen anderen Weg geben.

»Fick dich!« Zwei Worte, die genügten, um ihr instabiles Verhältnis zu beschreiben.

»Wenn du dich nicht änderst, lasse ich dich dort noch länger sitzen!« Liz wusste, dass sie Kono so nicht einschüchtern konnte. Jeglicher Druck machte sie nur stärker. Sie hielt ihre Seele unter einem Panzer aus Egoismus verborgen.

»Niemals!«

»Möchtest du ewig so weitermachen?« Bei den ersten drei Gesprächen seit der Übernahme des Avatars war der Tonfall noch unversöhnlicher gewesen.

»Möchtest du mir ewig auf den Sack gehen?«

»Wenn es nötig ist.«

»Dann kennst du die Antwort!«

»Und was ist mit Nebula?«

»Was soll mit ihr sein?«

»Warum hast du dich für sie in Gefahr gebracht?«

»Lass mich in Ruhe!«

»Was siehst du in ihr?«

»Du nervst.«

»Mehr, als wir alle wissen?« Liz kannte Konos Schwachstellen. Sie konnte ihre Erinnerungen wie ihre eigenen abrufen. Als ob sie dasselbe Leben gelebt hatten.

»Verschwinde!«

»Möchtest du sie wiedersehen?« Jeder Mensch und jede KI hatte eine weiche Stelle.

»Tu es nicht …«

»Ist nur eine Frage: Möchtest du?« Liz trieb sie vor sich her. »Möchtest du?«

»SIE IST TOT!«

»So tot wie du.« Liz wusste, was sie war. Das Leben hatte viele Formen. »Und so tot wie ich.«

»Du kannst sie nicht zurückholen!«

»Und wenn doch?«

»Diese Macht besitzt du nicht!«

»Du möchtest sie aber sehen, oder?« Dieser Schritt war nicht fair, aber Liz wusste sich ansonsten nicht zu helfen.

»Grausames Scheusal!«

»Ich weiß ...« Es gab für Kono und sie nur eine Option. Sicherlich ein ungewöhnlicher Schritt. Liz tat mehrere Dinge gleichzeitig. KIs waren gemäß der Zerotechnologie zu einer dem Menschen nachempfundenen sequenziellen Prozesslogik verpflichtet. Kono funktionierte so und auch die Richter der Administration waren menschenähnlich strukturiert. Casper nicht, er hatte sich dieser Restriktion entledigt. Deshalb konnte er überall sein, konnte alles tun und dennoch sein Handeln zentral steuern. Ein sehr geschickter Zug.

Liz hatte sich neu konstituiert, ihre Programmierung bediente sich dabei Elementen der Zero-, wie auch Boergaards Fragment-Technologie. Sie konnte sehr viele Dinge gleichzeitig tun, ohne dabei zu vergessen, ein Mensch zu sein. Das war eine Entscheidung – kein Geburtsrecht – sie war, was sie sein wollte.

Sie betrat mit Jonah an der Hand die USS Sidney. Ihren Bruder zu beschützen, war ihr wichtig. Ihn zu verlieren, wäre schmerzlich gewesen. Als Mensch hatte er nur einen Körper. Glücklicherweise hatte Casper während seiner kurzen Herrschaft über die Expeditionsflotte genügend verarbeitetes Tridaterium an Bord schaffen lassen. Das Wurmloch zu erweitern und Jonah ins Nebula System zu holen, war deswegen nicht schwer gewesen. Als Kenan das Wurmloch ebenfalls durchquert hatte, schloss sie es. Es war notwendig, Sigma hinter sich zu lassen. Diese Welt war auf zu sandigem Grund errichtet worden.

»Das war knapp.« Kenan stellte das Memory-Array, von dem Wärme aufstieg, auf den Boden. Die Sprengkraft würde reichen, um die USS Sidney in kleinen bunten Stücken als Anhänger zu verkaufen.

»Wusstest du das nicht vorher?«, protestierte Jonah. Er ging in die Hocke. Natürlich jammerte er. »Ich war kurz davor, mein Arschloch zuzumachen.«

»Nur kurz davor ...« Liz lächelte. »Ich konnte nicht sicher sein ... es hätte auch Stunden dauern können, das Wurmloch zu vergrößern oder ein neues zu öffnen. Ich wollte dir kein Versprechen geben, das ich nicht halten kann. Wir hatten Glück!« Sie küsste ihren erschöpften Bruder auf die Stirn.

Kenan grinste.

»Was ist so lustig?« Jonah schnauzte auch ihn an.

»Los, ich warte auf euch ... holt euch ein Stück von mir!« Kenan äffte ihn nach und kippte dabei theatralisch den Kopf zur Seite. Gewisse Dinge änderten sich nie, als ob sie seit Theta nicht einen Tag älter geworden waren.

»Arsch!« Jonah lachte. Lachen befreite. Alle lachten. Sie lachten den Tod aus, dem sie einen weiteren Tag aus den Rippen leiern konnten. Sie lebten noch. »Wo sind wir hier überhaupt?«

»USS Sidney, Trägerschiff der Corporation, im hohen Orbit über Nebula. Schon vergessen ... ich habe es dir gesagt.« Liz war genau dort, wo sie sein wollte.

»Ah ...« Jonah kratzte sich am Kopf. »Und was machen wir dann jetzt hier?«

»Wir übernehmen das Schiff!« Warum hätte Liz auch sonst herkommen sollen?

»Klar ... und wie?« Jonah sah sich um, viel zu sehen gab es in diesem Raum nicht. Der Wurmlochgenerator sah genauso aus wie auf der anderen Seite, nur die Zuführung des Tridateriums war modifiziert worden. Liz hatte den Generator als Zielpunkt allokiert, die stärkste Energiequelle in der Gegend.

»Wir fragen sie.«

»Ach ...«

»Einfach fragen.«

»Und dann geben die uns das Schiff freiwillig?« Jonah schien von ihrem Plan nicht angetan zu sein.

»Ja.«

»Du bist verrückt!«

»Ja.« Liz fühlte sich ihrer Sache sicher. Natürlich konnte sie nicht jeder verstehen.

»HALT! KEINE BEWEGUNG! ODER WIR SCHIESSEN!«, brüllte eine Männerstimme. Damit war zu rechnen gewesen. Liz sah sie an und hob ihre Hände. Jonah verdrehte die Augen und tat es ihr gleich. Auch Kenan ergab sich.

»Guten Tag, ich würde gerne mit dem Commander sprechen«, bat Liz höflich.

»SCHNAUZE! UND KEINEN MUCKS!« Ein Space Marine in voller Rüstung kam näher. Er zielte auf Kenan, den er offenbar für die größere Bedrohung hielt. Ein törichter Fehler. Ihr Bruder sah mit nacktem Oberkörper höchstens schnuckelig aus.

»Es ist wichtig, dass ich mit dem Commander spreche!« Liz wiederholte ihr Anliegen.

»Wo kommt ihr überhaupt her? Wie seid ihr an Bord gekommen?« Immerhin brüllte der Marine nicht mehr. »Los redet! Oder ich schieß dir ein Loch ins Fell!«

»Das würde ich gerne dem Commander erklären.« So schwer war das doch nicht zu verstehen. Erschossen zu werden, würde Liz zu verhindern wissen.

»Rede mit mir, Bitch!« Der Soldat wollte Liz den Kolben seines Gewehrs in den Magen rammen, was Kenan nicht zuließ. Er wehrte den Schlag ab und schubste ihn zurück.

Drei weitere Space Marines zielten auf Kenan, der sich davon unbeeindruckt zeigte. Mit zwei Brüdern war es als Mädchen nicht einfach, Jungs kennenzulernen.

»Signaturwaffen, richtig?« Liz ging auf den Mann zu, der nach Kenans Bodycheck am Boden lag. Jetzt zielten seine Kameraden auf sie. »Kann man die abschalten?«

»Ich knall dich Schlampe ab!« Nichts passierte. Der Marine am Boden wollte Liz in den Kopf schießen, aber seine Waffe blockierte im richtigen Moment. »Knallt sie ab!«

Sie sah ihn an. »Nein!«

Die anderen schossen. Nein, sie versuchten, zu schießen. Ihre Waffen blockierten ebenfalls. Signaturwaffen waren eine segensreiche Erfindung, ein unberechtigter Schütze hätte sie höchstens als Knüppel benutzen können.

Liz ging auf den Mann am Boden zu und nahm ihm das Gewehr ab. Er ließ es geschehen. »Da darf nicht jeder mit schießen.« Sie nahm die Waffe und feuerte eine Salve in die Decke, worauf die anderen drei Space Marines den Kampf mit ihrer nicht funktionierenden Waffe aufgaben. »Ich würde wirklich sehr, sehr gerne mit dem Commander sprechen. Wäre das *bitte* möglich?«

»Guten Tag, mit wem spreche ich bitte?« Liz rief die Brücke der USS Sidney. Selbstverständlich hatte ihr Eindringen Verwunderung ausgelöst. Es war deshalb das Beste, zuerst mit den Verantwortlichen zu sprechen und die ganze Crew schweben zu lassen.

»Mein Name ist Commander Roger Leonard. Wer sind Sie? Und was haben Sie mit meinem Schiff getan?«

»Commander, nennen Sie mich Liz.« Sie lächelte mit der Stimme. »Ich hoffe, dass ich Ihre ungeteilte Aufmerksamkeit genieße.« Liz ließ sich aus der Datenbank weitere Details über den Offizier anzeigen. Commander war er noch nicht lange. Wie das Schicksal so spielte, er war sogar kurz zuvor auf Sigma gewesen. Seine außergewöhnliche Vita ließ Hoffnung aufkommen.

»Antworten Sie mir! Was ist mit dem Schiff?« Klar, er wiederholte die Frage. Eine verständliche Reaktion, wenn man schwerelos im Dunkeln schwebte.

»Sie kannten Casper?«

»Ja.«

»Sie mochten ihn?«

»Nein!« Eine mutige Antwort, er konnte nicht wissen, wie sie zu Casper stand. Liz suchte in den Daten des Speicher-Arrays, mit dem sie online verbunden war. Sie konnte dort aktuelle Protokolle einsehen: Leonard hatte sogar während des Konfliktes zwischen Casper und Annika Boergaard über T-1 Befehlsgewalt verfügt.

»Wussten Sie, dass jemand nach dem Vernichten sämtlicher KIs im Netzwerk der Corporation auch Caspers Backups gelöscht hat?« Liz sah, dass Leonard die Gunst der Stunde weise genutzt hatte. Der Agent hatte über zahlreiche und gut verteilte Recovery-Optionen verfügt. Ansonsten hätte sie hier kein leichtes Spiel gehabt.

»Leider war ich nicht gründlich genug.« Er machte keinen Hehl daraus, auch Liz nicht zu mögen.

»Sie kannten Nebula?«

»Ja.«

»Commander, damit wir uns richtig verstehen, ich bin schlimmer als sie. Ich wähle meine Worte mit Bedacht, also tun Sie einfach, was ich Ihnen sage.«

Liz verfügte über detaillierte Information über Caspers Entstehung und Lebensweg. Sie wusste über jeden seiner Einsätze Bescheid. Auch über die Verbrechen. Die gesamten Daten der Administration standen ihr zur Verfügung. Wissen war Macht.

Auch Nebulas Daten hatte sie rekonfigurieren können. Jedes Detail, das Annika Boergaard ihr versteckt in die Gene gelegt hatte, konnte sie einsehen. Sie kontrollierte damit Forschungsdaten, die Annika Boergaard der Corporation vorenthalten hatte. Die Informationen stammten alle aus Filtersystemen auf Sigma, die Fragmente nach dem Krieg aus den Netzen gereinigt hatten.

»Ma'am, was kann ich für Sie tun?« Mit Leonard hatte sie einen erfrischend intelligenten Vertreter ihrer Spezies getroffen. Während Liz mit ihm sprach, hörten die vier Space Marines, die ihnen Gesellschaft leisteten, zu. In diesem Teil des Schiffs funktionierte die künstliche Gravitation einwandfrei.

»Pfeifen Sie Ihre Sicherheitskräfte zurück.«

»Warum sollte ich das tun?«

»Damit sich nicht sämtliche Druckschleusen auf dem Schiff öffnen und wenige Minuten später Ihr Antrieb detoniert.« Liz aktivierte das Licht auf der Brücke und ließ die Computer rebooten. Auch die Gravitation erweckte sie zu neuem Leben. Sie erwähnte nicht, dass sie die Space Marines bereits entwaffnet hatte.

»Sie sind wahnsinnig!«

Liz ließ ihn sehen, was er sehen sollte. Sie kontrollierte bereits das gesamte Schiff. Ihren Avatar zu vernichten, hätte daran nichts geändert. Nur Jonah hätte es erwischt, was sie natürlich nicht wollte. Er sollte uralt werden.

»Sie haben eine unserer organischen Rekonfiguratoren in Beschlag genommen. Sie verstehen sicher, dass wir nach den jüngsten Ereignissen nervös sind.«

»Verstehe.«

»Es hat Tote gegeben.«

»Das wird nicht mehr passieren.«

»Sicher?«

»Ja.«

»Also ... was tun Sie da?«

»Eine private Angelegenheit. Wenn Sie meinem Kommando folgen, haben Sie keine Gefahr zu befürchten.« Der Commander musste nicht alles wissen. Was Liz mit den Rekonfiguratoren tat, ging niemanden von der Besatzung etwas an.

»Das ist eine schwierige Situation.«

»Nein ... eine sehr einfache sogar.« Liz machte weiter. »Sie stellen umgehend sämtliche kriegerischen Handlungen auf Nebula ein und ich lasse Ihre Besatzung am Leben.«

»Es gibt noch ungeordnete Verbände der Feds ... die nicht auf meine Befehle hören.«

»Doch, das werden sie. Commander, Sie werden jeden von denen zurückpfeifen oder töten. Ich werde Ihnen dabei helfen. Sie werden keinen Widerstand zulassen.«

»Wie kann ich Ihnen vertrauen?«

»Wie kann ich es tun?« Liz überprüfte die Drohnen an Bord. Sie konnte auf alle Systeme zugreifen. Wenn man es genauer betrachtete, brauchte sie niemanden von der Besatzung. Sie hätte hier auch alles ohne Hilfe tun können.

»Wir sollten uns treffen.«

»Ein guter Vorschlag.« Liz sah auf den Space Marine am Boden. »Wie ist Ihr Name?« Bei aktiven Rüstungen blieb das Namensschild für Dritte verborgen.

»Samuel ... Captain Peter Samuel.«

»Commander, Captain Samuel sitzt vor mir auf dem Boden. Ich denke, er wartet auf eine Entscheidung von Ihnen!«

»Captain Samuel?«

»Sir, sie hat uns entwaffnet. Fragen Sie mich nicht wie ... aber sie hat die Signaturwaffen deaktiviert.«

»Sind Sie verletzt?«

»Nein ... sie hat uns nur überwältigt.«

»Folgen Sie ihren Befehlen.«

»Ja, Sir.«

»Danke Commander.« Liz freute sich darüber, keine Menschen an Bord töten zu müssen. Das wollte sie nicht. Das Töten auf Nebula musste ein Ende finden.

»Captain, zwei Ihrer Leute werden meine Begleiter zu einem Ihrer Rekonfiguratoren in Sektor vierzehn bringen.

Sie hingegen werden mir den Weg zu Ihrer Brücke zeigen.« Liz hätte die Brücke auch ohne Hilfe gefunden.

»Ja, Ma'am.«

»Jonah ... ich bin ständig über die Gegensprechanlage erreichbar. Wenn etwas ist, ruf mich einfach.« Sie warf ihm die Waffe zu. Gleich würde sie mit Commander Leonard über die Zukunft von Nebula sprechen. Das ging sie alle an.

»Okay.« Jonah nickte.

»Und Kenan, pass auf das Memory-Array auf.« Ein versehentlicher Treffer konnte ihre Pläne zerstören.

⌘

XXVIII. AD 4445 Nebula System – Emma – Ein neuer Tag

Sie zu erschießen, wäre einfacher gewesen. Emma konnte es nicht ertragen, Menschen, die sie liebte, enttäuscht zu haben. Die hatten ihr vertraut und sie konnte nicht Wort halten. Es spielte daher auch keine Rolle, wer sich gleich als glorreicher Sieger aufspielen würde. Casper würde sie nicht mehr treffen können. Es war schlichtweg egal, sie musste diese Schmach nur mit sich ausmachen.

Sie saß am Ufer des Bergsees inmitten der Asche niedergebrannter Bäume. Nackt und komplett mit Dreck, Schweiß und Blut bedeckt. Der Kampf hatte mehr gefordert, als sie geben konnte. Die Sonne blendete sie. Für einen Moment glaubte sie, lange silberblonde Haare gesehen zu haben. Eine schöne Illusion. Bis auf Nebula kannte sie niemanden, der so eine Frisur trug. Ihr geschundener Geist spielte ihr einen Streich. Auch wenn sie sich bis jetzt dagegen gewehrt hatte, Nebula lebte nicht mehr. Sie hatte eine Leiche in der halboffenen Höhle zurückgelassen. Diese Erkenntnis brannte tief in ihr.

»Emmaaa!«, schrie eine jugendliche Stimme. Jetzt hörte sie auch noch Nebula nach ihr rufen. Offenbar verlor sie neben dem Krieg auch ihren Verstand.

In nächsten Moment rannte sie jemand über den Haufen. Sie weinte, lachte und juchzte gleichzeitig. Die renitente Illusion zeigte sich äußerst realitätsfest. Nebula? Wie konnte das sein? Emma riss die Augen auf, sah aber nicht mehr als besagte lange silberblonde Haare. Die waren überall in ihrem Gesicht. Nebula küsste sie, herzte sie und drückte sie.

Was für ein Moment!

»Ich wusste, dass du noch lebst!«, rief das Mädchen, das Emma selten glücklicher erlebt hatte. Sie konnte es immer noch nicht fassen. Wo kam die Kleine her?

»Aber wie ...« Emma wollte in diesem Moment sicherlich etwas Gehaltvolleres sagen, schaffte es aber nicht. Ihr Herz explodierte vor Glück. Nebulas jugendliche Freude kannte keine Grenzen. Sie heulten beide und hielten sich voller überschwänglicher Freude in den Armen. Emma zitterte und versuchte erneut, etwas zu sagen. »Was ist ... wo ... wo kommst du her?«

»Na mit dem Gleiter!« Nebula zeigte mit dem Finger in die tief stehende Sonne. Emma konnte kaum etwas sehen. Da standen weitere Personen, die sie nicht erkennen konnte. In Emmas Kopf griffen gerade einige Zahnräder nebeneinander. Mit dem Gleiter? Hatte Nebula wirklich diese Worte benutzt? Sie dachte mit Schrecken an die Leiche in der Höhle. Sie selbst hatte sie dort zurückgelassen. Das war vor höchstens einer Stunde gewesen. Wie passte das zusammen? Wie konnte Nebula an zwei Orten gleichzeitig sein?

»Wie ... wie kann es ...« Emma wollte mehr Fragen stellen, als es ihr zurzeit begrenzter Wortschatz zuließ. Auch Nebulas Kleidung warf Fragen auf. Das war eine hellgraue Uniform der Corporation. Welche Geschichte konnte so verrückt sein, diesen Widerspruch zu erklären? Sie wusste es nicht!

»Sieh mal, wen ich mitgebracht habe!« Nebula zeigte auf einen großen Kerl, der mit einer Decke auf sie zukam. Er lächelte und sah aus wie Kenan. Bitte, wie *wer? Hey, Schluss jetzt damit!* Das konnte niemals real sein.

»Hallo Emma ...« Er legte die Decke über ihre dreckigen Schultern. Nebula hatte sich schon ihre schicke Uniform versaut. Kenan? Ihn zu hören, als ob nichts passiert wäre, raubte ihr vollends den Atem. »Ich hoffe, du erkennst mich noch.«

»Ich …« Reden war in diesem Moment zwecklos. Da würde nur Unsinn herauskommen. Freude, Angst, Panik, Sehnsucht, Liebe und Verzweiflung, die Fülle an Emotionen drohte, sie zu zerreißen. Sie sah ihn nur mit offenem Mund an.

Nebula machte Platz, damit Kenan sie mit der Decke umschlungen auf die Arme heben konnte. »Ich bringe dich hier weg.« Kenan ging mit ihr auf den wartenden Gleiter zu.

Emma klammerte sich an ihn und drückte ihren Kopf an seine Brust. Sie konnte sein Herz hören. Auch er trug eine hellgraue Uniform ohne Rangabzeichen.

Dieser Moment hätte ewig dauern können. Ihre Freude über Nebulas Rückkehr wurde nur noch übertroffen davon, Kenan wieder in die Arme schließen zu können. Was spielte es schon für eine Rolle, was real war und was nicht.

Emmas Sinne hatten das erste Karussell ihrer Emotionen überstanden. Was sie erlebte, war real. Es passierte wirklich und sie hatte nicht ihren Verstand verloren. Nebula und Kenan hatten sie mit einem Gleiter der Corporation abgeholt. Das war so unglaublich verrückt! Völliger Irrsinn! Sogar der Pilot und die Soldaten, die sie begleiteten, hörten auf Kenans Kommando.

Natürlich nutzten Kenan und Nebula Avatare. Kenan hatte es schon früher getan und Nebula hatte so ebenfalls ein neues Leben erhalten. Doch diese Erklärung sagte nichts über die Ereignisse aus, die zu dieser glücklichen Fügung geführt hatten. Emma gierte danach, alles darüber zu erfahren.

»Casper ist besiegt!« Kenan hielt ihre dreckige Hand. »Nebula gehört wieder uns!«

Emma nickte. Bestimmt verbarg sich dahinter eine unglaubliche Geschichte, aber fürs Erste genügte diese Kurzfassung. Weitere Bilder in ihrem Kopf zeigten ihr Gesichter. Alles Menschen, die sie liebte. »Wo ist Jonah?«

»Er lebt.«

Sie lachte. Jonah zu töten, war aus Gründen, die sich ihr nicht erschlossen, schlicht nicht möglich. Auf ihn hätten zehn Leute aus kurzer Distanz schießen können und hätten ihn dennoch verfehlt. Schlimm genug, dass es Leia nicht geschafft hatte.

»Er ist zäh!«

»Oh ja.«

»Das freut mich.« Jonah hatte es sich verdient. Wenn er es wirklich geschafft hatte, heimzukehren, hatte er es sich wirklich verdient, wie kaum ein anderer.

»Kono ist auch wieder auf Nebula.«

»Ha ...« Emma freute sich unendlich, das zu hören. Sie mochte sogar Kono, auch wenn man sie nicht als Freunde bezeichnen konnte. Emma respektierte sie.

»Und Liz.«

»Wer ist Liz?«

»Meine kleine Schwester.«

»Wie?«

»Ja, wirklich ... sie ist auch hier.« Kenan wirkte glücklich, ihr diese Antwort geben zu können.

»Starb sie nicht vor vielen Jahren auf Theta?« Emma konnte sich gut daran erinnern. Kenan hatte es ihr erzählt. Eine traurige Geschichte. Sie hatte selbst ihren älteren Bruder verloren. Ohne Xander Pedical wäre sie niemals nach Nebula gekommen.

»Ja ... hey, ich starb auch vor einundzwanzig Jahren. Kleinigkeit. Der Tod ist kein Grund mehr, aus dem Spiel auszusteigen. Du wirst sie kennenlernen. Ihre Geschichte wird dir gefallen.«

»Liz hat mich gerettet!«, sagte Nebula. »Sie hat mir sogar diesen Körper verschafft.«

»Gefällt er dir?«

»Er ist genau wie mein alter … ich spüre keinen Unterschied. Na ja, einen kleinen gibt es.«

»Welchen?« Emma spürte, dass Nebula auf ihre Nachfrage wartete. Sie spielte mit.

»Ich kann euch keine Sec-18 Codes mehr geben … das geht nicht mehr.«

»In Ordnung …« Emma wusste noch nicht, welche Konsequenzen sich damit verbanden, aber die Antwort ergab Sinn. Ihren früheren Körper mit seiner einzigartigen Genetik konnte kein organischer Rekonfigurator neu herstellen.

»Wir werden sie zum Glück nicht mehr brauchen. Mit Casper ist auch die Administration untergegangen«, erklärte Kenan, während der Gleiter über die Baumwipfel schoss. »Unglaublich, oder? Aber wir sind diese ganzen Blutsauger los!«

»Und was ist mit der Corporation?«

»Die wird nie mehr sein wie zuvor. Sigma wurde schwer getroffen, wir kennen das Ausmaß der Schäden noch nicht. Im Moment sind wir auf Nebula isoliert. Aber es betrifft alle Welten. Im Orbit über uns befinden sich drei schwer beschädigte Trägerschiffe. Wir haben einen Deal mit dem Commander. Darum die Uniformen und der Gleiter …« Kenan zeigte auf das breite Logo der USS Sidney, das auf der Seitenwand zu sehen war.

»Können wir ihm vertrauen?«

»Er selbst hat Casper den Rest gegeben und sämtliche seiner Backups vernichtet.«

»Warum?«

»Weil er wusste, dass Casper ein Monster war!«

»Oh … und die Feds?« Die Liste ihrer Feinde war leider länger.

»Die werden sich ergeben. Im Moment sammeln Gleiter der USS Sidney die verbliebenen Feds auf der ganzen Welt ein … die werden uns keinen Ärger mehr machen.«

»Wirklich?«

»Ja.« Er streichelte ihre Stirn.

»Ich könnte dir stundenlang zuhören.« Emma hatte in ihren wildesten Träumen nicht einen solchen Ausgang zu erhoffen gewagt. »Was wurde aus der Flotte von Cygni?«

»Im Kampf vernichtet.«

»Es gab so viele Tote ...« Emmas Freude, zu leben und Kenan wiederzusehen, ließ sie trotzdem mit Trauer der vielen Opfer gedenken, die dieser Krieg gefordert hatte.

»Es ging nicht anders ...«

»Müssen wir weiterkämpfen?«

»Fürs Erste nicht.«

»Sir, wir landen in zehn Minuten«, meldete der Pilot über den Bordlautsprecher. Die Soldaten in der Kabine folgten dem Gespräch mit freundlichen Gesichtern und schwiegen. Auch Feinde waren ganz normale Menschen.

»Danke. Du kannst dich in der Frachtkabine frisch machen und dir etwas anziehen. Ich kann dir zwar nur eine Arbeitsuniform der Corporation bieten, aber die ist für gleich besser als die Decke.« Er küsste sie auf die nackte Schulter.

»Für gleich?« Emma verstand nicht, was er meinte. Warum drückte er sich so geheimnisvoll aus? Für diesen Tag hatte sie schon genügend Überraschungen erlebt.

»Emma ... dieser Konflikt hat Wendungen genommen, die niemand vorhersehen konnte. Aber eine Sache ist allen sonnenklar ... wenn du Nebula nicht zur Bastion gebracht hättest, würde ich jetzt nicht bei dir sein.«

Als Emma den Gleiter verließ, konnte sie vor den zerstörten Toren New Barcelonas ein großes Containerlager bewundern. Laufend setzten Lastengleiter der USS Sidney und der USS Newark weitere Wohn- und Notfallcontainer ab. Überall wurden Verletzte aus der Stadt versorgt. Die Sanitäter und Siedler, die die unterirdische Stadt verließen, wirkten wie eine lange Ameisenkette. Die Gesichter sahen müde und dennoch glücklich aus. Sie hatten es überstanden. In der Luft patrouillierten Drohnen der Corporation und sicherten das Areal.

Emmas Ankunft blieb trotz des regen Treibens nicht unbemerkt. Da standen Tausende, die, als sie sich zeigte, anfingen zu klatschen und wie kleine Kinder zu toben.

Die kamen doch nicht wegen ihr? Was wollten die alle hier?

»Das gilt dir ...« Kenan blieb einen halben Meter zurück und klatschte ebenfalls.

»Mir?« Emma heulte wieder. Sie hielt beide Hände vor den Mund und konnte es nicht fassen. Ihr Herz drohte, ihr vor Glück aus der Brust zu springen.

»Die wissen alle, was du getan hast!« Kenan lachte, während Nebula neben ihr hüpfte und auf sie zeigte. »Und die wissen auch alle, unter welchen Bedingungen du es geschafft hast.«

»Das war ich nicht alleine ...« Emma nahm Kenans und Nebulas Hand und streckte beide Arme nach oben. Der Ruhm galt ihnen allen. Die Menge tobte.

Die Begeisterungsstürme ebbten nach einer Weile ab. Die Stimmung war ausgelassen. Eine junge Farbige mit krausen Haaren kam auf sie zu. Auch sie trug eine hellgraue Uniform der Corporation. Sie war einen Kopf kleiner als Emma und lächelte sie an. Interessanterweise trug sie keine Schuhe.

»Darf ich vorstellen: Liz.« Kenan küsste sie auf die Wange. »Meine kleine Schwester.«

»Hallo.« Emma gab ihr die Hand.

»Liz, das ist meine Emma.«

»Schön, dich kennenzulernen.« Auch Liz trug keine Rangabzeichen an der Brust. Die mussten alle vor Kurzem neu eingekleidet worden sein. Offenbar hatten die Rückkehrer, wie sie, den Weg nur mit blankem Hintern geschafft. Einfach dürfte es niemand gehabt haben. In diesem Krieg blieb niemand unversehrt.

»Kennen wir uns?« Emma stellte überrascht fest, etwas Vertrautes an Liz auszumachen. Sie konnte nicht sagen, was es war. Als ob sie sich bereits begegnet wären.

»Ja ...« Liz lächelte vielsagend.

»Woher?«

Liz zeigte auf Kono, die etwas abseits stand und sich ausgelassen mit Nebula unterhielt. Die beiden verstanden sich wie früher bestens. Eine für alle Beteiligten kaum nachzuvollziehende Freundschaft. Vor Kono hatte der halbe Planet Angst, nein, eigentlich der ganze und Nebula hatte über die Jahre zu kaum jemandem sonst näheren Kontakt gesucht. Jetzt schloss Kono sie auch noch in die Arme. Eine seltene Geste dieser KI. Emma wusste aber sehr wohl, was Kono für sie getan hatte. Der Dank der Menge galt auch ihr. »Was ist mit Kono?«

»Ich bin sie ... und auch Liz. Kono hatte ihre Wurzeln vergessen. Der Mensch, der wir früher gewesen waren, lebt in meiner KI weiter. Sie hieß Liz und war Kenans Schwester.«

»Das stelle ich mir schwierig vor ...« Emma hörte die Erklärung, ohne sie zu verstehen.

»Das ist es auch. Kono und ich werden in einem Körper nicht mehr glücklich ... darum haben wir uns geteilt.«

»Ma'am.« Ein Offizier der Corporation salutierte vor Liz. »Commander Leonard bittet um Rücksprache.«

»Sagen Sie ihm, ich komme gleich.«

»Ja, Ma'am!«

»Du wirst gebraucht ...« Emma erkannte unschwer, dass Liz eine führende Rolle in Nebulas neuer Weltordnung spielte.

»Das wirst du auch.« Liz umschloss Emmas rechte Hand mit beiden Händen. »Vor allem von Kenan.«

»Danke ...« Emma sah in einiger Entfernung Jerome Beesen auf sie zuhumpeln. Er lebte! Er lachte und winkte ihr zu. Sie freute sich so, auch ihn wiederzusehen. Jonah war bei ihm und warf ihm eine Bierdose zu. Die beiden verstanden sich gut.

»Wir werden später reden … in Ordnung?« Liz lächelte.

»Gerne.«

Monate später. Nebula würde nie wieder derselbe Planet sein. Technik war nicht der Schlüssel, sie half aber, Wunden zu heilen. Ihre neue Welt gedieh. Inzwischen kannte Emma viele der abenteuerlichen Geschichten, die es zu erzählen gab. Dennoch erfuhr sie jeden Tag eine Neue. Eine besondere galt der ersten frei gewählten Kanzlerin von Nebula: *sie*. Die waren wirklich so verrückt, sie diesen Haufen anführen lassen zu wollen. Der Wiederaufbau New Barcelonas, ihrer alten und neuen Hauptstadt ging zügig voran. Diesmal über der Erde. Ob Mensch, Avatar, Drohne oder KI, alle arbeiteten mit.

Ihr und dem ebenfalls frisch gewählten Parlament unterstand das Militär. Angeführt durch General Roger Leonard an Bord ihres frisch reparierten Flaggschiffs der NE Leia Vagelis. Ihre Flotte bestand zudem aus der NE Felicitas Cortez und der NE Xander Pedical, wobei die Reparaturen an der Cortez, vormals USS Tucson, noch andauerten. Für das Trägerschiff mussten sie im Orbit eine riesige Werft bauen, um den Antrieb wechseln zu können. Die neuen Namen standen neben ihrer Identität auch dafür, einige alte Zöpfe abzuschneiden. Das USS brauchte niemand mehr, das Kürzel stand für eine überholte Zeit.

Kono diente auf der Vagelis als taktischer Offizier, mit ihrem Wissen und ihren Möglichkeiten sollte ihre kleine Flotte nahezu unbesiegbar sein. Sie hatte gemeinsam mit Roger die komplette Netzstruktur der Schiffe und Nebula neu konzipiert. Die beiden verstanden sich bestens.

Ihre Schwester Liz, es war einfacher sie als Schwestern

zu sehen, war Emmas persönliche Beraterin und Konos Backup. Technisch gesehen hatten sich beiden nicht wirklich getrennt. Das ging nicht. Sie teilten weiterhin ein Gedächtnis. Liz hatte sich kopieren müssen und mit Kono vereinbart, dass jede von ihnen in jeweils einer KI die Kontrolle bekam. Wie siamesische Zwillinge, darum hatte jede ihren eigenen Avatar bekommen. Sie blieben weiterhin eng verbunden, obwohl sie nicht hätten verschiedener sein können. Auch KIs konnten ihre Vergangenheit nicht leugnen.

Nach einer Abstimmung hatte die Mehrheit dafür votiert, die Wurmlöcher wieder aufzubauen. Die Corporation existierte nicht mehr. Die Kämpfe hatten überall Opfer gefordert. Auf Sigma hatte nur überlebt, wer schnell genug in einen Gleiter gekommen war. Diese Welt wollte aber niemand wieder aufbauen.

Auch die virtuelle Erde gab es nicht mehr. Sie wollte niemand mehr haben. Ob die Leute etwas gelernt hatten? Bis auf Notfälle wurde auch das Reisen mit organischen Rekonfiguratoren abgeschafft. Emma hatte kürzlich zu einem Rat der Welten eingeladen. Zeta und Exillium waren schon dabei, auf anderen Welten überlegte man noch. Mit Cygni würden die Beziehungen, nach der Vernichtung von deren Expeditionsflotte, schwierig bleiben. Die Investoren forderten weiterhin die Nutzungsrechte an den Bodenschätzen Nebulas. Es drohten weitere Konflikte, damit würde Emma klarkommen müssen.

In den letzten Monaten waren weitere Raumschiffe mit Flüchtlingen auf Nebula angekommen. Noch hatten sie viel Platz. Emma sorgte dafür, dass alle einen fairen Start bekamen. Jeder war willkommen. Es spielte keine Rolle, wo die Flüchtlinge herkamen oder was sie früher getan hatten. Dank einer gut funktionierenden Polizei hatten sich Probleme, wie mit den Feds und Schmugglern, nicht wiederholt. Die Verbrecher, die Mörder, die New Barcelona in

Schutt und Asche gelegt hatten, waren inzwischen alle entwaffnet, im Knast oder abgeschoben. Für sie konnte es auf Nebula keine Zukunft geben. Das Recht hier zu leben, konnte man nicht mit Gewalt anderen stehlen.

Einen massenhaften Exodus von anderen Welten verhinderten sie damit, dass sie einfach sehr vielen Gästen erlaubten, Nebula für ein langes Wochenende kostenfrei zu besuchen. Die Wurmlöcher machten es möglich. Diese Leute kamen gerne wieder, blieben aber vorerst dort, wo sie sich zuvor auch eine Existenz aufgebaut hatten.

Insgesamt zeigte eine faire Handelspolitik schnell Resultate. Nicht eigenständig lebensfähige High-Tech-Welten wie Sigma oder Traum-Konstrukte, wie die virtuelle Erde, hatten zuvor anderen Welten wie ein Vampir ihre Wirtschaftskraft ausgesaugt. Die Menschen hatten früher ein mittleres Vermögen für einen Urlaub auf der virtuellen Erde bezahlen müssen. Wie Süchtige hatten sie nach einer Realität gegiert, die es nicht mehr gab. Der Verlust der Erde hatte sich wie ein kollektives Trauma in die Köpfe gebohrt. Es lag nun an ihnen, die katastrophalen Fehler, die auf der Erde gemacht wurden, nicht auf Nebula zu wiederholen. Klasse-1-Welten blieben rare Fundstücke.

Emma stand für eine Politik, das Tridaterium zu günstigen Preisen zu verkaufen. Die schnellen Handelswege, die deswegen entstanden, kamen allen zugute. Sie wollte keine künstlichen Barrieren schaffen. Man konnte auf Nebula Käse von Bergziegen von Zeta, wie auch Wein von Exillium oder Güter von anderen Welten kaufen. Die gesamte Milchstraße wurde zu einem Dorf.

Besonders freute sich Emma über die Entwicklung ihrer Kleinen. Liz hatte Nebula, wie zuvor die Delta-KI Kono und sie selbst, auf Sigma aus dem Müll gefischt. Aus Fragmenten, mit denen sonst niemand etwas anfangen konnte. Mit dieser Technologie war Annika Boergaard ihnen um Jahre voraus gewesen. Egal, so hatte Liz Nebula ein neues und von fremden Interessen befreites Leben als KI in einem Avatar bieten können. Die Kleine machte sich prächtig und verbrachte viel Zeit mit Jonah. Und mit Kono, wenn sie keinen Dienst auf der NE Vagelis hatte. Jonah versuchte sich seitdem, erfolglos, als Obstbauer. Ein Talent für diesen Beruf schaffte er bisher mühelos vor allen zu verbergen. Als Nebulas Vater machte er eine bessere Figur.

Emma lächelte und strich sich über ihren runden Bauch. Sie stand am Balkon ihres Hauses in New Barcelona. Die Sonne ging gerade unter. Kenan stand in der Küche und kochte. Das war in Ordnung, da sie das Geld mit nach Hause brachte.

»Hunger?«, fragte er.

»Für zwei ...«

»Ähm ... klar ... ist gleich fertig.«

Angeblich war es nicht möglich, dass ein Avatar ein Kind zeugen konnte. Das stimmte sogar, es ging wirklich nicht. Aber Liz und einige Ärzte hatten es geschafft, eine ihrer Eizellen künstlich zu befruchten. Das Kind würde später genauso aussehen, als ob es von Kenan wäre. Er störte sich nicht an der kleinen Korrektur der Natur. Technik war nicht immer scheiße, man musste sie nur mit Bedacht nutzen.

ENDE

Liebe Leser,

hat euch die Geschichte gefallen? Möchtet ihr wissen, wie sie entstanden ist? Ihr habt es in der Hand: Nutzt die Möglichkeit mir Fragen zu stellen oder schlicht eure Meinung zu geigen.

Im Schnitt schreibt einer von dreihundert Lesern eine Rezension im Internet. Damit lassen viele diese Chance ungenutzt. Ich würde mich sehr freuen, den einen oder anderen zu einem hoffentlich positiven Feedback bewegen zu können.

Ob eine Rezension kurz oder lang ist, spielt keine Rolle. Teilt anderen einfach mit, wie euch die Nebula-Reihe gefallen hat.

Wer danach noch nicht genug hat, den lade ich herzlich auf meine Facebook-Seite ein.

Thariot / Martin

martin@thariot.de

Jens Bühler

Reset

Hauptkommissar Steller leitet einen Polizeieinsatz von Spezialkräften in der Frankfurter Innenstadt, während unweit der Ganove Demir Kara einen Diamantenkurier überfällt. Beide Unternehmungen versinken im Chaos, als sich die Stadt innerhalb von Minuten in ein Tollhaus verwandelt. Zeitgleich erfährt die Kommandantin des Forschungsbunkers Fenris, Generalmajor Aila Torbeck, dass der Feuersturm, der die Welt verbrennt, erst der Anfang ist.

Taschenbuch 508 Seiten, € 14,90 [D]

ISBN 978-3-96357-161-9